桂堂文库

表述与意义生产

南帆 著

人民出版社

责任编辑:詹素娟

封面设计:周涛勇

图书在版编目(CIP)数据

表述与意义生产/南帆 著. -北京:人民出版社,2014.8
ISBN 978－7－01－013882－4

Ⅰ.①表…　Ⅱ.①南…　Ⅲ.①文学研究　Ⅳ.①I0

中国版本图书馆 CIP 数据核字(2014)第 194245 号

表述与意义生产
BIAOSHU YU YIYI SHENGCHAN

南　帆　著

人民出版社 出版发行
(100706　北京市东城区隆福寺街 99 号)

北京中科印刷有限公司印刷　新华书店经销

2014 年 8 月第 1 版　2014 年 8 月北京第 1 次印刷
开本:710 毫米×1000 毫米 1/16　印张:19.5
字数:310 千字

ISBN 978－7－01－013882－4　定价:50.00 元

邮购地址 100706　北京市东城区隆福寺街 99 号
人民东方图书销售中心　电话 (010)65250042　65289539

序

福建师范大学是一所百年学府,肇始于1907年由清末帝师陈宝琛先生创立的福建优级师范学堂,开示福建高等教育的先河和师范教育的优良传统,又承传1908年筹设的福建华南女子文理学院和1915年兴办的福建协和大学两所教会大学的学科积淀,历经百年建设,发展成为东南名校。

我校中文系与校史一样源远流长,主要由福建优级师范学堂国文科、协和大学与华南女院等中文系科发展而来,于2000年改设文学院,现包括中国语言文学、秘书学和文化产业管理三系。文学院的学术源流,既呈现了陈宝琛、陈易园、严叔夏、董作宾、黄寿祺诸先贤奠定的传统国学,又涵衍着叶圣陶、郭绍虞、章靳以、胡山源、俞元桂等名家开拓的现代新学,堪称新旧交融,底蕴深厚。其中,长期为学科建设殚精竭虑而贡献卓著者,当推前后执掌中文系务三十年的经学宗师黄寿祺(号六庵)教授和现代文学史家俞元桂(号桂堂)教授。

随着改革开放的新时代进程,我校中国语言文学学科建设稳步发展,屡有创获。由六庵先生和桂堂先生分别领衔的中国古代文学和中国现当代文学学科,于1979年开始招收研究生,1981年经国务院学位委员会批准为全国首批硕士点;1995年中国语言文学学科由国家教委确认为国家文科基础学科人才培养和科学研究基地;1998年一举获得中国古代文学和中国现当代文学两个博士点,2000年又获汉语言文字学博士点,2001年设立中国语言文学博士后科研流动站,2003年获取中国语言文学一级学科博士授予权,2007年中国现当代文学被评为国家重点学科。此外,还有戏剧与影视学一级学科博士授予权和博士后科研流动站、国家级特色专业、人才培养模式创新实验区、教学团队各 1 个和精品课程 4 门,综合实力居全国同类院系的先进行列。

先师桂堂先生,1942 年毕业于协和大学,系国学名师陈易园、严叔夏先生之高足;1943 年考入中山大学研究院中国语言文学部,又师从文献学家李笠教授和文艺学家钟敬文教授;1946 年获文学硕士后,受严复哲嗣叔夏先生举荐回母校执教,直至退休。1956 年起任中文系副主任,协助六庵先生操持系务,1979 年接任系主任,至 1984 年卸任。先生从教五十年,早期讲授中国古代文学和文学批评史,1951 年起奉命转治现代文学,晚年创立现代散文研究方向,著有《中国现代散文史》、《桂堂述学》及散文集《晚晴漫步》、《晓月摇情》等,与六庵先生同为我校中文学科德高望重的鸿儒硕老。文学院此次策划出版两套学术文库,分别以两位先师的别号命名,不止为缅怀先师功德,更有传承光大学术门风的深长意味。

《桂堂文库》首批辑录 11 种,均来自我校现代文学学科群三代学者,包括文艺学、比较文学和语文教育学等学科。老一辈名师中,孙绍振教授以《文学的坚守与理论的突围》汇集他在中外文论、文艺美学和文本解读方面的精品力作,姚春树教授则以《中国现代杂文散文杂论》显示精鉴博识的特色。中年专家有 6 种,闽江学者特聘教授南帆的《表述与意义生产》畅论当代文论和文学研究的前沿关键问题,辜也平的《多维牵掣下的苦心雕镂》在巴金研究和传记文学探索上有所创获,席扬在《中国当代文学的"历史叙述"和"典型现象"》中阐发学科史和思潮史的新见,潘新和专门论述《"表现—存在论"语文学视界》,赖瑞云则细心探讨文学教育的《文本解读与多元有界》的理论与实践,拙作《现代散文学初探》只是附骥而已。新一代学人有郑家建的《透亮的纸窗》、葛桂录的《经典重释与中外文学关系新垦拓》和朱立立的《阅读华文离散叙事》,在各自领域显示学术锐气。原作俱在,可集中检阅我们学科建设的部分成果和治学风气,我作为当事人不宜在此饶舌,还是由读者独立阅读和评议吧。

汪文顶

二〇一四年夏于福建师范大学仓山校区

目 录
CONTENTS

上　辑

四重奏：文学、革命、知识分子与大众

上

愈来愈多的人倾向于相信，文学正在消失；或者说，文学退隐了。一个漫长的文学休眠期已经开始。大部分公众已经从文学周围撤离。作家中心的文化图像成了一种过时的浪漫主义幻觉，一批精神领袖开始忍受形影相吊的煎熬。如果没有诺贝尔文学奖的定期颁布，如果不是充当某一部电视肥皂剧改编的原材料，文学已经波澜不惊。当然，文学出版物并没有减少，统计数字仍然节节攀升。但是，文学不再扮演文化先锋的角色。启蒙的口号再度受挫。如今，引人注目的是财政金融，证券市场动向，计算机精英，生物学"克隆"风波，剩下的就是一些明星轶闻和体育消息。一些解嘲式的解释之中，这仿佛是小康时代必然出现的文化局面。这时，也许有必要重提海德格尔的一句著名追问：诗人何为？

回溯历史，诗人曾经作为普通的一员混迹于芸芸众生。鲁迅的《门外文谈》戏谑地形容过文学源头的"杭育杭育"派。的确，那个时候的诗并不是什么了不起的魔咒。《毛诗序》云："情动于中而形于言，言之不足故嗟叹之，嗟叹之不足故永歌之，永歌之不足，不知手之舞之，足之蹈之也"[①]——这毋

---

① 《十三经注疏》，《毛诗正义》卷一。

宁说更像是一种日常的抒情表述形式。按照卢卡契的想象,古希腊的史诗诞生于一个同质的世界之中。那个时候,灵魂的轮廓线与物质的轮廓线并没有什么差别,"史诗赋予内部完美的生活总体以形式"。换言之,主体、客体、内部、外部、文学或者现实之间并不存在清晰的界限。表现即是再现。文学的自律、独立以及文学形式的强制性均是后来的事情了。生活的整体和谐破裂之后,生活意义的内在性成为一个问题。这时的文学形式不得不担负起呈现生活内涵的重任。① 这是文学形式分离出日常话语的开始,也是分裂的现实赋予文学的职责。的确,康德规定纯粹美仅仅是一种孤芳自赏的形式;审美挣脱了现实关系的各种羁绊,艺术仿佛是现实划出的一个杜绝任何欲念插足的特殊区域。理性、道德和审美分疆而治。然而,至少在现今,马尔库塞式的观念更富于启示:自律的艺术形式不是回避现实,而是打入现实,并且以抗拒现存关系的方式成为现实的"他者",从而开启另一种可能的维度。所以,现今人们仍然有许多理由证明,文学的存在是因为文学的自律和独立,但是,这种自律和独立包含了尖锐的意义。

如果现代社会的文学丧失了尖锐的意义从而与现实达成和解,甚至销声匿迹,这并不是表明那个古老的同质世界又重新降临。很大程度上可以说,这是文学与意识形态的默契。发达的意识形态是现代社会特征之一。人们不再生活在赤裸的、直观的世界上,而是生活在无数有关世界的解释之中。屈从于意识形态的强大功能,文学不再是一个刺眼的异数;相反,文学与意识形态的各个门类彼此呼应,协同推动一个巨大的观念体系缓缓运转。在阿尔都塞所论述的"意识形态国家机器"之中,文学与宗教、教育、家庭、法律、政治、工会、大众传播媒介从属于同一个结构,唇齿相依,荣辱与共。②

阿尔都塞在分析资本主义意识形态时指出:"意识形态是具有独特逻辑和独特结构的表象(形象、神话、观念或概念)体系,它在特定的社会中历史地存在,并作为历史而起作用。"意识形态是作为社会的必要成分分泌出来的,它有效地支配了一个社会的个人心理与集体心理。意识形态不是表明真

---

① [匈]卢卡奇:《小说理论》第一部分,杨恒达编译,丘为君校订,台北:唐山出版社1997年版。

② [法]路易·阿尔都塞:《意识形态和意识形态国家机器》,《外国电影理论文选》,李迅译,上海文艺出版社1995年版,第629—630页。

实的生存关系,而是为社会成员制造"'体验的'和'想象的'关系"①。因此,意识形态把"个体询唤为主体",进而更大范围地保证了既有生产关系的再生产。② 正是察觉到意识形态的政治功能,特里·伊格尔顿的这几句话鞭辟入里:"意识形态的研究不只是关于思想观念的社会学;它更要具体地表明观念如何与现实的物质条件相联系,如何遮盖或掩饰现实物质条件,如何用其他形式移置它们,虚假地解决它们的冲突和矛盾,把它们明显地转变成一种自然的、不变的、普遍的状态。"③ 这就是说,意识形态包含了一种虚构,一种抚慰,一种有意的忘却,或者种种巧妙的话语策略。

作为审美意识形态,文学显然十分擅长上述职能。文学善于生产种种"表象体系",并且巧妙地夹带一系列意识形态信息。例如,长盛不衰的武侠小说可以轻易地将特定的国家观念、民族观念、性别观念、荣誉观念、等级尊卑观念、善恶忠奸观念塞入某一个寻找武功秘籍或者江湖门派角逐仇杀的故事之中;现代侦探小说无疑必须在法律观念、财富观念、正义观念的支持下运转。的确,相当一部分文学是意识形态的称手工具。很长一个时期内,人们关心的是文学背后个别与一般的关系:个别形象包含了哪些普遍的意义? 由于二者的分裂而无法合成"典型"是众多理论家最为焦心的事情。现今看来,"一般"或者"普遍"的阐释毋宁说源于意识形态的主导话语,意识形态决定了何谓"一般",何谓"普遍"。换言之,形象与意识形态的关系远比个别与一般的关系深刻。通常,大部分文学隐含的生活观念并没有成为意识形态体系之中不和谐的杂音。当然,这也可能在另一方面制造了文学的危机。文学还是不可替代的吗? 如果说,现今的广告、时尚、电视肥皂剧、国际电影奖、流行歌排行榜、畅销书、歌舞晚会不约而同地形成了某种意识形态合奏,那么,这个队伍之中的文学只能算一个可有可无的角色。文学的传统感召力正在消失,印刷文明的没落削减了文学的意识形态地位。文学似乎就要

---

① ［法］路易·阿尔都塞:《马克思主义和人道主义》,《保卫马克思》,顾良译,商务印书馆1984 年版,第 201、203 页。

② ［法］路易·阿尔都塞:《意识形态和意识形态国家机器》,《外国电影理论文选》,李迅译,上海文艺出版社 1995 年版,第 661、635 页。

③ ［英］特里·伊格尔顿:《意识形态》,《历史中的政治、哲学、爱欲》,马海良译,中国社会科学出版社 1999 年版,第 84 页。

退役。

　　然而,文学的能量并没有完全耗尽。进入文学圈就可以看到,眼花缭乱的文学实验仍然层出不穷。现代主义文学仍然摆出了不屈的反抗姿态。后现代主义文学仍然显示了破除整体性、普遍性钳制的活力。某些文学实验可能被出版商制作成了哗众取宠的海报,这充分显示了市场意识形态具有的强大收编能力。尽管如此,隐藏在文学之中的强大冲击仍然不容忽视。按照乔纳森·卡勒的观点,这种能量也可能冲决意识形态的牢笼。所以,"文学是意识形态的手段,同时文学又是使其崩溃的工具"——这就是现今文学的双重意义。① 所以,众多理论家必须共同关心这个问题:文学复活的能量从哪里来?

　　这时必须提到文学与个人感性经验的关系。不论是精雕细琢的细节还是虚构、想象,文学总是以感性经验的形式呈现。这证明了作家与现实的直面相遇,也是文学不尽的生机和源泉。生活的深部骤然打开,一个个丰富奇特的现实局部强烈地打动了作家。人物或者故事、对白或者肖像、一片树叶或者一扇窗户,这一切组成的生动可感的现实时常刺破了意识形态的规定,暴露了意识形态的虚伪、矛盾和裂缝,或者澄清意识形态的迷惑、讹误。如果用恩格斯的话表述,这是"现实主义的最伟大胜利之一"②。"现实主义的最伟大胜利"是一个值得扩展的命题。这个命题可以进一步阐释为文学的感性经验挑战意识形态的逻辑和表象。现实主义的胜利意味着,作家直面的尖锐现实无情地戳破了庞大的意识形态体系。生动的感性经验赋予文学反抗意识形态的能量,文学形式的功能在于将这种能量凝聚为一个坚硬的实体。所以,马克思、恩格斯曾经在同一个时期倡扬"莎士比亚化"而否弃"席勒式"。马克·爱德蒙森的《文学对抗哲学》——一个开宗明义的标题——再度称道了文学拥有的特殊锋芒和能力:"衡量一个诗人的技艺水平,关键要看他是否有能力占有、转化以及超越那些占统治地位的概念模式,他的写作是

---

① ［美］乔纳森·卡勒:《文学理论》,李平译,辽宁教育出版社1998年版,第41页。
② ［德］恩格斯:《致玛·哈克奈斯》(1888年4月初),《马克思恩格斯选集》第四卷,人民出版社1972年版,第463页。

否能使任何现存理论都无法把它摧毁。"① 不可忽视的是,感性经验通常伴有强烈的情绪震撼,即使静穆也是别一种震撼——尼采称之为日神冲动与酒神冲动。这种混杂的心理现象被笼统地称之为"美感"。这是文学的勃勃生机,也是文学摧枯拉朽的动力。的确,某些意识形态结构就是在读者的哭声或者笑声之中倒塌。

可以预料,许多理论家迅速地意识到美感的危险性。西方文学批评史上,柏拉图对于诗人的憎恶即是第一个著名的案例。柏拉图之所以将诗人逐出理想国的围墙,一个重要的原因即是,诗人煽起了某种难以驾驭的情绪。理性原则遭到了亵渎,丧失了阳刚之气的男人如同女人一样哭哭啼啼,或者沉溺于某种畸形的哀怜癖。这将对健全的灵魂和合理的国度产生巨大的危害。简言之,美感是一个罪魁祸首。无独有偶,中国的古代理论家也始终反对诗人放纵情绪。根据《礼记·经解》的记载,孔子曾经将"诗教"概括为"温柔敦厚"。《毛诗序》如此论述《诗经》的"风":"上以风化下,下以风刺上,主文而谲谏,言之者无罪,闻之者足以戒,故曰风。""故变风发乎情,止乎礼义。发乎情,民之性也;止乎礼义,先王之泽也。"② 这甚至形成了中国诗学之中含蓄、委婉、韵外之致的重要源头。相当长的时期,骚人墨客的吟诗填词仅仅被视为不登大雅的雕虫小技,舍弃不下轻浮的美感不啻玩物丧志。意识形态对于美感的压抑近现代才开始削弱。梁启超论证了"小说与群治"的关系,并且概括了"熏"、"浸"、"刺"、"提"四个特征,胡适、陈独秀等五四新文化的主将利用白话文倡导"人的文学",改造国民的思想——这一切无不表明,意识形态逐渐将文学与美感解放出来了。当然,解放出来的美感也可能再度为另一种意识形态效力。这是意识形态对于美感的重新征服——二者之间的对抗从未止歇。这个意义上,伊格尔顿对美学的诞生与资本主义意识形态之间的关系作出了别致的解释。在他看来,美学话语"可以解读为专制主义统治内在的意识形态困境的预兆。为了自身的目的,这种统治需要考虑'感性的'(sensible)生活,因为不理解这点,什么统治也不可

---

① ［美］马克·爱德蒙森:《文学对抗哲学——从柏拉图到德里达》,王柏华、马晓冬译,中央编译出版社 2000 年版,第 55 页。

② 《十三经注疏》,《毛诗正义》卷一。

能是安稳的。"所以，"美学的任务就是要以类似于恰当的理性的运作方式（即使是相对自律地），把这个领域整理成明晰的或完全确定的表象"。因为人的身体和历史均是不可还原的特殊性和具体的确定性，美学乃是控制这两者的知识和法则。"维系资本主义社会秩序的最根本的力量将会是习惯、虔诚、情感和爱。这就等于说，这种制度里的那种力量已被审美化。这种力量与肉体的自发冲动之间彼此统一，与情感和爱紧密相联，存在于不加思索的习俗中。如今，权力被镌刻在主观经验的细节里，因而抽象的责任和快乐的倾向之间的鸿沟也就相应地得以弥合。"① 这就是说，经过了种种庞大而细致的运作，美学——一种后继而来的理论知识——终于把美感驯服为意识形态体系之中的主动因素。

　　不论美感与意识形态之间的关系进入哪一种模式，人们都必须承认，意识形态与文学之间可能在某些时刻形成了压抑与反抗的关系。"压抑"这个词很快会令人联想到精神分析学。的确，可以把文学比拟为汹涌的无意识，文学蔑视既定秩序——包括文学史上经典形成的秩序——带来的频繁革命远远超过其他领域。这种品性也是文学时常与社会革命遥相呼应的理由。有趣的是，文学的革命总是极大地解放了文学的生产力。浪漫主义的文学理论曾经认为，诗人吐出了想象的岩浆可以避免破坏性的地震。M. H. 艾布拉姆斯指出，这种想象源于一种观念："作诗的强烈愿望，是因为人的欲望或者理想与现实世界之间的不调和而产生的。"② 如今，这些略嫌粗糙的理论在精神分析学之中得到了回炉。精神分析学的理论视域之中，欲望与现实原则之间的差距造就了文学；拉康的理论补充了欲望与符号的关系之后，一个完整的解释逐渐形成。当然，这一切可以视为一个隐喻——文学与意识形态关系的隐喻。后者代表了秩序。这个意义上，文学揭示了意识形态有意压抑的社会无意识，揭示了意识形态屏幕之中缺失的历史场景。这时，弗洛伊德构思的家庭传奇剧当然不够用了。回到历史的大舞台，社会无意识当然不仅仅是恋母的性欲。如果扩大弗洛伊德的解释范畴，社会无意识可能是被压迫阶级

---

　　① ［英］特里·伊格尔顿：《美学意识形态》，王杰等译，广西师范大学出版社 1997 年版，第 3、4、8 页。

　　② ［美］M. H. 艾布拉姆斯：《镜与灯》，郦稚牛等译，北京大学出版社 1989 年版，第 213 页。

或者阶层的叛逆之声，可能是弱小的民族和国家，也可能是挣扎于男权威压之下的女性意识，总之，一切遭受强制压抑的历史内容。按照弗洛姆——一个具有精神分析学派与法兰克福学派双重血缘的理论家——的分析，意识形态将动员语言、逻辑以及社会禁忌系统共同组成严密的网络阻止社会无意识的浮现。① 文学就是在这样的十字路口选择：或者参与意识形态制订的语言、逻辑、禁忌系统，或者加盟反抗者之列，成为社会无意识的代言。

至少在某些关键时刻，20 世纪的中国文学站到了反抗者一边。当然，许多时候的选择发生于纷杂的历史脉络之中，甚至无法泾渭分明。因此，论争迄今仍在持续，"意识形态终结"或者"历史的终结"这一类的口号无形地增添了论争之中某一方的筹码。文学史的回忆为以上的理论图景提供了一大批活生生的主人公。知识分子、大众、政治领袖纷纷登场，启蒙或者革命此起彼伏。现今的文学局面很大程度上源于这几个关键词的历史演变。当然，多数人愿意承认，20 世纪之初的五四新文化运动可以视为一系列故事的开端。

1907 年的时候，鲁迅曾经在《摩罗诗力说》之中极力提倡"立意在反抗，指归在动作"的文学。然而，文章结束之际，鲁迅不无迷惘地掷笔长叹："今索诸中国，为精神界之战士者安在？"② 1919 年，五四新文化运动终于开启了一扇新的大门。一批新型的知识分子以前所未有的姿态跨上历史舞台。作为五四新文化运动的一个重要组成部分，五四新文学振聋发聩；文学革命的巨大震撼有力地动摇了传统的意识形态结构。无论是叛逆者还是卫道士，所有的人都会意识到某种新的历史内容正在临近。要不要打开所罗门的瓶子？这个主题成为两个集团激辩的战场。当然，首先必须追问的是，哪些幽灵将从所罗门的瓶子里面跑出来？

不论有过多少种近似的概念，"大众"肯定是一个最为常用的命名。五四新文学力图将大众从佶屈聱牙的文言文之中解放出来。封建社会末期，

---

① ［美］埃里希·弗洛姆：《在幻想锁链的彼岸》，张燕译，湖南人民出版社 1986 年版，第 126 页。

② 鲁迅：《摩罗诗力说》，《鲁迅全集》第一卷，人民文学出版社 2005 年版，第 102 页。

文言文业已形成一个坚固的文化栅栏。大众被隔离于正统文化符号之外,贬为社会无意识。芸芸众生在这个符号系统之中无声无息。他们是缺失的历史。五四时期的知识分子深刻地察觉到社会无意识的能量;这一批反抗者以笔为旗,他们的使命之一是摧毁禁锢大众的压抑机制。他们心目中,盛行于大众之间的白话文无疑是攻击封建意识形态的力比多。白话文登堂入室意味了大众的现身。文学历来是意识形态结构之中最为活跃的环节。白话文开始突围的时候,知识分子理所当然地挑中了这个突破口。无论是胡适《文学改良刍议》之中的八项主张还是陈独秀《文学革命论》之中的三大主义,大众成了文学的题中应有之义。当时,他们的论敌林纾已经意识到,白话文的提倡即是为走卒贩夫、引车卖浆之徒张目。多年之后,胡适在《中国新文学大系·建设理论集》的导言之中承认,这的确是他们倡导白话文的意图。严复、林纾、梁启超等知识分子徒然存有革新救国之心;但是,他们古奥的著作无法赢得大多数人。号召大众共同担负救国的责任,白话文是必不可少的利器。各种尝试表明,白话文的选择是历史的必然。① 换言之,语言的选择是一种激烈的意识形态对抗。如同杰罗姆 B. 格里德尔曾经在《知识分子与现代中国》之中概括地指出的那样,攻击文言文、古代文学和教育传统必将全面波及整个社会制度系统:

> 儒学……毋宁是一门道德教育课程,目的在宣传一定的社会和政治准则。因而它也是一个精心设计、高度发展、持久存在的垄断社会和政治利益的体系,而这个体系为掌握了基本文化技能的人所享用。对这种靠垄断维持的体系的挑战——文言文、限制其作用的文学规范、体现儒家品位的审美和道德价值的文学——同时也是对构成儒家制度主要支柱之一的精英统治(社会和道德)原则的挑战。②

从文学语言到道德教育体系、社会制度系统——形式与意识形态衔接起来

---

① 胡适:《中国新文学大系·建设理论集》导言,《中国新文学大系·建设理论集》(影印本),上海文艺出版社 1987 年版,第 5—13 页。

② [美]杰罗姆 B. 格里德尔:《知识分子与现代中国》,单正平译,南开大学出版社 2002 年版,第 260—261 页。

了。的确，弗·詹姆逊在《政治无意识》之中曾经使用了一个概念："形式的意识形态。"弗·詹姆逊认为，文本的阐释可以在三个同心的框架之中逐渐拓宽。政治历史、阶级话语之后，"历史"的视域是弗·詹姆逊的终极视域。这个视域之中，生产方式、意识形态和文本之中形成了复杂的联动关系。各种的文本代表了"由不同符号系统的共存而传达给我们的象征性信息，这些符号系统本身就是生产方式的痕迹或预示"①。这个意义上，五四时期文学语言的冲突可以追溯到生产方式的革命。近代史的长期挤压之下，传统的生产方式已经衰朽不堪。崩裂的时刻终于来临。崩裂的表征之一即是，文言文和白话文无法继续相互容忍。五四新文学的功绩不仅提供了一批新型的人物和思想，同时，新的文学形式预示了新的历史。因此，胡适驳回了顽固派对于"文字形式"改革的讥讽，充分地估计了形式的巨大意义。②当然，不论"形式的意识形态"包含了多少重大的启示，人们都没有理由轻率地删除生产方式到文本之间的诸多环节。或许可以说，这个概念的意义恰恰必须由诸多环节给予有效论证。叙述五四新文学的历史缘起，胡适的眼光超过了陈独秀。陈独秀仅仅用"中国近来产业发达，人口集中"解释白话文的兴旺，胡适表示了异议。在他看来，白话文的兴旺至少还要追溯到其他几个历史原因：一千多年的白话文学，如禅门语录、理学语录、白话诗调曲子、白话小说等；两千多年的"官话"推广；海禁的打开和世界文化的涌入，如此等等。另外，科举制度的废除和满清帝国的颠覆也是不可或缺的条件。③的确，"形式的意识形态"并不是热衷于描述文本与生产方式之间最短的直线距离，它的涵义分布于全部与文学实践产生联系的社会层面。

《中国新文学大系·建设理论集》之中，胡适的导言和《逼上梁山》均是重要的历史文献。尤其有趣的是，这两份历史文献包含了一个象征：胡适——或者说胡适、陈独秀等一批人——理所当然地充当了这一段历史的叙述者。这一批知识分子均是掌管大众传播媒介的主人。更为重要的是，推动

① ［美］弗·詹姆逊：《政治无意识》，王逢振、陈永国译，中国社会科学出版社1999年版，第65页。

② 胡适：《中国新文学大系·建设理论集》导言，《中国新文学大系·建设理论集》（影印本），上海文艺出版社1987年版，第26—27页。

③ 同上书，第15—16页。

历史的特殊业绩显然有助于赢得历史叙述者的资格。用胡适的话说,因为他们加上了一鞭,新文学革命的历史提前了几十年。[①] 胡适们看来,千年的白话文犹如遭受禁锢的无意识,那些痴迷于古文的遗老遗少无疑是可憎的压抑机制。陈独秀的《文学革命论》叙述"三大主义"的时候,国民文学、写实文学与社会文学的对手即是贵族文学、古典文学和山林文学。这种历史图景之中,知识分子的位置在哪里?虽然多数知识分子同声拥护劳工神圣的口号,虽然胡适抨击了传统士大夫对于"齐氓细民"的蔑视[②],虽然周作人的《平民文学》曾经轻描淡写地将知识分子视为"普通男女"之中的一员[③],但是,这一批文人教授并没有真正投入大众。即使在鲁迅那个著名的"铁屋子"寓言之中,也是知识分子用不祥的呐喊惊醒了熟睡的大众——他们是大众之上的解放者和启蒙者。如果说,知识分子揭示了历史表层之下的力比多,那么,他们占据了精神分析医生的位置。因此,他们的话语是历史的权威诊断。

五四时期的知识分子引入了哪一种新的意识形态?民族国家成为许多人共同关注的一个焦点。例如,刘禾曾经断定:"'五四'以来被称之为'现代文学'的东西其实是一种民族国家文学。"[④] 现代社会来临的标志之一即是民族国家的浮现。1911 年帝制终结之后,"普天之下,莫非王土"的感觉逐渐被现代国家所替代。另一方面,现代社会又是一次一次地以痛苦的方式让人意识到民族国家的存在。船坚炮利的威胁和丧权辱国的打击导致知识分子的莫大忧虑。亡国的阴影一直徘徊在附近。所以,五四运动的另一方面内容即是爱国行动。这个宏伟的历史主题无疑居高临下主宰了五四新文学。

刘禾看来,这个主题如此强大,以至于跨越了一条界限——民族国

---

① 胡适:《白话文学史·引子》,东方出版社 1996 年版,第 5 页。

② 胡适:《中国新文学大系·建设理论集》导言,《中国新文学大系·建设理论集》(影印本),上海文艺出版社 1987 年版,第 11—12 页。

③ 周作人:《平民文学》,《中国新文学大系·建设理论集》(影印本),上海文艺出版社 1987 年版,第 211 页。

④ [美]刘禾:《文本、批评与民族国家文学》,《语际书写——现代思想史写作批判纲要》,上海三联书店 1999 年版,第 191 页。

家的概念不仅仅是一面用于抗御的理论盾牌："西方的国家民族主义
（nationalism）被中国人接受后，即成为反抗帝国主义的理论依据，这一点无
需赘述。但值得注意的是，国家民族主义的意识形态功能远远超过了反帝斗
争的需要，它其实创造了一种新的有关权力的话语实践，并渗透了 20 世纪知
识生产的各个层面。"① 这个意义上，五四时期大批知识分子成为围绕这个主
题的话语生产者。他们并非只是从事某些职业化的写作或者演讲，这一切必
须被认定为知识分子想象或者创建现代民族国家的熟悉方式。这时，人们可
以把《新青年》杂志和北京大学视为一种隐喻——这二者构成的空间不仅
提供了知识分子的活动区域，而且形成了知识分子的活动模式。

　　晚清社会的报业出现了根本的转折。根据李欧梵的考察，"它不再是
朝廷法令或官场消息的传达工具，而逐渐演变成一种官场以外的'社会'的
声音"；如同一些西方理论家阐述的那样，报纸对于现代民族国家的建构与
民主制度产生了巨大的作用。② 晚清社会的杂志也盛极一时。王中忱的一
批史料分析从另一个方面察觉到杂志传媒与民族国家之间的关系。例如，梁
启超的"新小说"理论、《新小说》杂志即是编织于民族国家的想象之中。
"1905 年，科举制度终于废除，众多士大夫阶层的读书人从传统经典的束缚
中解放出来，渴望新的文化信息，又积极地寻求加入到新政治、新社会的途
径。自 1900 年开始，顺应这种需要的各种政论性报纸、杂志创刊，到 1910 年
至少达到 300 种以上。"③ 显而易见，报纸杂志是知识分子环绕的一个核心，
他们的知识生产借助上述印刷传媒实现民族国家的主题。知识分子环绕的
另一个核心是大学。他们汇聚于这个独特的文化空间，激荡思想，纵议天下，
教书育人。这形成了启蒙的另一个重镇。林毓生认为，五四知识分子激烈地
反传统源于"借思想、文化以解决问题的方法"。他们对于文化批判期望过
多。文化化约主义的观念形成了特殊的遮蔽——他们没有对"社会、政治、

---

　　① ［美］刘禾：《文本、批评与民族国家文学》，《语际书写——现代思想史写作批判纲要》，上
海三联书店 1999 年版，第 192 页。

　　② ［美］李欧梵：《"批评空间"的开创》，《现代性的追求》，生活·读书·新知三联书店 2000
年版，第 4 页。

　　③ 王中忱：《媒体·民族国家论述·"新小说"观念的诞生》，《越界与想象》，中国社会科学
出版社 2001 年版，第 89 页。

经济组织的社会政治结构"给予深刻的剖析。① 如果考虑到五四知识分子的出身、职业和占有的思想资源，这不足为奇；同时，他们也只能以这种方式想象与创建现代民族国家。

利用写作和教育启蒙大众，这是知识分子设计民族国家的第一个步骤。这个主题同时决定了知识分子与大众的相互位置及其关系的模式。

1928 年，成仿吾在《创造月刊》发表了《从文学革命到革命文学》。这篇论文时常被视为一个转折性的文化标志。成仿吾娴熟地使用一套特定的词汇和术语分析文学史：帝国主义，智识阶级，小资产阶级，意识形态，"文学在社会全部的组织上为上部建筑之一"；"必须从事近代资产阶级社会全部的合理的批判（经济过程的批判，政治过程的批判，意识过程的批判），把握着唯物的辩证法的方法，明白历史的必然的进展"，如此等等。② 这显示了革命话语的活跃。知识分子与大众的关系开始在一个新的历史框架之中重新叙述。

据考，汉语之中的"革命"一词语出《易经》："所谓'革命'的基本含义是改朝换代，以武力推翻前朝，包括了对旧皇族的杀戮，它合乎古义'兽皮治去毛'，这是西方 revolution 的意义里所没有的。"③ 换言之，汉语的"革命"之中始终存在暴力的内涵——革命是一个阶级推翻另一个阶级的暴烈行动。这是设计现代民族国家的另一种方式。当然，20 世纪的革命话语很大一部分源于马克思主义学说。这是俄国十月革命送来的思想武器。如果说马克思主义是一个复杂的体系，那么，如同李泽厚曾经指出的那样，李大钊、陈独秀等革命家兴趣的"是马克思主义的唯物史观。其中，又特别是阶级斗争学说"。他们"要求用马克思主义的阶级斗争学说来组织群众进行革命的政治斗争，推翻旧制度，以取得'经济问题'的'根本解决'，只有这样，其他一切才可迎刃而解。再不是'伦理的觉悟'而是阶级斗争的觉悟成了首要和

① 林毓生：《五四时代的激烈反传统思想与中国自由主义的前途》，《中国传统的创造性转化》，生活·读书·新知三联书店 1988 年版，第 194 页。

② 成仿吾：《从文学的革命到革命文学》，《创造月刊》第一卷第九期，1928 年。

③ 陈建华：《"革命"的现代性——中国革命话语考论》，上海古籍出版社 2000 年版，第 5 页。

'最后的觉悟'了。从而，一切问题、所有出路便集中在这个发动组织工人群众进行阶级斗争的焦点上"①。这表明了革命家对于社会、历史以及未来方向的崭新的设想。火与剑取代了温文尔雅的文学语言之争。这是以另一种迥然相异的方式设计民族国家。这时，人们可以发现一个意味深长的事实：知识分子不再承担历史的叙述人；这个角色开始由革命家接管。

斯图亚特·霍尔说过，现代的社会平衡和社会关系变化"一次又一次地表现为对普通民众的文化形式、传统和生活方式的争夺"②。二三十年代，"大众"始终是一个聚讼纷纭的概念。人们曾经从各个层面对于"大众"的定义作出纷杂的阐释。多数人，乌合之众，农工阶级，平民，国民，没有文学品味的人，经济、文化教育的中下阶层——这一切都曾经成为"大众"的所指。现今看来，"阶级"概念介入大众的分析表明了新的阐释模式出现。这是革命话语的醒目标志——"在革命文学话语里，民众／劳苦大众／农工大众首次作为被压迫阶级获得了历史主体的涵义"③。的确，这时的大众仍然可以视为被压抑的力比多；然而，阶级结构形成的社会图景之中，哪些人组成了压抑大众的社会机制？有趣的是，知识分子已经成为被叙述的历史对象。他们没有被纳入大众的革命队伍；许多时候，他们被有意无意地组织到压抑大众的文化机制之中，成为革命的阻力。毛泽东于1925年写下的《中国社会各阶级的分析》之中，知识分子大致处于中产阶级和小资产阶级之中，或左或右，摇摆不定；他们延续下来的启蒙姿态被认为是凌驾于大众之上的教训。即使不考虑知识分子的经济地位形成的阶级结构，启蒙与知识精英与革命话语之间的分歧依然清晰可见。杰罗姆B.格里德尔概括地总结了二者之间不同的意识形态指向：

　　……社会革命意识形态，如它在20世纪20年代以来的中国所表明的，在几个方面与这种观念相对立。新文化知识分子坚持精英价值的社

① 李泽厚：《中国现代思想史论》，东方出版社1987年版，第145、28页。
② ［英］斯图亚特·霍尔：《解构"大众"笔记》，戴从容译，《大众文化研究》，上海三联书店2001年版，第41页。
③ 吴晓黎：《作为关键词的"大众"：对二三十年代中国相关讨论的梳理》，《思想文综》第四辑，暨南大学出版社1999年版，第115页。

会意义;革命者则对知识精英主义表示怀疑,而且把大众的价值作为出发点,或认为精英价值必须包括在整个社会价值体系中。新文化知识分子并非对社会问题漠不关心,但总的来说,他们对以根本性的阶级斗争和矛盾观念为基础的社会变革战略不表同情,而宁愿强调他们断定具有普遍性的个性品质。另一方面,社会革命家抓住并利用社会和经济不平等的存在,来为大众辩护,为从意识形态上建立社会组织(至少是大众政党)辩护。新文化自由主义者确定的知识分子角色是有责任的社会和文化变革的战略家;在革命制度下,知识分子被当作可以信任的,伟大的社会和文化转换中的必要的合作者。但他们被剥夺了设计的权威。他们变成了和其他人一样的劳动者,他们是能为建设新秩序大厦提供服务的熟练手艺人,而不再自以为是设计师。①

革命家的历史叙述之中,文学并非首要阵地;用毛泽东的话说,文学仅仅是革命机器之中的齿轮和螺丝钉。② 然而,革命话语如此有力,以至于文学之中出现了一个明显的转移。五四文学形成的范式遭到了猛烈的挑战。尽管五四文学的启蒙之光仍然不可避免地投射到革命文学之中,但是,后者的确提出了新的文学范式。所以,即使在 20 世纪 90 年代,旷新年仍然用"断裂"这种火药味十足的字眼形容这种挑战——"它以无产阶级革命文学的倡导和对'五四'资产阶级现代性的'文化批判'与'五四'产生了自觉的、明显的断裂。它是马克思主义的启蒙运动,是无产阶级的'五四'。与'五四'反封建的主题相对照,它提出了崭新的反资本主义的主题。"③ 这时,个人主义资源已经耗尽。"无产阶级文化派"倡导"自己阶级的艺术"。④ 普罗文学方兴未艾。

　　大众在无产阶级的名义下集结起来,另一边是谁呢? 革命文学的倡议

---

① [美]杰罗姆 B. 格里德尔:《知识分子与现代中国》,单正平译,南开大学出版社 2002 年版,第 329 页。

② 毛泽东:《在延安文艺座谈会上的讲话》,《毛泽东选集》第三卷,人民出版社 1991 年版,第 866 页。

③ 旷新年:《1928:革命文学》,山东教育出版社 1998 年版,第 1 页。

④ 《无产阶级与艺术》,见《无产阶级文化派资料选编》,中国社会科学出版社 1983 年版,第 1 页。

者眼里，一批五四文学革命的中坚猛将突然成了落伍者，成了——用刘半农的话说——"三代以上的古人"，甚至鲁迅也被讥为停留于"满清末年"的"封建余孽"，是"二重的反革命"。① 即使是他们引为自豪的白话文也遭受到两个不同方向的重大非议。一种观念认为，五四新文化运动是资本主义对于封建主义的反抗，科学、民主都是资产阶级意识形态的表征；因此，白话文取代文言文无非是资产阶级的胜利。五四知识分子无法加入彻底的无产阶级革命，他们的归宿不过是大学或者文化机构、"好人政府"以及整理国故。② 另一种观念认为，五四新文化运动形成的白话文转变成为一种"新文言"——"是中国文言文法，欧洲文法，日本文法和现代白话以及古代白话杂凑起来的一种文字，根本是口头上读不出来的文字。"③ 这种新文言只能局限于知识分子的小圈子，不可能成为无产阶级革命的工具。总之，革命话语的历史叙事取消了知识分子的精神导师资格；大众的革命狂欢之中，他们被甩在历史之外，凝固成一个保守的、懦弱的、患得患失的形象。

毛泽东的《在延安文艺座谈会上的讲话》是一份极其重要的文献。这份文献的烙印深深地打入 20 世纪下半叶的中国文学史之中。尽管毛泽东也是一个杰出的诗人，但是，作为一个革命领袖，毛泽东考虑的是文学与革命的关系，考虑革命文学"团结人民、教育人民、打击敌人、消灭敌人"的意识形态功能。所以，他在引言之中开宗明义地指出，这次座谈会的目的是"研究文艺工作和一般革命工作的关系，求得革命文艺的正确发展，求得革命文艺对其他革命工作的更好的协助，借以打倒我们民族的敌人，完成民族解放的任务"④。革命开始征用文学的美感功能。情感模式在革命话语之中的巨大意义引起人们的关注："激进的理念和形象要转化为有目的和有影响的实际行动，不仅需要有利的外部结构条件，还需要在一部分领导者和其追随者身上实施大量的情感工作。"擅长唤起大众的情感甚至被视为一种相当成功的

① 杜荃：《文艺战上的封建余孽》，《创造月刊》第二卷第一期，1928 年 8 月 10 日。
② 李初梨：《怎样地建设革命文学》，《文化批判》第二号，1928 年 2 月。
③ 宋阳（瞿秋白）：《大众文艺的问题》，《文学月报》创刊号，1932 年 6 月。
④ 毛泽东：《在延安文艺座谈会上的讲话》，《毛泽东选集》第三卷，人民出版社 1991 年版，第 848、847 页。

革命技术。古代的农民起义者曾经使用武术套路、气功、迷魂术、发誓赌咒等手段作为政治和心理的控制策略。中国共产党在诉苦和控诉会之外还诉诸另一种文明的形式：戏剧。革命家逐渐意识到，这时文学产生的效果甚至不亚于军队。[①]

这个意义上，毛泽东从来不愿意把文学视为闲情逸致。温柔敦厚的儒家诗教无异于统治者的帮手。文学是从属于革命的武器。他明确地说："一切文化或文学艺术都是属于一定的阶级，属于一定的政治路线的。"不存在超阶级的文艺。谈论文学的归宿之前，毛泽东根据阶级图谱描述了大众、知识分子以及他们在革命形势之中分布的位置。当然，首先必须作出一个基本的定位："现阶段的中国新文化，是无产阶级领导的人民大众的反帝反封建的文化。"[②] 无产阶级的领导权决定了阶级图谱之中的首要关系；大众是浩浩荡荡的主流。谁有资格成为大众？毛泽东详细地分析了大众的阶级组成：

> 什么是人民大众呢？最广大的人民，占全人口百分之九十以上的人民，是工人、农民、兵士和城市小资产阶级。所以我们的文艺，第一是为工人的，这是领导革命的阶级。第二是为农民的，他们是革命中最广大最坚决的同盟军。第三是为武装起来了的工人农民即八路军、新四军和其他人民武装队伍的，这是革命战争的主力。第四是为城市小资产阶级劳动群众和知识分子的，他们也是革命的同盟者，他们是能够长期地和我们合作的。这四种人，就是中华民族的最大部分，就是最广大的人民大众。[③]

这是一个相当清晰的定义。尽管这个定义之中包括了知识分子的地位，但是，他们还是被单独提出给予论述。的确，知识分子的阶级归宿——小资产阶级——仅仅是大众的外围；他们时常与工农兵格格不入。只要气候适宜，

---

① 裴宜理：《重访中国革命：以情感的模式》，《中国学术》总第八辑，商务印书馆 2001 年版，第 98、101、107 页。

② 毛泽东：《在延安文艺座谈会上的讲话》，《毛泽东选集》第三卷，人民出版社 1991 年版，第 865、855 页。

③ 同上书，第 855 页。

他们就会不知不觉地转为大众的反面。所以，毛泽东以批评的口吻说："他们的灵魂深处还是一个小资产阶级知识分子的王国。"物以类聚，人以群分，毛泽东尖锐地指出了这些知识分子利用文学表现出的阶级本能："因为他们自己是从小资产阶级出身，自己是知识分子，于是就只在知识分子的队伍中找朋友，把自己的注意力放在研究和描写知识分子上面。……他们是站在小资产阶级立场，他们是把自己的作品当作小资产阶级的自我表现来创作的，我们在相当多的文学艺术作品中看见这种东西。他们在许多时候，对于小资产阶级出身的知识分子寄予满腔的同情，连他们的缺点也给以同情甚至鼓吹。对于工农兵群众，则缺乏接近，缺乏了解，缺乏研究，缺乏知心朋友，不善于描写他们；倘若描写，也是衣服是劳动人民，面孔却是小资产阶级知识分子。"①

即使在《在延安文艺座谈会上的讲话》发表前夕，仍然有人在延安为小资产阶级知识分子辩护。例如，1942 年 1 月 27 日的《解放日报》刊登了林昭的文章《关于对中国小资产阶级作家的估计》。作者提出，不该将中国的小资产阶级知识分子与资产阶级知识分子相提并论，不该认为他们都是"先天的屠儿"，文学成就"薄弱、渺小、几乎是不足道的"。相反，小资产阶级知识分子"始终是中国新文学运动的主力"，业绩辉煌。②然而，一旦毛泽东把大众作为知识分子的向导和尺度，后者就无形地成了反面角色："拿未曾改造的知识分子和工人农民比较，就觉得知识分子不干净了，最干净的还是工人农民，尽管他们手是黑的，脚上有牛屎，还是比资产阶级和小资产阶级知识分子都干净。"所以，毛泽东号召知识分子必须与工农大众相结合；知识分子必须熟悉工农兵，所谓的"大众化""就是我们的文艺工作者的思想感情和工农兵大众的思想感情打成一片"。知识分子没有理由再将自己当成理所当然的启蒙者，"只有代表群众才能教育群众，只有做群众的学生才能做群众的先生"。如果知识分子真心诚意地为大众服务，他们就要放弃小资产阶级的

---

① 毛泽东：《在延安文艺座谈会上的讲话》，《毛泽东选集》第三卷，人民出版社 1991 年版，第 856—857 页。

② 艾克恩编纂：《延安文艺运动纪盛》，文化艺术出版社 1987 年版，第 309 页。

立场而站在无产阶级的立场。①

这是革命话语对于意识形态、文学、知识分子、大众之间复杂关系的权威表述。不论 20 世纪 40 年代的延安拥有哪一种历史地位,毛泽东总是以历史叙述者的身份出现,高瞻远瞩,全知全能。当然,这种身份最终得到了历史的承认。毛泽东逐渐拥有了无可比拟的历史地位,这些表述随即成为金科玉律,并且派生出形形色色的文化革命。相当长一个时期,知识分子完全丧失了启蒙者的威信。他们通常作为迂腐、狭隘、保守乃至反动的角色载入史册,成为大众讥讽和抛弃的对象。大众、知识分子的身份均已固定化,体制化,脸谱化,阶级出身成为或褒或贬的全部依据。这种历史一直延续到 20 世纪的80 年代——延续到一个新的启蒙运动开始。

下

相当长的时间里,文学史叙述学被规范为革命话语的一个分支。20 世纪 40 年代之后,"大众"已经成为文学史叙述学之中的一个举足轻重的概念。从民粹主义的传统到大众文学的论争,一系列复杂的理论运作终于使大众成为一个不容置疑的褒义词。因此,"大众"的喜闻乐见是文学的不懈追求,投入"大众"是对一个作家的重大褒奖。这是"文学新方向"的主要内容。② 然而,尽管"大众"这个概念具有特殊的分量,它的涵义仍然闪烁不定。"大众"仅仅表明了庞大的数量而不存在固定的边缘;许多时候,各种群体可以自由地出入,理所当然地分享"大众"的名义。这些群体分别从属相异的文化圈,拥有不同的价值观念体系——文学史必须信赖哪一批大众呢?

的确,没有人可能提供确凿的"大众"花名册。"大众"仅仅是相对而言。"大众"的涵义必须依靠种种相对物给予确认。文学史叙述学之中,"大众"的相对物往往是"知识分子"。相当长的时间里,大众与知识分子锁在一个隐性的二元结构之中,前者充当了一个不言而喻的主项。因此,大

---

①　毛泽东:《在延安文艺座谈会上的讲话》,《毛泽东选集》第三卷,人民出版社 1991 年版,第 851、864、856 页。

②　洪子诚:《中国当代文学史》第一章"文学的'转折'",北京大学出版社 1999 年版。

众的革命品质——正义、勇敢、直率、诚实、朴素——时常是在贬抑知识分子之中得到了表述。大众的主体是被压迫贫民，他们大公无私，不再惧怕失去身上的锁链，无产者的联合形成了一种牢不可破的革命集体主义；相反，知识分子"胆子小，他们怕官，也有点怕革命"①，知识分子通常倾心于个人主义，心存梦想同时又软弱无能。显而易见，大众和知识分子之间的道德差异以及特殊的社会性格无不可以追溯到阶级根源——毛泽东的《中国社会各阶级的分析》是一篇经典性的参考文献。阶级出身决定了一切意识形态的归宿。革命话语清晰地界定了二者之间泾渭分明的谱系。

这种隐性的二元结构无形地封锁了种种可能出现的理论歧义，阻断了不符合上述规定的历史实践。例如，根据刘禾的考察，五四知识分子曾经企图将个人主义话语组织到国家民族的理论之中，"把个人组合成民族国家的公民，现代社会的成员"②；然而，革命话语深刻地质疑了个人主义，剪除了种种多余的理论枝蔓，于是，个人主义、知识分子与小资产阶级三者终于殊途同归。另一方面，这种隐性的二元结构没有为"大众"相对于政权体系——譬如，相对于国家、政府——这些棘手的问题留下足够的空间。很长的时间里，文学史叙述学不必涉及"大众"与政权体系的二元结构，不必确认二者之间的主项和提出尖刻的褒贬。

不言而喻，这种隐性的二元结构将知识分子设定为尴尬的甚至是危险的角色。列宁在谈论马克思如何使用"人民"这个概念时说：马克思是"用它来把那些能够把革命进行到底的确定的成分联为一体"③；毛泽东在《关于正确处理人民内部矛盾的问题》之中也谈到，"人民"的概念是历史性的："在现阶段，在建设社会主义的时期，一切赞成、拥护和参加社会主义建设事业的阶级、阶层和社会集团，都属于人民的范围；一切反抗社会主义革命和敌视、破坏社会主义建设的社会势力和社会集团，都是人民的敌人。"④ 如果知

---

① 毛泽东：《中国社会各阶级的分析》，《毛泽东选集》第一卷，人民出版社1991年版，第5页。

② ［美］刘禾：《个人主义话语》，《语际书写——现代思想史写作批判纲要》，上海三联书店1999年版，第53—57页。

③ ［苏］列宁：《社会民主党在民主革命中的两种策略》，《列宁选集》第一卷，人民出版社1960年版，第621页。

④ 毛泽东：《关于正确处理人民内部矛盾的问题》，人民出版社1957年版，第2页。

识分子扮演的是大众的"他者",那么,他们只能浮游于革命的外围。的确,知识分子时常被视为站在革命门槛上的人。毛泽东时常以革命领袖的身份告诫他们:必须迅速地将自己的立场转移到人民大众的阵营之中,否则,知识分子必将被自己的出身阶级——小资产阶级——所俘虏。这预示了严重的后果:"小资产阶级出身的人们总是经过种种方法,也经过文学艺术的方法,顽强地表现他们自己,宣传他们自己的主张,要求人们按照小资产阶级知识分子的面貌来改造党,改造世界。在这种情形下,我们的工作,就是要向他们大喝一声,说:'同志'们,你们那一套是不行的,无产阶级是不能迁就你们的,依了你们,实际上就是依了大地主大资产阶级,就有亡党亡国的危险。"①人们看到,所谓小资产阶级的自我表现并不是以赤裸裸的反革命形象出现;如果用洪子诚的话说,知识分子作家时常在文学之中表现了革命背后的"酸楚"。然而,当高调的革命文学成为唯一的模式之后,作家必须"只发现'力'的快乐,而不能体验'美的悲哀';只急于完成,而不耐烦'启示';只喜欢高潮和'斩钉截铁',而不喜欢变化和复杂的过程;只喜欢有力的英雄,而不喜欢不彻底的凡人"②——多愁善感背后隐藏的软弱即是知识分子的阿喀琉斯之踵。如果他们无法跟上粗犷豪迈的大众,那么,这些落伍者必定是反动阶级的俘虏。王蒙曾经觉得,革命与文学目标一致,二者都想把旧世界打个落花流水:"文学是革命的脉搏,革命的讯号,革命的良心;而革命是文学的主导,文学的灵魂,文学的源泉。"然而,意想不到的是,温情脉脉的文学逐渐与坚硬的革命棱角格格不入,文学与革命二者不可两全——这甚至导致可怕的"人格分裂"。③从知识分子、大众的二元结构到文学、革命的二元结构,这是一个必然的逻辑演变。

　　这种隐性二元结构的瓦解源于革命话语的清理。这是六七十年代革命狂热之后的总结。人们开始重新考察 20 世纪革命的形式及其社会意义。当然,考察的目光也可能向遥远的历史扩展。1999 年,一份享有盛名的报刊在

---

① 　毛泽东:《在延安文艺座谈会上的讲话》,《毛泽东选集》第三卷,人民出版社 1991 年版,第 875—876 页。

② 　洪子诚:《问题与方法》,生活·读书·新知三联书店 2002 年版,第 288 页。

③ 　王蒙:《我在寻找什么?》,《文艺报》1980 年第 10 期。

"我们这 1000 年"的通栏标题之下如此描述革命：

> 在最近一千年里，要找出人类最惊惧而中国最熟悉的一个共同词汇，也许只有"革命"。革命是历史的火车头，革命能使历史沸腾，革命是摧枯拉朽的风暴，凡是革命的正面作用，和其魅力长存的精神遗产，人们已经谈得很多，也都对。但是人们往往遗忘了革命遗留的代价，并且由于遗忘而轻信了许多神话。①

言辞之间，作者显然对革命的激进持一种保留态度。陈建华曾经在更为深刻的意义上考察了革命话语的渊源："英语 revolution 一词源自拉丁文 revolvere，指天体周而复始的时空运动。十四世纪以后，反政府的起义或暴动被称为 rebel 或 rebellion；而在十六世纪之后，revolt 一词也指'叛乱'，它与 revolution 的词根相同，'叛乱'与'革命'的界限模糊。由是，revolution 转生出政治含义。1688 年的英国'光荣革命'和 1789 年的法国革命，使'革命'在政治领域里产生新的含义，衍生出和平渐进和激烈颠覆这两种政治革命模式。"② 由于种种历史原因，20 世纪的中国挑选了疾风暴雨式的革命。以暴易暴成了历史新陈代谢的方式。无伤大雅的修修补补不可能诞生新时代，摧毁旧世界才会有凤凰涅槃式的新生。按照余英时的看法，近现代史内部存在一个激进主义压倒保守主义的倾向："从清朝末年到民国初年，我们发现政治的现实是没有一个值得维护的现状。所以保守主义很难说话。"于是，"基本上中国近百年来是以'变'：变革、变动、革命作为基本价值的"③。王元化同时还指出了激进主义与无政府主义之间的渊源关系。④ 马克思主义的学说深入人心之后，阶级斗争成为激进主义选择的表现形式——阶级斗争是埋葬剥削体制的唯一手段。"革命是暴动，是一个阶级推翻一个阶级的暴烈的行动"，

---

① 朱学勤：《革命》，《南方周末》1999 年 12 月 29 日。
② 陈建华：《"革命"的现代性——中国革命话语考论》，上海古籍出版社 2000 年版，第 7 页。
③ ［美］余英时：《中国近代史思想上的激进与保守》，《知识分子立场：激进与保守之间的动荡》，时代文艺出版社 2000 年版，第 8、9 页。
④ 王元化：《近思札记》，《对于"五四"的再认识答客问》，《九十年代反思录》，上海古籍出版社 2000 年版，第 8、147、148 页。

相当长一段时间里,毛泽东这句名言几乎家喻户晓。[1]的确,一个前所未有的时代如愿以偿地矗立在地平线上。然而,递进式的激进主义能否持久地维持一个新时代?

很大程度上,"告别革命"的口号显然与这种思想背景密切相关。刘再复特地申明:"我们所界定的革命,是在中国的具体历史情境中与改良相对立的革命,它是指以群众暴力等急剧方式推翻现有制度和现在权威的激烈行动。我们所做的告别,首先是告别以大规模的流血斗争推翻政权的方式,这是阶级斗争的极端形式。"李泽厚和刘再复共同认为,20 世纪成了革命和政治"压倒一切、排斥一切、渗透一切甚至主宰一切的世纪。""革命只是一种破坏性的力量,它破坏了一种政治框架之后,并没有提供新的政治框架。"这种政治真空不得不导致再度的专制。对于这种历史演进,他们也是使用"太激进"这个词予以贬抑,"所谓激情有余,理性不足"。19 世纪和 20 世纪上半叶中国所遭受的屈辱导致某种强烈的焦虑,这是隐在激进背后普遍的社会心理。他们自称是"温和的改良派",宁可赞成英国式的渐进。一个社会的运转不该依赖大规模的革命运动,而是依赖一系列程序。民主必须是一些理性程序之下的活动,而不是轰轰烈烈地互相攻击。改良比革命更为复杂和琐细,"改良者需要更多的知识、经验和学问",仅有一腔热血于事无补。现在是黑格尔所说的散文时代。上层建筑、意识形态、文化批判的意义不宜估计过高,务实主义远远胜于口号和宣言。告别革命即是要强调经济为主,强调吃饭哲学——这曾经是恩格斯在马克思墓前讲话之中表述的基本思想。这个意义上,知识分子必须放弃"精英心态",不再渴望充当某种英雄,他们的真正角色是专业人才。[2]专业的具体积累是一个社会渐进式改善的基础。革命话语的清理不断地瓦解阶级斗争学说的理论依据——包括瓦解大众与知识分子之间阶级意义上的对立。

当然,更为重要的是,执政党战略思想的转移导致了历史性的转移。

---

[1]　毛泽东:《湖南农民运动考察报告》,《毛泽东选集》第一卷,人民出版社 1991 年版,第17 页。

[2]　李泽厚、刘再复:《告别革命》,天地图书有限公司 1997 年版,第 330、70、7、62、74、66、8、72、15、60 页。

1978 年,中国共产党形成了一个深刻的历史判断:大规模疾风暴雨式的群众性阶级斗争基本结束,实现工作中心转变的条件已经具备,"全党工作的重点应该从一九七九年转移到社会主义现代化建设上来"①。与此同时,另一个历史判断废除了知识分子身后挥之不去的阶级异己身份:"总的说来,他们的绝大多数已经是工人阶级和劳动人民自己的知识分子,因此也可以说,已经是工人阶级自己的一部分。"② 延续多时的历史框架解体了。新的历史阶段开启之后,大众与知识分子之间隐性二元结构终于丧失了理论依据。

相对于 20 世纪之初的五四时期,80 年代曾被称之为"新启蒙"。知识分子重新活跃起来,指点江山,激扬文字。80 年代初期,文学知识分子—— 一批作家和批评家——成为先锋。统计资料显明,70 年代末期开始,文学的文献数量名列社会科学文献的首位。③ 与经济学、法学、社会学的精确严谨不同,文学的生动故事和犀利词句具有振聋发聩之效。人道主义、主体、自我、内心生活是文学理论撤出激进主义革命话语的概念通道。这种历史氛围之中,知识分子与大众之间的相对关系出现了微妙的转移。大众不再是一个面目不清的匿名整体,大众由形形色色的性格组成,他们与知识分子之间的联系包含了复杂的情节;另一方面,知识分子开始恢复自信,精英主义意识悄悄地再度抬头。

首先,知识分子与大众之间的差距得到了正视。知识分子没有必要时刻因为这种差距而羞愧。如果知识分子是时代的先知,他们必然走在大众的前方——甚至超出大众的视域。这时,知识分子无法迁就大众而停步,尽管他们的根本意图是解放大众。鲁迅身上曾经集中了这种矛盾。鲁迅的许多小说、杂文之中都存在"独异个人"与"庸众"之间的紧张。李欧梵分析了鲁迅那个"铁屋子"之中的动静:"少数清醒者开始时想唤醒熟睡者,但是那

---

① 《中国共产党第十一届中央委员会第三次全体会议公报》(1978 年 12 月 22 日通过),见《三中全会以来重要文献选编》(上),人民出版社 1982 年版,第 1、4、5 页。

② 邓小平:《在全国科学大会开幕式上的讲话》,《邓小平文选》第二卷,人民出版社 1983 年版,第 89 页。

③ 范并思:《社会转型时期的中国社会科学:社会科学的科学计量学分析》,《上海社会科学院学术季刊》2001 年第 3 期。

努力导致的只是疏远和失败。清醒者于是变成无力唤醒熟睡者的孤独者,所能做到的只是激起了自己的痛苦,更加深深意识到死亡的即将来临。他们中的任何人都没有得到完满的胜利,庸众是最后的胜利者。"① 然而,这并不表明大众是异于知识分子的另一个阶级,泾渭分明地拥有另一套阶级属性。总之,二者之间的复杂联系远远超出了"阶级"的涵义——正如斯图亚特·霍尔指出的那样:"'大众'这一术语与'阶级'这个术语有着非常复杂的联系"。"我所说的一切如果不与阶级的视角和阶级斗争联系在一起的话,将没有任何意义。不过同样清楚的是,在阶级与特定文化形式或实践之间,不存在一对一的关系。'阶级'和'大众'这两个术语深深地联系在一起,但它们并非完全可以互换的。"② 的确,一批作家笔下的大众清晰地浮现出神采各异的形象。王蒙《蝴蝶》之中的秋文,高晓声的陈奂生和李顺大,张贤亮的马樱花和黄香久,张承志的额吉和马背上的牧人,莫言《红高粱》之中的我爷爷我奶奶,韩少功《爸爸爸》之中的丙崽或者王安忆《小鲍庄》之中的捞渣……这些"大众"并不是同一张面孔。当然,这些形象如何呈现业已寓含了知识分子的眼光和叙述层面。这些形象从各个角度进入知识分子的视野,种种故事喻示了知识分子与大众之间的多重关系。同情,庇护,嘲笑,敬重,冲突,相互蔑视或者相互佩服,相互可怜或者相互疏远,时而觉得对方强大,时而觉得对方软弱,如此等等。总之,知识分子与大众之间的故事远远超出阶级本位的二元结构,暴露出分歧的历史线索。传统的革命话语无法完整地解释知识分子与大众之间的差距及其原因,无法完整地描述二者合作、共谋、分歧、对立等等复杂的历史纠葛。知识分子与大众之间隐性的二元结构瓦解之后,知识分子不仅更为深刻地认识了大众,同时也更为深刻地察觉他们可能与大众之间共同参与的各种历史活动。进入历史的前沿甚至可以发现,知识分子与大众赖以定位的经济基础正在改变。"对于精英们说来,大众几乎一直是贫困的同义语,是悲惨命运的同义语。光是这一条,就足以使大众获

---

① [美]李欧梵:《来自铁屋子的声音》,《现代性的追求》,生活·读书·新知三联书店 2000年版,第 40 页。

② [英]斯图亚特·霍尔:《解构"大众"笔记》,《大众文化研究》,上海三联书店 2001 年版,第 55 页。

得神圣的地位,并且成为精英们愧疚的理由。"可是,如同韩少功发现的那样,这个历史判断至少已经部分地过时:"在很多国家和地区,定义为中产阶层的群体已经由原来的百分之五扩展到百分之七十甚至更多,加上不断补充着这一阶层队伍的广大市民,一个优裕的、富庶的、有足够消费能力的大众正在浮现。"相对地说,许多人文知识分子反而转入清贫者之列。^① 知识分子与大众的历史沉浮不仅迫使人们重新想象未来的社会图谱,同时,启蒙的意义和形式也将改写。

无论知识分子如何重新认识大众,多数作家仍然对五四以来的文学传统保持敬意:大众必须是文学的主角——除了文学形式问题。的确,文学形式问题令人惊奇地表现出了知识分子的精英主义观念。20 世纪 70 年代末至80 年代初,新诗形式的争论形成了轩然大波。一批新诗深奥晦涩,语义暧昧,甚至被戏称为"朦胧诗"。争论的焦点很快汇聚到这个方面:大众怎么可能读懂这些新诗? 诗人们对于形式实验作出了口干舌燥的辩解和阐释之后,一种久违了的傲慢终于浮出水面:诗并不是像粉条那么容易下咽,你们读不懂,那就希望你们的子孙能够读懂吧。所有的人都读得懂的诗常常不是好诗。一些批评家及时跟进,他们的理论表述终于将问题推到了极端:新诗"不屑于作时代精神的号筒,也不屑于表现自我感情世界以外的丰功伟绩"。因此,晦涩不可避免。文学形式实验之中的诗人没有必要谦恭地检讨自己。必须坦然承认,"在当艺术革新潮流开始的时候,传统、群众和革新者往往有一个互相摩擦、甚至互相折磨的阶段"^②。

新诗争辩之后,小说与戏剧都发生了相似的事件。争论的焦点如出一辙。耐人寻味的是,形形色色的文学形式实验持续了下来,大众的名义并没有阻止住作家标新立异的冲动。考察之后可以发现,两种理念隐蔽地支持着文学形式实验的展开。首先,许多人认为,文学形式的演变是生活演变的产物。王蒙曾经解释说:"复杂化了的经历、思想、感情和生活需要复杂化了的形式。"^③ 通常认为,作家拥有异秉的人。大众已经在日常的琐事之中渐渐迟

---

① 韩少功:《哪一种"大众"?》,《文学的根》,山东文艺出版社 2001 年版,第 133—134 页。
② 孙绍振:《新的美学原则在崛起》,《诗刊》1981 年第 3 期。
③ 王蒙:《我在寻找什么》,《文艺报》1980 年第 10 期。

钝,作家时常更为迅速地洞察历史事变的蛛丝马迹;大众还浑然无知地沉溺于传统的文学形式,作家已经开始炼铸新的文学形式给予表现——一如康德所言,天才的作家制定艺术规则。① 这种理念之中存有浪漫主义的文学观念;更为普遍的意义上,这种理念同时暗示了知识分子的精英身份。文学形式实验的另一个理念可以追溯至文学自律观念。从新批评、俄国形式主义到结构主义,文学形式被视为独立自足的系列,只有一批受过严格训练的专业人士才有资格诠释文学形式的意义,大众的多嘴多舌无济于事。无论是雅各布森对于诗的条分缕析还是罗兰·巴特对于小说的精致解读,他们的形式考察已经远远地超出了大众的视域。他们所运作的一套一套术语来自某些高深莫测的学科。只有知识分子才能胜任如此奥妙的思想。迄今为止,文学形式实验仍然盛行不衰。诸如"私人写作"或者"身体写作"之类的主张也依附于这个名义之下粉墨登场。作家摆出精英主义姿态回绝一切所谓"读不懂"的非议。当然,大众还是露骨地表示了他们的反感——许多实验之作没有得到任何响应。不过,这一次大众与知识分子精英主义的矛盾并不会形成大规模的政治对抗。大众反感的后果无非是,某些自以为是的文学著作只能辗转于一个小圈子而无法占领市场罢了。相对于传统的革命话语,这是一个至关重要的区别:这时的大众已经不是阶级意义上的大众,而是市场意义上的大众。

文学史叙述学之中,大众曾经有过另一种涵义:文化市场上的大量消费者。例如,20 世纪二三十年代的鸳鸯蝴蝶派也曾经赢得众多读者。当然,这些"大众"许多时候的别名是"小市民",是有闲阶层或者竟日以消遣打发时光的太太们。他们醉生梦死,得过且过,身上几乎看不到多少革命的能量——这种"大众"的意义并未纳入革命话语。20 世纪 50 年代之后的文学史叙述之中,"大众"的这方面涵义遭到了压抑乃至删除。当然,鸳鸯蝴蝶派之类的文学同时销声匿迹。

这方面涵义的大规模复活是 20 世纪 90 年代的事情了。这时,大众文化

---

① ［德］康德:《判断力批判》,商务印书馆 1988 年版,第 152—153 页。

骤然崛起；大众——一个庞大的读者群体——拥有了特殊的经济学意义。如果使用经济学术语给予描述，那么，文学是一种商品，某些文学的生产部落甚至形成了相当可观的文化产业。这时，大众是文化产品的消费主体。当然，这三者之间还夹杂了一个令人雀跃的字眼：利润。显然，商品、文化产业、消费主体、利润必须在市场环境之中形成一个循环的结构。然而，20 世纪 90 年代之后的一个醒目的历史事件不就是市场的真正降临吗？市场的降临不仅是一个经济事件，市场形成的意识形态同时还深刻地改变了一系列社会关系以及文化的功能。市场唤醒了文学之中潜伏的商品属性。文化甚至是现今最为抢手的商品——一些发达国家文化产业的 GDP 比重已经超过了传统的制造业。① 如果说，"著书都为稻粱谋"曾经是传统文人的谋生手段，那么，现今的大众文学业已深深地卷入资本市场的运作。投资、大规模批量生产、抢眼的广告宣传、大面积市场覆盖、巨额利润——这些企业的常规手段已经完整地移植到大众文学的生产。市场体系的扩张导致知识分子精英主义的迅速收敛，"读者就是上帝"成为新的名言。大众又回来了，而且得到隆重的礼遇。当然，这时的大众正在购买之中创造利润，而不是在呐喊之中揭竿而起。

这又有什么不对？一些如鱼得水地活跃于市场的作家尖锐地反问。他们的版税收入的确可观，但是，他们更乐于援引另一些与市场无关的理论为自己辩护。他们认为，市场是一个公平交易的平台；大众的自愿认购雄辩地证明了文学的价值。这是文化民主的实践。对于大众文学频频皱眉毋宁说是知识分子精英主义的痼疾。文化权威们供奉一整套经典体系作为文学的楷模，学院的文学史教学成为保护精英主义的机制。他们无视大众的喜怒哀乐，专制地断言《诗经》或者莎士比亚比金庸、古龙或者侦探小说更值得一读。其实，这些知识分子仅仅在口头上念叨"民主"或者"人民"，他们对于大众文学的蔑视令人迅速地想到了叶公好龙的寓言。这些作家理直气壮地将市场视为文学优劣的检验。他们申明，不在乎教授或者文学史的提名——他们只想为大众写作。他们可以举出许多例子证明，历史上众多名著就是赢得了大众的作品。洛阳纸贵不就是因为大众喜爱左思的《三都赋》？他们的叙述

---

① 江蓝生、谢绳武主编：《2001—2002 中国文化产业发展报告》，社会科学文献出版社 2002 年版，第 1 页。

之中,这种写作既是美学的,又是经济的,同时还可以顺利地纳入"为人民服务"的口号。换言之,民主、人民和市场都在"大众"这个术语之中汇合了。

这些作家的历史记忆并没有错——只是他们对于现代市场不那么了解。现代市场如此成熟,它们业已形成了支配甚至操纵大众的庞大系统。市场不仅以种种巧妙的方式包装商品,使炫人耳目;市场甚至可以煽动乃至制造大众的各种购买欲望。大众传播媒介的辅佐与炉火纯青的广告设计无时不刻地诱导大众。商品购买已经组织到生活的想象之中,消费与意识形态同声相应。时髦、时尚、身份、情调、某种生活的认同感——总之,一系列意识形态的制造物——正在愈来愈大程度地决定大众的消费趣味。这一切表明了市场背后隐藏的权力体系,资本成为这种权力体系的中心——资本可以在很大程度上左右大众传播媒介和广告的主题。大众文学并没有逃离这种权力体系,包括作家本人。作家不再是一个高瞻远瞩的启蒙者,他们更像是一个向市场供货的生产者。许多时候,大众购买文学读物的依据并非文学价值,而是大众传播媒介的动静。不是读者数量决定销售声势,而是销售声势决定读者数量。不可否认,"大众"意味了可观的人数。然而,这就是对于读者的尊重吗?我曾经在《歧义的读者》之中表示了怀疑:

> 畅销排行榜之中,读者无非是一批抽象的数字,二十万、四十万或者一百万不等。这些数字的最大意义体现于利润的账本之中,这些数字背后不存在读者个体。数字背后的读者没有姓名,没有个性,没有职业和文化的差别。从文化官员、职业批评家、民工到富裕的商人,数字拉平了他们的所有界限。每一个读者之间的差异被弃置不顾。[①]

由于大规模投放市场,大众文学时常出现模式化生产;侦探小说、武侠小说或者青春偶像剧均是某些历史悠久的类型,性别、种族、高贵或者卑贱、中心或者边缘等各种意识形态信息隐秘地支持着这些类型的承传。一切都是按照标准的固定程序制作,个性的意义被大幅度压缩了。大众的想象力将被这些千篇一律的文学阉割。读者只能呆滞地陷于这些模式之中,被既定的意

---

① 南帆:《歧义的读者》,《文艺理论研究》2000 年第 2 期。

识形态所支配。事实上,这些对于大众文学的尖锐批判多半源于法兰克福学派。阿多诺和霍克海默——法兰克福学派的骨干成员——在《启蒙辩证法》之中指出,大众文化是商业社会的组成部分,它是一种虚假的意识,是资本主义社会关系的再生产,是一种新的控制形式。这个意义上,大众文化是文化危机的表征。

已经有许多人指出了法兰克福学派的偏激。英国的伯明翰学派对于大众文化的社会意义远为乐观。现今,或许约翰·费斯克的观点具有相当大的代表性。费斯克刻意地区分了“大众文化”(popular culture)与“群众文化”(mass culture)。在他看来,“群众”(mass)才是法兰克福学派所描述的那种被动、异化、消极和无力的主体。相形之下,大众文化内部包含了被宰制阶层的主动性。费斯克强调说:“我不相信‘大众’是‘文化傻瓜’,他们并非被动无助的一群,没有辨别力,因此在经济、文化和政治上受文化产业的大资本家任意摆布。”① 大众文化毋宁说是他们反抗资本主义体制的一个前哨阵地,大众利用文化产品偷袭、躲避、冒犯、转化、抗拒那些宰制性力量：

> 大众文化一直是权力关系的一部分,它总是在宰制与被宰制之间、在权力以及对权力所进行的各种形式的抵抗或规避之间、在军事战略与游击战术之间,显露出持续斗争的痕迹。……大众正是凭借这样的战术,对付、规避或抵抗着这些宰制性力量。它并不一味关注收编的过程,而是探究大众的活力与创造力,正是这活力与创造力,使宰制者一直感觉到收编是一种持久的必要。……②

这些论述令人联想到斯图亚特·霍尔的著名论文《编码,解码》。霍尔看来,编码和解码之间不存在绝对的同一性。某些时候,大众甚至有可能“以一种全然相反的方式去解码信息”。例如,一个电视观众收听限制工资的辩论时,他完全可能将辩论者嘴里的“国家利益”解读为统治者的“阶级利

---

① ［美］费斯克:《大众经济》,戴从容译,《大众文化研究》,上海三联书店 2001 年版,第131—132 页。

② ［美］约翰·费斯克:《理解大众文化》,王晓珏、宋伟杰译,中央编译出版社 2001 年版,第25—27 页。

益"。这即是用"对抗的符码进行操作"①。换一句话说,大众文化发现了资本主义体制之中存在的空隙;作家利用文学暴露这种空隙,大众在符号的特殊解读之中扩大这种空隙。这也许是"转向葛兰西"——使用托尼·本内特的概括——之后的文化动向。这时,人们不再局限于大众文化考察之中结构主义与文化主义的著名对立。按照葛兰西的观点,统治阶级与被统治阶级之间文化与意识形态的关系与其说是统治与反抗,不如说是争夺"霸权"。前者必须以妥协的方式给后者留出席位。"资产阶级之可以成为霸权阶级、领导阶级,其前提是资产阶级意识形态必须在不同程度上能够容纳对抗阶级的文化和价值,为它们提供空间。"② 人们似乎可以将"文化霸权"的争夺视为一种新型的革命。革命已经从血与火的战场转移到电视机面前了。

　　这种新型的革命成效如何? 并不是所有的人都像费斯克那么乐观。符号学的骚扰并不能代替严谨的社会学分析。符号的巧妙解读无法根本地动摇资本主义社会结构。资本的支配权并不会因为小打小闹的游击战术而削弱多少。③ 或许,费斯克的乐观之中隐含了另一个更大的悲观:传统的革命业已式微,人们只能在符号领域的颠覆活动之中制造另一种解放。的确,这是一个令人犹豫的问题:费斯克的策略是一种退却还是一种开拓?

　　现今的理论旅行如此频繁,人们对于法兰克福学派或者伯明翰学派渐渐耳熟能详。然而,这些思想毋宁是一种启示性的理论背景。20 世纪的中国文学深刻地介入了知识分子、大众、启蒙、革命、市场、社会体制、全球化等一系列错综的话语,并且在互动之中形成了一批独特的问题。这些问题包含了更为复杂的脉络和两难权衡。作家以及人文知识分子的思想、视野、洞察力和良知正在遇到全面的挑战。他们之间出现得了中国的阿多诺或者费斯克吗?

　　不管怎么说,锁住大众与知识分子的隐性二元结构解体了。知识分子逐

---

　　① ［英］斯图亚特·霍尔:《编码,解码》,王广州译,见罗钢、刘象愚主编《文化研究读本》,中国社会科学出版社 2000 年版,第 358 页。

　　② ［英］托尼·本内特:《大众文化与"转向葛兰西"》,陆扬译,《大众文化研究》,上海三联书店 2001 年版,第 64 页。

　　③ 赵斌:《理解大众文化·中文版导言》,《理解大众文化》,王晓珏、宋伟杰译,中央编译出版社 2001 年版。

渐恢复了活力，并且开始自觉地对历史发言。不少知识分子认可这种观念：知识分子不仅仅是一些专业人士，他们必须承担社会的良知，有责任关注社会的公共事务。的确，现代社会的分工导致种种行业分割，许多知识分子只能活动于一个狭窄的方格之内。漠视公共关怀的倾向正在精通专业知识的口号掩护下日益抬头。一种观点正在得到愈来愈多的默认：尽职地坚守专业岗位即是援助公共事务——这显然是默认专业岗位与社会结构的既定关系，默认学院逻辑的全部意义。尽管如此，许多人还是听到了萨义德的声音。他在《知识分子论》坚持主张："知识分子是社会中具有特定公共角色的个人，不能只化约为面孔模糊的专业人士，只从事她／他那一行的能干成员。我认为，对我来说主要的事实是，知识分子是具有能力'向（to）'公众以及'为（for）'公众来代表、具现、表明讯息、观点、态度、哲学或意见的个人。"[①] 这的确是许多人文知识分子活动的内心依据。

如果说，20 世纪 80 年代的"新启蒙"赢得了相当普遍的支持，那么，90 年代的知识分子不一定是公认的代言人。现实发生了急剧的分化，利益群体的重组必将诱使一系列观念的重新洗牌。知识分子必须在复杂的历史脉络之中作出独立的判断，申明自己的立场。这个意义上，90 年代中期"人文精神"的争论有理由得到充分的肯定。很长的时间里，人文知识分子已经没有如此独立地提出问题和表述观点了。

可以看到，许多倡导"人文精神"的知识分子不约而同对大面积的精神素质低下痛心疾首。当然，他们是因为一个特殊的历史契机而发现了问题的严重程度：许多人——包括不少知识分子——卷入市场体系之后方寸大乱。大规模的思想危机必须追溯近现代知识分子的历史境遇，但是，市场经济的活跃环境却使潜伏的思想危机浮向了表面。这个发现初步显示了这批知识分子的历史洞察力。由于历史的紧迫性，他们甚至来不及按照学术惯例界定"人文精神"的精确涵义。我曾经指出这种现象后面的原因："有趣的是，这种状况并未削弱人们的发言激情。或许，两者之间的反差恰好证明，人们迫切需要一个相宜的话题。某些感想、某些冲动、某些体验、某些憧憬正在周围

---

① ［美］爱德华·W.萨义德：《知识分子论》，单德兴译，生活·读书·新知三联书店 2002 年版，第 16—17 页。

蠢蠢欲动,四处寻找一个重量级的概念亮出旗帜。这种气氛之中,'人文精神'慨然入选。不论这一概念是否拥有足够的学术后援,人们的激情已经不允许更多的斟酌。"①

20世纪80年代,知识分子心目之中的"市场"隐含了激进的涵义。"市场"概念之中潜伏了打开种种桎梏的历史冲动,同时,"市场"被视为个性、主体、解放、自由的归宿。市场必将解除种种封建式的人身依附,个体的才智、能力以及自由选择权都将因为市场环境而得到充分的尊重。同时,知识分子理直气壮地认为,大众始终站在他们的身后。然而,这种浪漫的想象迅速在真正的市场之中陷入窘境。猝不及防之间,知识分子的大部分话语突然失效。蔡翔曾经生动地描述了这种状况:

> 经济一旦启动,便会产生许多属于自己的特点。接踵而来的市场经济,不仅没有满足知识分子的乌托邦想象,反而以其浓郁的商业性和消费性倾向再次推翻了知识分子的话语权力。知识分子曾经赋予理想激情的一些口号,比如自由、平等、公正等等,现在得到了市民阶级的世俗性阐释,制造并复活了最原始的拜金主义,个人利己倾向得到实际的鼓励,灵——肉开始分离,残酷的竞争法则重新引入社会和人际关系,某种平庸的生活趣味和价值取向正在悄悄确立,精神受到任意的奚落和调侃,一种粗鄙化的时代业已来临。……知识分子有关社会和个人的浪漫想象在现实的境遇中面目全非。大众为一种自发的经济兴趣所左右,追求着官能的满足,拒绝了知识分子的"谆谆教诲",下课的钟声已经敲响,知识分子的"导师"身份已经自行消解。②

若干年之后,这批人文知识分子逐渐意识到问题的复杂程度。或许,市场形成的经济特征并不是精神溃败的直接原因。直接的原因毋宁说,实利主义或者消费主义派生的一系列观念粗鲁地冲决了业已十分脆弱的精神守则。王晓明将这一批观念称之为"新意识形态"。"新意识形态"将"新富人"

---

① 南帆:《人文精神:背景和框架——读〈人文精神寻思录〉》,《读书》1996年第7期。
② 许纪霖、陈思和、蔡翔、郜元宝:《道统、学统与政统》,《读书》1994年第5期。

阶层或者"成功人士"奉为生活偶像,脱贫致富的欲望被悄悄地改写为物质即是一切,刻意回避阶层、地区、政治、文化等方面的深刻差异,简单地推崇丛林法则,如此等等。① 20 世纪 90 年代中期,许多知识分子还无法全面地描述新意识形态依赖的复杂关系网络以及各个社会阶层的分化,解读新意识形态如何在全球化背景之中运作;他们不无仓促地举起"人文精神"的大旗应战。"人文精神"似乎企图承担一种拯救:知识分子没有理由沉溺于物质生活而成为"单向度的人"。他们竭力脱颖而出,恢复精神理想的标高,用"文明"抵制"粗鄙化"。虽然"人文精神"的内涵没有得到严格的界定,但是,可以从上述动机察觉这个概念的基本指向。

耐人寻味的是,一开始就不是所有的知识分子都乐于肯定"人文精神"的口号。王蒙、王朔、陈晓明、张颐武等作家和批评家均不同程度地表示怀疑或者异议。不言而喻,分歧本身即是知识分子活力的另一个证明。反方的质疑并不是吹毛求疵,这些质疑源于另一批生活经验和理论资源。诸多质疑之中,知识分子的身份以及与大众的关系模式再度成为焦点之一。这个始终没有解决的问题再度露面:知识分子有什么资格代表大众? 大众刚刚开始拥有自己的选择,知识分子纷纷表示不适。"人民获得了某种程度的感性解放,文化精英却立即焦虑不安。"②——这时的知识分子是不是正在扮演偏执的堂·吉诃德?

然而, 20 世纪 90 年代重新遭遇知识分子问题的时候,人们没有理由无视历史环境的剧烈变动。这时的知识分子已经不是五四先哲的简单复制了。许多思想家曾经从不同的意义上论述了历史变动给知识分子带来了什么。也许,首当其冲的问题是,知识分子为谁发言? ——这是知识分子与大众关系问题的当今版本。

福柯关于知识即是权力的论断震撼人心。这个论断动摇了知识分子的真理卫士形象。换言之,知识分子的公正与客观仅仅是一个不可靠的表象,他们隐蔽地在权力网络之中扮演一个重要角色。知识分子没有勇气说,权力所产生的压迫机制与他们彻底无关——"那种关于知识分子是'意识'和

---

① 　王晓明:《在新意识形态的笼罩下·导论》,《在新意识形态的笼罩下》,江苏人民出版社2000 年版,第 18—19 页。
② 　陈晓明:《人文关怀:一种知识与叙事》,《上海文论》1994 年第 5 期。

言论的代理人的观念也是这种制度的一部分"①。如果联系布迪厄"文化资本"的概念,知识运作与利益之间的交换关系就会更为清晰地揭开帷幕。葛兰西"有机知识分子"的论述从发生学的意义上描述了知识分子与特定阶级、阶层以及企业之间的互利共存。不可否认,历史——特别是 20 世纪以来现代性急剧扩张的历史——正在给知识分子提供愈来愈大的空间。他们在社会财富的生产之中承担的角色愈来愈重要,并且因为专业知识而赢得高额回报。阿尔文·古尔德纳甚至断言,知识分子已经形成了一个新阶级。古尔德纳看来,知识分子在占有生产资料问题上显示了相同的特征。他们手中握有特殊的"文化资本或人力资本"②。如果知识分子愈来愈明显地成为现代社会的一个独特的受惠群体,那么,他们还能不能负责社会大众的公共事务,甚至积极为被压迫者发言? 马克斯·韦伯揭示了新教伦理在资本主义精神形成之中的意义;相似的另一面是,知识分子对于革命的向往是否也隐含了经济压迫之外的文化传统? 更为具体地说,道德责任感、知识话语系统训练出来的规范多大程度地支持他们的批判锋芒?

　　这个问题决定了知识分子可能看到什么。20 世纪 90 年代,福山看到的是"历史的终结",德里达的《马克思的幽灵》却发现马克思的幽灵并未死去。批判的声音没有被同质的文化完全驯服,德里达拒绝了西方的大合唱。蔑视声势浩大的时髦论断,这至少证明了德里达独树一帜的勇气,也证明了德里达身上传统知识分子的血脉。可是,中国知识分子遭遇的复杂问题远远不是勇气和传统所能解决的。人们无法用一个简单的命题表述这个国度的现状。中国的庞大版图之中,前现代、现代、后现代迥异的价值观念体系混杂于相同的历史空间,相互冲突同时又相互制约。某些区域的市场经济仍然是一个被压抑的主题,另一些区域的消费主义成了唯一主宰。一些人毫无眷恋地抛下土地涌入城市,另一些人正在玻璃幕墙背后怀念田园风光。许多时候,迥异的价值观念体系分别得到了权力机构的有力支持,派生出相互矛盾

---

① 〔法〕福柯:《知识分子与权力》,谢静珍译,见杜小真编选《福柯集》,上海远东出版社 1998 年版,第 206 页。

② 〔美〕阿尔文·古尔德纳:《新阶级与知识分子的未来·序言》,杜维真等译,人民文学出版社 2001 年版,第 8 页。

的现实。① 如果说，现代性曾经在 20 世纪 80 年代成为强大而统一的号召，并且提供了巨大的历史能量，那么，90 年代的社会显示了诸多不平衡的方面。公平、效率、竞争、垄断、以人为本、企业管理这些不同谱系的字眼分别在各自的场合担当正面的关键词。这些不平衡动摇了知识分子的传统身份，而且导致重大的思想分歧。人们可以同时听到他们对于现代性的企盼和批判。理性、启蒙、工业时代、消费社会这些概念既可能是贬义词，也可能是褒义词。这时，中国知识分子进入的是哪一支历史脉络？

第三个问题是如何发言。按照齐格蒙·鲍曼的观点，后现代型知识分子已经从"立法者"转向"阐释者"。"阐释者"的意图"就是让形成于此一共同体传统之中的话语，能够被形成于彼一共同体传统之中的知识系统所理解"。"它所关注的问题是防止交往活动中发生意义的曲解。"② 一系列分歧如此尖锐，后现代风格的知识分子宁可避开个人好恶的表态而止于分析。这是洞悉历史复杂性之后必要的谨慎，还是不负责任的退缩？当然，坚决地奉行某种主张，义无反顾地投入底层民间，这一切曾经在 20 世纪的革命实践之中反复发生。然而，历史仿佛嘲笑了中国知识分子的狂热，播下了龙种之后收获的是跳蚤。当然，并不是所有的知识分子都认定书斋是他们唯一的空间。从张炜的小说、韩少功的随笔到某些赞赏印度知识分子如何活跃在民间的散文③，一批作家仍然在倡导知识分子的实践精神，修复知识分子进入大众的桥梁。可是，这些作家并不能彻底摆脱这种疑虑：大众是不是知识分子的最终归宿？

这个意义上，20 世纪 90 年代"新左派"与"自由主义"之争具有历史的必然性。如同众多辩难一样，这次争论一样充满了误解、攻讦、错讹和意气用事。"新左派"成员从未接受这个不无贬义的称号，自由主义内涵分歧。尽管如此，争论的双方不再重视道德姿态竞赛，现代性、资本活动、经济关系的描述或者知识系统的反思更多地成为历史分析的依据。这显示了争

---

① 南帆：《冲突的文学·导言》，《冲突的文学》，上海社会科学院出版社 1992 年版。

② ［英］齐格蒙·鲍曼：《立法者与阐释者：论现代性、后现代性与知识分子》，洪涛译，上海人民出版社 2000 年版，第 6 页。

③ 例如，蒋子丹：《如是我见》，《视界》第六辑，河北教育出版社 2002 年版；李少君：《由印度知识分子想到的》，《上海文学》2002 年第 11 期。

论的分量。这次争论的主题如此重大,以至于不同学科的知识从各个方向卷入——文学也站到了发言席上。

　　"新左派"与"自由主义"的一个分歧是"个人"的概念。"自由主义"认为:"对于个人财产权利的肯定,对于依据规则进行自由交换的市场制度,对于基于保护这种个人权利基础上形成的法治体系,即限制权力和凸显权利的制度取向,都是自由主义思想家所力图捍卫的。"① 汪晖承认这种观点与20世纪80年代"新启蒙"之间的呼应。"新启蒙"设计的现代性方案即是"在经济、政治、法律、文化等各个领域建立'自主性'或主体的自由。……另一些学者则通过在哲学和文学等领域中的主体性概念的讨论,一方面吁求人的自由和解放,另一方面则试图建立个人主义的社会伦理和价值标准(它被理解为个人的自由)"②。然而,这恰恰是汪晖所质疑的论点——他对"原子论的个人概念"不以为然:"如果一人真正地坚持个人的权利,并承认这种权利的社会性,他就应该抛弃那种原子论的个人概念,从而必然具有社会主义倾向。"③ 许多人迅速意识到,这个分歧后面隐藏了全面的思想交锋。继思想史、经济学、法学、政治学之后,文学也开始受理这个问题。文学词汇表的检索很快发现,"纯文学"可以说是上述分歧的文学代理。④

　　据考,"纯文学"一词至少可以远溯至王国维。⑤ 冻结了很长一段时间之后,这个概念重新盛行于20世纪80年代。"纯文学"肯定了文学的自律、自足和独立。相对于20世纪50年代至70年代的文学史,"人们设想存在另一种'纯粹'的文学,这种文学更加关注语言与形式自身的意义,更加关注人物的内心世界——因而也就更像真正的'文学'"⑥。独特的形式是文学个性的证明,内心世界是个体不可重复的标记,因此,"纯文学"意味了美

---

　　① 任剑涛:《解读"新左派"》,见李世涛主编《知识分子立场——自由主义之争与中国思想界的分化》,时代文艺出版社2000年版,第196页。

　　② 汪晖:《当代中国的思想状况与现代性问题》,见李世涛主编《知识分子立场——自由主义之争与中国思想界的分化》,时代文艺出版社2000年版,第98—99页。

　　③ 同上书,第145页。

　　④ 首先对于"纯文学"概念进行深入反思的是李陀与李静的对话录《漫说"纯文学"》,刊于《上海文学》2001年第3期。

　　⑤ 韩毓海主编:《20世纪的中国学术与社会》(文学卷),山东人民出版社2001年版,第47页。

　　⑥ 南帆:《空洞的理念——"纯文学"之辩》,《上海文学》2002年第6期。

学上的个人主义。至少在当时，这个概念显示了强烈的反抗性。如果历史、社会只剩下一堆不可靠的概念和数字，那么，文学提出了个体的经验、内心、某些边缘人物的生活就是一次意识形态的突围。按照蔡翔的看法，"纯文学"完成了文学范畴的现代性叙事；自我、个人、人性、性、无意识、自由、爱、普遍性等都获得了话语组织形式。同时，这个概念还隐含了文学独立性、自由的思想和言说、个人存在及其选择、对于同一性的拒绝和反抗等等涵义。[①]现今没有理由认为，负担上述涵义的"纯文学"已经丧失了全部意义；然而，现今也没有理由无视另一批问题的压迫——这一批问题的重量正在极大地压缩"纯文学"的地盘。从权力、资本、生态问题到大众传媒、贫富差距、全球化环境，这些问题时刻与大众息息相关。文学不该在这个时刻退出公共领域——文学是不是该找回大众了？

　　残雪曾经申明，她对于"纯文学"初衷不改。在她看来，作家必须掠开表层记忆而无限地深入混沌的精神内部："自始至终，他们寻找着那种不变的、基本的东西，像天空，像粮食，也像海洋一样的东西，为着人性（首先是自我）的完善默默地努力。这样的文学家写出的作品，我们称之为纯文学。""纯文学是小众文学"，但"纯文学"涉及的是"有关灵魂的大问题"。[②]这种表述并不陌生。20 世纪 80 年代，文学的一个功绩是从千人一面之中发现了"个人"。现在的问题是，文学有没有新的发现——文学是否察觉，许多"个人"正在丧失与身边的历史相互对话的能力。他们的"灵魂"似乎只剩下一些神经本能的抽象悸动。揭去一切历史烙印之后，这些"灵魂"之中还有超出弗洛伊德描述过的内容吗？可悲的是，文学之中"个人"似乎正在再度变得千人一面。"纯文学"庇护的美学个人主义愈来愈苍白。历史辩证法开始暴露这个概念的保守一面。如同李陀所担忧的那样，文学愈来愈无足轻重了：

　　　　由于对"纯文学"的坚持，作家和批评家们没有及时调整自己的写作，没有和九十年代急剧变化的社会找到一种更适应的关系。很多人看不到，随着社会和文学观念的变化与发展，"纯文学"这个概念原来所

　　① 　蔡翔：《何谓文学本身》，《当代作家评论》2002 年第 6 期。
　　② 　残雪：《究竟什么是纯文学》，《大家》2002 年第 4 期。

指向、所反对的那些对立物已经不存在了，因而使得"纯文学"观念产生意义的条件也不存在了，它不再具有抗议性和批判性，而这应当是文学最根本、最重要的一个性质。虽然"纯文学"在抵制商业化对文学的侵蚀方面起到了一定作用，但是更重要的是，它使得文学很能难适应今天社会环境的巨大变化，不能建立文学和社会的新的关系，以致九十年代的严肃文学（或非商业性文学）越来越不能被社会所关注，更不必说在有效地抵抗商业文化和大众文化的侵蚀同时，还能对社会发言，对百姓说话，以文学独有的方式对正在进行的巨大社会变革进行干预。①

这种表述同样不陌生。从革命文学、为人生的艺术到法兰克福学派的美学理论，相似的论述俯拾皆是。然而，在我看来，重提这种表述必须在承认"纯文学"的全部合理性之后。换言之，"纯文学"概念的出现并不是一次徒劳无益的误会。否弃"纯文学"庇护的美学个人主义并不是把文学驱赶回粗糙的社会学文献；抗议或者批判不是再度以牺牲文学形式或者人物内心的丰富性为代价。相反，"形式的意识形态"表明，文学与身边历史的深刻对话恰恰要诉诸深刻的文学形式。也许，名噪一时的《切·格瓦拉》一剧是一个恰当的例证。

《切·格瓦拉》的演出成了一个醒目的文化事件。尖锐的揭示、激烈的言辞和观众之间针锋相对的辩论无不表明，《切·格瓦拉》是这个时代的产物。饶有趣味的是，《切·格瓦拉》的形式即是争议的焦点之一。一个批评家看过《切·格瓦拉》之后刻薄地"追着问：'话剧在哪里？'"②的确，《切·格瓦拉》放弃了一个完整的戏剧情节，放弃了悬念，造型、歌唱、朗诵构成了戏剧的主体。同时，也有不少的观众指出，《切·格瓦拉》大刀阔斧地将社会分割为"富人"和"穷人"，并且给予不无夸张的褒贬。这制造了强烈的现场效果，同时又把简单的生活肢解为非此即彼的二个区域。剧作没有看到复杂的性格，没有看到剥削者和革命者之间宽阔的中间地带，更没有看到历史隐含的多种可能。答复这些疑问的时候，剧组不惮于《切·格瓦拉》

---

① 李陀、李静：《漫说"纯文学"》，《上海文学》2001 年第 3 期。

② 郝建：《用不满情绪打造聚光灯》，见刘智峰主编《切·格瓦拉：反响与争鸣》，中国社会科学出版社 2001 年版，第 337 页。

被称为"活报剧"："活报剧不是坏东西。戏剧到底是应该让老百姓看懂，还是成为有闲阶级的玩物？人民戏剧有自己的立场。"[1] 主创人员张广天坚持认为，尽管"人性是丰富的，但只能屈从于财富的分配"[2]。或许人们要意识到，《切·格瓦拉》的简单剧情、爆炸性的现场效果和单纯的戏剧形式是共存的一个整体。将传统的话剧形式称为"有闲阶级的玩物"，这种托词忽视了相对独立的文学形式演变史，忽视了文学形式与阶级意识不对称的一面；然而，《切·格瓦拉》的确不适于传统的话剧形式。这部剧作的主题和理念还悬浮于种种生活细节之上，仅仅是一批尖锐的口号和批判性言辞。它们并未全面地进入人物的日常对话或者真实的内心活动。《切·格瓦拉》也很难设想一个严谨的戏剧性冲突，格拉玛号、切·格瓦拉的人格魅力以及"启航！启航！前往陈胜吴广大泽乡，前往斯巴达克角斗场，前往……"的合唱仅仅以一种象征性的文化符号代替性格冲突导致的故事结局。这种戏剧形式暗示了作家与历史相互对话的现有水平。他们忽略的许多细节可能恰恰是不可删除的历史复杂性。例如，《切·格瓦拉》演出背后的商业活动即是这种复杂性的一个证明。这不是一个令人尴尬的场外花絮，这甚至是一个比剧作的内容更为真实的细节。这个细节悖论式地显示了现今的历史为"革命"提供表现方式。《切·格瓦拉》产生的影响愈大，商业活动愈成功，剧组的主创人员愈需要考虑自己是不是《切·格瓦拉》主题的实践者。换言之，他们所说的"革命"又一次开始追问知识分子与大众的关系。

按照福柯的观念，权力与宰制广泛而分散地存在，反抗也将广泛而分散地存在。这个意义上，传统的"革命"或者阶级的最后对决是否依然会如期而至？或许，大众已经从"革命"这个概念背后撤离；大众正在分化，"阶级"的范畴不够用了。种种不同类别的共同体正在许多局部上演袖珍型的反抗故事。现今还很难判断，这是另一个"整体"的雏形，还是证明"整体"不再可能。总之，知识分子不得不重新阐释这一切，包括阐释自身如何定位。如果作家也在这种阐释之中发现了什么，那么，文学必须提供胜任这种发现的形式。

---

[1] 《〈切·格瓦拉〉剧组与观众交流日记》，见刘智峰主编《切·格瓦拉：反响与争鸣》，中国社会科学出版社2001年版，第222页。

[2] 同上书，第200页。

底层表述：曲折的突围

一

文学的一个重要传统即是，敞开通往底层的大门。历史著作或者哲学著作之中，人们不可能遇到如此之多的贩夫走卒或者引车卖浆之徒。文学史上，这个传统曾经形成不同的段落：19 世纪的批判现实主义是这个传统的一章，20 世纪的五四新文学是这个传统的另一章。因此，"底层"的概念再度登陆 21 世纪中国文学并未引起多少惊讶。一批作家开始重新注视底层的历史命运，刊物设置了底层问题的专栏，这个概念愈来愈频繁地在文学批评之中露面，总之，文学似乎又一次显露出某种激动的迹象。当然，如同文学史显示的那样，这个传统的每一次持续都可以追溯至当时的历史状况。当前，"底层"概念的大范围使用至少涉及两个方面：首先，晚近二十年社会阶层的分化正在成为一个绕不开的问题，经济的高速增长以及现代生活的临近并不能真正遏制这种分化；其次，人们选择了"阶层"作为社会描述的术语——至少在字面上，"底层"是"阶层"的一个次级概念。不少人赞同，依据组织资源、经济资源和文化资源的占有程度划分阶层。[①] 尽管"阶层"和"阶级"均属社会分层的不同形式，然而，相对地说，"阶层"比"阶级"

---

① 参见陆学艺主编：《当代中国社会阶层研究报告》，社会科学文献出版社 2002 年版；陆学艺主编：《当代中国社会流动》，社会科学文献出版社 2004 年版。

范畴——以生产资料的占有为主要标准——更有弹性。几套指标体系的相互配合似乎更适合当今经济、文化密切互动的多元社会。另一方面，"阶层"术语背后韦伯的理论渊源不仅表明了某种深刻的转向；"阶级"的回避还隐含了许多人的内心余悸；这个范畴的历史效用曾经制造了巨大的震荡。

这个意义上，文学之中的底层问题既源远流长，又迫在眉睫。这种特殊的双重性广泛地存在于一系列基本问题之中，例如底层经验的表述。底层不仅意味了经济地位的卑下，同时意味了文化资源的匮乏。底层的粗粝言辞无法攀上政坛、学院和大部分意识形态国家机器，进入主流符号场域并且得到及时的解读；多数权威的传媒版面上，底层喑哑无声——这个庞大的群体匍匐在无言的黑暗之中，仿佛根本不存在。拉那吉特·古哈在印度历史的编纂之中发现，底层被压缩为国家主义缝隙的一些"细微的语音"。① 没有历史，也没有尖锐的、不可忽视的挑战。一个高贵典雅的语言层面如此坚固，以至于底层经验几乎找不到显现的空间。封杀底层的不仅是暴力，同时是文化。因此，斯皮瓦克这篇论文的标题是一个忧愤深广的反问："属下能说话吗？"②

20世纪五四时期，白话文的倡导是一次摧枯拉朽的解放。如同咒语的解除，底层经验开始拥有表述的形式。一大批栩栩如生的劳苦大众形象仿佛表明，文学成功地找到了底层的语言。然而，当时的胡适和陈独秀无法意识到，白话文不可能弥合叙述者与被叙述者之间的身份差距。许多时候，叙述者有意无意地依据自己的信仰、知识背景以及意识形态氛围改造、扭曲被叙述的形象，以至于损害形象的真实性。如果说，20世纪文学开始了正面书写底层的历史，那么，这种叙事误差屡屡发生在知识分子与底层之间。二三十年代此起彼伏的论争已经试图矫正知识分子文学视力。谴责声讨，反复辩难，遗留下众多的理论文献，然而远未达成共识。无论是现代社会还是后现代社会，知识分子与底层生活日益悬殊。这两个群落怎么可能真正默契，以至于前者成为后者的代言人？可以从现今的种种辩论之中发现，许多人仍然对于

---

① ［印］拉那吉特·古哈：《历史的细语》，郭小兵译，《庶民研究》，中央编译出版社 2005年版。

② 斯皮瓦克：《属下能说话吗？》，见罗钢、刘象愚主编《后殖民主义文化理论》，中国社会科学出版社 1999 年版。

知识分子的底层叙述深怀戒意。文学史上诸多令人困扰的问题尖锐如故,甚至卷入更为复杂的理论纠葛。

人们首先遇到的是一个悖论式的问题:底层大众听不懂知识分子对于底层经验的表述,即使后者使用的是白话文。正如批评家所指出的那样,张承志可能是 20 世纪末率先复活"穷人"和"富人"概念并且宣称为穷人写作的作家。① 从《黑骏马》到《心灵史》,底层人物始终是张承志小说的主人公。然而,张承志在一次访谈中提到,估计他的大多数主人公读不懂这些小说。② 的确,这些小说的精致结构和繁复的修辞策略与底层的阅读格格不入。更大范围内,相似的悖论始终是横亘在知识分子与底层之间的巨大裂缝。无论是文学还是学术著作,许多涉及底层问题的作品诉诸知识分子话语,它们的深奥程度远远超出了底层的意识。这似乎是一个由来已久的缺陷。当然,如果意识到底层问题的复杂程度,人们或许也可以就地提出一个反问:这真的是缺陷吗?

一种观点认为,破除这个难题的方法是——让底层拥有自我表述的能力。这将从文化、知识、话语与权力关系的意义上考察底层问题。当然,并不是出自底层之口的话语即是合格的"自我表述":"如果仔细分析这些底层的'自主性'话语,就会发现其中有太多被多年的压迫统治扭曲的东西"③;然而,尽管许多批评家对"统治阶级的思想即是占统治地位的思想"的论断耳熟能详,他们还是认为存在某些可供争取的文化空间。不止一个批评家推荐了保罗·弗莱雷的《被压迫者教育学》。④ 弗莱雷的目的不是通常的扫盲或者帮助文字识读,而是开启底层"阅读世界"的视域。摒弃灌输式教育而推崇平等教育的意义在于,铲除受教育者意识之中的"主奴关系",一开始就竭力摧毁压迫与被压迫结构赖以寄存的心理。弗莱雷的论述之中,"人性"、和衷共济、对话、爱是几个基础性的关键词。总之,用爱代替非人性的

---

① 蔡翔、刘旭:《底层问题与知识分子的使命》,《天涯》2004 年第 3 期。
② 赵玫、张承志:《荷戟独彷徨——黄泥小屋来客之六》,《上海文学》1987 年第 11 期。
③ 刘旭:《底层能否摆脱被表述的命运》,《天涯》2004 年第 2 期。
④ 〔巴〕保罗·弗莱雷:《被压迫者教育学》,顾建新等译,华东师范大学出版社 2001 年版。刘旭:《底层能否摆脱被表述的命运》(《天涯》2004 年第 2 期)、罗岗:《"主奴结构"与"底层发声"》(《当代作家评论》2004 年第 5 期),二文均对弗莱雷的上述著作给予高度评价。

压迫关系，用对话达到社会成员和衷共济的前景。然而，这些关键词可以在多大程度上担负起解放的使命？不谈经济、生产资料、社会结构，压迫者教育学会不会仅仅停留在心理学和社会交往的层面上？这个意义上底层的自我表述可否凝聚足够的能量，形成撼动历史结构的尖锐一击？

另一个相对隐蔽的问题是，底层多大程度地渴望从文学之中读到自己的生活？这不仅关系到底层的主体形成，而且关系到文学的功能。侦探、武侠、帝王将相以及豪门恩怨的故事畅销不衰，这相当大地包含了底层的兴趣指向。并不是所有的人时刻都在文学的镜子里搜索自己的形象。许多人的文学阅读包含了相反的意图——借助文学幻想进入另一些不可企及的生活。对于不少苦苦挣扎的底层人物说来，虚拟的浪漫、神奇和豪气成为他们谋生间隙的临时性慰藉。精神分析学的意义上，幻想的快感是文学承担的重要功能。许多时候，将再现底层经验当作底层的迫切期待，会不会是知识分子一厢情愿的想象？

这个意义上，文学对于底层经验的表述暴露出多方面的复杂性。

二

"雅俗共赏"是许多批评家津津乐道的理想，又是另一些批评家不愿意相信的幻想。但是，不管怎么说，他们共同承认存在"雅"与"俗"两个美学体系。前者活跃在职业文人、知识分子、学院、博物馆、画廊和音乐厅之间，后者的领地是街头、广场、乡村戏台和村夫野老的闲聊场所。无论是诗、词、曲还是话本小说，文学史上的许多例子表明：两个美学体系之间时常发生转换。职业文人或者知识分子时常从通俗文化之中吸取活力，提炼新的表意形式，另一方面，某些通俗文化类型在加工和去芜存菁之后纳入"高雅"的美学体系，甚至成为不朽的经典。《诗经》之中的"国风"就是一个众所周知的例子。尽管如此，两个美学体系之间的差异乃至冲突仍然十分明显，以至于许多批评家常常不得不郑重其事地表明自己的归属。不少人觉得，底层经验的表述肯定诉诸通俗文化，这甚至是他们否弃高雅文化主要理由。所以，两个美学体系之争不仅涉及文学，而且涉及底层、知识分子的关系以及他们置身的社会性质。在哪一个层面给予理论描述往往意味了在何种历史图景之中构思文学、底层与知识分子的联系。首先必须提到,现今的许多批评家已经习惯地将两个美学体系的对立纳入声势浩大的现代主义与后现代主义之争。

在多数批评家那里,现代主义通常被视为精英主义的美学标志。现代主义作品晦涩,深奥,富于象征意味,热衷于探索内心的无意识颤动,或者隐喻某种形而上学寓意。现代主义认为,生活是荒诞的,无意义的。一方面,作家对于这个物质日益丰盛的社会充满了惊悚和怀疑;另一方面,底层大众也没有赢得他们的信任。现代主义古怪、疏离的艺术风格如同决绝的声明——这往往象征了他们背对社会转身而去。某些现代主义作品包含了强烈的激愤或者夸张的亵渎,这是对于资产阶级文化趣味的放肆挑战;另一些现代主义作品专注地从事激进的语言实验,作家试图越过日常语言的地平线发现一个不同寻常的乌托邦。许多时候,现代主义神情倨傲,落落寡合;这可能令人某种程度地联想到浪漫主义的高傲。不同的是,现代主义不可能具有那种狂飙般的呼啸——现代主义的基调是阴郁、无奈和沮丧。总之,现代主义表明了精英阶层对于这个世界的彻底失望,尽管作品之中的许多主人公可能仅仅是普通人。

后现代主义迄今仍然是一个众说纷纭的术语,一大批超级理论家正在围绕这个术语争执不休。尽管他们对于后现代主义的许多细节言人人殊,但是,这个观点大约不存在异议:后现代主义对于高高在上的精英主义不以为然。伊格尔顿指出:"从文化上说,人们可以把后现代主义定义为对现代主义本身的精英文化的一种反应,它远比现代主义更加愿意接受流行的、商业的、民主的和大众消费的市场。……某些该运动的倡导者把它看作是一种受欢迎的艺术的民主化;其他的人则把它斥责为艺术向现代资本主义社会的犬儒主义和商品化的全面投降。"[①] 后现代主义坦然认为,没有必要将自己供奉在圣殿之上,故作悲观;他们宁可返回日常生活,与民同乐,从斑驳的世俗景象之中体验快感。显然,雷蒙·威廉斯将文化视为日常生活方式的观点

---

① [英]特里·伊格尔顿:《致中国读者》,《后现代主义的幻象》,华明译,商务印书馆2000年版,第1页。

产生了不可忽视的影响。精雕细琢不是后现代主义的风格，后现代主义往往是浮华的，随意的，七拼八凑和玩世不恭的。相对地说，后现代主义作品通俗浅显，按照弗·杰姆逊的著名观点，后现代主义放弃了"深度"而快乐地滑行在生活的表面。后现代主义拒绝所谓的微言大义，拒绝所谓的象征或者神话，后现代主义显示的各种景象如此凡俗简单，甚至没有给批评家提供解读的空间。如果说，精英主义仅仅是一种孤芳自赏，那么，后现代主义更多地转向了民粹主义。

当然，后现代主义周围从来不乏严厉的批评。最为常见的批评是，艺术堕落了。作家或者艺术家竭力向大众献出嬉皮笑脸，或者异想天开地胡编滥造。总之，那些低俗无聊的玩艺儿令高雅文化蒙羞。后现代主义的反驳通常是，所谓的高雅文化与通俗文化是一个没有意义的分类。这种分类毋宁说为了维护资本主义文化体系的霸权。从反复颁布的经典名单到森严壁垒的学院体制，资本主义文化正在形成愈来愈严密的控制。对于文学或者艺术说来，杰出人物统治论是最为常见的症候。少数人物拥有特殊的天赋，品味高超，见识不凡。他们不仅掌握了作品的解释权，甚至负责指示历史的动态。现代主义显然是杰出人物统治论的重要例证。那一批著名的悲观主义者远离尘嚣，栖身在某一个角落里发出"世人皆醉我独醒"的浩叹。的确，现代主义曾经向正统的资本主义文化摆出了不驯的姿态，对于安分守己的懦夫或者利欲熏心的市侩主义不屑一顾。然而，当今的现代主义已经丧失了战斗力。强大的资本主义文化再度收买了它们。现代主义的不驯姿态已经增补为经典体系之中的最新项目。于是，这就成为一个必然的结论：如今，挑战资本主义文化的使命已经历史地落在了后现代主义身上。

必须意识到，上述的争辩基本上发生于资本主义文化语境之中——杰姆逊即是将现实主义、现代主义与后现代主义视为资本主义文化不同段落的产物。这意味了一个事实：众多批评家所谈论的通俗文化源于商品生产极为发达的历史环境。很大程度上，这些通俗文化本身也是商品。只有完全无视剧烈的历史运动，人们才会继续将通俗文化想象为回荡在荒郊野岭的民歌，或者流传在村间陋巷的奇闻逸事。从冗长的电视肥皂剧到家喻户晓的畅销书，从耳熟能详的流行歌曲到风靡世界的动漫，通俗文化的生产者和接受者无不置身于商业网络内部,按照生产与消费的游戏规则行事。这显然是法兰克福学派攻击通俗文化的首要原因。批评家认为,商品生产模式——他们不屑地称之为"文化工业"——只能造就千篇一律的作品,艺术与个性之间再也不存在任何联系。显然,艺术与商业共谋的时候,也就是为资本主义文化效劳的时候。商品的流通不就是资本主义生产关系的再生产吗?由于这种生产关系的压抑,底层怎么可能有出头之日?

然而,另一些批评家作出了辩解——这里仍然隐含了底层的反抗。金融经济与文化经济可以剥离。前者依据的是交换价值及其巨额利润,后者的运动终点是意义与快乐。资本主义必须吞噬剩余价值维持自己的机体,但是,大众却在文化经济之中得到了自己的收获。资本主义不是铁板一块,它的内部存在种种矛盾——金融经济与文化经济之间可能产生对立。必须充分估计到这种复杂的状况:只要利润存在,某些资本家不惮于生产出危及资本主义制度的文化产品。因此,大众完全有可能从通俗文化之中解读出反抗的意义,如同斯图亚特·霍尔所指出的那样,他们甚至设置了一套自己的解码系统 ①,例如将"国家利益"解读为"资产阶级利益",或者将警察的"勇猛"解读为"凶残"。换言之,尽管通俗文化的生产不可能摆脱商业机制的操纵,但是,大众拥有自己的消费方式。大众从事的反抗犹如文化领域的"符号游击战"。或许存在某些攻击资本主义的激进措施,或许某些伟大的战斗已经在其他地方打响,然而,并不能因此将大众对于通俗文化的喜悦形容为苟且偷安——这是另一种象征性的反抗。这些批评家反复提到的论点的确具有民粹主义的渊源。没有理由将大众想象为愚蠢的乌合之众,麻木不仁地坐在电视机面前。也许,这个分歧的焦点深刻地涉及底层的评价:一个清醒的、摆脱了资本主义意识形态蛊惑的大众整体存在吗?

尽管批评家之间的唇枪舌剑仍在持续,尽管法兰克福学派、伯明翰学派或者葛兰西的思想均构成了著名的理论漩涡,人们必须意识到,上述论辩通常回响在西方的话语场域。在他们那里,革命仅仅是一个遥远的概念历史,并未真正进入批评家的视域。然而,在另一个国度,革命曾经构成了真实的

---

① [英]斯图亚特·霍尔:《编码,解码》,王广州译,见罗钢、刘象愚主编《文化研究读本》,中国社会科学出版社 2000 年版。

舞台,雅俗之争始终舞台上的重要一幕。这无疑是理论史的另一条线索。虽然这些情节多半发生在后现代主义出现之前,然而记忆之中恍如昨日。

三

　　文学如何表述底层经验,20 世纪初期的五四运动开创了一个前所未有的历史阶段。五四运动的一翼是倡导白话文——一种普遍流行在底层大众之间的活语言。根据胡适十多年之后的总结,倡导白话文的意图是启蒙。严复、梁启超、章炳麟那些老派的知识分子徒有革故鼎新之心,但是,他们的著作无人问津——因为他们使用的是"那种久已僵死的文字"。这时,另一批远见卓识的知识分子"眼见国家危亡,必须唤起那最大多数的民众来共同担负这个救国的责任。他们知道民众不能不教育,而中国的古文古字是不配做教育民众的利器的"。于是,他们毅然转向了白话文。① 至少在当时,多数五四新文学的主将把自己定位为启蒙者,白话文是他们开启民智的工具。另一个方向的事实显然没有得到他们的足够重视:底层的大众是白话文的叙述主体,白话文是他们表述底层经验的基本形式。

　　居高临下地将救国理念递交给底层大众,还是谦逊地聆听来自底层大众的革命呐喊? 二者的混淆表明,许多知识分子未曾意识到启蒙与革命的一个重要分野:底层能否担任主体? 即使在 20 年代末、30 年代初的"革命文学"与"大众文艺"的论争之中,这个问题仍然朦胧未明。郭沫若论证说,革命文学必须以"无产阶级为主体",必须表述无产阶级整体的要求 ②;蒋光慈断言革命文学必须"代表被压迫的、被剥削的群众"③,李初梨明确地提出"无产阶级文学是:为完成他主体阶级的历史的使命,不是以观照的——表现的

　　① 胡适:《中国新文学大系·建设理论集》导言,《中国新文学大系·建设理论集》(影印本),上海文艺出版社 1987 年版,第 6 页。

　　② 郭沫若:《革命与文学》,《"革命文学"论争资料选编》(上),人民文学出版社 1981 年版,第 12 页。

　　③ 蒋光慈:《关于革命文学》,《"革命文学"论争资料选编》(上),人民文学出版社 1981 年版,第 142 页。

态度,而是以无产阶级的阶级意识,产生出来的一种的斗争的文学"①。然而,这些零星的观点混杂在"革命文学"的诸多主张之间,如同凤毛麟角。有趣的是,稍后开始的"大众文艺"论争还是没有为底层大众争取到主体的席位。虽然一些人已经指出,大众的作家必须来自大众;普罗文学不是"从上向下",而是"从下向上"地组织大众感情;大众化的任务是在工农之间造就出真正的普罗作家,如此等等②;可是,更多的时候,教诲大众的声音还是占据了上风。"你要去教导大众,老实不客气的是教导大众,教导他怎样去履行未来社会的主人的使命";大众化的问题"就从大众文艺怎样能够名符其实地'发送'到群众里面去"开始;要用劳动人民的语言答复他们实际生活之中的一切问题——总之,导师的身份时常不知不觉地跳出来,信心十足地指手画脚。③

这种情况到了40年代中期终于遭到了有力的批判。毛泽东在《在延安文艺座谈会上的讲话》之中强烈要求知识分子放弃高高在上的姿态而将"立足点"移到大众之中。这份影响了大半个世纪中国文学史的经典文献提出的中心问题是:"我们的问题基本上是一个为群众的问题和一个如何为群众的问题。"显然,底层是这份文献无可争议的主角。毛泽东的心目中,底层已经不是一个面目模糊的集体,这份文献之中时常具体地称之为"工农兵"。文艺"首先是为工农兵的,为工农兵而创作,为工农兵所利用的"。

当然,这一切均发生在烽火连天的疆场上。毛泽东以政治领袖的心胸调度全局。在他看来,文化军队是克敌制胜的一支劲旅。毛泽东指出,文艺的功能是"团结人民、教育人民、打击敌人、消灭敌人的有力武器,帮助人民同心同德地和敌人作斗争"。这种论述隐约地显示,"工农兵"仍然是受众而不是叙述主体,"喜闻乐见"的意义是广泛地动员底层,促使他们迅速觉悟。

---

① 李初梨:《怎样地建设革命文学》,《"革命文学"论争资料选编》(上),人民文学出版社1981年版,第163页。

② 郑伯奇:《关于文学大众化的问题》,沈端先:《文学运动的几个重要问题》,何大白:《文学的大众化与大众文学》,《中国新文学大系(1927—1937)·文学理论集二》,上海文艺出版社1987年版,第288、296、403页。

③ 郭沫若:《新兴大众文艺的认识》,乃超:《大众化的问题》,宋阳(瞿秋白):《大众文艺的问题》,《中国新文学大系(1927—1937)·文学理论集二》,上海文艺出版社1987年版,第283、284、349页。

这时，站在发言席位上的仍然是知识分子。

然而，在毛泽东的论述之中，发言席位并没有赋予作家启蒙者的高度。相反，革命的作家必须"把自己当作群众的忠实的代言人"。四体不勤、五谷不分的知识分子没有资格在"工农兵"面前自作聪明，作家必须尽快地冲出小资产阶级王国，迅速地转移到无产阶级立场上，放下架子，真心诚意地拜人民大众为师，熟悉底层的生活和语言，甚至变成底层的一分子。换句话说，知识分子表述的仅仅是他们身后"工农兵"的底层经验。

人们可以从以上论述之中察觉两个隐蔽的预设。首先，"工农兵"对于自己的形象充满了期待，他们企图从文学之中读到自己的生活；其次，矛盾的是，他们并不认识自己的经验，或者熟视无睹——沉默的芸芸众生无法为自己说话。因此，作家必须充当协助"工农兵"的秘书。

意味深长的是，毛泽东并未因为第一个预设而在文学意义上强调"工农兵"的自我表述。在他看来，底层的自我表述能力并不成熟："例如一方面是人们受饿、受冻、受压迫，一方面是人剥削人、人压迫人，这个事实到处存在着，人们也看得很平淡"，这显然无法最大限度地利用文学的效力。作家的特殊天赋就在于"把这种日常现象集中起来，把其中的矛盾和斗争典型化"，这导致文学"比普通的实际生活更高，更强烈，更有集中性，更典型，更理想，因此就更带普遍性"，从而使底层大众"惊醒"和"感奋"。① 时至如今，人们有必要详细解释这些问题：为什么"工农兵"熟悉的通俗文化并非底层经验的有力的表述，以至于必须等待作家的文学加工？文学加工增添了什么？为什么将文学加工即是典型化？

通俗文化是一个没有边界的开放领域。从快板、山歌、民谣、扭秧歌、连环画到说书、杂耍、地方戏、民间故事，种种艺术类型品种繁杂，门派众多。一般地说，通俗文化游离于正统意识形态和学院体制，并且由于主题另类或者趣味不够雅训而遭受二者的抵制和鄙视。通俗文化的作者多半是非职业化的，他们栖身于底层，熟知底层人物的种种故事，信手拈来，左右逢源；另一方面，他们往往无暇推敲琢磨，形式粗糙草率是通俗文化的共同特征。通俗文

① 毛泽东：《在延安文艺座谈会上的讲话》，《毛泽东选集》第三卷，人民出版社 1991 年版，第 853、863、848、864、861 页。

化通常依赖于师徒授受，口耳相传；因为标准教材的匮乏，通俗文化的传承系统十分脆弱。许多作品的传播仅仅由草台班子运作，一旦遭遇现代社会强势的大众传播媒介，它们常常陷入灭顶之灾。某些作品——例如地方戏曲——只能存活于特定方言区域，它们的传播范围相当狭窄。

尽管如此，通俗文化仍然不可遏制地显现了旺盛的民间创造力。虽然通俗文化的记录残缺不全，历代佼佼者的美学水平还是令人惊叹再三。刚健，清新，质朴有力，天然去雕饰，这是职业文人经常发出的感叹。文学史的证据表明，《水浒传》、《西游记》或者《聊斋志异》无不借助于通俗文化的资源。某些时候，通俗文化可能提供强大的形式体系。这些形式不仅存留了底层经验，而且充分展示了底层经验的美学光辉，从而潜在地影响了后续作品的风格。米·巴赫金就是在这个意义上考察了中世纪的狂欢节。狂欢节的主角是广场上欢笑的大众，欢笑的声浪击穿了一切等级关系，击穿了舞台与生活的界限，也击穿了官方设置的种种壁垒。"在此后欧洲文学的发展中，狂欢化也一直帮助人们摧毁不同体裁之间、各种封闭的思想体系之间、多种不同风格之间存在的一切壁垒。狂欢化消除了任何的封闭性，消除了相互间的轻蔑，把遥远的东西拉近，使分离的东西聚合。这就是狂欢在文学史上巨大功用之所在。"[1] 既然通俗文化的作者与底层保持了天然的联系，既然通俗文化拥有强大的形式体系，为什么底层经验的表述仍然必须由知识分子承担？

在我看来，这是首要的原因：通俗文化的作者往往未曾拥有足够开阔的历史视域。通俗文化存留了种种表面的底层经验而几乎无法揭示完整的历史图景——揭示底层与其他阶层的相互位置及其关系。这个意义上，通俗文化之中底层的牢骚、抱怨、哀告、叹息、控诉往往惊人的相似。无论是山歌、民谣、杂耍还是快板扭秧歌，那些朴素的、即兴的、相对单纯的形式无法容纳历史的重量。即使在巴赫金的狂欢化景象之中，每一个参与者也仅仅拥有一个狭小的视角而不可能登上历史的制高点。他们仅仅按照习俗欢呼雀跃而不知道自己的笑声会给历史留下什么。很大程度上，底层并未意识到自己是一个共同体，他们的阶级意识并未觉醒。这时，通俗文化无法完成毛泽东提出

---

[1] ［苏］巴赫金：《陀思妥耶夫斯基诗学问题》，白春仁、顾亚铃译，生活·读书·新知三联书店1988年版，第190页。

的"典型化"——因为没有发现阶级意义上的共性。

　　"阶级意识就是理性的适当的反应，而这种反应则要归因于生产过程中特殊的典型的地位"，这是卢卡奇在《阶级意识》这篇论文之中的观点。从另一方面来说，"阶级意识——抽象地、形式地来看——同时也就是一种受阶级制约的对人们自己的社会的、历史的经济地位的无意识"。所以，阶级意识既不是个别阶级成员思想、感觉的总和，也不是他们的平均值，而是阶级整体对于自己历史地位的意识。一个缺乏这种意识的阶级肯定认识不到自己的历史使命，"这样的阶级就只能起被统治作用"。按照卢卡奇的分析，前资本主义时代的许多阶层不可能拥有清晰的阶级意识——它们的阶级意识是"被赋予的"。进入资本主义社会，宗教等面纱揭去了，经济因素的社会作用赤裸裸地显现出来，阶级意识愈来愈清晰地浮现。这时，资产阶级和无产阶级历史地形成两大阵营。无产阶级的决定性武器是"正确地洞见到社会本质"，将社会视为一个"互相联系着的整体"，并且深刻地认识自己所承担的历史使命。无产阶级将对资本主义社会实行总体批判，它们的"直接利益和对整个社会的客观影响的辩证关系就在无产阶级意识本身之中"，这"变成为意识的对阶级历史地位的感觉"，而不再像以前的阶级那样是被赋予的。①

　　同一个阶级的成员是否拥有如此一致的意识，形成如此一致的行动，这始终是一个有争议的问题。② 也许，列宁的观点恰恰表示了怀疑。由于承担了诸多具体的革命事务，列宁对于无产阶级的评价不像卢卡奇那么乐观。列宁在《怎么办》这篇长文之中反复指出：当工人还没有对所有的专横和压迫、暴力和黑暗做出反应时，他们的政治意识并未成熟；当工人还无法分析和估计一切阶级、阶层和集团活动的各个方面表现时，他们的阶级意识并未成熟。列宁看来，工人无法在他们的运动中创造出独立的思想体系，不可能产生社会民主主义意识，这种意识只能从外面灌输进去。"而社会主义学说则是由有产阶级的有教养的人即知识分子创造的哲学、历史和经济的理论中成

————————

　　①　［匈］卢卡奇：《阶级意识》，《历史与阶级意识——关于马克思主义辩证法的研究》，杜章智等译，商务印书馆1996年版，第104—105、106、109、111、127、131页。

　　②　［英］戴维·李、布赖恩·特纳主编：《无阶级的神话和阶级分析的"死亡"》，《关于阶级的冲突·导论》，姜辉译，重庆出版社2005年版。

长起来的。"按照马克思和恩格斯的社会地位,他们亦属"资产阶级的知识分子。"所以,建立革命家组织领导无产阶级的解放斗争是一条必由之路。①

无论人们倾向于哪一种观点,这是殊途同归的结论:底层经验的书写不能仅仅注视自身,更重要的是绘出历史图谱。这即是卢卡奇理想之中的现实主义:"现实主义文学的主要范畴和标准乃是典型,这是将人物和环境两者中间的一般和特殊加以有机的结合的一种特别的综合。"② 这时,文学既意味了个别、局部,同时意味了整体、历史。然而,迄今为止,通俗文化的阶级意识及其形式体系均无法抵达这种水平。二者的进一步成熟当然需要时间。革命形势如火如荼,火线上的无产阶级无暇在内部培训合格的文学队伍。于是,底层经验的表述不得不又一次托付给了知识分子。

四

在卢卡奇的设想之中,资本主义社会的来临、阶级意识的觉醒、无产阶级的崛起、现实主义文学的成熟以及底层经验的自我表述乃是历史逻辑的必然。然而,至今为止,这个逻辑并未完成。历史的演变线路远比理论设想曲折。现代主义以及后现代主义的声势已经远远超出了卢卡奇们的预料,弗·福山们关于"历史的终结"的论断是一个更为严重的挑战。

尽管如此,一个不可否认的事实是——五四新文学开始之后,文学史上诞生了一批生动的底层人物形象。仅仅以鲁迅的小说为例,人们立即可以想到阿Q、祥林嫂、闰土、九斤老太、爱姑以及不知名的人力车夫,如此等等。显而易见,鲁迅的文学生涯无法充当卢卡奇理论的例证。人们毋宁从鲁迅的成功追溯到那个悠久的文学传统:敞开通往底层的大门。从杜甫的"三吏"、"三别"到白居易的《卖炭翁》,从果戈理到高尔基,这个传统的感召始终不衰。文学对于小人物的重视与同情,作家必须跨出封闭的书房了解民生疾苦,"文章合为时而著,歌诗合为事而作",总之,入选文学主人公的时候,王

---

① [俄]列宁:《怎么办》,《列宁选集》,人民出版社 1972 年版,第 284、256、247 页。
② [匈]卢卡契:《〈欧洲现实主义研究〉序》(英文版),《卢卡契文学论文集》(二),中国社会科学出版社 1981 年版,第 48 页。

公贵族时常被愚钝的草民击败。鲁迅为首的一批现代作家再度证明，许多作家的想象力不仅可以细致地复活底层生活；更为重要的是，良知和文学才能时常敦促他们摆脱世俗势利之见的局限而投入底层。然而，如果绕开卢卡奇设想的历史逻辑，悠久的文学传统不得不面对尖锐的质疑。作家的代言是否可靠？现今，底层经验的表述已经将这些质疑汇聚到一个范畴：叙述者。

　　叙述者即是那个讲述故事的人。人们已经从叙述学的意义上考察了叙述者与主人公和故事的关系，例如全知全能的叙述者，或者仅仅了解事件局部的叙述者。叙述学研究表明，叙述者可以有效地利用视角、修辞、距离等手段隐蔽地控制读者对于人物的认同程度或者道德评价。许多时候，叙述者的身份以及意识形态观念可能秘密地介入叙述，限定读者的视野，巧妙地修改人物的形象。因此，"客观"、"中性"的再现已经丧失了往昔的信誉，话语的描述不可避免地带来某种扭曲。萨义德对于"东方学"（orientalism）的犀利考察是一个著名案例。萨义德发现，所谓的东方来自西方话语的构造："因此，东方学的一切都置身于东方之外：东方学的意义更多地依赖于西方而不是东方，这一意义直接来源于西方的许多表述技巧，正是这些技巧使东方可见、可感，使东方在关于东方的话语中'存在'。而这些表述依赖的是公共机构、传统、习俗、为了达到某种理解效果而普遍认同的理解代码，而不是一个遥远的、面目不清的东方。"[1] 由于西方话语的强大力量，东方实际上成了西方的东方。萨义德的《东方学》将马克思的一句话印在扉页上："他们无法表述自己；他们必须被别人表述。"在他看来，表述与被表述隐含了不同文化圈以及民族之间的权力关系。这时，人们有理由进一步追问：另一个意义上，相似的机制是否存在于知识分子与底层之间？

　　然而，即使作家表述的底层经验可能被塞入某种意识形态结构，这并不能抵达另一个结论：真实的、纯粹的底层经验只会出自底层之手。意味深长的是，萨义德从来不赞同"西方"或者"东方"这种本质主义的概括。相反，他充分意识到"他者"对于自我的意义："每一种文化的发展和维护都需要一种与其相异质并且与其相竞争的另一个自我（alter ego）的存在。自

---

① ［美］萨义德：《东方学》，王宇根译，生活·读书·新知三联书店1999年版，第29页。

我身份的建构……牵涉到与自己相反的'他者'身份的建构,而且总是牵涉到对与'我们'不同的特质的不断阐释和再阐释。每一时代和社会都重新创造自己的'他者'。因此,自我身份或'他者'身份决非静止的东西,而在很大程度上是一种人为建构的历史、社会、学术和政治过程,就像是一场牵涉到各个社会的不同个体和机构的竞赛。"① 的确,与其想象某种独立的、纯正的、不折不扣的底层经验,不如在社会各阶层的比较、对话、互动之中测定底层的状态。底层并非事先独立地存在,底层是多重对话之中产生出来的主体。这种对话关系之中,知识分子与底层互为"他者"。正如可以借助底层反观知识分子形象一样,知识分子同样是建构底层的一种参照。双方的特征都因为对方的存在而更为突出。古代的文人士大夫没有明确的社会分层观念。"开轩面场圃,把酒话桑麻"也罢,"携竹杖,更芒鞋,朱朱粉粉野蒿开"也罢,众多吟咏田园风光的诗文之中,面朝泥土背朝天的农人仅仅是一种情趣的点缀,一种山水画面的填充物。他们并未在社会学意义上成为士大夫的相对群体。现代社会的经济文化提供了考察社会阶层的视野,知识分子与底层大众之间产生了巨大的分离,并且相互意识到这种分离。在我看来,从底层与一系列"他者"——除了知识分子,还有官员、企业主、商人等——的交叉网络之中认识他们,远比"本质主义"的底层肖像更富有历史动态感。这个意义上,文学的底层经验表述复杂而丰富。创立一套独特的底层修辞,捍卫底层表述的纯洁性——如果这不是一种无益的空想,那也仅仅能维持在一个狭小的规模之内。返回 20 世纪文学史可以发现,底层经验的成功表述来自一批知识分子,来自一个阶层对于另一个阶层的描述;这种描述的动力很大程度上恰恰源于二者的差异。相对地说,过分依赖底层修辞的作品远不如想象的那么出色。底层的自我表述远未达到预计的目标。人们很快会想到两个作家的对比:鲁迅与赵树理。除了个性与文学才能的差距,一个重要的原因是:鲁迅小说内部存在知识分子与底层之间复杂的对话;在赵树理那里,这种对话消失了。

　　20 世纪 80 年代之后,文学对于底层经验的表述很大程度地续上了传统

---

① ［美］萨义德:《东方学》,王宇根译,生活·读书·新知三联书店1999年版,第426—427页。

的对话关系。从张承志的《黑骏马》、史铁生的《我的遥远的清平湾》为代表的知青文学部落一直到蔡翔晚近发表的《底层》，"我"在文本之中的作用始终是一个内涵丰富的话题。"我"通常以知识分子的身份开始叙述。这些文本废弃了全知全能的上帝位置，"我"与底层是平等的对话者。"我"是卷入底层经验的异己，另一类型的生活显示了巨大的隔阂。从双方的紧张、抵触、冲突到内心的顿悟、壁垒的彻底冰释，种种进退转换制造了底层经验戏剧性浮现的基本形式。对话关系可以避免某个阶层成为千人一面的集体，或者根据抽象定义将对方浪漫化。"我"与底层由于对话而获得深入展开自身的机会，包括种种令人敬重的品质和隐藏的弱点，例如懦弱、背叛、自私、患得患失、市侩主义。另一些文本之中，"我"可能仅仅是工具性的，甚至隐姓埋名地深藏幕后，但是，潜在的对话关系仍然有力地影响底层经验的表述结构——我可以提到韩少功的《马桥词典》与林白的《妇女闲聊录》。

正如韩少功在《后记》里所说的，底层生活"大量深切而丰富的感受排除在视野之外，排除在学士们御制的笔砚之外"——因为找不到相宜的语言。这是"中文普通话无法照亮的暗夜"。因此，这些生活只能属于一个叫做马桥的小地方，那里的人们拥有一套异于标准普通话的话语系统。《马桥词典》的缘起是，韩少功想编辑一部马桥人的特殊词典表述这里的独特经验。这形成了颠覆性的后果：辑录词条的形式不仅摧毁了传统的故事表意系统，词汇的补充和阐释同时扩大了经验的边界。底层开始冲决语言的屏障闯入人们的视域，两套语言的冲突象征了底层经验的突围。然而，如果说词条的内容局限于马桥的生活，那么，韩少功巧妙地赋予"词典"一个文学形式。辞书到小说的根本转折源于《马桥词典》的叙述者。"我"——一个下乡在马桥的知识青年——代替了冷冰冰的辞书编委会。《马桥词典》的一百多词条背后不是马桥词汇客观的定义，而是一个外来者带有个人体温的叙述。这个外来者动用众多故事碎片注释马桥词汇。显然，"我"成为底层经验解除压抑的突破口。

林白的《妇女闲聊录》被视为一部极端的实验之作。某种意义上，这部小说与《马桥词典》异曲同工，尽管它的内部构造相对简单。《妇女闲聊录》是一个叫木珍的妇女的聊天实录。说话的人放肆、泼辣、眉飞色舞、滔滔不绝。木珍的语言粗野鲜活,口语和方言具有强烈的地域特征。与此同时,那个代表知识分子的"我"销声匿迹———坐在木珍对面的似乎仅仅是一个奋笔疾书的记录员。不止一个人对《妇女闲聊录》表示疑惑:这还可以算一部小说吗? 只有意识到那个记录员与木珍叙述之间的张力时,人们才能察觉这部小说内部隐含的对话。尽管记录员没有发出声音,但是,她专注地倾听、惊奇、并且被另一种陌生的生活态度强烈地震撼。这一切无不体现为她记录什么,或者舍弃什么,何处重叠铺叙,何处轻描淡写。显然,这些惊奇与震撼来自一个知识分子。对于熟悉林白以往小说的人说来,如果将《一个人的战争》之中那个竭力捍卫个人内心的"我"加入,这种对话更加耐人寻味。虽然"我"与木珍的对话是无形的,仅仅隐藏在文本结构之中,但是,《妇女闲聊录》对于底层经验的表述不能完全归功于木珍,而是两个人的共同创造。

许多人承认,愿意聆听底层的声音肯定是跨出了重要的一步。底层的声音无法抵达公共领域,得到社会文化的完整解读。这是不公平的,也是危险的———如果决策者不清楚一个如此庞大的阶层具有哪些诉求。然而,这个结论多少有些意外:来自底层的不一定代表底层。这表明底层与文化、权力之间的复杂交错。历史的描绘远不是单线条。如果底层是一种相对的存在,那么,底层的声音并非独白,而是混杂在多种声音之中,形成多方面的往返对话。尽管这些对话仍然可能包含巨大的不平等,但是,底层至少赢得了发言的机会。长远的意义上,对话是一种有助于抑制专制主义和压迫意识的形式———对于底层也是如此。如何再现这些对话关系,并且在对话网络之中鉴别、提炼和解读底层的诉求,想象底层人物的真实命运———如果这就是现今的底层经验表述,那么,文学有责任提供可以承担的形式。

小资产阶级：压抑与叛逆

一

　　"小资产阶级"是许多人耳熟能详的概念，通常溯源于社会学领域。然而，20世纪20年代开始，这个概念悍然闯入文学王国，成为描述文学的一个重要范畴。"小资产阶级"可能表示一种不屑的贬抑，可能形容一种风格或者趣味，可能是一种身份或者身价的证明，也可能成为一种令人恐惧的政治烙印。相当长的一段文学史之中，"小资产阶级意识"或者"小资产阶级情调"是一大批作家无法摆脱的魔咒。当然，当初没有多少人可能料到，这个概念竟然在数十年之后摇身一变，脱胎换骨——20世纪90年代末期，"小资文化"已经被用于形容一种由优雅、格调、品味、精致集合而成的浪漫生活。

　　从毛泽东的早期著作《中国社会各阶级的分析》到二三十年代左翼作家的言论，从著名的《在延安文艺座谈会上的讲话》到五六十年代此起彼伏的文学论争，"小资产阶级"始终是一个带有贬义的概念。人们对于小资产阶级的分析通常伴有程度不同的贬抑、讥刺和挖苦。18世纪中叶，马克思和恩格斯的《共产党宣言》断定，资产阶级和无产阶级决战的历史时刻即将来临。这个意义上，小资产阶级仅仅是两大阵营中间灰色的过渡地带。小资产阶级时刻处于分化瓦解的状态：要么战战兢兢地依附于资产阶级的尾巴，要么被抛到了贫困的无产阶级队伍之中。毛泽东的分析显然承袭了这种历史视域。《中国社会各阶级的分析》详细地将小资产阶级置于地主、买办阶级、中产阶级和半无产阶级、无产阶级的序列之中,并且解析为左、中、右三个部分,进而分别考察经济地位的差异如何转换为小资产阶级分子投身革命洪流的不同姿态。[①] 根据这些考察,小资产阶级软弱的文化性格——例如,患得患失,摇摆不定——很大程度源于暧昧不定的阶级身份。虽然毛泽东阐述了小资产阶级的多种社会来源,但是,从20世纪的二三十年代到六七十年代,这种文化性格逐渐凝聚到知识分子的形象之上。

然而,如果仅仅将小资产阶级视为资产阶级和无产阶级之间犹犹豫豫的骑墙派,人们可能遇到一些难以解释的历史事实。数十年的时间里,小资产阶级遭到了一而再、再而三的抨击和驱逐,然而,成效并不乐观。小资产阶级仿佛是一只匍匐在丛林之中的巨兽,只要防范稍为松懈,它就会一跃而出,放肆地扰乱革命文学的秩序。90年代之后"小资文化"的迅速复活似乎就是一个证明:旷日持久的批判并没有从根本上重创小资产阶级思想体系。在我看来,这是一个不得不面对的奇怪问题:小资产阶级为什么隐藏了如此巨大的美学能量和吸附力,以至于反复纠缠,屡禁不绝? 许多时候,资产阶级和无产阶级都可能对小资产阶级产生奇异而隐秘的好感。相对于无足轻重的阶级地位,小资产阶级似乎占据了一个文化的中心位置。如果说资产阶级陷于物质再生产的循环而分身乏术,那么,小资产阶级似乎赢得了更多的文化自由。除了忧虑时政、恐惧革命的不安和惊惧,小资产阶级意识还同时包含了许多生产资料占有方式所无法解释的内容。阶级地位与文化之间的不对称表明,后者是一种奇特的话语——小资产阶级话语。

小资产阶级话语具有某种特殊的气味。无论是遭人厌恶还是惹人怜爱,这种特殊气味均是首要原因。有趣的是,虽然人们对于小资产阶级话语如此熟悉,这种特殊气味的清晰表述始终阙如。如果说太小的社会学框架容纳不下小资产阶级话语的许多特征,那么,文学为之提供了充分的展示场域。从鲁迅的《在酒楼上》、《孤独者》、《伤逝》到丁玲的《莎菲女士日记》、《韦护》,从庐隐的《海滨故人》到郁达夫的《沉沦》,从茅盾的《蚀》三部曲到

---

① 毛泽东:《中国社会各阶级的分析》,《毛泽东选集》第一卷,人民出版社1991年版,第5页。

巴金的《激流三部曲》,蓬勃生长的小资产阶级话语盘踞了相当大一部分文学史空间。因此,描述和解释小资产阶级话语特征,文学是一个再适合不过的例证。考虑到论述的简约和富有效率,我愿意集中谈论一部小说——杨沫的《青春之歌》。

《青春之歌》于 1958 年出版,不久之后就遭到了严厉的批评——"作者是站在小资产阶级立场上,把自己的作品当作小资产阶级的自我表现来进行创作的"①。诸多批评家和作家往返辩难的言辞之中,小资产阶级的文化症状陆续呈现出几个重要的特征:第一,多愁善感,抑郁寡欢,温情主义,动不动就伤感,在回忆之中打发日子。这显然是一种多情而纤弱的性格。一旦与坚硬的社会现实相撞,《青春之歌》主人公林道静的典型表现不是哭哭啼啼就是企图投海自杀;第二,恋爱至上,缠绵悱恻,充满了不切实际的浪漫式幻想。爱情生活的不如意——而不是自觉的阶级反抗——是林道静冲出家庭罗网的首要原因。她很快就和余永泽同居,并且先后三次爱上了不同的男人。由于追求个人幸福,恋爱是大多数小资产阶级念念不忘的主题,"革命加恋爱"常常是他们遵从的著名生活公式;第三,刻意讲究所谓的生活情调,例如林道静兴致勃勃地徜徉在海边欣赏风景,漫步于沙滩捡贝壳,这种优哉游哉的习性显然来自寄生阶级的家庭;第四,习惯于从书本之中——尤其是文艺书籍——寻求慰藉,林道静阅读的是高尔基,并且从余永泽那里听到了《战争与和平》、《悲惨世界》、《红楼梦》、杜甫和鲁迅,等等。通常,引导他们投身于革命的常常是书本知识而不是生活实践;第五,个人主义思想,热衷于一时的狂热和自我表现。林道静擅自冒险贴标语,散发传单,无疑是个人英雄主义作祟。与谨小慎微和懦弱的性格相反,小资产阶级身上同时还存在极端激进的一面。个人主义思想时常损害了无产阶级铁的纪律,列宁曾经斥之为"小资产阶级幻想和空想"以及"幼稚的狂热性"。②

当然,50 年代文学批评的强大火力网之下,小资产阶级话语仅仅是一

---

① 郭开:《略谈对林道静的描写中的缺点》,《中国当代文学研究资料·杨沫专集》,沈阳师范学院中文系,1979 年。

② [苏]列宁:《小资产阶级社会主义和无产阶级社会主义》,《列宁选集》第十二卷;《论"左派"幼稚性和小资产阶级性》,《列宁全集》第三十四卷,人民出版社 1985 年版。

个被压抑的话语。《青春之歌》这个文学标本之中,小资产阶级话语特征只能有初步的、羞怯的表露。直至进入 90 年代的文化气候,各种压抑开始解除——文学之中诸多小资产阶级话语特征终于迅速地发育成熟,膨胀为一个盛大的景象。

二

马克思主义著作的翻译史上,bourgeoisie、petty bourgeoisie 和 middle class——即资产阶级、小资产阶级和中产阶级——之间存在极为复杂的纠缠,由日语转译为汉语进一步增添了交错的层次;许多时候,"中产阶级"与"小资产阶级"这两个概念可以互相指代。① 雷蒙·威廉斯的《关键词》在 bourgeois(资产者、资产阶级分子)的条目之下解释说:bourgeois 的定义是由法律范畴界定的:"这个词的基本定义是:生活稳定、没有负债的可靠'居民、市民'(citizen)。"这表明了"布尔乔亚"这个词与中产阶级生活的渊源关系。通常,bourgeois 也指中产阶级和中产阶级社会,这是插入贵族和下层大众之间的一个社会群体。雷蒙·威廉斯认为,马克思"对于'资产阶级社会'的新定义是根据 bourgeois 这个词的早期用法而来——范围涵盖了生活稳定、没有负债的可靠居民及与日俱增的中产阶级(由商人、企业家及雇主所组成)"。有趣的是,雷蒙·威廉斯在同一个条目里有一个小小的补充:"贵族对 the bourgeois(资产阶级)的平庸表示轻蔑。尤其在 18 世纪时,这种轻蔑的态度在哲学家及学术界人士身上表露无遗。他们看不起这种'中产'阶级的狭隘(即使是稳定)生活及浅薄见识。"②

以上的考证再度证实了一种由来已久的感觉:尽管中产阶级与小资产阶级的社会学涵义时常重叠,但是,二个术语聚焦的层面并不一致。中产阶级意味的是稳定、可靠、拘谨、克制的安全生活。由于竭力保护已有的社会地

---

① [德]李博:《汉语中的马克思主义术语的起源与作用》,赵倩等译,中国社会科学出版社 2003 年版,第 359—363 页。

② [英]雷蒙·威廉斯:《关键词——文化与社会的词汇》,刘建基译,生活·读书·新知三联书店 2005 年版,第 26—27 页。

位，他们尽量避免任何冒险，阉割种种不合时宜的冲动，并且以一种严肃刻板的姿态对待文化。中产阶级亦步亦趋地模仿资产阶级，同时又不可能具有后者那种趾高气扬的威风。中产阶级身上平庸中等的美学趣味显然是他们古板生活方式的写照。如果用马尔库塞的话形容他们的干枯性格，那么，这就是那些"单向度的人"；相对地说，小资产阶级的称谓背后更多地暴露出激进的文化成分。这似乎是一个奇怪的文化部落。这一批人的确常常大幅度地左右摇摆，而这种状况进一步增添了小资产阶级意识的复杂和丰富，以至于他们有时会做出一些出人意料的惊世骇俗之举。正如《小资产阶级生活的两张面孔》一文所说的那样：小资产阶级生活的第一张面孔充满了庸俗而志得意满的幸福表情，另一方面，"这些不断被规训的人还被要求去成为一些与众不同的人一些脱离了低级趣味的人。……因此反叛的神话便成为了小资产阶级需要不断追逐的另一种神话。事实上无论在过去还是现在，小资产阶级都是反叛神话最热烈的制造者和拥趸"①。总而言之，"中产阶级"和"小资产阶级"是同一批人分裂出来的两个形象。当人们用"小资产阶级"这个术语代替"中产阶级"来谈论同一个群体的时候，他们身上种种"超越"社会地位的文化表演得到了更多的考虑。通常的情况下，中产阶级保守、刻板、循规蹈矩；小资产阶级浪漫、狂热、波西米亚。革命形势如火如荼的时候，中产阶级倾向于右翼，小资产阶级明显左倾。

如果说，经济利益通常被视为阶级划分的基础，那么，从理查德·霍格特、雷蒙·威廉斯、E.P.汤普森到斯图尔特·霍尔，这一批英国理论家转而考察了阶级背后的文化渊源。例如，E.P.汤普森的《英国工人阶级的形成》力图从许多日常的经历之中找到工人阶级形成的线索。汤普森相信："阶级是社会与文化的形成，其产生的过程只有当它在相当长的历史时期中自我形成时才能考察。"在他看来，文化对于工人日常经历的处理逐渐构成阶级觉悟，这一切具体呈现在"传统习惯、价值体系、思想观念和组织形式"这些文化观念之中。②一个更大范围内，传统习惯、价值体系和思想观念本身就在

---

① 孙健敏：《小资产阶级生活的两张面孔》，见朱大可、张闳主编《21世纪中国文化地图》第三卷，广西师范大学出版社2005年版，第214页。

② ［英］E.P.汤普森：《英国工人阶级的形成》，钱乘旦等译，译林出版社2001年版，第4、2页。

连续地生产不同的社会阶级。正如布迪厄的"区隔"这个概念所描述的那样,当今社会阶级共同体的形成源于各种特殊的文化趣味,这些共同体之间的界限已经不是由经济资本的多寡简单地决定的了。布迪厄提出了文化资本的概念。例如,良好的教育即是一种文化资本的投入。当然,文化资本与经济资本之间存在秘密的兑换率,二者在多数时候是成正比的。强大的经济资本可以轻易地造就文化资本,家庭背景通常对于受教育的程度产生关键的影响。这个意义上,经济最终决定文化仍然是一个不可动摇的前提——权力关系和阶级地位仍然相当程度地充当导演。尽管如此,人们不得不承认,文化的自主性、文化分割社会空间的能力空前地加大。许多时候,人们清晰地看到了一个闭合的轨迹:特定的文化资本训练出某种文化趣味,相异的文化趣味制造种种区隔。文化趣味不仅主宰人们评判艺术品,而且全面介入日常生活——介入服装款式、室内装修或者体育运动形式。某些时候,文化趣味的差异不仅会造成紧张的符号冲突,甚至延续至政治分歧。一个小资产阶级分子是如何成长起来的?从家庭出身、教育水平到文化趣味的考核时常是一个有效的分析模式。相对于粗俗的资产阶级暴发户,相对于充满泥土气息的农民,小资产阶级最为显眼的首要特征往往是文化。

　　描述文化对于小资产阶级形成的意义,大众传媒是一个不可忽略的场域。良好的教育和相近的文化趣味将在大众传媒产生同声相应的效果,一大批小资产阶级分子就是在这里发现彼此是同路人。他们自由地出入这个公共领域,并且在某种符号体系之下集合为一个共同体。显然,这是他们的擅长地带。良好的教育传授了强大的符号生产技能,大众传媒制造了一个充分施展的空间。由于大众传媒有效地集聚了文化资本的意义,小资产阶级甚至可以在这里与另一些拥有强大经济资本的集团相互抗衡。否则,人们不可能想象一个仗义执言的记者如何与百万富翁争一短长。古代知识分子无法集合到大众传媒领域,他们犹如散兵游勇,那些无法纳入经典系统的价值观念只能成为一些边缘的、零星的声音。如同许多人论证的那样,大众传媒是现代社会诞生的标志之一。《新青年》等一大批报刊杂志与五四运动的关系是一个显而易见的证明。另一方面,这也是小资产阶级诞生的标志。教育、文化资本、大众传媒、小资产阶级——这一切均是现代社会的产

物,文学恰恰是诸多因素的交汇点。这种描述深刻地意识到诸多历史因素的互动:

> ……五四新文化运动是一个在中国传播现代观念和现代生活方式的盛大节日,学校、刊物、报纸、社团、出版社构成一整套越来越强有力的文化生产的机构和体制,阅读、写作、演说、结社、集会形成一系列越来越有影响力的行动方式,一个拥有新的文化资本的小资产阶级群体应运而生。五四新文化运动产生了五四新文化的知识分子传统,成为小资产阶级的创世纪,表现在文学中,就是五四新文学中小资产阶级"新青年"形象的大批涌现。①

如果说,贪婪地追逐利润是资产阶级的本能,推翻资产阶级的压迫和剥削是无产阶级的天命,那么,小资产阶级的阶级诉求十分模糊。许多时候,小资产阶级的文化特征不是追溯至生产资料的占有方式,而是追溯至文化资本和大众传媒。因此,小资产阶级文化可能相当大程度地摆脱"经济"的制约而显示独特的逻辑——例如小资产阶级与革命的关系。对于衣食无虞的小资产阶级说来,投身于革命是一件奇怪的事。多数人并没有亲历严酷的阶级压迫和侮辱,他们的觉悟毋宁说来自进步的读物。某些时候,一首诗或者一台戏可能大幅度地改变生活的设想。正如王蒙的一批小说——譬如,《恋爱的季节》或者《失态的季节》——所显示的那样,他们的革命动力不是夺取基本的生产资料,而是考虑生存的意义,考虑如何从死水般的日子之中发现活下去的价值——

> 这样就无形地产生了两个特征:第一,与《红旗谱》或者《暴风骤雨》之中的劳苦大众不同,王蒙笔下的主人公不是追求几亩田地和一间安身立命的房屋,他们渴望的是一种更为纯洁也更为理想的生活。他们的革命动机之中似乎没有兑入那么多物质生活的私心杂念;同时,他们革命的急迫性和坚定程度也比劳苦大众逊色。第二,这批知识分子的革命经验之中

---

① 郑坚:《吊诡的新人——新文学中的小资产阶级形象研究》,百花洲文艺出版社2005年版,第60—61页。

并没有多少罢工、撒传单、坐老虎凳和监狱暴动;他们时常是一批擅长使用政治术语和革命名词的人。换言之,他们的革命时常活跃在思想传播领域,得到了一系列高深莫测的理论装饰,相对地说,他们对于革命的残酷程度——包括革命队伍内部的权力之争——几乎一无所知。①

显然,小资产阶级的革命很难获得无产阶级的彻底信任。"衣食无虞"意味了一扇隐蔽的后门。经济上的退路必然会削弱文化的坚定性。一旦严峻的革命形势威胁到生命的时候,生存意义的争辩将会变成无稽的空谈,小资产阶级可能打开后门夺路而逃,背叛革命。尽管如此,无产阶级对于小资产阶级的持续批判始终无法取得大刀阔斧的效果。人们无法像剥夺资产阶级占有的生产资料那样铲除小资产阶级的存在土壤,小资产阶级的子孙更多地来自顽强的文化繁殖力。《在延安文艺座谈会上的讲话》之中,毛泽东用了相当大的篇幅批评小资产阶级意识。但是,他可能没有料到,相对于暴力革命推翻资产阶级的统治政权,文化领域肃清小资产阶级分子的路途远为漫长。

迄今为止,小资产阶级文化丝毫没有显出衰竭的迹象,它的最新动向是"布波族"的诞生。21世纪之初,一本题为《布波族:一个社会新阶层的崛起》的著作开始流行。布波族即是布尔乔亚(bourgeois)与波希米亚(bohemian)的相加。保守的、一丝不苟的布尔乔亚世界与反叛的波希米亚文化正在合流。二者在学历、消费、商业生活、学术生活、享乐等方面的对立逐渐消失。按照《布波族》作者布鲁克斯的观点,布波族试图证明文化的主动姿态。这种文化具有弥合各种社会矛盾——例如个人自由与国家利益——的功能。在他看来,这个时代的成功政客无不巧妙地调和了两个冲突的价值体系。因此,布波族文化意味了"超越主义的政治"——在传统的左派和右派之间寻找"第三路线"。如果将布波族视为文化主义跨越阶级界限的范本,那么,人们有理由拭目以待:文化框架可能多大程度地替代经济利益的衡量——即使是对于小资产阶级而言?

---

① 南帆:《后革命的转移》,北京大学出版社2005年版,第44—45页。

三

当然，如果仅仅涉及小资产阶级的经济地位而没有考虑这个过渡地带的文化状况，人们很难解释，小资产阶级的叛逆性格为什么如此显眼。革命飓风猛烈地刮起来的时候，小资产阶级的激进和冲击力相当突出。他们甚至比一无所有的工人阶级和贫农远为狂热。后者还在竭尽全力地维持可怜的生活底线时，小资产阶级知识分子已经激烈地投身于无政府主义运动。阿里夫·德里克指出，无政府主义是五四新文化运动重要部分，"在1925—1930年间，无政府主义成了中国革命思想的一个源头"。他对这种观点深表赞同："中国的知识分子多数出身于小资产阶级，具有主观、片面、虚浮和急于求成的性格，当他们产生革命的要求时，最合他们口味的不是严整的科学社会主义体系，而是空洞浮夸的乌托邦和惊世骇俗的无政府主义。"① 尽管近代历史隐含了某种持续的激进主义冲动②，这仍然是一个具体的问题：小资产阶级的叛逆基因是从哪里来的？

至少可以认为，个人主义在小资产阶级话语之中是一个核心主题。正如史蒂文·卢克斯所言，个人主义一词的用法历来缺乏精确性。他从人的尊严、自主、隐私、自我发展、抽象的个人以及政治、经济、宗教、伦理、认识论、方法论等诸多方面阐述了"个人主义"的基本观念。③ 五四新文化运动为个人主义主题的进入开辟了存活的空间。当然，从 individualism 到汉语的"个人主义"，这个概念历经漫长的理论旅行。各种话语策略纷纷介入，形成了复杂的意义再创造。④ 然而，如果抛开复杂的理论纠缠，人们可以借助子君——鲁迅《伤逝》的主人公——的一句名言简单地表述个人主义："我是我自己

---

① ［美］阿里夫·德里克：《中国革命中的无政府主义》，孙宜学译，广西师范大学出版社 2006 年版，第 25、150 页。

② ［美］余英时：《中国近代思想史上的激进与保守》，《钱穆与中国文化》，上海远东出版社 1994 年版。

③ ［英］史蒂文·卢克斯：《个人主义》，阎克文译，江苏人民出版社 2001 年版。

④ ［美］刘禾：《个人主义话语》，《语际书写：现代思想史写作批判纲要》，上海三联书店 1999 年版。

的"。个性解放是个人主义的首要内容。这时,个人不再是"修身、齐家、治国、平天下"链条之中的最初一环,不再苟活于皇权和家族的重轭之下。独立的个人名正言顺地成为聚集力比多的一个单元。个人的名义,个人的思想、感觉、欲望必须得到正视,而且,物质生活有义务提供相对的保障。例如,谈论 18 世纪隐私权形成的时候,彼得·盖伊同时提出了空间问题——一个独自占有的房间是将私人领域与公共领域区分出来的前提。换言之,居住在贫民窟的穷人负担不起这种奢侈的权利。① 或许,鲁迅的《伤逝》是一个更为典型的例子:没有物质生活的自由恋爱如同泡沫般破灭。因此,个人主义恰恰与小资产阶级的生活以及消费水平相互匹配,他们常常以个人主义卫道士自居。小资产阶级的革命动机常常源于对各种个人的压抑机制的反感。如果说,共同的经济利益是工人阶级和贫农革命的当务之急,而且,他们必须形成集体主义才可能与强大的统治阶级抗衡,那么,衣食无虞的小资产阶级更为渴望拥有更大的个人精神自由。这时,文化压抑理所当然地成为他们急欲解决的首要问题。一旦个人自由遭到了某些坚硬结构的限制,小资产阶级将英勇地喊出"不"。换言之,小资产阶级破门而出的依据是"个人"而不是"阶级";他们不是强烈地反抗另一个阶级的压迫,形成压抑的机制广泛地隐藏于阿尔都塞所形容的意识形态国家机器之中——例如教会、学校、家庭、政党、工会、传播机构,如此等等。这些更易于成为小资产阶级的攻击目标。相当长的时间里,工人阶级和贫农——尤其是后者——爆发出耀眼的革命能量,小资产阶级的革命意图混杂于他们的呼啸之中,无法单独提出来给予讨论。

这个意义上,"革命加恋爱"恰如其分地成为现代文学史上一批小说的程式。这的确是那些小资产阶级主人公积极实践的两个人生项目。工人阶级和贫农上无片瓦,下无立锥之地;除了揭竿而起别无出路。他们的革命彻底性可以解释为,抛掉最后一条锁链换取整个世界。然而,出人意料的是,小资产阶级的爱情受挫竟然也能够转换成如此之大的反弹力量,甚至为之付出鲜血和生命的代价。小资产阶级革命的轨迹并不吻合经典的理论描述——贫穷、压迫、反抗、阶级意识的觉醒和夺取政权的武装斗争;他们往往从突破

---

① 〔美〕彼得·盖伊:《施尼兹勒的世纪——中产阶级文化的形成》第九章,梁永安译,北京大学出版社 2006 年版。

家庭乃至家族的枷锁开始，尤其是反感封建家长专制的婚姻安排。学校通常是他们逃离家庭的第一块栖息地。这是他们接受启蒙的圣地，满口新名词的教师和进步刊物源源地送来了崭新的知识；另一方面，启蒙并未有效地释除青春期的苦恼和迷惘，许多人觉醒之后仍然陷于彷徨。这时，响应启蒙和摆脱彷徨的常见手段即是革命加恋爱。他们从四面八方汇入汹涌的革命洪流，摇旗呐喊，争先恐后，出双入对，放纵身心。如果说这是一个普遍的大故事，那么，丁玲、茅盾、巴金或者《青春之歌》无不呈现了其中的某些段落。不难发现，革命式的恋爱或者恋爱式的革命均是小资产阶级话语之中的显著代码。

小资产阶级的反叛从夺取政权的激烈搏斗之中游离出来，滑向了放浪形骸的风格，这是大革命之后的常见景象。某种程度上可以说，这也是小资产阶级轻车熟路的人生——从激进开始，以颓废告终。另一个场域，人们也可以从现代主义文学运动中再度发现小资产阶级反叛的颓废特征。现代主义是一场出现于 19 世纪末期的文化奇观，人们至今依然争论不休。面对一批放肆无度的怪异之作，许多批评家倾向于这种结论：这是小资产阶级的歇斯底里发作。一大批作家无力掀翻资本主义文化的全面压抑，他们不得不采用非理性的手段进行破坏式的亵渎。人们也曾经将现代主义形容为"革命"，当然，这种革命只能爆发在文化领域。虽然现代主义作家的痛恨之情溢于言表，但是，人们并未从他们的视野之中察觉清晰的"阶级"范畴。无论卡夫卡、乔伊斯还是伍尔芙、加缪，他们试图拯救的是资本主义社会备受摧残的物化的个人。某些方面，他们对于法庭、学校、家庭乃至军队的鞭挞入木三分，然而，现代主义式的愤懑、悲观和玩世不恭的姿态表明，作家并不相信"个人"背后存在某种足以摧毁资本主义文化体系的阶级力量。所以，现代主义运动的纷乱表象背后，个人主义与压抑机制相互对抗的主题远比阶级对抗强烈。20世纪80年代中期，人们迅速地从刘索拉的《你别无选择》和徐星的《无主题变奏》之中识别出现代主义的因素，这个主题无疑是首要标志。挑战文化权威，蔑视和讽刺正统的价值观念，对于名誉、声望和体面不屑一顾，看不起故作高雅的艺术趣味，恍惚、孤独和不思进取的形象——这一切无不散发出现代主义的熟悉气味。

小资产阶级革命的坚定性时常遭受怀疑，这丝毫不奇怪。人们似乎觉得，小资产阶级仅仅热衷于悬空的文化问题，例如革命理论的漂亮词句或者人生意义的思辨,如此等等。他们对于饥寒交迫的奴隶与革命的迫切关系缺乏足够的体验,对于血腥的战场、阴险的勾心斗角以及监狱和种种酷刑也缺乏足够的承受力。总之,他们常常将革命想象得过于浪漫,甚至觉得是参加某种特殊的狂欢节。另一个常见的问题是,他们往往回避艰苦琐碎的日常事务而倾心于壮观的个人英雄主义。大量的日常事务必将相当程度地占据个人空间,剥夺个人精力,从而形成另一种压抑——这一切通常是娇生惯养的小资产阶级所无法忍受的。相对于无产阶级彻底革命的远大理想,小资产阶级革命往往过于精致,过于渺小,过于脆弱、温文尔雅和个人化。因此,变幻不定的革命大潮之中,小资产阶级不可能被视为强大的中坚,委以重任。

四

历史告别了大规模阶级对垒的颠簸期,小资产阶级逐渐摆脱了左右夹击的尴尬而驶入一个风平浪静的港湾。然而,尽管外部压力逐渐减弱,小资产阶级话语仍然保持了极为活跃的姿态。当然,如同嬉皮士修炼成了雅皮士,人们看到了一些意味深长的转向。抛弃了狂热的激进主义之后,小资产阶级的思想从高蹈的词句返回身边的器具。小资产阶级文化的美学能量正在汇入日常现实,开始倡导一种与众不同的生活方式,或者独具匠心地守护一方私人空间。正如彼得·盖伊分析19世纪中产阶级时指出那样,他们从复杂棘手的公共领域逃向相对清晰的私人领域——向往一个紧密和谐的小家庭,余暇时光吸收一点高级文化。[①] 这时,如梦初醒的小资产阶级开始了对于个人主义的重新阐释,情调、高雅、文化修养以及艺术趣味终于正面出场。保罗·福塞尔《格调》一书的翻译和风行是一个象征性事件。怎么过一种有品味的生活?从说话、住房、消费、休闲、摆设、阅读到种种精神活动,品味决定一切。《格调》一书的英文标题是 class,作者毫不忌讳地将品味与社会等级联系起来。不同的社会等级制造不同的生活品味。具有颓废意味的咖啡厅和酒吧、感伤

---

① ［美］彼得·盖伊:《施尼兹勒的世纪——中产阶级文化的形成》,梁永安译,北京大学出版社 2006 年版,第 335 页。

的音乐、另类的服装或者欧洲电影、村上春树、怀旧的老照片——这些都是小资产阶级互相辨认的徽章。显然，这种社会等级不仅取决于财富，更大程度上取决于文化情趣。这再度显示了小资产阶级如何作为一个文化共同体存在。21 世纪开始的时候，人们读到了一个有趣的"小资"定义：

> 【小资】即"小资产阶级"的缩写，经常被用以描述具有浪漫激进气质的城市知识分子。20 世纪 90 年代后期，"小资"重新成为流行文化的褒义关键词，以取代过于激进的"前卫"，用来指称起源于上海的都市青年白领（准中产阶级）及其优雅趣味，成为流行趣味的最高代表，并与白领丽人、旗袍、个性时装、酒吧、卡布季诺咖啡、孤独、忧伤、经典、格调等语词密切联系。某个网站在其主页上这样描述小资群体："他们享受物质生活，同时也关注精神世界；他们衣食无忧，同时也梦想灵魂富裕；他们追求情调、另类、高雅，他们钟情品位、精致、浪漫；他们是时尚的先行者，是文化消费的主力军。"而批评者则认为，小资不过是后商业主义时代的消费群体，精心玩弄身份和面具，却从不创造什么。①

鄙夷他们"从不创造什么"显然不够公正。他们至少踊跃加盟"日常生活的审美化"。批评家曾经形象地描述了这个文化动向："今天的审美活动已经超出所谓纯艺术 / 文学的范围，渗透到大众的日常生活中，艺术活动的场所也已经远远逸出与大众的日常生活严重隔离的高雅艺术场馆，深入到大众的日常生活空间，如城市广场、购物中心、超级市场、街心花园等与其他社会活动没有严格界限的社会空间与生活场所。在这些场所中，文化活动、审美活动、商业活动、社交活动之间不存在严格的界限。"② 或许有理由更为精确地论证：小资产阶级情调乃是这个文化动向的大部分内容。一旦从革命的漩涡之中脱身，小资产阶级走下舞台返回平庸的日常生活。这时，压抑已久的小资产阶级情调迫不及待地出笼，泛滥在每一个角落。铁与血谢幕之后，

---

① 朱大可、张闳主编：《21 世纪中国文化地图》第一卷，广西师范大学出版社 2003 年版，第 229—230 页。

② 陶东风：《日常生活的审美化与文化研究的兴起——兼论文艺学的学科反思》，《浙江社会科学》2002 年第 1 期。

精致、品味和不同凡俗气质共同组成了新的小资产阶级文化肖像。他们一如既往地重视美学。但是，这种美学已经收敛了激进主义的锋芒而与生活达成了和解。这种美学是实用的，装饰性的，构成了社交礼仪或者街道风景的组成部分。种种社会冲突和矛盾并未止歇，但是，小资产阶级不再天真地主张打碎不合理的体制，而是倾向于让那些遭到上司呵斥的白领到某一个富有情调的酒吧或者咖啡厅，一边啜饮料一边在若有若无的音乐之中排遣内心的压力。如果某些体格壮硕的"愤青"力比多过剩，震耳欲聋的迪斯科舞厅将开启一个安全阀。总之，这是一种温柔可亲的美学。美学曾经以生活"他者"的面目出现，并且因为与日常生活格格不入而产生批判功能，如同法兰克福学派所强调的那样："真正的艺术也是人类对现实彼岸的'另一个'社会的渴望的最后保存者。……真正的艺术是人类未来幸福中的合法利益的一种表现。"[1] 这表明了文学"陌生化"的深刻意义，甚至以"再现"著称的现实主义也同日常生活拉开了距离——例如典型人物。然而，对于现今的小资产阶级说来，这些观念已经离得很远了。

也许，日趋"保守"的文化风格显示，已经到了用"中产阶级"代替"小资产阶级"的时候了——从波希米亚回到了布尔乔亚。的确，一些批评家已经开始谈论"中产阶级美学"。尽管他们承认中产阶级是发达社会的重心——他们接受社会学对于中产阶级稳定作用的赞许，但是，"中产阶级美学"还是招来了强烈的非议。批评家看来，中产阶级美学是享乐主义的，平庸的，以消费为中心的，迷恋于物质的；"它所代表的是一种删除了精英知识分子的启蒙批评立场的、同时也隔绝了底层社会的利益代言角色的、与今天的商业文化达成了利益默契的、充满消费性与商业动机的、假装附庸风雅的、或者假装反对高雅的艺术复制行为。"[2] 总之，这种美学早已丧失了改造生活的宏图大志而仅仅剩下一些修饰性的花边和琐碎的快感。

如果为这种美学提供例证，人们可以发现一个有趣的事实：上海正在作为一个重要的文学意象欣然崛起，用李欧梵的话说，"现在上海终于在一个

---

① ［美］马丁·杰：《法兰克福学派史》，单世联译，广东人民出版社 1996 年版，第 205 页。

② 张清华：《我们时代的中产阶级趣味》，另见孟繁华：《中产阶级的身体"修辞"》，赵勇：《学者的中产阶级化与中产阶级美学的兴起》，三篇文章均见《南方文坛》2006 年第 2 期。

世纪的战争与革命的灰烬里重生了"①。20 世纪上半叶，从茅盾的《子夜》、施蛰存、刘呐鸥、穆时英等称之为"新感觉派"的小说到张爱玲，上海活灵活现地浮出地平线。一个现代的、物质的、时尚的、光怪陆离的上海如同庞然大物坐落在文学史内部，成为众多小资产阶级游荡和寻欢作乐的天堂。50 年代之后，这种上海撤出了文学。改造小资产阶级的剧烈旋风之中，十里洋场熏陶出来的绮靡趣味首当其冲。声势浩大的革命最终以乡村包围城市的形式完成，上海常常被视为瓦解革命意志的历史沼泽地。然而，半个世纪的辗转终于将"现代社会"的原罪感洗刷净尽，久违的上海再度在文学之中隆重登场。从王安忆的《长恨歌》、李欧梵的《上海摩登》、陈丹燕的《上海的金枝玉叶》、《上海的风花雪月》到卫慧的《上海宝贝》、安妮宝贝的《告别薇安》，上海续上了中断已久的线索。当然，这些作家分别拥有自己的主题：王安忆嗟叹一个美人儿的跌宕命运，李欧梵企图重绘"现代性"的文化地图，陈丹燕正在劫后余生的传说和遗迹之中打捞昔日的繁华旧梦，而卫慧、安妮宝贝讲述的是置身于现代都市的孤独和迷惘，然而，他们不约而同地对那个充满物质光泽的上海表示了神往之情。从绣花的帐幔和窗帘、紫罗兰香型的香水、枝形吊灯下的"派对"到诱人的咖啡香味，从橡木门上锃亮的铜把手、打蜡的木地板到晃动在街头的旗袍，从厚重典雅的外滩建筑、俗艳的月份牌到衣着考究的"老克腊"（old class），从欧洲情调的酒吧、演奏爵士乐的舞厅到雕花铁栏杆，文学对于服饰、菜肴、生活用具、化妆品等诸多物质细节的津津乐道——批评家甚至称之为"恋物"——逐渐修复了一个既怀旧又"摩登"的上海。无论是生活品味还是文化风格，这显然是小资产阶级心仪的空间。这里既有可供记忆消遣的"历史"，又有享誉国际的名牌商品；既有帕格尼尼或者海明威这些通行的"文化"代码，又有满足个性化消费的物质。陈丹燕富有沧桑感的温婉语调如同小资产阶级们的"寻根"叙事②，卫慧或者安妮宝贝的主人公游刃有余地周旋于咖啡厅、酒吧、购物中心以及异族情人之间，雅俗得体，进退适度。这时，浪漫的革命成了历史，现代主义不驯的

---

① ［美］李欧梵：《上海摩登——一种新都市文化在中国（1930—1945）》，毛尖译，北京大学出版社 2001 年版，第 352 页。

② 练暑生：《如何想象"上海"？》，《当代作家评论》2006 年第 4 期。

"嚎叫"与狂乱已经式微,小资产阶级终于安全地降落在日常生活的跑道上。如同一个批评家谈论《告别薇安》时所说的那样,这些主人公的物质消费和文化消费已经恰如其分地融为一体。她们言行之间残存的各种现代主义痕迹不过是区分于庸庸碌碌小市民的标志——这就是她们的美学走得最远的地方。① 至于上海的物质生活与广大内地之间的差异,上海内部底层与显贵之间的生活差异——这些问题已经无法进入文学视野了。② 某种程度上可以说,这种文学视野同时证明了个人主义的限度。

<h2 style="text-align:center">五</h2>

将知识分子与小资产阶级联系起来,许多人已经对这种考察相当陌生了。半个世纪之前,小资产阶级曾经是知识分子无法摘除的荆冠。毛泽东在《中国社会各阶级的分析》划分的阶级谱系之中,知识分子只能归入小资产阶级范畴。他们的"灵魂深处还是一个小资产阶级知识分子的王国",这个论断的回响一直持续到 20 世纪 80 年代初期。20 世纪 80 年代初期的文学果断地中止了传统的知识分子叙事,小资产阶级范畴所包含的诸多判断相继失效。从徐迟的《哥德巴赫猜想》、谌容的《人到中年》、宗璞的《我是谁》、《泥沼中的头颅》到丛维熙、张贤亮、李国文,知识分子开始以前所未有的历史姿态出场。他们的阶级出身被搁置,圣徒式的道德形象构成了美学征服的主要魅力。尽管陈景润的数学痴迷或者陆文婷的任劳任怨已经闪烁出圣洁的道德光芒,但是,知识分子的动人形象更多地源于盗火者的角色。他们因为远见卓识而获罪,并且成为遭受严惩的普罗米修斯。如同蔡翔曾经指出的那样,80 年代的文学策划了一个秘密的转换:这些殉难者的个人经历被有效地转换成一种"集体记忆",他们的苦难转喻了整个民族的苦难——他们的故事具有"民族志"的叙述效果。③ 另一些知识分子的名字向文学的虚

---

① 张柠:《上海市民的身份焦虑》,见朱大可、张闳主编《21 世纪中国文化地图》第一卷,广西师范大学出版社 2003 年版。

② 详细的分析参见练暑生:《如何想象"上海"?》,《当代作家评论》2006 年第 4 期。

③ 蔡翔:《专业主义和新意识形态》,《当代作家评论》2004 年第 2 期。

构提供了充分的素材，例如马寅初、顾准，还有陈寅恪。相对于50年代以来文学之中羸弱苍白的知识分子性格，文学重新设置了另一个历史开端——至于现今这些知识分子是否出身于小资产阶级已经成为一个无关紧要的问题。

　　然而，上述转换必须隐含一个前提：知识分子注视的问题恰恰是整个民族的核心问题。不少人声称，公共性是这些知识分子的价值保证，也是知识分子异于一般专业人士的标志。知识分子的一个重要涵义即是，超越族群或者一己的利益而以天下为己任，站在真理的高度发言。他们对于权贵的逆耳之言不计后果——知识分子的批判代表了社会良知。法国的德雷福斯事件之中，以左拉为代表的知识分子第一次进入历史的职责就是在公共领域伸张正义。20世纪90年代，萨义德的《知识分子论》产生了极为广泛的影响。他强调知识分子必须超脱国家和各种体制的束缚而成为"对权势说真话的人"，"不管个别知识分子的政党隶属、国家背景、主要效忠对象为何，都要固守有关人类苦难和迫害的真理标准"。[①] 弗兰克·富里迪曾经将相近的观点阐述得更清晰："知识分子的创造角色要求他远离任何特定的身份和利益。自现代社会以来，知识分子的权威就来源于他们声称一切言行都是为了社会整体利益。知识分子可以被视为启蒙传统的化身，始终追求代表全人类的立场。"[②] 这个意义上，芭芭拉·埃伦赖希形容知识分子时使用的一个比喻富有深意：知识分子"更倾向于成为一个'无阶级的阶级'——脱离肉体的思想"[③]。这个比喻说明的是，知识分子的思想将飞越种种社会关系对于肉体的羁绊而自由翱翔。

　　可是，没有多少人严肃地阐述知识分子如何弹压肉体的猛烈反抗。如果说，阶级和社会关系结构限定了多数人的精神空间，那么，知识分子的思想何以可能成功地甩下了肉体？许多人仅仅提到了知识分子的"良知"——仅仅满足于一个道德主义的解释。知识分子没有义务存心扮演道德楷模，也不必动用人格的感召力争取民众的选票，他们为什么会由于遥远的真理而放弃尘世的享乐？如果不愿意用空洞的道德辞令架空知识分子，如果企图有效地

---

　　① ［美］萨义德：《知识分子论》，单德兴译，生活·读书·新知三联书店2002年版，第6、4页。

　　② ［英］弗兰克·富里迪：《知识分子都到哪里去了》，戴从容译，江苏人民出版社2005年版，第31页。

　　③ ［美］芭芭拉·埃伦赖希：《再谈职业管理阶级》，见［美］布鲁斯·罗宾斯编著《知识分子：美学、政治与学术》，王文斌等译，江苏人民出版社2002年版，第197页。

解释这种道德的来源,至少必须部分地返回小资产阶级的文化特征。

人们可以再度使用这个结论:小资产阶级文化拥有某种超出阶级地位的能量。这不仅诱使他们以浪漫的风姿投身于革命,同时还可能鼓励众多的知识分子超越出身、收入以及种种利益机制而投身于真理的陈述。很大程度上,为了真理而冒险与为了革命而冒险如出一辙。良好的教育不仅赋予小资产阶级高雅的文化趣味,而且将他们引入庞大的知识话语空间。如同科学史家意识到的那样,以科学为核心的知识话语内部隐藏了一种合理和公正的伦理学。我曾经将这种状况称之为知识话语对于知识主体的约束:

> 科学话语的基本规则是统一的。进入这个话语系统首先必须遵循理性原则。科学话语内部,人们有义务坚持真理,怀疑权威,宽容异见,拒绝独断和迷信。如果毁弃这些守则,科学话语不可能正常运行。这种理性原则是科学话语的强大规约力,或者说是知识对于知识主体的基本规定。许多知识分子的性格原型——例如理性、精确、严谨乃至刻板、保守——无不可以在这种基本规定之中得到解释。①

尽管多数知识分子没有选修特殊的道德课程,但是,知识话语内部的伦理提供了强大的资源。将知识分子与专业人士一分为二,并且赋予前者某种特殊的道德高度,这多少有些强词夺理。我宁愿认为二者同源。专业人士遵循的伦理超出了书房和实验室的时候,他们就将以知识分子名义在公共领域实践上述道德守则。尽管小资产阶级身份的维持意味了向一系列权势机构、体制和财富的引诱妥协,但是,杰出的知识分子将尽可能扩展形成于专业领域的人格,并且将自尊、荣誉和成就感建立在道德的完善之上。这是知识分子与小资产阶级的平庸、自私、左顾右盼、卑躬屈膝离得最远的时候。

当然,必须充分意识到上述结论的限度——如果夸张了小资产阶级文化的超越性,人们很可能产生错误的判断。杰出的知识分子形象具有强烈的道德光芒,以至于人们常常忽视了知识分子身后阶级地位的结构性制约。种种迹象表明,如今这种结构性制约愈来愈强大。现代社会受过良好教育的人日

---

① 南帆:《札记:知识与人格》,《天涯》1998 年第 5 期。

益增多,但相对地说,杰出的知识分子寥若晨星。萨特已逝,萨义德已逝,拉塞尔·雅各比在《最后的知识分子》之中悲叹波希米亚精神的衰微。他所敬佩的那一代公共知识分子消逝了。学术体制将年轻的知识分子圈在学院的围墙内部,成为精通业务的专业人士,他们再也不愿意为公共事务振臂疾呼了。① 与此同时,另一些饱学之士正在谋划撬开权势机构的大门,担任葛兰西所说的有机知识分子。这一切无不溯源于小资产阶级身份的迷恋。杰出的知识分子所遵循的道德守则遭到愈来愈大的挑战时,人们不得不意识到隐藏于挑战背后强大的布尔乔亚价值观念。

考虑小资产阶级文化超越性的同时,另一个历史性的变化不得不引起人们的关注:"文化"的变质。某些方面,文化正在转换成为资本——正在产生和货币资本相似的功能从而充当阶级划分的标志。阿尔文·古尔德纳的名著《新阶级与知识分子的未来》对于这个变化表现出特殊的敏感。在他看来,科学技术与生产力如此紧密结合的时代,一批知识分子依靠学识渔利的时候到了。这批知识分子的佼佼者"是一些靠控制那些可以生财的文化产物,而不是靠拥有金钱来谋取利益的一种新型文化资本家"。专业主义是他们崇尚的意识形态,公共教育是他们的繁衍之地。因此,必须形成一套"文化的政治经济学"给予描述——古尔德纳将这一批知识分子视为"新阶级"。② 这个意义上,文化——而不是经济地位或者生产资料的占有——形成了利益集团,确定了不同的等级,并且充当了再生产的起点。对于文化主义说来,这犹如一个意外的肯定。

不管古尔德纳是否夸大了知识分子的待遇,他肯定察觉到某种意味深长的历史动向。蔡翔对于80年代文学的解读证明了这一点——浪漫主义的表象之下,知识与财富之间的联系得到了隐蔽的沟通。③ 进入90年代之后,信息行业如日中天。这时,知识创造财富上升为堂堂正正的命题。一批网络精英为主的文化资本家浮出水面。他们的英文名字叫Yetties,汉语形象地称之

---

① [美]拉塞尔·雅各比:《最后的知识分子》,洪洁译,江苏人民出版社2006年版。

② [美]阿尔文·古尔德纳:《新阶级与知识分子的未来》,杜维真等译,人民文学出版社2001年版,第7、17、23、15、24页。

③ 蔡翔:《专业主义和新意识形态》,《当代作家评论》2004年第2期。

为"知本家"。一份影响广泛的报纸简要介绍了他们的文化性格：

> 除了年龄与财富不成正比外，这些 Yetties 在性格上还有以下几个共通点：

> 他们均热衷于追捧高科技产品。价格昂贵而体积细小的手机几乎是他们的必备品，其他重要"配件"还包括随身手提电脑、装满热门时事杂志的背囊，以至 MP3 唱机和掌上型电子记事簿等。

> Yetties 的衣着模式比较不一，有人爱名牌，有人专拣平价特色衣裳，但总之要穿得前卫有型，若能带点皱折的凌乱则更佳；服饰最好让人一看便知他们酷爱滑水、风帆等刺激运动。Yetties 从不打领带（可能他一条也没有）。

> 爱时髦的 Yetties 当然不会再选他们贬为老套守旧的奔驰房车，只有开敞篷车、甲壳虫车才合心意，而新款的金属爬山脚踏车，亦是心头好。

> Yetties 一般住在宽大的市内公寓，但却缺乏时间购置家具。

> 他们吃的是热量朱古力与日本寿司，闲时则在附近健身室玩附有上网功能的跑步机，一边运动一边上网。

> 对政治涉猎不多，只相信股市是赚钱的圣地，关心环保和公民权益。[①]

这些人显然被视为新时代的英雄，比尔·盖茨通常充任了他们的代表。他们不仅主宰时代文化，同时主宰时代经济。这时，"小资产阶级"的命名对于他们再也不合适了——一个能量如此之大的群体怎么可能再将"小"作为前缀？一批知识分子从小资产阶级之中破蛹而出，必将打乱传统的阶级谱系。对于小资产阶级文化说来，知识与经济之间的直接转换可能带来哪些后果？如果这是另一种历史图景的前兆，那么，不久的将来，"小资产阶级"概念的涵义以及历史位置将会得到重新认定。这不仅是社会学密切注视的问题，而且也可能在文学王国产生深刻的连锁震动。

---

① 《南方周末》2000 年 4 月 7 日第 17 版。

现代主义、现代性与个人主义

一

何谓现代主义？——尽管络绎不绝的著作已经汗牛充栋,但是,各种阐释仍然没有一个尽头。这首先表明了西方文化对于现代主义的久久震惊。现代主义放肆地践踏传统,亵渎经典和大师,并且企图在文化废墟之上重铸一批面目怪异的语言产品。迄今为止,还是有许多人回不过神来:这一只横冲直撞的怪物从哪里跑出来? 现代主义起源于什么时候? 1880 年,1910 年,1915 年,抑或是 1900 年?① 现代主义的内涵是什么? 这种文化类型具有哪些特征? 现代主义运动分解为几条线索,如何与现代社会互动? 另外,现代主义结束了吗? 现代主义是被大众抛弃了,还是意外地成为自己所鄙视的经典? 显然,这一批问题极为复杂,视域的转换或者历史资料的积累将不断地修正既有的结论,甚至派生出另一些意想不到的线索。

显然,这一批问题的考察必须指向西方文化,指向现代主义的起源。尽管追根溯源通常被视为阐释现状的依据,但是,人们没有理由放弃另一个向度的考察——指向现代主义的发展,即现代主义的迁徙、移植以及异地繁衍。如果抛弃"起源幻觉"而将现代主义视为一粒文化种子,那么,那些漂洋过

---

① ［英］麦·布鲁特勃莱、詹·麦克法兰:《现代主义的称谓和性质》,《现代主义文学研究》(上),中国社会科学出版社 1989 年版,第 221—223 页。

海的文学史故事一样引人入胜:现代主义如何投入欧洲之外的大陆,并且在异国他乡生长为另一种似曾相识的文化植物?

首先必须肯定,现代主义擅长国际性的文化社交。相当一部分文学的概念术语仅仅存活于本土文化而无法与异质话语通约。例如,中国古代文学理论的"道"、"气"、"神韵"、"风骨"等范畴很难介入西方文化,与史诗、悲剧、浪漫主义或者结构主义相提并论。相反,"现代主义"似乎扮演了全球公民的角色。不长的时间内,它的理论之旅遍布不同的大陆,缔造出各种版本的现代主义文学。通常,理论之旅的终点可以看到某种奇异的化合。现代主义带有独特的文化基因——美学风格,主题,语言形式,文学和艺术观念,文化代码,如此等等。如何投入另一个文化圈,组织一批迥异的生活经验,成功地在文学领域注册,异国他乡的异质话语对于现代主义的接纳必须履行种种复杂的文化交接。因此,现代主义的顺利登陆和栖身通常表明,这个陌生的概念收到了访问邀请,并且赢得了异质文化的认可。历史曾经出现这种时刻:临近一个关键的十字路口,各种传统景象开始了大规模的替换,沿袭已久的意识形态丧失了阐释的功效,僵化的社会话语体系面临彻底的清理。这种清理的往往造成了话语内部某些轴心部位的空缺,迫切征集一批新的重型概念再度承担阐释的使命。这常常可以解释现代主义乘虚而入的根本原因,尽管文学史提供的是种种不无偶然的形式和机遇。现代主义的登堂入室——而不是被拒之门外——表明,这个概念找到了与异质话语彼此衔接的理论交汇口。当然,穿过这个理论交汇口犹如穿过海关,欧洲现代主义的某些因素被扣压下来,至少被暂时冻结;同时,另一些因素赢得了特殊的重视,甚至放大和扩张。现代主义如何抵达中国的文化版图? 以上的描述标出了简要的理论线路。

然而,这种描述可能引起重大的异议,尤其是在后殖民理论如此盛行的今天。许多人愿意指出一个重要的疏忽:欧洲现代主义与帝国主义、文化扩张主义之间的关系为什么消失在理论视域之外? 拥戴现代主义的激情悄悄解除了人们对于文化霸权的抗拒。如今,批评家已经发现,现代主义驳杂的形式实验隐含帝国主义对于当地人抗争的恐惧;现代主义充斥了法西斯主义、男性至上主义以及有色人种诽谤者;现代主义时常尾随经济掠夺的通道进入当地,美学上的"异国情调"成为掩盖侵略的烟雾弹;现代主义暗中挪用了"中国"的文化材料,但"中国"仅仅是想象的投射,并且被处理为片段的存在;总之,"许多中国作家将西方现代主义等同为现代性的符号和解除中国传统文化合法性的工具,从而使得中国现代主义在某种程度上成为了一种受虐性的自制行为"。对于现代主义包含的帝国主义结构无知和盲目,抽空了现代主义的意识形态内容,察觉不到这个概念在权力结构之中位置和男性至上主义的假设,人们可能陷入西方文化的圈套。这是不可遗忘的历史教训:无所顾忌地援引西方文化作为思想资源,启蒙可能不知不觉地变质——"启蒙在很大程度上被符号化为反封建和拥护西方的代名词……对于启蒙思想家来说,批判封建主义和推进西化的紧迫性远远地超过了反抗和批判殖民统治的迫切需要"①。

　　对于那些言必称希腊的西方文化崇拜者,如此观点不啻于当头棒喝。后殖民理论恢复了"民族"范畴的衡量功效,开始犀利地分析隐藏于全球文化交往内部的压迫关系——分析那些脉脉含情的文化使者如何居心叵测,分析貌似开放的世界文化舞台如何屈从于不平等结构。然而,如同批评史屡屡显示的那样,犀利与盲视时常是同一个硬币的两面。如果"民族"被视为评价文化交往的唯一范畴,那么,民族文化之间仅仅剩下了充满敌意的交锋:一切不同民族的文化交往均被敲上殖民或者被殖民的烙印,任何文化差异无不以压迫与对抗告终。这即是文化造就的全部关系吗? 我宁可认为,这是一幅令人沮丧的、同时不太真实的图景。即使帝国主义曾经如此普遍地插手文化交往——即使如此之多貌似公平的文化交往潜伏了文化霸权的宰制,人们仍然有理由相信:美学或者学术的文化互动仍然包含了挣脱帝国主义控制的能量。丝毫察觉不到美学或者学术内部存在了抗拒权力的锋芒,人们肯定低估了文化的意义。毋庸讳言,半殖民地的创伤性经历肯定增添了"民族"这个概念的理论重量,但是,断绝西方文化的所有交往既不是捍卫民族的良策,也不可能触动乃至瓦解现有的文化权力配置方案。

　　另一方面,如果"民族"成为评价文化交往的唯一范畴,人们不得不潜在地承认一个预设:民族是一个凝固的同质化整体。民族内部对抗民族外

---

① ［美］史书美:《现代的诱惑:书写半殖民地中国的现代主义（1917—1937）》,何恬译,江苏人民出版社 2007 年版,第 7、8、12、17、18、43 页。

部成为唯一的内容。这时,民族内部的压迫和反抗消失了,这些压迫和反抗与民族外部的各种交错的联系也消失了。这是民族主义对于理论视野的压缩——五四新文化运动的主将显然无法认可这种历史判断。对于西方文化的扩张与帝国主义侵略之间的呼应,他们不可能懵然无知;相反,我宁可相信,五四新文化运动的主将认为,打开民族文化的枷锁已经是当务之急。因此,他们义无反顾地投身于民族内部革故鼎新的冲动,并且企图借助西方文化的某种冲击相助一臂。"鲁迅等一批文化先锋一方面援引西方文化资源,一方面反抗西方文化殖民;一方面与传统文化决裂,一方面与民族国家认同。"尽管这种冒险犹如孤注一掷的背水之战,然而,不可否认的是,上述两方面均已成为新型民族意识的组成部分。欧洲现代主义无疑被视为西方文化资源之一。即使后殖民理论揭示了现代主义的殖民主义血统,这仍然是一个有价值的概念。一个民族通常存在鉴别、筛选、抵制和改造异族文化的机制。闭关锁国仅仅是一种消极的回避。很大程度上,解殖民的一个富有成效的策略即是,吸纳现代主义并且使之屈从于中国文化版图结构。考察现代主义如何介入民族内部的各种对话,这即是对于帝国主义文化霸权的实质性瓦解。"抛开了西方的问题史结构,纳入独特的本土经验组织,这才可能证明中国版现代主义的诞生和文化殖民的破产。"[1]

二

　　西方现代主义曾经两度集中造访中国。第一次造访的时间大约是20世纪二三十年代,茅盾称之为"新浪漫主义"。[2] 当时,现代主义毋宁是西方文化的使者之一。现代主义与浪漫主义、现实主义组成了共同现代文化团队,猛烈地向文言文所象征的封建文化发起了声势浩大的攻击。至少在造访的初期,现代主义不存在单独的美学使命,例如,打开现实主义的一统天下,或者,展示某种颓废的生活气息。相对于庞大的、陈陈相因的古典文学,乡土文学、

---

[1]　南帆:《五种形象》,复旦大学出版社 2007 年版,第 137、44 页。
[2]　茅盾:《为新文学研究者进一解》,《茅盾全集》第十八卷,人民文学出版社 1989 年版。

写实、象征主义或者新感觉派之间的内在分歧并未充分显露。现代主义脱颖而出继而销声匿迹，这是中国古典文学溃不成军之后发生的故事。旧的历史画上了句号，五四新文化运动开户了另一扇大门。多少有些意外的是，"科学"、"民主"的理想状况并未如期而至。相反，众多接踵而至的问题表明，"现代"的分娩伴随了剧烈的阵痛。启蒙与革命，知识分子与大众，精英与底层，个人与民族国家，无产阶级与资产阶级、小资产阶级，本土与西方文化，传统与现代，政党与独立精神，科学主义与人文理想，艺术、美学与政治，城市与乡村，女权与男性中心主义，诸如此类的矛盾纠结在一起，此起彼伏，形成了一个巨大的话语场域。正如人们看到的那样，各种观念的激烈角逐渐渐尘埃落定——革命话语终于占据了历史的高地。当"革命"一词的内涵被确认为阶级之间的搏斗之后，现代主义不得不退出了竞争。中国的文化版图之中，现实主义晋升为革命话语内部的文学主管。现实主义开始严格而全面地整肃文学领域的规范——从文学史描述、作家协会奉行的纲领、文学想象的来源到形式或者美学风格类型以及人物性格的解读。当然，古老的现实主义无法跟上如火如荼的革命形势，因此，清理或者改造乃是必要的补充。修缮一新的现实主义通常被冠以"革命"的定语——"革命现实主义"成为革命话语之中一个举足轻重的范畴，协调众多文学术语的有效运转。与此同时，现代主义与革命话语逐渐疏远，终于隐没在"资产阶级"和"颓废主义"两个标签背后。大约半个世纪左右，对于文学说来，现代主义仅仅是一个涵义不明的古怪概念。

　　现代主义的第二次造访已经到了20世纪80年代。西方文化的解禁、文学的国际交往和全球视野、文学翻译的兴旺发达、学院对于文学经典的再认识以及作家不可遏止的独创意识，这些均是现代主义重返中国文化版图的条件。如果说，众多文学史已经记载了这些事件，那么，我更乐于考察的是，社会话语体系的巨大转折如何再度激活了文学领域的现代主义。的确，如同许多批评家所言，西方文化之中的现代主义已经进入博物馆，舞台中心的表演主角显然是后现代主义。所以，对于20世纪80年代的中国文化版图说来，迟到的现代主义无疑听到了某种强大的召唤。历史的震荡还在观念层面持续，革命话语开始出现裂缝甚至局部崩塌，另一套迥异的话语正在以潜移默化的形式进行大范围的递补。如此错综复杂的理论换防之中，现代主义突然发现了自己的位置。于是,这个概念打破了半个世纪的缄默而迅速地活跃起来,众多冻结多时的遗留命题开始在新的文化气氛之中重现江湖。显然,现代主义并未成为另一套话语体系的典范,可是,现代主义携带的众多命题成为一个绕不开的坚硬存在。

现今,具体地复述 20 世纪 80 年代的历史震荡肯定是多余的。考察社会话语体系的时候,我宁可提出三个关键词表明历史的巨大跨度:革命、启蒙和市场经济。无论如何考证"革命"一词的语义演变,人们对于大半个世纪的革命话语记忆犹新。首先,个人的叛逆精神是革命的显著特征——尤其是对于众多知识分子。他们多半将革命想象为一种浪漫的运动,想象为一种打破日常乏味生活的奇遇。然而,如果革命无法一蹴而就——如果革命进入漫长的相持阶段,那么,这些轻浮的幻觉必将遭到历史嘲笑。革命的纵深时常是血腥的,残酷的,令人惊恐的,艰苦卓绝的,充满了形形色色的暴力和牺牲。革命成为阶级和党派之间的殊死搏斗之后,个人自由必须最大限度地压缩。对于革命者说来,如果众多的个人不是凝聚为统一意志的强大集体,对抗统治阶级操纵的国家机器几乎是一句空话。集体主义的崛起是革命的必然。伟大的革命打破了历史的僵局,带来了巨大的进步;但是,这种进步并非平均地降落在每一个人身上。某些人可能充分地享受到革命的成果,另一些人或许不得不付出高昂的代价,甚至放弃生命。无论如何,衡量革命成功与否的单位不是个人,而是某种集体——例如党派,民族,国家,或者社会。这些集体承担革命收获的和失去的一切,至于个人的种种遭遇只能参照上述的历史背景酌情评价。因此,个人从属于集体几乎是革命之中不可动摇的铁律。即使革命成功之后,这条铁律仍然以体制的名义在新的政权机构再三重申。这有助于解释,为什么革命话语时常存在两种矛盾的冲动:叛逆和服从。20 世纪六七十年代的"无产阶级文化大革命",两种冲动无不得到了超常的发挥——尽管在许多时候,革命领袖已经成为"无产阶级"集体的化身。

许多知识分子将 20 世纪 80 年代开始的思想解放运动形容为"启蒙",相当大程度上针对的是"服从"。启蒙即是在一切事情上都有公开运用自己理性的自由——当康德的观点得到了再三的引用时,"个人"的意义获得了愈来愈多的认可。不言而喻,"个人"是思想史上一个著名的节点,各种理论脉络汇聚在这里,众说纷纭,见仁见智。然而,中国的文化版图之中,这个概念并未制造出多少理论波澜就拐向了经济领域。"经济个人主义"意味的是个人利益最大化,意味的是自由贸易、竞争和私有财产制度。① 市场经济的蓝图之中,"个人"犹如驱动经济活动的引擎。从古典经济学之中的"经济人"假设到现今体制改革的各种设计,无视"个人"——尤其是个人的利益——是不可想象的。尽管源于革命话语的集体主义仍然享有崇高的声誉,但是,多数人已经习惯于启用"个人"这个范畴处理诸多经济事务。可以预计,二者之间的裂缝迟早要暴露出来。

革命、启蒙和市场经济的交替象征了社会话语体系的转换。一大批重要的历史事件正在成为这种转换的注释。相对地说,重启现代主义只是一个微不足道的小节目。况且,许多人仅仅意识到现代主义对于现实主义的威胁,文学批评的局部争讼似乎没有资格与社会话语体系的转换联系起来。然而,人们至少要考虑到,现代主义抛弃现实主义的意图远非放行某些实验性的文学形式;现代主义试图抛弃的是现实主义所崇敬的历史——各种写实的笔触再现的历史,或者,各种典型性格带动的社会关系所代表的历史。将个人从纷繁的历史景象之中拯救出来——由于这个独异的主题,现代主义在社会话语体系的转换之际占据了令人瞩目的位置。

文学是不是正在打开所罗门的瓶子? 现代主义释放出了一个尘封已久的、同时又令人尴尬的概念:个人主义。这个文学运动以古怪的形式将"个人"插入革命话语,从而顽强地揭示了盲点的存在。现代主义对于内心意识的局部放大证明了"个人"的不可化约。

这是现代主义带来的第一轮理论震荡。

三

革命如同一个社会政治文化的强烈地震。一切传统的秩序短时间内发生了骤变。革命为历史带来了什么? 这是许多思想家持续关注的问题。暴

---

① ［英］史蒂文·卢克斯:《个人主义》第十三章"经济个人主义",阎克文译,江苏人民出版社 2001 年版。

力形式或者不流血的政变,经济制度和政治权利,党派和阶级,不同的革命类型,激进地拥护、怯懦地回避或者站在保守主义立场地反对所有的动荡不安,任何一个分支都可能将人们带入理论的纵深。① 20 世纪中国革命的历史不仅镌刻在民族记忆之中,同时逐步形成了一套革命话语。从革命的动力、主体、形式、策略到政治目标、动员机制、武装力量、组织纪律,革命话语体系业已成型,并且开始对一系列传统的观念进行清算。"个人主义"亦不例外。这个范畴遭到了革命话语的唾弃乃至严厉制裁,显然是意料之中的事情。

　　革命话语的隆重登场首先表明,曾经活跃于历史的另一些观念已经黯然失色——例如儒家的"内圣外王"之说。从修身到齐家治国平天下,高尚道德修为形成的号召使个人与公共社会有效地衔接起来。相对于这种内 / 外的模式,达 / 穷构成了另一种模式——穷则独善其身,达则兼善天下。当然,独善其身并不是超然世外,赎回一种自由的精神生活;相反,闲居江湖毋宁说是一种等待的姿态——等待朝廷的召唤。无论如何,满腹经纶和个人的抱负只能以朝廷为皈依。然而,进入封建社会末期,上述模式再也维持不下去了。儒家学说制定的正人君子形象与朽败的封建王朝共同埋葬在文化废墟之中,后继而来的革命话语依据的是另一批迥异的社会历史范畴。这是马克思主义对于儒家学说的覆盖。阿里夫·德里克认为,儒家"将历史视为个体表现其道德成败的领域,这种观念消除了在史学著作之内追求历史解释的需要。……马克思主义的历史观念与这种中国传统的历史观是根本不同的。它对于历史发展的动力只有在社会经济结构的内在力量的相互作用中才能揭示出来的假定,改变了历史研究的范围,展现出一种对于历史解释的复杂性的全新的意识。"② 从超历史的道德概念转向社会经济结构,即是转向社会整体的认识。如果说,梁启超的"新民"、"群治"或者鲁迅的改造"国民性"企图实施某种精神文化的拯救方案,那么,马克思主义高瞻远瞩地指向了政治和经济制度。当然,许多人并不会忘记儒家学说与马克思主义交替之间的一些插曲。从章太炎到鲁迅、周作人,从陈独秀、胡适到李大钊,从"创造社"郁达夫等人的自传性抒情小说、郭沫若炽烈的《女神》到丁玲的《莎

---

① 《革命》,见《西方大观念》第二卷,陈嘉映等译,华夏出版社 2008 年版。

② [美] 阿里夫·德里克:《革命与历史》,翁贺凯译,江苏人民出版社 2005 年版,第 6 页。

菲女士日记》,个人主义曾经昙花一现。茅盾一度断言:"人的发现,即发展个性,即个人主义,成为五四时期新文学运动的主要目标。"①尽管如此,历史没有给个人主义提供足够的发展空间。轰轰烈烈的革命充当了历史的主角,个人很快后退,消失在一个面目模糊的群体之中。

形形色色零星的、小规模的革命运动往往具有自发性质。某些群体——例如学生,或者工人——由于若干具体的原因揭竿而起,爆发出种种激进的越轨言行。通常,这些群体是临时性的乌合之众,主宰他们的是一种强大的情绪而不是秘密的核心组织。愤怒,郁闷,叛逆的冲动,憧憬浪漫情节,青春期骚动,这些燃料可能迅速地耗尽。因此,这种革命常常在耀眼的闪光过后疾速地衰减。相对地说,整体性的社会革命必须深谋远虑地制订严密的战略规划。革命的机器一旦启动,所有的部件共同组成一个高速运转的系统。从政治纲领、各个历史阶段的具体目标到革命队伍内部的各级组织构成,这是一个阶级推翻另一个阶级的巨大战役。《共产党宣言》宣称,整个社会已经分裂为两大敌对阵营,两大敌对的资产阶级和无产阶级。换言之,整体性的社会革命已经积聚了充足的能量,阶级之间的压迫和反抗提供了不竭的能量之源。这时,阶级共同体的意义远远超过了个人。五四新文化运动造就的那一批知识分子不必继续坚持一个桀骜不驯的个人形象。相反,他们心甘情愿地从属于阶级,这是不至于被甩出革命队伍的首要保证。

相对于政治学、经济学、法学或者社会学,文学对于个人主义远为热衷。独树一帜的美学风格,人物的个性,洞悉内心的幽微秘密,语不惊人死不休的追求,如同恐惧瘟疫一般恐惧雷同,这一切无不增添了"个人"的理论分量。尽管如此,强大的革命话语仍然阻止文学盲目地尾随个人主义。20世纪20年代末期的"革命文学"倡导之中,个人主义一开始即被列为打击目标。郭沫若以夸张的句式嘲讽了个人主义:"个人主义的文艺老早过去了,然而最丑猥的个人主义者,最丑猥的个人主义者的呻吟,依然还是在文艺市场上跋扈。"②蒋光慈的《关于革命文学》花费了相当的篇幅论述了个人主义的没

---

① 茅盾:《关于"创作"》,《茅盾文艺杂论集》,上海文艺出版社1981年版,第298页。

② 麦克昂(郭沫若):《英雄树》,《"革命文学"论争资料选编》(上),人民文学出版社1981年版,第76页。

落和革命文学对于集体主义的响应：

> 我们的生活之中心，渐由个人主义趋向到集体主义。个人主义到了
> 资本社会的现在，算是已经发展到了极度，然而同时集体主义也就开始
> 了萌芽。……现代革命的倾向，就是要打破以个人主义为中心的社会制
> 度，而创造一个比较光明的，平等的，以集体为中心的社会制度，革命的
> 倾向是如此，同时在思想界方面，个人主义的理论也就很显然地消沉了。
> ……
> 革命文学应当是反个人主义的文学，它的主人翁应当是群众，而不
> 是个人；它的倾向应当是集体主义，而不是个人主义。①

与此同时，郁达夫、成仿吾、李初梨等人已经十分娴熟地使用小资产阶
级、资本主义、意识形态、唯物辩证法、无产阶级文学的历史使命这些概念，阶
级、党派、社会成为理论的中轴。这时，"个人"犹如某种病态的、纤弱的、
矫揉造作或者孤僻乖戾的社会弃儿。自从文学成为革命话语的组成部分，
个人主义始终声名狼藉。"我们的文学都是为人民大众的，首先是为工农兵
的，为工农兵而创作，为工农兵所利用的。"②"'五四'以来被称之为'现代
文学'的东西其实是一种民族国家文学。"③——无论是耳熟能详的革命领
袖指示还是新型的文学史论断，文学的激情和忠诚只能奉献给某种集体，个
人主义不存在任何崭露头角的理论机会。不言而喻，个人主义并非等同于个
人。无论是兴趣、性格、服装款式还是美学趣味、饮食嗜好，个人特征与个人
主义之间存在距离。文学亦然。即使在严厉批评资产阶级个人主义的时候，
列宁仍然表示："文学事业最不能作机械的平均、划一、少数服从多数。无可
争论，在这个事业中，绝对必须保证有个人创造性和个人爱好的广阔天地，有

---

① 蒋光慈：《关于革命文学》，《"革命文学"论争资料选编》（上），人民文学出版社 1981 年版，第 143—144 页。

② 毛泽东：《在延安文艺座谈会上的讲话》，《毛泽东选集》第三卷，人民出版社 1991 年版，第 863 页。

③ ［美］刘禾：《文本、批评与民族国家文学》，《语际书写：现代思想史写作批判纲要》，上海三联书店 1999 年版，第 191 页。

思想和幻想、形式和内容的广阔天地。"① 尽管如此,这始终是一个处理不好的理论伤疤。个人与个人主义的距离普遍地遭到漠视。二者仿佛仅仅一步之遥。集体氛围无所不在,各种异于集体共同特征的言行几乎无法摆脱一个魔咒——小资产阶级。毛泽东的《在延安文艺座谈会上的讲话》不止一次地将个人主义与小资产阶级相提并论。个人主义、小资产阶级与知识分子三者几乎一体。从奇思异想、多愁善感、内向懦弱到维护个人的私密空间、标榜与众不同的装束或者追求小众化的生活目标、生活方式,这一切均可驱入小资产阶级领地。小资产阶级是一个含混同时又可耻的称号,以至于没有人敢于明目张胆地为"个人"争取什么。相当长的时间,"个人"及其意义遭到了全面的封杀。"大公无私"也罢,"斗私批修"也罢,"狠抓私字一闪念"也罢,这些口号时刻监视个人主义的风吹草动。尽管革命的初衷在于解放而不是压抑个人,但是,相当一部分的实践走向了反面。"无产阶级文化大革命"不仅意味了物质的贫困,而且极大地限制了个人的精神空间。"又有集中又有民主,又有纪律又有自由,又有统一意志、又有个人心情舒畅、生动活泼"——革命领袖描述的这种政治局面并未如期而至。② 由于无法登陆理论视域,"个人"这个问题似乎消失了——直至 20 世纪 80 年代。

四

社会话语体系的转换是符号领域的某种壮观的迁徙。在我看来,历数三十年的各种历史事件并不能代替社会话语的盘点。如果将三十年的报纸语言输入计算机进行各种数据分析,人们可以清晰地描述社会话语的变异痕迹。某一个部落的词汇急剧地衰老,僵死;另一个部落的术语一拥而入,大范围地置换、增补。某些方面,二者之间的冲突、妥协或者拉锯迄今仍在持续。尽管革命话语逐渐松弛、软化,但是,解除个人主义禁忌的话题远未提上议事

---

① 〔苏〕列宁:《党的组织和党的原则》,《马克思恩格斯列宁斯大林论文艺》,人民文学出版社 1980 年版,第 163 页。

② 毛泽东:《在扩大的中央工作会议上的讲话》,《毛泽东文集》第八卷,人民出版社 1999 年版,第 293 页。

日程。不断地提示这个问题的存在，并且使之浮出水面的是文学。20 世纪70 年代末期，刘心武的《班主任》、尤其是《我爱每一片绿叶》开始触及所谓的"个性"，但是，浮嚣的气氛和游移的认识焦点只能浅尝辄止。事实上，这个问题搁置到了现代主义的介入——现代主义迂回地启动了隐藏于中国文化版图内部的某种渴求。这时，文学强烈地意识到，压抑多时的问题从来没有真正解决。

　　欧洲现代主义是一个概括性的称谓，这个称谓之下包含了诸多纷杂的文学派别。因此，为什么"意识流"——而不是别的什么——成为介入中国文化版图的先锋，这是一个意味深长的问题。梅·弗里德曼引用了詹姆斯"把思想比做一股流水的概念和'意识汇合'的观念"，认为意识流"是一种主要挖掘广泛的意识领域、一般是一个或几个人物的全部意识领域的小说"[1]。尽管如此清晰的表述当时十分罕见，但是，一些作家"无师自通"的状态似乎表明，某种遥相呼应存在于双方之间。通常认为，20 世纪 80 年代初期中国"意识流"小说的始作俑者是王蒙。《夜的眼》、《春之声》、《布礼》、《蝴蝶》、《风筝飘带》这些小说都对"意识流"的叙述表示出试探性的兴趣。作为过渡阶段的产物，王蒙的"意识流"叙述仍然渴求革命话语的掩护。他再三声明与那些病态、变态、孤独的神秘主义或者非理性主义划清界限。在他看来，真正的革命话语必定深入到无意识。他将瞬间的感觉比拟为小槌子敲击内心的第一声："如果作家是一个很有头脑、很有思想、很有阅历（生活经验）的人，如果革命的理论、先进的世界观对于他不是标签和口头禅，不是贴在脸上或臀部的膏药，而早已化为他的血肉，他的神经，他的五官和他的灵魂，那么，哪怕这第一声，也绝不是肤浅的和完全混乱完全破碎的。"[2]

　　显然，这种观念与"意识流"的本义存在相当的距离。"我所说的意识流，是指模糊了理性与非理性、逻辑与非逻辑、直觉与机械之界限的那个表达区域"——阐述了"意识流"的基本内容并且涉及非理性、直觉、自由联想、无意识、内心独白之后，弗莱德里克·R．卡尔指出，"意识流"的核心

---

　　[1]　［美］梅·弗里德曼：《"意识流"概述》，朱授荃译，《现代主义文学研究》（上），中国社会科学出版社 1989 年版，第 516、517 页。
　　[2]　王蒙：《关于"意识流"的通信》，《鸭绿江》1980 年第 2 期。

是划分两种自我："约定俗成的自我（社会的、外倾性的自我）与本质的自我（绝对属于个人的自我）之间的区别。"存在某种纯粹的、与社会关系无关的"自我"，而且，这种"自我"才是世界的本源——这个假设很大程度上来自弗洛伊德和柏格森。如何捕获这种称之为"内向性"或者"生命本身"的内容，弗莱德里克·R.卡尔寄望于"纯记忆"："纯记忆是集中的、孤立的，在运动和感觉之外。它可以通过某一透视的、直觉的方式透入灵魂。"这被形容为"探索我性"。弗莱德里克·R.卡尔解释了"意识流"在这方面的意义：

> 意识流如果没有对自我的强调便不能存在，整个现代主义的发展都离不开它。现代生活的压力能造成自我的丧失，或用奥特迦的话说，能导致自我的非人性化，因而也能引发出自我的反抗。这不是指自我的灭绝，而指它的表现性，意识流也许是最纯粹的自我表现形式。①

即使现代主义迅速地成为时髦，但是，20世纪80年代初期，如此露骨的个人主义仍然令人生畏。在我看来，主体问题的提出犹如这种观点的折衷。刘再复的主体观念将内心形容为"第二宇宙"，反复地认定"人的内在生命"，性格的"深不可测"，或者"灵魂的深"。在他心目中，灵魂的内部存在某种"深邃"的自我。② 这甚至带动了心理学的短暂繁荣。当然，当时主体观念并未在弗洛伊德到拉康的心理主义倾向上走多远。借用"心理"的意图毋宁是，切割出一个独立的空间抵抗纷杂的外部世界。相对于理论的期待，"意识流"小说的写作乏善可陈。《尤利西斯》式的巨著始终没有问世。或许，李陀的《七奶奶》包含了一个小小的突破——复杂的心理并非小资产阶级知识分子的专利。一个庸常的市民——一个琐碎的、保守的老妇竟然内心如沸。多少有些遗憾的是，批评家并未及时将《七奶奶》隐藏的尖锐问题提交理论前沿：是否真的有一个独立的、可以自我确证的灵魂游荡在种种交叉的社会关系网络之外？

不论欧洲现代主义拥有多少庞杂的内容，个人主义是一个无可回避的主

---

① ［美］弗莱德里克·R.卡尔：《意识流与内封闭性：无限与迷宫》，《现代与现代主义》，陈永国等译，吉林教育出版社1995年版，第408、413、414、417页。

② 刘再复：《性格组合论》，上海文艺出版社1986年版，自序、第151、152、161、169页。

题;"意识流"的脱颖而出可以证实,现代主义正在收缩到这个主题进入了中国文化版图——这表明了双方的兴趣共同点。文学流露的迹象似乎表明,社会话语体系到了再度面对"个人"的时候。

五

查阅 20 世纪 80 年代的理论文献,个人主义并未成为争辩的焦点。霍布斯、哈耶克这些个人主义思想家的名字 90 年代才姗姗来迟。个人是社会的本源和终极价值,社会和国家是为了保障个人的权利和利益而存在的——普及个人主义的这些涵义已经到了"新左派"与"自由主义"的激烈辩论之际。尽管 80 年代文学没有正式谈论这个概念,但是,由于现代主义的后续震荡,"个人"试图顽强地拱出文学的地表。个人主义的种种征兆集中显现于文学形式与美学风格。因此,我将文学形式与美学风格的诸多饶有趣味的动向解释为个人主义的象征性表现——当然,只能是象征性的。

多数批评家公认,现代主义的第二次造访率先进驻诗的王国。70 年代末至 80 年代初,一批由象征、意象组织的晦涩诗歌——坊间形象地称之为"朦胧诗"——开始广泛流行。一个批评家为之概括的"新的美学原则"引起了轩然大波:这些诗人"不屑于作时代精神的号筒,也不屑于表现自我感情世界以外的丰功伟绩"。他们仅仅"追求生活溶解在心灵中的秘密"[①]。显然,如此个人化的内容必须诉诸另一套文学形式。从心理波动、无意识、情绪的起伏到象征、隐喻、视角、变形、通感、跳跃的节奏和崭新的韵律,形式的各种实验企图聚焦个人,同时将外部事件和历史处理为模糊的背景资料。80 年代前期,小说叙述的各种探索无不围绕如何打破情节的束缚,增添内心的分量——这种状况持续至马原及其一批同道的出现。

20 世纪 80 年代盛行文学形式实验。许多批评家意识到,语言并非一个被动的工具;相反,语言魔方的变幻不断地制造文学奇观。然而,许多批评家未曾意识到,当时的语言兴趣来自两个冲突的源头。一个是以结构主义为中

---

① 孙绍振:《新的美学原则在崛起》,《诗刊》1981 年第 3 期。

心的语言观念：主体并非先于语言存在，可以自由地驱使语言；相反，主体是语言的产物，是受制于语言结构的一个微小成分。另一个是表现论的语言观念：语言的各种组合来自奇异的内心。如此想象内心与文学语言的递进关系富有代表性："……语感是文学创作主体的先天的内在机能，它外化为作品形式的底层结构——文学语言，而文学语言又按照一定的编配方式（即文学语言的语法）转换为作品形式的表层结构——作品的文学语言系统。"① 显而易见，大多数批评家持表现论语言观，他们不清楚甚至没有听说过结构主义的具体内容。语言的变幻植根于强大而又神秘的内心，这似乎天经地义。文学形式实验如此前卫，内心、无意识、主体如此前卫，二者不约地在"纯文学"的名义下汇聚起来。"纯文学"是一个迷人的概念，残雪的"纯文学"想象具有信徒般的虔诚："'纯'的文学用义无反顾地向内转的笔触将精神的层次一层又一层地描绘，牵引着人的感觉进入那玲珑剔透的结构，永不停息地向那古老混沌的人性的内核突进。"② 排除一切杂质而提炼出纯粹的文学，这种科学主义的理想具有巨大的感召力，尤其是在饱经政治动乱的骚扰和惊吓之后。一些人寄望于试管中出现晶莹无瑕的语言，另一些人寄望于钻探出未经尘世污染的深度内心或者无意识，表现论的语言观念终于使之合二而一。语言、内心、"纯文学"三者的统一，显然是个人主义在文学领域制造的一个象征性事件。

　　"纯文学"有时又被称之为"雅文学"——相对于各种通俗文学。实验性的语言和内心如此个人化，以至于远远超出了芸芸众生的视野。这时，"雅文学"甩下了种种模式化的故事和众口一词的叙述，并且以高雅的姿态回击来自庸众"看不懂"的抱怨。你们读不懂，你们的孙子就能读懂——诸如此类的不逊言辞流露出明显的傲慢。文学史上的雅俗之别源远流长。然而，这个美学分歧之所以具有愈来愈大的政治意义，因为人们愈来愈多意识到："雅"逐渐演变为美学风格对于个人主义的曲折致敬，

　　古代的"俗"和"雅"分别源于民间和文人两大系统。民间的神话、传

---

　　① 李劼：《试论文学形式的本体意味》，《个性·自我·创造》，浙江文艺出版社1989年版，第371页。

　　② 残雪：《究竟什么是纯文学》，《大家》2002年第4期。

说、歌谣显得简朴、清新、放肆泼辣；文人写作的小说、诗、词、曲显得精致、典雅、温柔敦厚。民间的渊源与文人改造的互动形成了文学史的良性循环。然而，20世纪上半叶开始，"俗"和"雅"无不卷入各种复杂的观念。尽管集体心理学对于大众内部隐藏的非理性疯狂提出了警告，但是，文化民主仍然是现代社会的强劲趋势。这个意义上，"俗"的范畴包含了多种文化指向。例如，五四时期的民间文学、平民文学、白话文学或者通俗文学存在微妙的差别。它们或者注重流传的范围，或者注重阅读者的身份，或者强调语言特征，或者强调市场流通的繁荣。与此同时，"雅"的范畴已经从古代的文人转移到现代知识分子，即相对于大众的启蒙者。如果说，个人主义是五四时期知识分子启蒙的内容之一，那么，个人主义也是革命话语非议知识分子群体的原因之一。这时，"雅"有意无意地带上了贬义——"雅"并非表明知识分子的精湛专业，而是表明知识分子与大众的距离。对于文学说来，这种美学风格包含的个人主义潜藏了瓦解革命动员机制的危险。毛泽东说过，文学是革命动员大众的有力武器，负有"团结人民、教育人民、打击敌人、消灭敌人"的责任。因此，"一切革命的文学家艺术家只有联系群众，表现群众，把自己当作群众的忠实的代言人，他们的工作才有意义"①。相反，那些自命不凡的知识分子沉溺于个人主义幻觉，他们能够为革命贡献什么？相当长的时间里，从"雅"、形式主义到小资产阶级知识分子的内心王国屡遭贬抑，个人主义显然是一个重要根源。

现代主义的粉墨登场同样是一个象征性信号：个人主义似乎开始某种程度地解禁。奇怪的是，这个动向并未产生多少震动。人们突然察觉到，经济领域的改革已经远远走到了前面——分配方式的集体平均主义正在废弃，取而代之的是以个人为中心的利益单位。然而，故事的有趣之处恰恰在这里：现代主义并没有对经济领域的"个人"表示赞赏，相反，现代主义再度以激进的姿态提出异议——这远非彻底的解放。

"个人"这个范畴如何深刻地卷入现代性内部的各种矛盾？这个问题预示了现代主义带来的第二轮理论震荡。

---

① 毛泽东：《在延安文艺座谈会上的讲话》，《毛泽东选集》第三卷，人民出版社1991年版，第864页。

六

　　现代性是启蒙话语的核心问题之一。一些人将革命形容为一场失败的历史实验，另一些人认为革命正在再度积蓄能量，然而，这是一个不至于引起异议的结论：启蒙话语已经卷土重来，而且，启蒙话语提出的现代性问题正在向理论和实践的诸多领域扩散。各种资料显示，现代性拥有极其庞杂的内涵。从世俗化、理性、自由经济到线性的时间观念、厚今薄古、民族国家以及复数的现代性，西方众多思想家的理论表述迄今仍然有增无减。显然，大众无法参与种种专业性的争辩，他们接受的通常是本土语言简化处理的通俗版本。中国文化版图之中，20 世纪五四时期的"科学"、"民主"，60 年代"四个现代化"的设想——即现代农业、现代工业、现代国防和现代科学技术——和 90 年代的市场经济大致地标示出现代性的几个阶段性理解。船坚炮利、声光电化、核弹头的数量、国民经济生产总值、居民住宅面积、大学教育的普及程度以及家用电器的拥有率无不成为上述理解的注释。

　　文学曾经以"现代主义"的名义向现代性表示敬意。一些作家激动地将现代主义视为现代化的产物。20 世纪 80 年代重启现代化目标，他们兴致勃勃地打出现代主义的旗号挥戈助阵。① 相对地说，王富仁展开了远为开阔的理论视野——他的《中国现代主义论》力图呼应的是 20 世纪的启蒙话语与现代性。王富仁的聚焦点并非欧洲现代主义的源头，而是依据本土现代性清晰地划分出一个崭新的文学段落："'中国现代主义'是与'中国古典主义'相对举的文学概念。""是把中国文学提高到现代性高度的文学，是体现着中国文学家对文学的现代性理解的文学，是表现中国知识分子在现代世界的感受和情绪的文学。""中国的现代主义文学则是在对文学的现代性的一

---

　　① 　参见徐迟：《现代化与现代派》，《外国文学研究》1982 年第 1 期；叶君健：《现代小说技巧初探·序》，《现代小说技巧初探》，花城出版社 1981 年版，第 5 页；冯骥才：《中国文学需要"现代派"！——给李陀的信》，《上海文学》1982 年第 2 期。

次性追求中产生的，是由各种不同的流派共同组成的新文学的整体。"① 在他的心目中，尽管鲁迅、郭沫若、郁达夫、戴望舒、胡风、沈从文、老舍、张爱玲这些作家各擅胜场，但是，他们无不具有某种异于古代文人的现代气质。相对于没落的古典文学，"现代"是一个激动人心的整体。这个概念沉寂了多年之后再度进入社会话语体系，成为众望所归的核心。这时，启蒙、现代性、市场经济几乎是一体的——现代性尚未遭到分解，尚未显示出内部的矛盾、张力乃至剧烈的冲突。

古典文学退场之后，现代性占据了前沿——同时逐渐显示出内在的分歧。如果说，五四新文化运动倡导的个性解放隐含了多向的个人主义，那么，20 世纪 80 年代开始，启蒙话语敦促文学集中到经济个人主义的范畴——尤其是集中考察物质的初步富裕如何卸下了奴性的精神枷锁。不论是何士光的《乡场上》、张一弓的《黑娃照相》、王润滋的《内当家》、叶文玲的《小溪九道湾》还是高晓声以陈奂生为主人公的一批小说，许多作家或显或隐地开始注视这个主题：个性、尊严和自由绝不是单纯的精神范畴；没有起码的物质支持，个人的自主权利势必成为奢侈的空话。根据刘禾的考察，20 世纪初个人主义的论辩多半聚焦于个人与民族国家、"大我"与"小我"这些理论问题。② 个人主义从种种抽象的思辨进入日常生活，从文学所擅长的情感和伦理领域进入一丝不苟的财政预算，这是已经启蒙话语的第二次兴起的时候。始于 20 世纪 80 年代的经济改革具有一个重要特征：经济活动之中的个人登上了广阔的社会舞台。个人的能力、业绩、资本与个人的收益成为正比，这是市场经济的基本架构。当然，市场经济运作的各种交往以及个人赢得的财产必须依赖一个稳定的保障制度，法律的后援不可或缺。从宪法对于个人财产的肯定到物权法的翔实条款，个人的权益和法律地位逐步清晰。③ 这些描述多大意义上成为自由主义的理论肖像，这是一个有待争议的问题；我想

---

① 王富仁：《中国现代主义文学论》，见王晓明主编《二十世纪中国文学史论》上卷，东方出版中心 2003 年版，第 258、260、269 页。

② ［美］刘禾：《个人主义话语》，《跨语际实践》，宋伟杰等译，生活·读书·新知三联书店 2002 年版。

③ 2004 年宪法修正案中明确将"公民的合法的私有财产不受侵犯"写入条款；2007 年《物权法》正式颁布。

指出的仅仅是这一点：如此的经济和法律环境制造出了个人主义的空间。艾伦·麦克法兰就是这么界定英格兰典型的个人主义者："他们在地理和社会方面是高度流动的，在经济上是'理性'的、市场导向的和贪婪攫取的，在亲属关系和社交生活中是以自我为中心的。"① 虽然社会话语体系尚未如此简明的表述以上特征，但是，所有的人均可意识到，市场经济条件之下的个人主义已经是一个呼之欲出的概念。

有意地低估甚至无视市场经济对于个人的解放意义，这多少有些强词夺理。死气沉沉的局面终于结束，社会的各个层面均被彻底搅动了。即使是决堤而出的物欲或者缺乏节制的消费主义，人们仍然察觉到某种生气勃勃的内容。现今的文学就可以提供许多这个主题的证据。然而，文学的记录并不是到此为止。另一些意味深长的文学动向同时提供了某种令人不安的线索。例如，从蒋子龙气势如虹的《乔厂长上任记》到谈歌悲凉的《大厂》、曹征路激愤的《那儿》，二十来年的时间里还发生了什么？从柯云路充满锐气的《新星》到众多官场黑幕小说，这又表明了什么？市场的确赋予个人各种权益和自由，但是，预想的平等和解放并未真正实现。个人似乎陷入了另一个圈套。这是启蒙话语的可悲逆转——这是"启蒙辩证法"的一部分吗？

现代主义即是在这个时刻再度进入视野。作为资本主义文化的叛臣逆子，现代主义曾经摆出了与市场、自由经济以及种种市侩主义格格不入的姿势。对于资产阶级竭力维护的社会秩序，现代主义的颓废、愤懑、阴郁和玩世不恭显然是一种放肆的亵渎。这是文学形式掩护之下的拒绝行为。这时，人们模糊地意识到，现代主义的"个人"存在强烈的美学破坏性——这种另类的形象与经济个人主义大相径庭。

当然，这时已经没有多少作家还在青睐现代主义。他们心目中，这个概念似乎过时了。20 世纪 80 年代中期开始，"先锋小说"是一个更为盛行的称谓。尽管"先锋"在许多时候即是现代主义的别名——尽管"先锋小说"无疑包含了现代主义的形式馈赠，但是，惊世骇俗的锋芒已经减弱。对于马原之后那些热衷于"叙述圈套"的作家说来，拉美的魔幻现实主义是另一个

---

① ［英］艾伦·麦克法兰：《英国个人主义的起源》，管可秾译，商务印书馆 2008 年版，第 215 页。

文学资源。至少在风格上,博尔赫斯式的优雅相当程度地折服了现代主义的不驯与讥讽。这似乎是智慧对于愤懑的劝慰。至于诗歌王国,北岛、江河、舒婷、食指这一代诗人功成名就之后,现代主义式的悲愤逐渐平息。后继的众多小型诗人社团带有明显的后现代主义情绪。他们坦然地认同日常生活,甚至仅仅热衷于将诗歌名义召集的聚会改造成狂欢式的行为艺术。90年代中期的"个人化写作"或者"私人写作"仿佛具有某种现代主义的渊源,然而,由于内涵的游移不明,这个口号尚未进入理论视域就早早地退场。人们毋宁说,现代主义的反抗意义是依附于现代性话题而重新浮现。许多时候,现代性话题表现为一个纷乱庞杂的理论场域。置身于众多概念的矩阵,批评家的兴趣以及辨识力超过了作家。中国文化版图内部,即使作家并未再度积聚起一个现代主义潮流,现代主义的挑战仍然在批评家的理论构图之中预演。

毋庸讳言,现代性话题急剧升温的原因之一是,反思现代社会的成败得失。如果说,后现代主义的崛起迫使现代性的自我反思是西方文化的剧目,那么,中国文化版图之中,现代性的评价甚至直接影响到当下的各种公共决策。迄今为止,卷入现代性话题的许多重量级思想家均对这种观点表示赞同:存在两种相互对立的现代性模式。一种现代性源于启蒙话语、世俗化、工具理性、科学主义、大工业革命、民族国家的建立、科层制度、市场经济与全球化均是这种现代性的表征。相对地说,另一种现代性是审美的,文化的,这种现代性的首要特点即是对于前者的强烈批判。马泰·卡林内斯库将第一种现代性称之为"资产阶级现代性"。进步的学说,相信科学技术造福于人类,精确计算时间,理性崇拜,抽象意义上的自由理想,这些均是现代观念史早期阶段的杰出传统;"相反,另一种现代性,将导致先锋派产生的现代性,自其浪漫派的开端即倾向于激进的反资产阶级态度。它厌恶中产阶级的价值标准,并通过极其多样的手段来表达这种厌恶,从反叛、无政府、天启主义直到自我流放。因此,……更能表明文化现代性的是它对资产阶级现代性的公开拒斥,以及它强烈的否定激情。"[1] 显而易见,现代主义从属于后一个阵营。

---

① [美]马泰·卡林内斯库:《现代性的五副面孔》,顾爱彬等译,商务印书馆2002年版,第48页。

从卡夫卡《变形记》之中的甲虫、加缪《局外人》那一张冷漠的面孔、《第二十二条军规》玩世的冷嘲到 20 世纪 60 年代巴黎的学潮,现代主义拒绝与资产阶级现代性合作。

查尔斯·泰勒发现,"现代主义的作家和艺术家在反抗一个被技术统治的世界,反抗标准化,反抗社区的退化,反抗大众社会,反抗粗俗化"——总之,反抗工具理性侵占之后丑陋的世界。① 资产阶级现代性在许多方面形成了压抑性体系,包括对于个人的压抑。这是始料不及的后果。仅仅将个人主义局限于经济领域,这显然是一种枯燥的、充满铜臭味和时刻奉行丛林法则的现代性。按照史蒂文·卢克斯的观点,个人主义的内容远为丰富。经济个人主义之外还有政治个人主义、宗教个人主义、伦理个人主义、认识论个人主义、方法论个人主义;人的尊严和内在价值、人的自主性、隐私和自我发展无一不是个人主义的重要层面。② 当资产阶级现代性粗暴地以物质财富覆盖个人的多种维度时,纸醉金迷的幻象已经无法平息文学的骚动。于是,现代主义开始以刺眼的异端形式表现"个人"。阴郁,纵欲,迷乱,畸形,歇斯底里的爆发和无奈同时又不屑的讥刺,这些均是"个人"反击那个僵硬乏味的现代性社会时摆出的夸张姿态。

作为一种蔚为大观的文学运动,现代主义席卷全球。然而,反抗和批判的效果如何? 显而易见,美学的震惊形成的冲击波肯定曾经使资产阶级深感不适。现代主义抛出如此颓废的"个人"形象与驰骋于市场的大亨、经理或者董事长相差太远了。尽管如此,事情很快有了转机。现代主义文学逐渐被核准为经典,继而荣升学院讲坛与美术馆的座上宾。资产阶级现代性的完善机制顺利地消化了现代主义的傲慢和冲动,并且使之变成价格不菲的商品。许多批评家对于西方文化之中现代主义的命运无比失望,似乎到了开启后现代主义想象力的时候了。

---

① [加]查尔斯·泰勒:《自我的根源:现代认同的形成》,韩震等译,译林出版社 2001 年版,第 713 页。

② [英]史蒂文·卢克斯:《个人主义》,阎克文译,江苏人民出版社 2001 年版。

七

时过境迁,尽管现代主义逐渐成为陈迹,但是,阐释现代主义的理论框架仍然给许多理论家带来了灵感——尤其是分解多种现代性之间的复杂纠葛。例如,提出"反现代性的现代性理论"。如同资产阶级现代性与审美现代性矛盾地并存,"反现代性的现代性"表明,这个空间的现代性类型还会增加。这个悖论式的概念来自汪晖的重磅论文《当代中国的思想状况与现代性问题》。在他看来,晚清以来众多思想家的共同特征是,一方面质疑资产阶级现代性,另一方面追求中国版的现代性。这注定是一个引起巨大争议的观点:"毛泽东的社会主义思想是一种反资本主义现代性的现代性理论。"[①] 这么说并不夸张:这种观点成了 20 世纪 90 年代的"新左派"与"自由主义"之争的导火索。

总结当代中国思想状况的时候,汪晖考察了三种"作为现代化的意识形态的马克思主义"。毛泽东的社会主义思想、当代改革的社会主义和人道主义的马克思主义。尽管三者均对现代化的目标表示赞同,但是,如何实现现代化远未取得共识。汪晖认为,人道主义的马克思主义是"当代中国'新启蒙主义'思想的重要组成部分"。然而,他感到不满的是,"新启蒙主义"的批判性正在丧失。这种启蒙话语无法在"现代性危机"的意义上持续地批判资本主义市场,揭示全球垄断关系的形成,并且严肃地评估"反现代的现代性理论"和中国革命隐含的合理初衷。[②]

开阔的历史视域、涉及的问题数量和观点的尖锐性,这些都是争议久久无法平息的原因。汪晖反复强调,必须抛弃传统 / 现代这种纵向的线性历史图景——必须在横向的现代性结构框架之中分析多种现代性的冲突。因此,他明确地反对将"反现代的现代性理论"内部派生的专制主义叙述为"传统的和封建主义的历史遗存"。这种"隐喻"显然将革命置于现代性结构之

---

　　① 　汪晖:《当代中国的思想状况与现代性问题》,《去政治化的政治:短 20 世纪的终结与 90 年代》,生活·读书·新知三联书店 2008 年版,第 65 页。

　　② 　同上书,第 63—93 页。

外,形同没落封建主义的回光返照。① 退缩到僵化的封建主义躯壳里面盲目地拒绝资本主义文明,如此没有生命力的革命走不了多远。事实上,中国的革命曾经彻底地涤荡市场体制以及意识形态,这是由现代性内部演变出来的先锋意识——资产阶级现代性愈演愈烈的不平等迟早会培养出自己的掘墓人。

可以预料,这必定是一个分歧的焦点。马克思主义学说终于成为共产党的纲领,这决定了 20 世纪中国革命的现代性质——封建社会的农民起义不可能提出批判资本主义的任务。尽管如此,许多人仍然坚持认为,农民革命的思想观念以及动员、组织方式,夺取政权之后的各种口号、仪式和行政权力的分配机制,“无产阶级文化大革命”期间的形形色色的现代迷信与领袖崇拜,封建主义的遗迹仍然比比皆是。如果封建主义成分占有的比重达到相当的程度,革命的现代性质必然受损。然而,这仅仅是争论的一个方面。我更为关注的毋宁是,“反现代的现代理论”是否也可能隐藏了某些重大的盲点——即使是在现代性的结构框架之内? 汪晖已经提到了“反现代”实践之中出现的诸种问题:轻视形式化法律,推重绝对平等,剥夺个人政治自主权等待等,尽管他没有详细地阐述这些问题的深刻原因及其后果的严重程度。② 无论如何,这些问题并非偶然的技术失误。重返文学领域,当“反现代的现代理论”成为中国当代文学史叙述的纲领时,这些问题必将因为具体化而充分暴露出来。

迄今为止,唐小兵和李杨可以视为这种文学史叙述范式的代表人物,尽管还有一些批评家持有相似的观点。李杨自述《抗争宿命之路》一书主旨的《跋》即是以“‘反现代’的‘现代’意义”为题③,唐小兵在《再解读》的代导言《我们怎样想象历史》之中将延安的大众文艺形容为“反现代的现代先锋派文化运动”。唐小兵的现代性空间共时地包含了“通俗文学”、“现代主义文学”和“大众文艺”。三者之间,大众文艺的“反现代”性质

①　汪晖:《当代中国的思想状况与现代性问题》,《去政治化的政治》,生活·读书·新知三联书店 2008 年版,第 68 页注释、69 页注释。

②　同上书,第 65 页。

③　李杨:《抗争宿命之路》,时代文艺出版社 1993 年版。

在于摒弃通俗文学的市场逻辑和现代主义的个人化政治。[1] 这种想象力图提供解读和阐释的另一个支点。由于这个命题的肯定,启蒙话语"重写文学史"之中遭受贬抑的一批作品恢复了名誉——从《小二黑结婚》、《李有才板话》、《青春之歌》、《林海雪原》到《暴风骤雨》、《创业史》乃至六七十年代的"革命现代京剧"样板戏。然而,许多人首先感到不适的是,这个新颖概念主持的文本解读会不会游离于文本的生产环境,尤其是掩盖了文本所依附的文化体制拥有何种权力等级? 唐小兵曾经引用了诗人严辰的描述论证延安当时的氛围:脱离革命大众集体的作品必将遭到严厉谴责[2];至于20世纪六七十年代,贸然非议一部"革命样板戏"可能惹来杀身之祸——"'反现代'的'现代'意义"如何评价这种文学史奇观? 然而,我宁回避如此尖锐的交锋而将话题修改得温和一些:如果没有权力机制的护佑,这个命题的褒奖又能多大程度地保证这些作品顽强地踞守于经典名单之中,迄今仍然赢得了再三的关注? 这些作品会不会太简单了——尤其是在现代主义业已揭示了如此复杂的人物内心之后?

重提现代主义的意图绝不是将这种文学派别标榜为十全十美。正如许多批评家意识到的那样,现代主义文学通常缺乏政治经济学的维度。斑斓的内心,膨胀的感觉,孤独和怀疑,无奈和荒谬,种种印象重重叠叠,心理主义的本质化极大地削弱了政治经济学的社会分析。人们找不到政治经济学的各种后继范畴——例如阶级,民族,社会制度或者历史。这是现代主义的软肋。很难想象,那些歇斯底里的情绪如何与坚固的制度体系抗衡。相对地说,政治经济学的维度是现实主义的擅长——恩格斯曾经因此而屡屡称道现实主义。然而,如果仅仅剩下了政治经济学,如果仅仅将人物塞入阶级、民族或者社会制度事先设计好的槽模,这肯定曲解了现实主义。"反现代的现代先锋派"似乎有意为之。唐小兵援引周扬的话说,大众文艺情愿放弃"复杂性格心理的描写,琐细情节的描写"[3]。总之,革命、集体和一览无余的形式即是"反现代的现代先锋"的注脚。革命是阶级与社会制度之间的事情,个人

---

[1]　[美]唐小兵:《我们怎样想象历史》,《再解读》,北京大学出版社2007年版,第11—13页。

[2]　同上书,第10页。

[3]　同上书,第11页。

无足轻重。蔑视感受、蔑视细节、蔑视心理毋宁说蔑视个人的独特性。因此，弗·詹姆逊的观感并不奇怪：第三世界知识分子只有"我们"而没有"我"，一切都是所谓的"民族寓言"。[①]

这意味了个人的再度消失——在文学之中消失。这是革命必须偿付的代价吗？或许，事实展示了相反的另一面。按照娜塔丽·萨洛特的形容，现代主义的人物具有"稠液"般的心理。人们惊讶地从中发现，强大的压抑体系已经密集地织入日常的每一瞬间，沉淀于感觉末梢。如果不是将经济决定论夸张到极端，这是一个不争的事实：并非一切压抑均溯源于生产方式。因此，真正的解放不仅局限于政治经济学范畴。生产方式和社会制度的革命仅仅是开始，而不是终结。解放如何抵达全部生活细节，个人是极为重要的衡量单位。这时，个人主义的意义终于纳入了革命的视域。人们甚至可以估计这种复杂的状况：即使在不平等的制度之中，个人的某些局部反抗仍然有效——某种"嵌入式"的反抗。

毋庸置疑，现代主义不可能提供反抗的标准答案。现代主义告知普遍地存在一个被压抑的"自我"，这个意图成功了；现代主义试图讲述"自我"的本质，这个设想失败了。现代主义的最大意义在于，介入现代性结构框架内部的复杂对话：资产阶级现代性，审美现代性，或者"反现代的现代性"。迄今为止，尽管每一种观念都拥有自己的理论谱系，但是，我仍然怀疑，"左"与"右"的二元对立还有足够的活力。我宁可期待复杂的对话产生某种新型的可能。社会话语体系是否可能重组一切积极因素，同时启动某种"广谱"的批判？如果理论包含了幻想的权利，现在或许恰逢其时。

---

① ［美］弗·詹姆逊：《处于跨国资本主义时代中的第三世界文学》，张京媛译，《晚期资本主义的文化逻辑》，生活·读书·新知三联书店1997年版，第516、523页。

再叙事：先锋小说的境地

一

　　不论中国先锋小说的未来命运如何，它们已经拥有自己短暂而确凿的历史。人们通常承认，先锋小说的历史应当回溯到 80 年代后期。循序渐进地谈论 80 代后期的先锋小说，马原小说是一个众目睽睽的入口之处。在众多批评家的记忆之中，马原小说的出现是一个重要事件。马原的名字如同一只机灵的燕子盘旋于批评家的口吻之间，引致纷纷扬扬的肯定与否定。无论马原是否得到足够的褒扬，人们至少可以从舆论之中证实，马原已经成功地扮演了一个始作俑者的角色。马原小说的组装技术和迷宫设置在后续而来的另一批小说之间得到了或明或暗的响应。

　　当然，这种状况同时决定了另一个事实：批评家更乐于从承先启后的意义上谈论马原的叙事，马原小说所包含的另一些涵义无意之间遭到了漠视。对于 80 年代的中国文学而言，马原小说是与叙事问题结合在一起的。诚然，马原小说之中曾经出现了冒险、性爱、宝藏的寻找、艺术家的浪漫或者男人之间的力量角逐，出现了西藏高原的自然景观与奇风异俗，但是，这一切远不如他的叙事风格重要。换言之，马原是作为一个成功的叙事能手为 80 年代的中国文学所铭记。马原被幸运地定位于某一个文学史的转折之处，招引来四面八方的目光；同时，作为这种定位的代价，人们的目光似乎仅仅愿意识读马原小说之间具有文学史意义的单方面特征——叙事。马原或许感到了不满或者冤屈，然而，这乃是文学史叙事规则的编码要求。一旦缀入文学史链条而成为其间一环，一旦承担了解释文学史连续性的义务，作家就不可避免地遭受文学史叙事规划的修剪。即使马原深谙叙事的奥秘，他仍然无法在另一个层面上逃离叙事权力的统治。

　　相对于传统的现实主义小说，马原的叙事显然是一种刻意的独出心裁。马原小说完全无视暴露技巧的禁忌，公然地在故事之间穿插了故事编造手段的炫耀。马原常常不惮于摧毁人们如临其境的幻觉，中止故事所引起的激情，恶作剧似地向人们展览种种衔接故事的齿轮与螺丝钉。这无疑造成了故事阅读的夹生之感——对于台下的观众说来，目睹剧院化妆间的技术操作必将破除舞台剧情的神圣性。这表明，马原已经抛弃了传统小说所遵奉的"真实"观念。马原小说的叙事者有意在故事中间抛头露面，毫无顾忌地证明故事是被人说出来的。这不啻于提醒人们，任何"真实"无非叙事策略所形成的效果。于是，马原小说从故事转向了叙事。马原十分擅长在小说之中制作种种复杂的连环圈套，某些圈套之中的谜团是无解的；这些谜团作为不可释除的悬念保持到终局。但是，很多时候，这些圈套或谜团并非人物行动或者性格对抗的必然，它们更像是叙事游戏的产物。故事并未由于这些圈套或谜团而更为深刻了，叙事却因之更为有趣了。马原小说之中的人物身份也如此。马原经常有意地混淆陆高、姚亮、马原和"我"，这种混淆已经明显地带上了故弄玄虚的意味。这引致一些人的反感，也得到了一些欣赏者的仿效。在这个方面，叙事不是为了故事的清晰，而是一种精力过剩的自我表演。此外，马原还喜欢敞开小说的边界，让他的众多小说互相串联：第一部小说的故事可能把脚伸到第二部小说里面，第四部小说说不定一开始就议论第三部小说的结局如何悲惨。至于像陆高、姚亮之流的人物则可以乘坐一辆破卡车走访多部小说。这令人觉察到文本的衍生性，诸多文本之间似乎正在互相扩充。看来马原不愿意像传统作家那样造成一个假象：他的人物来自真实的世界，退出故事之后仍然隐居于西藏的某一个角落；他乐于承认他的人物不过是一些稿纸上的生命。这些人物从不会年迈体衰，他们随时听候调遣，参加马原所组织的下一场令人目眩的叙事游戏。在这个意义上，叙事摆布着人物,而不是人物主宰着叙事。

如果说这些叙事策略不过为阅读带来某种程度的不适,那么,连续性中断则是对小说叙事成规的一个剧烈颠覆。马原的一些小说不再出示一个首尾一致的故事。这些小说中的几批人物互不谋面,他们在不同场合的所作所为也未曾通过因果链条缀接起来。连续性中断终于使传统小说完全解体。当然,马原并不想作为一个孤独的作家为多数人所遗弃。马原还仁慈地考虑到由来已久的阅读习惯,他并没有在所有的小说里行使这种极端的叙事策略。诸如《虚构》、《大师》、《西海无帆船》这些最受欢迎的小说基本上维持了清晰的来龙去脉;至于《大元和他的寓言》或者《旧死》,几段故事的分裂与脱节已经十分明显;而《冈底斯的诱惑》、《叠纸鹞的三种方法》则可以作为连续性中断的典型例证。《冈底斯的诱惑》分别将姚亮和陆高的经历、穷布猎熊的情节与顿珠顿月的事迹毫无逻辑地拼贴在同一部小说之内;《叠纸鹞的三种方法》信手将两个老太婆与一对姐妹平行地罗列在一起。对于多数人说来,这种东鳞西爪的片断凑合将使整部小说不知所云。他们不得不陷入破译式的解读。

但是,这种破译式的解读并未获得令人满意的答案。人们很难在这些零散的片断后面发现一个隐蔽的中心。这些片断并不是出自一个更深的源头。人们慢慢地醒悟过来:马原并不是通过种种复杂深奥的话语结构逼近一个深度。这些片断背后很可能空无一物。这里没有一个深刻的终极意义可供发现。马原的叙事带有很强的即兴性质。它并不是为了展现某种内核而作出的精心策划,这种叙事常常逗留在信手掳住的偶然风景之上。马原甚至无心使小说成为一个有机整体。小说的叙事线索很大程度服从于机遇。马原自称这种方法"就是偶尔逻辑局部逻辑大势不逻辑"[1]。小说之中出现的戏谑与调侃笔墨表明,马原的叙事话语弥漫着轻松与随心所欲,弥漫着一种放浪形骸的格调。"无中心"与"无深度"迅速地令人联想到了后现代主义精神——"后现代主义"如今正成为一些大大小小理论家共同追逐的时髦话题。然而,从后现代主义的意义上看来,马原的叙事与其说——如同一些批

---

① 马原:《方法》,《中篇小说选刊》1987 年第 1 期。

评家想象的那样——为了"更为真实"地再现世界,毋宁说为了游戏。①"真实"仍然是一种深度。

马原叙事的另一个重要意义体现为,小说范畴之内的"元叙事"消亡了。故事,一个有头有尾的故事曾经是小说叙事所不可替代的规则。这个规则的合法性很大程度上由于吻合了人们解释世界的逻辑。如今,这种逻辑遭受到强烈的冲击。这个世界在许多时候是无逻辑的,它的意义捉摸不定,甚至根本没有意义。这样,作为一种叙事规则的故事不能不显示出单调乃至虚假。许多具有现代主义倾向的作家纷纷揭竿而起,以种种激进的写作实验对抗故事的叙事规则。然而,在他们那里,元叙事依然存在。故事的叙事规则仍然是一种强大的惯性,他们苦心孤诣地逃离故事的阴影;另一方面,他们仍想重新建立他们自己的元叙事——譬如内心世界、荒诞,等等。对于马原说来,元叙事已经丧失了意义。他并不想竭力摆脱故事,相反,他时时表现出对于故事的爱好;另一方面,他又经常肆意地破坏故事的基本法则,使之面目全非。事实上,马原的叙事已经将故事从传统小说的模式下降为叙事之中一个因素,一种成分。无论肯定与否,马原都未曾将故事的意义看得那么严重。利奥塔德曾经站在后现代主义的立场上形容过元叙事的消亡:元叙事逐渐消散到了各种分歧的叙事话语因素之中,而各种叙事话语因素如同独立的星座按照独有的语用学规律进行旋转。这将使语言游戏层出不穷。显而易见,这种叙事策略与消解深度的动机是互为表里的。

这一切是马原为 80 年代的中国小说所带来的转折。出现于马原之后的另一批作家将这个转折放大得十分清晰。奇怪的是,尽管马原的活动范围处于中国的北部,而马原之后这批志趣相投的作家却稀稀落落地出现在南方的地平线上。这就是说,地域风情并非他们之间的共同之处。目前为止,人们习惯于将余华、格非、苏童、叶兆言、北村、孙甘露作为这批作家的代表,而另一些风格接近的作家——诸如吕新或者潘军——却由于种种原因而很少出现于批评家的视域之内。当然,停止谈论马原之前就应当指出,马原恰是因为这批南方作家的续接才能站到这个突出的位置上。如果马原的行动仅仅

---

①　一些论述后现代主义叙事风格的文章曾经或显或隐地表明,后现代主义叙事是一种更为真实的再现。

是小说史上一次偶尔为之的孤军行动，那么，他也许只能作为一个才情怪异的作家存留在某一页小说史的档案之中。

时至如今，这批南方作家由于种种大胆的叙事实验而得到了"先锋派"的封号。对于 80 年代的中国小说而言，叙事逐渐成为一个迫在眉睫的主题。他们之前，众多作家已经从不同方向进入了中国小说：他们或者由于干预社会的激情，或者由于民族文化与民族之根的省察，或者由于个人坎坷而痛楚的经历，或者由于宏大的人道主义理想。这些方面给他们留下的位置不多了。然而，在另一方面，小说的叙事——小说文本的构成——却迟迟未曾得到充分的关注。一边是庞大的压力，一边是朦胧的曙光，先锋作家恰是在这个时刻应声而出。他们一开始就投入了叙事问题，将叙事作为首要对象。他们不像为现成的材料寻找一个合适的叙事躯壳，他们更像在专注地分析与实验叙事本身。在这个意义上，他们并非为历史与经验而写作，而是用写作创造崭新的历史与经验。

当然，马原与这批作家之间并不存在师徒关系。这些后起的作家在许多方面比马原走得更远。他们深为敬佩的叙事大师是罗伯·格里耶、马尔克斯与博尔赫斯。这些作家的小说使得他们叙事方面的天分与想象力如同注入血液一样复苏了。许多人都重复了当年卡夫卡为马尔克斯带来的感叹：小说原来可以这么写！当然，在另一方面，20 世纪文学批评在叙事学方面的成就 同样为他们提供了一个相宜的理论背景。

这一批南方作家终于粉墨登场了。他们究竟想做些什么呢？

二

如同许多人所看到的那样，这些来自南方的先锋作家共同参与了一场集体性的写作行动：再叙事。确切地说，"先锋"之称的来历与再叙事写作是分不开的。再叙事意味着抛开种种旧有叙事成规，提出一套异于前人的叙事话题。再叙事的涵义显然可能从话语范畴扩大到意识形态——隐蔽地附着于旧有叙事成规之上的意识形态遭到了瓦解。历史、社会、自然、人、死亡、宗教、价值尺度——诸如此类的重大问题通过再叙事发生了移位。再叙事过程当然包含了反抗权威话语，它是冲出元叙事辖制之后的自由表演；另一方面，再叙事的语言运作同时还饱含着创世的欢悦。作家无力主宰、干预、重塑外部世界，他们只得向话语领域退缩，使用语词建筑自己的王国。这如同在话语的领域为自己谋求一个上帝的位置。他们拒绝了日常经验的槽模，从心所欲地操纵语词，心满意足地看着语词如同一串活物自由地翩翩起舞。余华说过，日常经验的真实尺度对他已经失效，他所迷恋的就是这种"虚伪的形式"①。或者说，他们宁可沉湎于语词王国，用叙事抗拒日常经验强行塞给他们的真实尺度。这样，先锋小说的叙事层面很大程度地上浮到表面上来了。

　　现实主义小说通常倾向于隐蔽叙事层面的痕迹。作家不愿意让人们的阅读过多地停顿于叙事层面上，他们希望人们尽快地穿过叙事话语从而投身于小说所陈述的故事。因此，他们的叙事话语往往谦逊地消没于故事后面，故事——而不是话语本身——才是理所当然的阅读对象。相反，先锋小说开始伸张叙事话语的自身权力。套用巴特的话说，先锋作家的写作很大程度上是不及物的。他们不是诱使人们走到叙事话语之外，而是让人们卷入写作的语词运作之中。某些时候，语词本身即是最终目的。写作的自恋被赋予正面意义。人们不难从先锋作家的写作中察觉到，语词在他们手里似乎具有格外的重量：他们的叙述速度显然比较慢，句式上的精雕细琢与书卷气显示出他们的用心所在。余华与北村均带有某种残忍的快意驱遣语词，使之就范；苏童的句子灵活飘逸，才气十足；而孙甘露的风格则更趋于典雅华丽。如果说这一切尚未超出传统修辞学的范围，那么，为了进一步暗示故事之上叙事层面的存在，先锋小说的再叙事不约地强调了故事时间与叙事时间的分裂。

　　故事时间与叙事时间之间的时间差标示了故事与叙事之间的离异。叙事通常是故事结束之后的追述，叙事即是消费过去。仅仅在少量小说之中，两种时间是重叠的。对于讲求时态的语种说来，故事时间与叙事时间之间的距离难以隐瞒——这些语种的动词形态显示了当下陈述与过往事件之间的时间缝隙。相形之下，汉语小说很少有意显示两种时间的差异。汉语动词缺少时态形式；必要的时候，汉语必须诉诸特定的时间词表示故事时间。然而，

① 余华：《虚伪的作品》，《上海文论》1989 年第 5 期。

这批先锋作家却不想利用汉语的无时态制造故事正在进行的幻觉。他们时常频繁地使用时间词，从而将叙事从故事之中剥离出来。这批作家却擅长使用"多年以后……"类型的句子。从得心应手的程度看来，这与其说是对《百年孤独》著名的第一句摹仿，毋宁说是找到了一种调整话语与故事之间距离的恰当句式。这方面的例子在叶兆言《枣树的故事》之间尤为集中：

> 尔勇多年以后回起来……
>
> 多少年来，岫云一直觉得当年她和尔汉一起返回乡下，是个最大的错误。
>
> ……岫云有一种果真应验的感觉。正象十年以后，她看着白脸把驳壳枪往怀里一塞产生的奇异恐惧感一样……
>
> ……她不止一次这么对人说，对毫不相干的人说，甚至在后来和白脸打得火热的日子，也一样唠唠叨叨。
>
> 作家采访尔勇的那一年，姑娘坟上的青草勉强遮住黄土。她是一年前的春天死的，……

诸如此类的句子凭空插入叙事之间，人们不能不怔一下：这是谁在说话？这将打断人们忘情于故事的阅读心理，从故事返回叙事。

这批先锋作家的另一个擅长即是制造怪异的比喻。这些比喻如同一串一串味道生涩的果实悬挂在叙事话语之中。比喻的大量滋生阻断了叙事过程的流畅线条，从而使叙事话语由于"陌生化"而再度被尖锐地意识到。为了吻合故事运行的方向，叙事话语的本质是沿着横组合轴延长；大量比喻的插入无异于让许多纵组合轴切割叙事话语，在叙事话语内部制造种种小小的障碍，延宕了故事结局的来临。另一方面，这些比喻如此显眼，同时还因为比喻的设置逸出了再现现实的意图。喻体的出现并不是使本体形象更为清晰明朗，喻体与本体的合并毋宁说是拼接出一个异乎寻常的话语空间。将房子的窗口比喻为人的口腔，将两个人的笑声比喻为两块鱼干的拍打，或者，将一个惊慌失措的肥大女人比喻为一只跳蚤，这里的喻体并不是通向本体的桥梁，相反，喻体与本体的奇特结合才是人们的惊讶之处。换句话说，这种比喻更像是话语内部的关系创造，而不是驱使语词逼近外部世界。人们可以看到，苏童在《1934年的逃亡》之中尽情地表现了极大的比喻才能。有趣的是，苏童总是用自然意象表现枫杨树故乡的人物：

> 回想昔日少年时光，我多么像一只虎崽伏在父亲的屋檐下，通体幽亮发蓝，窥视家中随日月飘浮越飘越浓的雾障……
>
> 她觉得自己像一座荒山，被男人砍伐后种上一棵又一棵儿女树。她听见婴儿的声音仿佛是风吹动她，吹动一座荒山。
>
> 她斜倚在门上环视她的女儿，又一次怀疑自己是树，身怀空巢，在八面风雨中飘摇。
>
> 蒋氏干瘦发黑的胴体在诞生生命的前后变得丰硕美丽，像一株被日光放大的野菊花尽情燃烧。
>
> ……黑黝黝无限伸展的稻田回旋着神秘的潜流。浮起狗崽轻盈的身子像浮起一条逃亡的小鱼。

这种比喻无疑是话语凌驾于外部世界的再综合。比喻强行使故乡的人物与大自然意象联为一体，这个崭新的语言事实带着某种倾斜的态度覆盖了1934年乡村逃向城市的历史事实。这些优美的自然意象构成了叙事对于故事的一次又一次诗意的干预。

比喻所制造的语言空间凝聚在句子之内。事实上，叙事可以在更大范围内悬离日常经验，在话语范畴内组成一个自足的语言空间。人们很快会联想到格非的《褐色鸟群》。《褐色鸟群》包含了几个互相否定的圆圈。棋第一次到水边与"我"见面，亲切得如同"我"的情人，但"我"却不认识她；她第二次经过水边时，"我"向她招呼，她却诧异地表示不认识"我"。同时，"我"曾经在城里跟踪一个穿栗色靴子的女人，并且在后来的日子里如愿地和她结合了；但"我"和她交谈时得知，她十岁之后便从未进入城里。在"我"跟踪女人的事件中还套着另一个小圆圈："我"的跟踪曾经为一座断桥所阻隔——一位老者告知这座桥已经为洪水所毁，"我"在回返途中发现一具冻僵的尸体；日后同样从女人嘴里得知，这座桥并非毁于洪水，桥下捞上来的尸体则是另一个人的。总之，《褐色鸟群》的叙事总是在回旋之中不知不觉地倾覆了已有的情节，使之成为一个空洞。显而易见，这些故事只能在一种纯净的空气之中演进,环绕人物的社会关系网络俱已剪除。没有人依据外部世界的形式逻辑怀疑小说的合理性,没有人要求诸多人物对簿公堂解释矛盾。另一方面,人们同样无法在这些否定的圆圈后面发现命运、灵魂或者某种超验的神秘观念——《褐色鸟群》的轻盈叙事并未抬头指向一个形而上的观念。另一些批评家试图赋予《褐色鸟群》某种心理深度。他们将《褐色鸟群》视为"仿梦小说",或者视为"再生性回忆"。[①] 然而,这种观点很难解释,《褐色鸟群》之中的圆圈为什么如此完整? 这些圆圈与其说是异常心理的产物,毋宁说是精心制作的结果。小说运行的合理性仅仅是叙事的合理性。《褐色鸟群》表明,许多在外部世界匪夷所思的事情,叙事游戏能够促使它们在语言王国实现。这再度显示了叙事的自足性质:甩开外部世界之后,叙事仍然可以按照自己的内在规则运转,向人们提供种种赏心悦目的海市蜃楼。

　　话语与外部世界脱离之后,或者说,能指与所指断裂之后,话语如何指陈自己的涵义? 这时,人们可以在一批先锋小说之中发现话语内部自我指涉的复杂结构。在这里,一部分话语的意义很大程度上依赖另一部分话语予以肯定。话语单元与话语单元之间的差异、对立、参照成为一种互相确认的手段。这批小说的话语自我指涉结构具有多种形式。余华的《古典爱情》与《鲜血梅花》采取了后现代主义所习用的"戏仿"。《古典爱情》与《鲜血梅花》分别袭用了才子佳人小说与新武侠小说的框架,同时又在某些局部肆意篡改了母本的风格情调,使之不伦不类。这是以一种戏谑的方式接纳文学传统。然而,恰恰因此,《古典爱情》与《鲜血梅花》的涵义必须同才子佳人小说与新武侠小说相互参照。换言之,这种话语内部自我指涉的结构即是,利用已有的传统文学话语作为后续文本的意义依据。不同于余华的"戏仿",孙甘露的《请女人猜谜》与《岛屿》都在同一部小说里玩弄了双重文本互相指涉的游戏。《请女人猜谜》的主人公"我"正在写另一部题为《眺望时间消逝》的小说。《眺望时间消逝》中的人物不断越出小说边界,来到"我"的周围,与"我"组成种种故事。《岛屿》甚至更为夸张地设想,主人公霍

---

① 参见《褐色鸟群》座谈笔录,《钟山》1988 年第 2 期。

德的遭遇均是依循他自己的同名小说《岛屿》之中所作出的情节设计。在这里，人们无法从传统意义上分辨作者和他笔下的人物，双重文本以及它们的人物均是互相依赖、互相证明、互相补充。一切意义的来源解决于话语范畴内部。对于北村说来，话语内部的自我指涉则是通过镜像结构完成的。这种镜像结构即是北村小说之中屡屡出现的复映。无论是《陈守存冗长的一天》、《归乡者说》还是《逃亡者说》、《劫特者说》、《披甲者说》，每隔一定的间距，前面曾经见过的东西就会再度映现，悄然重提人们正在淡隐的印象。这些东西可能是一个动作，一个声响，一个物体，一个空间环境，或者就是一句话。当然，这种复映并非纯粹的重复。每一次复映都有些许走样，些许变异。于是，相似之处给人们带来了似曾相识之感，相异之处则将旧有的线索重新伸长了。由于连续的复映式叙事，一些小说不断出现似是而非的重复，小说的后半部分时时为前半部分的影子所遮盖。这使小说出现了种种奇怪的回环转折，人物位置与空间环境暗中发生了对称性的移动。北村所喜欢的一个意象是，一个人的左右手互相搏斗。这种怪异的搏斗形成了某种映射。北村的小说与此相似：它实际上是文本内部几批话语的纠缠、增殖、消解。

自我指涉结构致使话语形成自足的内在循环。这将导致何种结果？可以看到，不同性质的话语在快乐地交织回旋，但它们不再出示一个外部世界的真相。终极意义被无限期地延宕了，语词不再集中指向一个单一的深度目标，人们所能见到的仅仅是眼花缭乱的语词表面。

在这个意义上，孙甘露的《信使之涵》并非一个偶然的怪胎。它毋宁说是一场自娱性的能指之舞。从《信使之涵》之中，人们将接触到一片闪烁的语词。这些语词摇曳多姿，种种佳辞妙句与妄言谵语汇于一炉。"信是……"的句式如同某种伴奏为小说定下了复沓的调子。由于一切旧有的叙事规则全部中止，这些语词似乎闪动着无数意义，同时又似乎没有意义。这样，语词表示意义的承诺已经被语词的享乐所代替。很显然，《信使之涵》可以视为一个相当极端的叙事游戏标本。

从叙事时间到异乎寻常的比喻，从叙事圈套到话语自我指涉，这一切企图说明什么？这种追溯将使人们发现，先锋作家的再叙事写作行动隐含了三个范畴的再认识：悲剧、人、历史。或者说，这三个范畴的再认识与先锋作家的再叙事是互为因果的。虽然这三个范畴尚未完全失去传统的意义,但是,很大程度上,这三个范畴已经作为再叙事的代码进入了这批先锋小说。

三

人们一眼就可以看出,这批先锋作家嗜好悲剧。他们的小说之中永远弥漫着不祥的气氛。死亡充塞于每一个角落。他们不仅历历在目地绘述制造死亡的暴力场面,同时还十分精通葬仪方面的种种可怖细节。这批先锋小说的故事结局从来不会响起庆典的鞭炮,小说里的人物通常具有一个灾难性结局——他们如同实践一个古老的诺言一样坚定不移地奔赴灾难。事实证明,这些先锋作家更情愿让尸首或者发疯了断小说。所以,余华一部小说的题目恰如其分地概括了这些悲剧:难逃劫数。《难逃劫数》倒是向人们提供了一场小镇上的婚礼——可是这场婚礼却成了一连串暴死的前奏。最初人们可能想到,这批作家都是一些悲观主义者。他们搜罗一些令人战栗的恐怖景象填充这个世界的框架。然而,稍稍回想一下即可以发现,这批小说已经同古典式的悲剧相距甚远。人们无法从这些先锋小说之中察觉到古典的崇高或者悲壮,无法察觉到个人对于命运的不屈反抗以及最终失败;相反,先锋小说中的悲剧主人公毫无分量。他们如同一片凋零于秋风之中的树叶:他们的失败乃至死亡常常是轻易的,无缘无故的。这使先锋小说的悲剧失去了社会学或者心理学的深度。这个时候,人们可能向先锋作家提出一个技术性难题:何种叙事动力驱使他们的人物走向最终的灾难? 这将导致一个深刻的发现:先锋小说之中悲剧的意义已经转移到叙事层面上。死亡不断地出现,但死亡主要是作为一种叙事策略巧妙地维系着故事的持续性。在这里,人们将看到"死亡"这个概念如何脱离基本的社会学涵义而成为一种编码程序。

目前为止,描写"死亡"已经成为这批先锋作家的一个共同兴趣。然而,更为严格地说,他们所爱好的是死亡景象而不是死亡原因。这批小说略去了通常意义上死亡原因的社会分析。北村小说往往一开始就投入追杀、逃亡或者枪击,形成这些场面的原因从不进入故事。格非的某些小说——诸如《迷舟》、《褐色鸟群》——编织出一些曲折的故事,但故事之中人物的死因始终是一个不明的空洞。余华的小说如同一场又一场死亡盛筵，而这些小说同样不愿出示死亡的社会根源。只有无可逃遁的死期与死亡之前的受虐充塞于人们的视野。尽管《河边的错误》袭用了推理小说的躯壳，余华仍然将一系列杀人事件推卸给精神失常——这是唯一无须解释的理由。原因缺失的死亡必将带来叙事的内在停顿；因果之链的中断致使一系列死亡景象成为脱钩的片断。奇怪的是，这并不妨碍人们的阅读兴致。这个时候，"死亡"本身所包含的叙事动力悄然启用，履行了衔接的职责。人们知道，"死亡"不仅是个生理学概念；种种非正常死亡业已包含了追查的需求。在这个意义上，尸体即是叙事悬念——许多侦探小说都喜欢用尸体作为开场白。这同样是先锋小说在叙事层面上对于"死亡"的利用；虽然这些小说舍弃了死亡的社会原因，但是，追查死因的心理期待却作为一种巨大的悬念深深地提供了后继的叙事动力。

这些先锋小说之中，走向灾难性结局的另一个叙事动力来源于人物的"预感"。"预感"是这批作家频繁使用的一个词语。任何景象都可能让苏童、余华或者格非的人物预感到未来的灾难。这些预感由于不断强调而脱离了性格心理范畴。及时报告不祥的预感显然是又一种叙事策略。这些预感与种种谶言、占卜、算卦共同组成神秘气氛，这些预感的应验与否以及应验程度同样是一种巨大的悬念。如同死亡一样，这些灾难同样是原因不明或原因不足的。这时，报告预感将有效地弥补故事的难以为继。人们可以回想一下，如果不是大量地——也许过于大量了——报告不祥的预感，格非的《敌人》用什么吸引人们看完赵家大院的崩溃史呢？

尽管先锋小说之中悲剧的意义已经转移到叙事层面上，但是，这并不妨碍人们站在社会学或心理学的立场上向这批先锋作家提出一个问题：什么时候开始，作家对于人的神圣意义已经如此冷漠了呢？他们轻松地将人物抛入无妄之灾，心中毫无顾惜之意；他们的博爱之心消失了吗？他们的人物总是像无头苍蝇一样撞入死神的怀抱，他们心目中的生命已经不再可贵了吗？古典人道主义理想已经成为昔日的思想标本，再也不能引起他们真正激动了吗？

迹象表明，这种状况同样是后现代主义精神的组成部分。从后现代主义的眼光看来,人正失去作为主体的意义;人不过是某种符号组织,主体无非是语言之网运动所造成的幻觉。对于孙甘露或者北村说来,人的确仅仅是语词矩阵之中的一个傀儡。小说之中的人物固定而僵硬;与其说他们是叙事的主人公,毋宁说他们是协助叙事完成的齿轮。当然,这样的过程在余华小说之中看得更为清楚。最初的时候,人物在余华眼里仍是一个富有内涵的性格。《四月三日事件》很大程度上属于心理小说。幻觉或者臆想仍然证明了个人心理深度的真实存在。然而,余华在后继而来的小说里开始竭力削弱心理成分。从《一九八六年》或者《往事与刑罚》之中可以看出,人物的心理仅仅剩下感官意象。人们只能从小说中搜集到"他发现"、"他看到"、"他听到"这些字眼,人物的内心不再出现分析性语句。阉割了人物的心理成分之后,种种惨酷的自戕行为立即成为无动于衷的机械运动。《现实一种》与《难逃劫数》更为明显地放弃了内心视角而使用一种精确的外部叙述。种种血腥的凶残景象与漠然的陈说语调共同表明,余华索回了本来就不多的同情之心。人物的血肉之躯已经麻木,人物的心理内涵已经榨干——主体不过一片徒有其名的薄薄符号流利地卷入叙事编码器的运转,情节是性格发展史的著名观点成了过往的神话。余华公开承认,他对人物性格毫无兴趣:"我并不认为人物在作品中享有的地位,比河流、阳光、树叶、街道和房屋来得重要。我认为人物和河流、阳光等一样,在作品中都只是道具而已。"①《世事如烟》之中,余华更为彻底地剥夺了人物的文化身份:《世事如烟》取缔了人物的姓名,每个人物仅被标以一个阿拉伯数字。人们知道,姓名是个人存在的证明。姓名的确认是社会文化对于个体的符号肯定。《世事如烟》里的人物称谓仅剩下一个职业或表面特征——如司机,灰衣女人——和一个数字,这再度显明了余华对于人物个性的轻蔑。这样,人们终于可以从这批先锋小说之中清理出一条后现代主义的逻辑线索:人从主体退化为符号。

对于人的意义作出后现代主义式的重新判断,这必将带动一系列其他范畴。可以看到,不少先锋作家的再叙事回身指向了历史。苏童、格非、叶兆言都对岁月淹久的历史表现出非凡的兴趣。这是一个富有戏剧性的文学事件。

---

① 余华:《虚伪的作品》,《上海文论》1989 年第 5 期。

显然，他们并不属于背负历史的一代作家。人们可以将苏童视为一个证据。按照一个批评家的考察，苏童并不企慕"深度"：苏童的爱好是流行歌曲、名牌时装、大小餐厅、商场、性感女影星、卡拉 OK 以及麻将，种种主义与哲学和苏童无缘。相反，历史是中国传统文化体系之中一个显赫的中心词，一个超级能指。历史的名义必须作为一种权威方能启用。于是，这不能不成为一个待解的谜团：这种典型的后现代主义情趣怎么能成为作家埋头对付沉重历史的动机？难道这些后现代主义者突然想扮演一回启蒙主义的英雄吗？

人们很快察觉到，这些作家并没有体现出特定的历史哲学。他们不想表示恢复历史真相的雄心，或者说不屑于如此。人们毫无必要将他们当成佩带文学徽章的历史学家。他们垂青历史的原因在于意识到一个事实：历史同样是叙事的产物。他们的再叙事企图达到一个目的：通过一套迥异的叙事话语戏弄历史，或者说，戏弄往昔的历史权威话语。他们并没有激进地提出改写历史，或者披露某些隐于幕后的史料；他们更多地站在叙事的立场上，指出往昔貌似严正的历史叙事之中所存在的裂缝、漏洞、矛盾，或者另一种可能。这无形地暗示出，往昔的历史叙事同样是一种"叙事"，而不是历史事实本身。所谓的历史事实无非是某种叙事策略的安排。在这个意义上，他们的行为又比任何改写历史的企图走得更远。

苏童《罂粟之家》所叙述的那个时期历史已被众多小说再三重复过了。苏童并没有改变两大阶级互相对抗的历史框架。但是，《罂粟之家》却旁敲侧击地提出了许多这种权威历史话语所遗漏或所回避的方面：刘老信的奇死或者演义异乎寻常的饥饿暗示了什么？女人之间的不懈仇恨应当如何纳入刘家倾覆的历史？为什么沉草在关键时刻常常听到命运的召唤？两大阶级的仇恨借助私欲表现时将产生多大的变形？当然，最为耐人寻味的是长工陈茂与地主老婆翠花的性关系以及与沉草的血亲联系。如同叙事者所提问的那样，沉草——这是长工的种子与地主儿子的奇怪复合体——的诞生确实是刘家崩溃的契机吗？这些问题的积累一定程度地伤害了往昔历史叙事的威信，无言地暴露出这种历史叙事的狭小的一面。人们可以在格非的《风琴》中看到相近的情况。种种性的景象不断插入一场伏击日军的故事之中，并且最终导致了游击队的全军覆没。这个故事同样是对历史权威话语的某种瓦解:性的欲望悄悄地浮升到了民族仇恨的较量之间,获得了前所未有的分量。

当然,这批先锋作家从未自称他们得到了历史真相。他们仅仅热衷于权威历史话语的解构,而不是重新给出一个历史的终极性所指。他们的确十分兴趣颓败的历史景象,但这同样是和往昔的历史叙事开玩笑——权威历史话语往往将历史形容为奔赴灿烂结局的事件集合体。事实上,先锋作家对于他们的历史叙事同样并无自信。叶兆言《枣树的故事》后半部分不断地出现这样的补充声明:

> 我深感自己这篇小说写不完的恐惧。事实上添油加醋,已经使我大为不安。我怀疑自己这样编故事,于己于人都将无益,自己绞尽脑汁吃力不讨好,别人还可能无情地戳穿西洋景。现成的故事已让我糟踏得面目全非。
>
> ……实际上,她的为人和我以上的描写,有着明显的格格不入。她在自己叙述的故事里再造一个人,而这个人又被我自讨苦吃加工一番……
>
> ……我最深刻的体会就是,如果想按期把什么小说写完,唯一的办法就是忘记眼前的活人……

这是叙事的自我解构。马原当初业已精通种种自我解构的伎俩,而这批作家的意义在于将自我解构引向历史叙事范畴。从权威历史话语的解构到自我解构,这才是叙事游戏的完整路线。

在先锋作家看来,历史这个概念的传统涵义已经相当可疑,但是,他们的叙事仍然有意无意地利用了人们对于历史的信赖——这与他们对于“死亡”的利用如出一辙。通常的想象中,历史是真实的,已然的,这保证了先锋小说拥有一个无可非议的结局。在叙事的意义上,历史不可能出现难以续接的问题——一切均已成为既定事实。历史叙事将消除当下的悬空感,这种叙事是站在结局的立场上作出回顾。这时,故事之间的种种疏漏、遗失、因果不明、无可解释或者过分离奇不再属于缺陷。历史这个概念不仅担保了事实的确凿发生,同时还赋予神秘性。格非显然是这方面的最大受惠者。《迷舟》、《大年》、《青黄》、《敌人》的叙事遗留下许多谜一样的空白。然而,只有当故事享有一个既定结局的时候,空白才真实成为空白。在这里,先锋小说的历史叙事包含了一种承诺：人们对于历史叙事的阅读期待已经暗中认定了既定结局的存在。于是，这批先锋作家再度将历史的名义挪用到了他们的叙事游戏之中。

四

不止一个批评家作出断言：这批先锋小说已经具备了充分的后现代主义表征。人们很快能够从这批小说之中发现诸如无中心、不确定性、零散性、无深度、反讽、体裁混杂以及构成主义这些后现代主义风格。可是，证明这些作家身上的国际性美学风尚并不困难——困难在于解释，什么使他们从置身的农业文明之中光滑地过渡到后现代主义的平面上？

人们不难想到，与其说这批先锋作家亲身体验到了后现代主义，毋宁说他们从"互文"的意义上接受了后现代主义。通常认为，后现代主义文化的基础是高度发达的后工业社会；这种社会目前尚未在这批先锋作家周围大面积出现。但是，这并不妨碍这批作家经由种种大众传播媒介接触后现代主义，并且将后现代主义的叙事风格移植到他们的小说之中。处于传播技术如此发达的今天，文本之间的相互影响、摹仿、复制轻而易举。这可以称为跨国"互文"现象。而且，这种"互文"现象可能形成愈来愈快的文化循环。只要翻译和出版的渠道足够通畅，文化仿制品就会立即出现，速度之快甚至令人目不暇接。站在文化仿制的立场上，从康德、黑格尔到尼采、福柯、德里达之间几个世纪曲折而激烈的思想搏斗仿佛一夜之间即告完成。大众传播媒介已经很大程度地将世界文化联网成一个共时性结构。因此，置身于农业文明的气氛之中从事后现代主义写作，这并不奇怪。尽管后现代主义叙事必须追溯到后工业社会的科技、广告与商品消费，但是，厌倦社会历史的深度模式致使这批先锋作家能够从另一个方向与后现代主义叙事汇合。由于话语形式的跨时代特征，他们能够在另一个文化维度上共享这种叙事风格。不论这种共享是一种叙事话语的沿袭还是一种个性化的再想象，他们的叙事都将加入中国文学话语体系。人们没有必要奉行某种欧洲中心的正统观念，再度讥之为"伪后现代主义"。不管这批先锋小说前景如何，它们毕竟带来了一套前所未有的叙事话语。对于始终坚持一本正经的文学面容说来,叙事游戏即是反叛。事实上,这种反叛才是"先锋"这个称号的基本意义。

然而,尽管如此,人们仍然有必要坚持,亲身体验与"互文"式的交汇具有不同的意义。它们将分别决定某种话语的扩散程度,决定何种叙事话语能够更大范围地卷入周围的文化语境。现代主义所展示的焦虑、孤独、荒诞、内心意识更多地叩响了人们的生存经验,于是,现代主义的叙事话语得到广泛的承认。比较而言,多数人与后现代主义式的游戏格格不入。他们无法容忍文学丧失深度与抛弃意义,他们无法想象悲剧、人或者历史这些基本概念如何成为叙事游戏的道具。面对种种后现代主义的辩护词,他们只有一个简单的诘问:既然如此,文学在这个世界上还有什么意义? 由于这些人的拒绝,后现代主义的叙事话语不可能传播得太远——仅有少数批评家方能进入这种叙事话语的音域。虽然这批批评家能够充分阐述这些叙事话语所包含的种种逻辑可能,但是,这种逻辑可能很难与农业文明的文化符号有效地衔接。这时,束之高阁的命运等待着这批先锋小说。换言之,少数人的语言革命无法转换为多数人的革命语言。

先锋小说所遭遇的另一重困境是语言本身的贬值。人们周围的语词印刷品前未有地泛滥,但印刷品上的语词符号却日益丧失了威信。许多语词因为千篇一律的重复或堂而皇之地说谎而成为过剩的话语。这无疑破坏了语言的声誉,使语言成为一堆生存表层的多余泡沫——还有多少人想到,如何叙事亦即表明如何说出世界的真相呢? 语词的轻贱使人们无心过问叙事问题。古老的叙事话语因此继续得到了默许。它的合法性并未遭到怀疑。古老的叙事话语已经足以支持众多文化机器的运行。人们常常可以看到一幅讽刺性景象:即使在文化转型期,种种崭新的或半新的主题仍然是通过古老的叙事话语阐述出来。寄存于这种叙事话语内部的意识形态重新得到了隐蔽的继承。古老的叙事话语如此强大,它甚至入侵到工业社会的新型语言之中。从无数影像制品背后,人们可以清晰地看到古老叙事话语所遗留下的踪迹。

这一切都预示了先锋作家的孤独与前景渺茫。他们企图通过语言撼动世界,但他们所依托的支点难以承受世界的重量。这往往使他们的叙事实验索然无味地中断于一片漠然的沉默之中。从另一方面看来,这或许是先锋作家本该偿付的代价；先锋作家游走于多数人的视野之外，他们不可能得到众口一词的称赞。但是，在马原之后的这批先锋作家眼里，这种代价或许过于沉重了。在"新写实主义"的强盛声势面前，他们毋宁说形只影单。他们可能感到孤独难耐，也可能真实地感到了无力——无力富有成效地介入当下的文化环境。于是，人们发现，这批先锋作家的某些骨干纷纷撤离往日的高地，甚至金盆洗手。马原得到了应有的头衔之后已经销声匿迹多时。叶兆言甚至从未丢弃过传统现实主义叙事话语。尽管苏童依旧精力不衰地抛出《妻妾成群》、《米》或《我的帝王生涯》等才气逼人之作，但他的小说敛去了再叙事的姿态，而加盟"海马"中心可能使这种收缩更为明显。北村曾经是这批作家之中最为极端的一个，但他公开表示技术与形式已经令他深感疲劳——神格与终极价值正在重新成为他的关怀对象。也许余华仍在进行某种坚持，但是，他的《呼喊与细雨》出现了一个重要迹象：人物的心理深度已经无声地返回小说之中。无论这些作家的改弦更张成功与否，这个事实已经清晰可见：始于马原的这批先锋小说已临近强弩之末。落幕的时候到了。一位批评家不无幽默地以"最后的仪式"为题对这批先锋作家作出一份收场的总结。

　　这场再叙事写作行动式微之后，人们有必要察觉一个差异：语言游戏与语言反抗。语言反抗意味着逃脱与倾覆既定的权威话语，并且竭力为新的叙事话语辩护。作家坚信新的叙事话语即将说出生存的终极真理，这将使作家再度落入"元叙事"的圈套。"元叙事"的设置必将引致后继而来的重新反抗。这种结局如同不可逃脱的西绪福斯命运。与此不同，语言游戏的态度超然而机智。语言游戏并不肯定某种特定的生存真理，这使作家更易于操纵语词从事种种不拘形迹的自由运动，尽量穷尽语词本身的逻辑可能。当然，这种纯粹的语词欢悦很难加入文化主导声音的大合唱，它们更像以不恭的方式对于后者保持某种精致的嘲讽。这种语言游戏更为自由，同时也更为苍白。过于纯粹的语言游戏仅仅意味着写作的冒险，这种写作很少走到纸和笔之外。如果说，语词即是作家存活于世的栖身之所，那么，他们愿意为自己挑选哪一种风格呢？

启蒙与操纵

一

现今，人们已经有理由断言，电子时代的降临同时为文化生产开创了一个前所未有的历史阶段。电影，电视，收音机，计算机联网，这些神奇的电子产品相继问世，为这个世界制造了一阵又一阵的惊喜。呕心沥血的构思，持续不断的实验，不无偶然的幸运发现，人们可以在每一个技术奇迹的背后追溯到种种曲折的故事。然而，现在的情况是——这些技术奇迹已经到了联结为一个整体的时候了。它们不再是某种别出心裁的发明以提供一些舒适与快乐；人们必须意识到，这些电子产品联结为一个整体之后正在深刻地改造社会结构。当然，这并不是轻率地附和种种技术决定论。人们有必要描述的是，这些电子产品的意义如何突破技术进步的范畴而进入经济、政治以及文化的运作。对于文化生产说来，这些电子产品不仅提供了种种崭新的表意系统，同时，这些电子产品还为经济、政治与美学之间的关系提供了崭新的形式。

不论是否将电子产品形成的传播媒介体系视为后现代社会的重要因素，人们都必须承认，电子时代的符号制作规模是印刷时代所无法比拟的。机械与电子技术的合作终于使文化生产具有了工业社会的节奏。如今，人们甚至用"爆炸"一词形容电子传播媒介体系提供的信息数量。或许可以说，霍克海默与阿多诺所谓的"文化工业"只有在电子时代才名至实归。在我看来，文化工业的另一个涵义是,文化生产终于汇入了工业生产的逻辑,遵循工业生产与消费之间的循环轨迹,成为日常性社会生产的一个有机部分。某些历史时期,文化生产是日常现实的一个"他者"——文化生产意味了指向日常现实之外的另一个维度。按照雷蒙德·威廉斯的观点,19世纪某一个时期的"文化"或者"艺术"曾经扮演市场以及工业文明的对立面;文化或者艺术被尊为物欲横流之世的"人性"守护神。① 现在,如同工业生产一样,文化生产终于和商品、利润互相认同了。事实上,恰恰是商品和利润维持了电子传播媒介的庞大开支,维持了电子时代不断扩大的符号制作规模。当然,这些文化产品已经进入日常的消费领域。如同种种生活用品那样,电子传播媒介体系之中的源源而来的符号业已全面地镶嵌于社会的所有方面。可以说,电子传播媒介的社会组织意义正在逐渐显露。这个意义上,鲍德里拉激进地认为,现今的符号制作规模已经足以让历史发生另一次断裂:以工业生产为组织核心的社会开始向符号社会回归。社会的凝聚力不是源于经济生活,而是来自传播媒介的控制。于是,在他看来,革命不再是活跃的生产力摧毁传统的生产关系;颠覆种族或者性别的传统符号代码才是他真正醉心的文化革命。②

尽管鲍德里拉的设想之中包含了过多的符号崇拜,但是,无论如何,人们没有理由低估电子时代符号制作的意义。如果说,印刷时代的文字符号与日常现实保持了某种距离——如果说,积淀于文字符号之中的神圣意味顽强地击穿了庸常的世俗气氛,那么,这种距离正在电子时代的符号制作之中消失。许多时候人们可以说,符号就是现实生活。电子时代的符号丧失了抽象的文字符号之中隐含的指代性、凝聚性与概括性。回溯种种古老的传说可以发现,文字符号曾经被想象为法力无边的天授之物。文字符号的诞生如同一个惊心动魄的事件。"昔者仓颉作书,而天雨粟,鬼夜哭"——这种神话记载无不暗示了文字符号的非凡魔力。尽管理性社会的"脱魅"解除了种种神

---

① ［英］雷蒙德·威廉斯:《文化与社会》,吴松江、张文定译,北京大学出版社1991年版,第65页。

② ［美］道格拉斯·凯尔纳、斯蒂文·贝斯特:《后现代理论》第四章,张志斌译,中央编译出版社1999年版。

秘的权威,但是,许多时刻,文字符号仍然保持了异乎寻常的尊严。从敬惜字纸的风俗、个人签名的慎重到合同文本的法律效力、载入史册而名垂千古的荣耀,文字符号之中残存了某种公认的庄重。即使人们已经拥有近似的视觉经验,"星垂平野阔,月涌大江流"或者"明月松间照,清泉石上流"这些诗句仍然会产生某种视觉经验之外的文字韵味,令人神往不已。然而,电子时代的符号开始与人们的感官经验无间地交织为一体。首先,这些符号是即时的。电视或者广播"现场直播"所制造的符号与人们的感官经验之间不存在时间距离。计算机网络空间的聊天一如面对面地相向而座。人们的幻觉之中,这些符号不像印刷文字那样遭受人为的精心编辑;这些符号无异于感官经验。人们生活在这些符号之中如同生活在感官经验之中。某些时候,人们甚至利用现场的热线电话打入存活于电子传播媒介之中的符号世界,参与符号世界的对话。另一方面,电影尤其是电视之中的符号是以影像的形式出现。活灵活现的音容笑貌和草木山川让观众感到,这是一个他们可以跻身的世界。数码成像技术制造了影像的奇观,某些无法拍摄的景象——例如恐龙,或者龙卷风——栩栩如生地进入人们的视域。这不仅是一种视觉的震撼,同时,这些遥不可及的景象出其不意地成为人们生活经验的一部分。

这是一个意料之中的后果:电子时代的符号制作逐渐混淆了公共空间与私人空间的差异。人们同时拥有了双重截然相反的技术条件。一方面,长焦镜头可以窥探和搜索任何私密的角落;另一方面,电子传播媒介可以在全世界范围予以曝光。因此,人们时常遭遇两种富有张力的景观。一方面,大量隐秘的话题进入公共空间公开展览。性伴侣选择、亲子关系、异常的性心理以及种种个人化的绝望和焦虑频繁地出现于电视播映室和"夜半心声"这样的广播节目之中。这不是一本书与一个读者的单独相对,这是一批人同时共享一个秘密话题。另一方面,种种大型的公共话题——例如国家、政治、战争,等等——长驱直入私人领域。报纸的印刷周期与人们街头购买所形成的缓冲消失了,人们可以在卧室的电视机里即时地观看总统的就职演说或者某一次关系公众利益的投票——此刻的公共空间与私人空间是一体的。遥远的政治权力机构与渺小的私人生活产生了亲密感。总之,电子时代的符号制作瓦解了真实与符号、公共空间与私人空间的界限,或者说,电子传播媒介体系正在将这一切重新组织为另一个整体。的确，印刷时代的书籍相形失色——没有哪一本著作或者哪一份报纸具有这种强大的功能。

电子时代的符号制作几乎无限地扩大了人们的感官经验，尤其是视觉经验。通常，社交半径划定了个人的活动区域，人们亲眼目睹的景象十分有限；然而，电视机以及其他电子传媒介却将全世界推到他眼前。从数千公尺之下的深海到遥远的星球，从另一个国度的足球比赛到他人卧室之中的床笫之事，电视将人们所能想到的种种景象一网打尽。这无形之中造就了一个观念：电子传播媒介已经代表了世界。世界按照电子传播媒介分配的比例呈现在人们面前。这时，电子传播媒介突然得到了难以言喻的权力。它接管或者代替了人们认知世界的文化感官。人们几乎可以说，未曾进入电子传播媒介的现实就会被判定为不存在——这些现实将是匿名的，没有确定身份的，暗哑无声的，它们没有希望在世界性的对话之中得到一席之地。例如，相对于发达国家、总统、富翁、电影或者体育明星，第三世界国家、小公务员、乞丐、清洁工无疑是电子传播媒介之中的弱势群体。他们面目模糊，仅仅是一个空洞朦胧的轮廓；他们露面机会之少，以至于人们无法真实地确认他们的位置。这个意义上，人们不难解释克楼克与库克——两个加拿大社会学家——为什么用如此夸张的修辞描述电视："凡是没有进入电视的真实世界、凡是没有成为电视所指涉的认同原则、凡是没有经由电视处理的现象与人事，在当代文化的主流趋势里都成了边缘，电视是'绝对卓越'的权力关系的科技器物。在后现代的文化里，电视并不是社会的反映，恰恰好相反，'社会是电视的反映'。"①

的确，电子传播媒介形成的权力是难以抗拒的。人们发现，电子传播媒介时刻在阐述一套完整的观念：国家，政治，文化，性别，种族，理想，幸福，正义，如此等等。当然，这些阐述并非某种生硬的、甚至不无强制性的宣读，电子传播媒介毋宁说是利用一系列特定的符号驱使这些观念布满人们日常生活的所有角落，甚至让人们习焉不察。所以，劳拉·斯·蒙福德十分感叹电视阐述主导意识形态的完整机制："它们融入了日常生活的经纬和体验，

---

① ［英］约翰·汤林森：《文化帝国主义》，冯建三译，上海人民出版社1999年版，第116页。

发挥着一种温和的效力,其构成方式复杂之至,以至于抵制和颠覆都难之又难。"①电子传播媒介几乎完全占领了人们的休闲时光,一些理论家甚至将休闲时光称之为"电视殖民"②,这决定了电子传播媒介对于人们生活的控制程度。因此,没有人有理由继续无视一些至为重要的问题:电子传播媒介根据什么原则运行? 谁是电子传播媒介的主宰? 谁有权力提出或者规定电子传播媒介正在阐述的一套观念?

二

迄今为止,多数人仍然对于五四时期的白话文运动称道不已。这是语言的解放,也是知识权利的开放。引车卖浆之徒的声音赢得了发表的机会。这无疑是文化民主的先声——这意味了引车卖浆之徒有机会了解以及参与一向由精英阶层把持的国家事务了。现今,人们还是沿用相仿的理由肯定电子传播媒介的崛起。由于电子传播媒介的强大传播功能,大众可能在一个更大的文化空间搜索信息,自我表达。只有置身于电子传播媒介的信号区域之内,人们才可能实现足不出户而知天下事的梦想。另一方面,电影、尤其是电视传播的影像符号甚至比白话文更为通俗生动。不识字的学龄前儿童可以轻而易举地领悟影像符号的结构及其涵义。

然而,更多的人聚集在电子传播媒介周围不等于说他们可以平等地共享这个强大的传播体系。与白话文不同的是,电子传播媒介不是民间的产物。个体无法像市井闲谈那样自由地操作这个庞大的系统。电子传播媒介的运行和管理依赖于大量的资金和专业人才。因此,社会学的意义上,电子传播媒介的背后隐藏了多重的权力关系。除了权力机构的插手,投资者、技术人员和设计、主持节目的知识精英分别拥有一个支配的辖区。自从话语权力这个概念渐为人知之后,电子传播媒介之中的发言者显然被视为话语权力的化身。尽管来到人们面前的是演员、节目主持人以及导演、制片人,但是,他们

---

① 〔美〕劳拉·斯·蒙福德:《午后的爱情与意识形态:肥皂剧、女人和电视剧种》,林鹤译,中央编译出版社 2000 年版,第 15 页。

② 〔英〕约翰·汤林森:《文化帝国主义》,冯建三译,上海人民出版社 1999 年版,第 120 页。

的言行不仅代表他们自己的意志。许多时候,他们是多重权力关系的形象代理。也许,对于电子传播媒介可以这么说,话语权力是其他多种权力的汇聚之处。公众面前,演员如同某一方面的楷模,主持人保持了高瞻远瞩的姿态夸夸其谈;然而,他们的形象之中已经凝聚了多种权力的分量。反过来也可以说,多种权力的所有者均可以借助话语权力赢得一份回报。投资者利用话语权力回收利润,政府利用话语权力宣谕主导意识形态,如此等等。诚如福柯所告诫的那样,人们不该忽视"公众舆论产生的真实条件,公众舆论的'媒介',陷在权力机制中并以报刊、出版及以后的电影和电视形式出现的物质性";在福柯看来,媒介必然在经济和政治利益支配之下工作,人们必须时刻考虑公众舆论的物质和经济构成。① 所以,考察 20 世纪末期中国社会文化的时候,人们不仅必须意识到电子传播媒介对于公共空间的介入,同时还要意识到电子传播媒介本身正在形成另一个坚固的权力中心。如果说电子传播媒介召集大众和呼风唤雨的能量是无可比拟的,这丝毫不是夸张之辞。分析过中央电视台《焦点访谈》的巨大威望之后,戴锦华及时地发现了这种威望喻示的另一种权力:

　　当人们沉浸在"媒体介入社会生活"(或曰"舆论监督")的社会进步进程之时,我们似乎忽略了若干相关的并且昭然若揭的事实:首先,是在工业、"后工业社会",传媒早已成为新的权力中心之一;电视及其他大众媒体的兴起,与其说是搭乘上商业化快艇的社会民主化印证,不如说只是向我们展现了媒介权力的获得。其次,从某种意义上说,中国传媒所显现的空前的力度,事实上是权力的媒介与媒介权力在特定的历史条件下,相互结合、彼此借重的结果。那破门而入、将不可见人的幽冥公诸于众的壮举,是对经典权力的冒犯;同时,使被冒犯者为之折服的,不仅是所谓媒介的力量(或曰舆论监督的力度),而且是媒介本身作为昔日权力工具所具有的、来自其从属之权力机构的威慑。这一权力的媒介与媒介的权力的相互借重,同时表明着一个更为深刻的社会转型过程的发生,即当媒介借助经典权力(诸如政治或政府权力)而一路斩关

① ［法］《福柯访谈录:权力的眼睛》,严锋译,上海人民出版社 1997 年版,第 164—165 页。

夺将时,它不仅已然开始将经典权力转化为媒介自身的权力,而且成功地成为对媒介自身的资本及文化资本的累积和展示。再次,在所谓"官方/民间"的二项对立的叙述之中,我们不仅必然忽略了经典政治权力已非 90 年代中国惟一权力中心的事实(这里姑不论政治权力自身的演变),而且似乎可以因为记忆与现实中的权力/暴力,而无视甚至原宥新兴权力(诸如媒介权力)所显现和暴力特征。①

如果说,《焦点访谈》式的新闻评论节目更多地显示了电子传播媒介与传统权力机构的联手,那么,另一些节目——从肥皂剧、娱乐与游戏到故事影片——挑开了话语权力如何兑换文化资本与经济利益的内幕。这些故事的主人公是一批活跃于电子传播媒介之中的"明星"。必须看到,电子传播媒介之中的明星与传统舞台之上的戏曲演员具有极大的差异。后者更像是传统的手工业者。他们的活动范围仅仅是某一个剧院甚至某一个村庄的舞台;他们依靠每一台演出收取报酬。他们的表演与体力劳动相差无几,以至于"戏子"是一个遭人歧视的职业。相形之下,电子传播媒介之中的明星利用电波和机械复制挣脱了时空的限制。明星的一次表演可以被制作为无数份拷贝或者录像带、光碟,他们的电子形象将通过销售和传播网络扩散到全世界。事实上,表演仅仅是明星之所以为明星的部分原因,如同乔治·萨杜尔所描述的那样,明星的周围气氛产生了巨大的效果:"观众对于电影明星的崇拜是用几百万张签名的照片来维系的,广告和宣传在这些偶像周围散布一种传奇的气氛。明星的恋爱、离婚以及他们所使用的化妆品、住宅、他们所喜爱的动物,这一切在某些国家成了一般人关心和津津乐道的题材。"②明星崇拜无疑可以追溯到好莱坞的"明星制度"。20 世纪之初,电影演员声誉不佳,他们通常隐姓埋名,默默无闻。然而,特写镜头的出现改变了这一切。特写镜头聚焦于个人形象,富有魅力的一颦一笑得到了无比详尽的表露。这纵恿了幻觉的出现:观众觉得自己与明星之间的距离已经取消,某种暧昧的想入非非若隐若现。拉康对于欲望的说法仿佛又一次得到了证实——电子传播媒介制作的影

① 戴锦华:《隐形书写——90 年代中国文化研究》,江苏人民出版社 1999 年版,第 36—37 页。
② [法]乔治·萨杜尔:《电影艺术史》,徐昭、陈笃忱译,中国电影出版社 1957 年版,第 179 页。

像符号无疑是对于欲望的巧妙投合。于是,电子传播媒介与商业之间的合作因为明星的中介而创造了不俗的业绩。"明星制度"的扩大终于让人们发现了一个规律:电子传播媒介的符号制作是创造偶像的奇妙形式,强大的传播功能可以轻易地让一个人身价倍增。于是,电子时代的演员和主持人迅速变成一个炙手可热的职业。他们所得到的远远不限于表演的片酬,明星崇拜产生的号召力可以让他们销售自传,或者重金受聘而充当广告之中的模特。这时,话语权力、文化资本与经济利益之间环环相扣的演进终于显露无遗。

这一切当然与绝大多数环绕于电子传播媒介周围的公众无关。通常,他们无缘进入电子传播媒介复杂的循环体系,染指这种循环产生的利益。他们要做的事情仅仅是大量吞噬影像符号,从而招徕广告商。如果某些人试图发表一些独特的、甚至与电子传播媒介的宣谕相互矛盾的观点,或者试图更正电子传播媒介的某些不实之词,这时他们才会察觉,自己与这个强大的传播体系之间距离得多么遥远。他们的声音不可能抵达演播室和录音棚,这个貌似大众聚会的空间无法任意进入。个人的喉咙不可能与众多精密的仪器抗衡,正像霍克海默与阿多诺在《启蒙辩证法》之中所说的那样:"答辩仪器尚未开拓出来,私人没有发射的电器设备和自由。"① 这种无助和无力的境遇恰恰是一个反衬——反衬出电子传播媒介已经拥有了难以挑战的威严。更大的范围内,这种对比悬殊的关系还将出现于不同的民族国家之间。

三

安德森曾经提出一个影响广泛的论点:民族国家是一个"想象的共同体"②。他深刻地阐述了印刷文明与这种想象共同体的相互关系。安德森曾经以小说、尤其是报纸为例说明印刷文字作品如何协同社会时间及空间的想象能力,人们如何因为报纸版面的共时框架和统一的阅读仪式而彼此认同。逾越了亲身晤面的社交圈子之后,母语即是人们之间最为牢固的联系链条。

---

① ［德］霍克海默、阿多诺:《启蒙辩证法》,洪佩郁等译,重庆出版社 1990 年版,第 113 页。
② ［英］安德森:《想象的共同体》,《学术思想评论》第五辑,辽宁大学出版社 1999 年版;［英］约翰·汤林森:《文化帝国主义》第三章,冯建三译,上海人民出版社 1999 年版。

尽管语种与民族国家之间互不重叠——例如，一个民族国家内部可能容有多种语言，或者相反，多个民族国家共同使用一种语言——的现象还将引向更为详尽的分析，然而，无可否认的是，安德森有力地揭示了印刷和文字符号对于民族国家的想象产生的中介意义。现今的全球化语境之中，特定的语言仍然是民族文化认同的一个举足轻重的砝码。可是，电子时代会在多大程度上延续安德森的分析？电子传播媒介之中的符号如何保持民族国家的主题？如果将电子时代称之为后印刷时代，如果说这时的民族国家已经成为一个最为重要的利益单位，那么，人们是否必须考察这个问题的反面：电子传播媒介会在多大程度上破坏印刷和文字符号制造的"想象的共同体"？

问题迅速地积聚到影像符号与文字符号之间的差异。影像符号的覆盖范围远远超出了文字符号；这意味着，影像符号有力地冲决了围绕文字符号的想象共同体的边界。文字符号对于民族国家的认同意义被削弱了。一个中国的汉族人可能不懂英语、德语或者俄语，但是，他完全可能看得懂美国、英国、德国或者俄国的电视剧。许多电影导演均持有这种共识：一部完美的电影不必过多地求助于话语，影像符号结构必须有超出言辞的表意功能。卫星电视出现之后，海关无法有效地封锁另一个国度的电视节目；人们可以自如地了解异国他乡的山川名胜、人情世故、起居饮食与消费趣味——换言之，电子传播媒介为观众开启了一个远远超出母语覆盖区域的崭新视野。因为语种不平等而产生的不快消失了。人们可以在崭新视野之中重新想象一个远为广阔的空间，想象国界之外还有大批不同种族的观众正在兴致勃勃地观看同一个节目。按照安德森的逻辑，这意味着电子传播媒介正在为人们制造一个世界性的"想象的共同体"。或许，一些人正在理所当然地将这种世界性的"想象的共同体"视为现代性的必然结局——经济全球化指日可待，电子传播媒介不是预示了文化全球化的美妙前景吗？

必须承认，电子传播媒介对于世界性"同质文化"的诞生具有不可低估的意义。这是任何文字著作所不可比拟的。在我看来，安德森建立于他称之为"印刷资本主义"之上的结论不得不作出某种程度的修改。然而，这不一定是让人乐观的景象。电子传播媒介击穿了民族文化之间的壁垒，多种形式的文化在全球范围之内敞开了。尽管如此，这并不是世界文化大同的来临。

人们可以在许多场合察觉,一如后殖民理论所揭示的那样,民族之间的支配与被支配、霸权与歧视、压迫与反抗关系仍然在电子传播媒介之中重演。换言之,开放是一个事实,"共同体"却是一个幻觉。全球范围之内,电子传播媒介上的争夺绝不比经济领域温和。首先,特定的电子传播媒介毫不掩饰地褒贬不同的民族形象。如果系统地考察过好莱坞影片之中白人、黑人与亚裔人所承担的角色,人们肯定有意味深长的发现。相似的状况可以在电视肥皂剧之中得到证明。《急诊室的故事》曾经在美国年复一年地播映。如同人们看到的那样,这部肥皂剧的角色分配与有色人种的歧视之间存在隐秘的呼应。《急诊室的故事》之中,只有两个纯正的白种人的错误与个人品质无关。专业精良的黑人医生与亚裔实习生显然具有人格的缺陷。这方面的例子如此之多,人们无法以偶然的原因予以解释。[①] 当然,更多的时候,电子传播媒介之中民族形象的竞争与经济利益纠缠在一起。人们从来没有忘记一个事实:电子传播媒介创造的利润同时是民族国家经济总产值的一个组成部分。欧洲国家对于好莱坞电影的抵制不仅是为了阻止"美国品牌"——例如富裕、充满机会、活力、先进的科技,等等——的入侵,不仅"因为好莱坞电影所创造出来的世界形象与除美国之外的世界其他国家人民的现实生活极不吻合",而且,这种姿态还因为欧共体与美国之间近一百亿美元的视听产品贸易逆差。[②] 许多时候,多重的复杂竞争汇聚到一个金碧辉煌的形式之中:世界性的电影评奖。巨大的投资无疑是一种压力,因此,电影尤其渴望重大的奖项成为招徕观众的广告。这导致世界性电影评奖的角逐空前激烈。然而,发达国家、第三世界国家以及少数民族占据的评委席位十分悬殊,这无疑损害了多民族美学趣味的公平竞选。因此,一些富有创造性的演艺人员开始有意无意地取悦人多势众的评委,即使像张艺谋、陈凯歌这个级别的导演也不得不屈从于西方中心主义强大压力。的确,电子传播媒介正在撤除民族文化的隔阂。可是,与文字符号产生的亲和力相反,电子传播媒介毋宁说开辟了一个新的竞争空间——这些典型的"后殖民"故事可以视为印刷时代转入

---

①　有关《急诊室的故事》的分析可参见林鹤在《午后的爱情与意识形态》之前的译序。

②　[英]大卫·普特男:《不宣而战——欧洲视听业的现状及其对美策略》,刘利群编译,《现代传播》(北京广播学院学报)2000 年第 2 期。

电子时代的一个历史性后果。

四

霍克海默与阿多诺——法兰克福学派的两个主将——对于"文化工业"的严厉谴责已经众所周知。他们眼里,电子传播媒介无疑是维持文化工业的现代化机械。尽管霍克海默与阿多诺无缘了解计算机网络,但是,他们对于电影、电视与广播表示了不可掩饰的憎恨。阿多诺的《电视与大众文化模式》集中揭示电视隐藏的"心理机械主义"[①],霍克海默不止一次地论证:电子传播媒介是个危险的工具——"在这点上,收音机和电影绝不亚于飞机和枪的作用"[②]。

人们可以从霍克海默与阿多诺的《启蒙辩证法》之中看到,他们的矛头首先指向了文化工业的标准化生产。他们发现,文化产品的生产已经愈来愈像工业产品。从相差无几的预制零件到熟能生巧的装配程序,大众文化产品与生产一辆汽车相仿。用霍克海默与阿多诺的话说,文化工业之中"逗乐的技术、效果、幽默讽刺方式,都是按照一定格式考虑设计出来的"。阿多诺曾经更为具体地解释说,"工业"这个词主要是指事物本身的标准化和扩散技术的理性化。他们感到了这种标准化文化生产的僵硬甚至粗野,并且发现了这种标准化背后的垄断:"在垄断下的所有的群众文化都是一致的,它们的结构都是由工厂生产出来的框架结构"[③],这个意义上,人们开始默认一个可怕的预设:工业式生产之下的文化主体已经被剥夺了多样性,活跃的文化主体沦为不断重复的机械动作。

这并非一些情绪激愤的夸张之辞。从好莱坞的电影棚到巴西的电视连

---

① [德]阿多诺:《电视和大众文化模式》,《外国美学》第九辑,商务印书馆1992年版。

② [德]霍克海默:《艺术和大众文化》,《批判理论》,李小兵等译,重庆出版社1989年版,第264页。

③ [德]阿多诺:《文化工业再思考》,《文化研究》第一辑,天津社会科学出版社2000年版,第200页;[德]霍克海默、阿多诺:《启蒙辩证法》,洪佩郁英译,重庆出版社1990年版,第113、117页。

续剧生产基地,这种生产模式已经轻车熟路。① 阿多诺承认,文化生产的"自治性质""在一场不可逆转的历史趋势中被文化工业剥夺了"。② 现今,一套电子文化的生产与消费体系已经相当完善。中国的电视连续剧与市场的相互认同姗姗来迟——20 世纪 90 年代初,《渴望》终于脱颖而出。根据王朔——《渴望》的主要创作者之一——提供的材料,文化工业的装配模式终于为《渴望》制造了渴望已久的爆炸性效果。王朔回忆说,北京电视艺术中心新落成的一个摄影棚促成了《渴望》的问世。只有每日拍摄才能维持这个摄影棚的运转而不至于亏损,所以,"要形成规模,讲究效益,必须走到工业化组织和工业化生产这一条路上来"。工业化的生产无疑与个性化的想象迥然相异:

> 这就是大众文化的运作模式了! 对生产力提高的渴望改变了生产关系。一进入这个剧组我就感到了这一次与以往的不同,大家上来就达成了共识:这不是个人化创作,大家都把自己的追求和价值观放到一边,这部戏是给老百姓看的,所以这部戏的主题、趣味都要尊重老百姓的价值观和欣赏习惯,什么是老百姓的价值观和欣赏习惯? 这点大家也无争议,就是中国传统价值观,扬善抑恶,站在道德立场评判每一个人,歌颂真善美,鞭挞假恶丑,正义终将战胜邪恶,好人一生平安,坏人现世现报……

这个模式之下,故事的组织的确如同一部复杂机器的装配:

> 那个过程像做数学题,求等式,有一个好人,就要设置一个不那么好的人;一个住胡同的,一个住楼的;一个热烈的,一个默默的;这个人要是太好了,那一定要在天平另一头把所有倒霉事扣她头上,才能让她一直好下去。所有角色的性格特征都是预先分配好的,像一盘棋上的车马炮,你只能直行,你只能斜着走,她必须隔一个打一个,这样才能把

---

① 有关巴西电视剧的产量及经济收入,可参见《巴西电视剧出口创收》一文(《参考消息》2000 年 6 月 27 日第 6 版)。

② [德]阿多诺:《文化工业再思考》,《文化研究》第一辑,天津社会科学出版社 2000 年版,第 199 页。

一盘棋下好下完,我们叫类型化,各司其职。演王亚茹的演员在拍摄过程中曾经不喜欢或叫不相信自己扮演的这个角色是合乎人情的,找导演谈,导演也许很同情她,但他也无法对这个角色进行根本性的调整,因为四十集戏全指着这个搅屎棍子在里头搅了。我们搞的是一部大众文化产品也叫通俗文艺作品,通俗文艺有它自己的铁的规律,那是你无论抱有什么艺术洞察力和艺术良心也无从逾越的,它必须要情节密度,要戏剧冲突,要人物个个走极端。在这样的作品中追究作者的艺术抱负是痴人说梦,由此判定作者的文化立场也常常会发生误会。很多人谈到《渴望》中相对负面的王沪生一家,因其是知识分子家庭,就指作者有反智倾向,其实这一角色身份的设立纯系技术问题,本来大家的意思是写一个老干部家庭,因可能更易造成误指,遭小人口诬,便放弃了这个其实更典型方便叙事的人物身份。现在好了,现在有大款阶层,所以大家一想到要在剧中给好人设立一个对立面,都会毫不犹豫地选择他们,这帮倒霉蛋,把人类的所有缺陷所有屎盆子都扣他们脑袋上,也没人心疼。①

这段引文生动地描述了文化工业的生产机制。许多方面,文化工业的生产机制与艺术逻辑格格不入。霍克海默说出了一部分原因:"对投资在每部影片上的可观资本的快速周转的经济要求,阻止着对每件艺术作品内在逻辑的追求——即艺术作品本身的自律需要。"②这个意义上,大众始终被定位为文化工业的消费者。大众的个性、身份、性别、经济地位和政治意向都不重要,重要的是他们构成的市场规模。他们是作为投资者的收入统计资料予以考虑的。所以,霍克海默和阿多诺对于所谓的"大众性"并不信任。文化工业体现的"大众性"是某种机制的"事先设定",大众是为其他社会阶层所代表。大众不是所谓的"上帝",不是文化产品的主体,他们是算计的对象。③人们必须意识到弗·詹姆逊提出的一个区别:现今的大众文化与传统的民间艺

---

① 王朔:《我看大众文化》,《天涯》2000年第2期。
② [德]霍克海默:《艺术和大众文化》,《批判理论》,李小兵译,重庆出版社1989年版,第273页。
③ 同上书,第265、274页;[德]阿多诺:《文化工业再思考》,《文化研究》第一辑,天津社会科学出版社2000年版,第198页。

术没有任何共同之处。① 前者不再保存某一地域的文化血缘而更像是世界通用的商品。因此,《启蒙辩证法》认为,标准化的文化产品仅仅体现人的某种"类本质"。②

　　"在文化工业中,个性之所以成为虚幻的,不仅是由于文化工业生产方式的标准化,个人只有当自己与普遍的社会完全一致时,他才能容忍个性处于虚幻的这种处境。"③——丧失个性导致了《启蒙辩证法》的深刻忧虑。诚如阿多诺在谈论电视时所说的那样,丧失了个性的大众只能接受某种意识形态的操纵,尽管"消费者的生活和这种意识形态却完全不协调"。文化工业已经娴熟地掌握了多重人格的精神分析学概念,消费者在种种心理的圈套之中体验被允许的满足和被禁止的满足。对于电视说来,一系列"暗隐的信息"可能突破意识的防线而深入人们的思想,这一切将对人们的无意识动机产生诱导。现代生活愈来愈难于理解;如果电视仅仅向人们的意识注入一些固定的程序,人们只能在种种幻象的训练之下更加迟钝。刚刚遭受法西斯劫难的阿多诺不得不考虑一个严重的问题:这有否可能再度向极权主义敞开了思想的门户? 以往,文化总是能够向现实的僵化关系提出抗议,文化工业祛除了这种功能。"既然文化现在变得完全被这种僵化关系吸收了,并整合了,那么,人类又一次被贬低了。"④ 文化工业的标准化生产导致的文化垄断如果将大众训练为没有个性的平均数,训练为标准化的社会主体复制品,那么,巨大的危险时刻可能重新降临。

五

　　文化工业与消费主义之间的循环顺利地进行。文化工业不惮于声称,文

---

　　① ［美］弗雷德里克·詹姆逊:《大众文化的具体化和乌托邦》,《快感:文化与政治》,王逢振等译,中国社会科学出版社1998年版。

　　② ［德］霍克海默、阿多诺:《启蒙辩证法》,洪佩郁等译,重庆出版社1990年版,第137页。

　　③ 同上书,第145页。

　　④ ［德］阿多诺:《电视和大众文化模式》,《外国美学》第九辑,商务印书馆1992年版,第384、385、387、392页;［德］阿多诺:《文化工业再思考》,《文化研究》第一辑,天津社会科学出版社2000年版,第199页。

化产品是一种商品;这种商品的基本意义是提供娱乐。人们对于快乐的追求是维持生产与消费之间循环的动力。这一切显然是资本主义文化秩序的组成部分。无疑,《启蒙辩证法》的批判锋芒不会轻易放过所谓的娱乐:"商业与娱乐活动原本的密切关系,就表明了娱乐活动本身的意义,即为社会进行辩护。欢乐意味着满意。但是只有因为这些娱乐消遣作品充斥了整个社会过程,消费者已经变得愚昧无知,从一开始就顺从地放弃对一切作品(包括极无意义的作品)的苛求,按照它们的限制来反思整体,这种盲目的心满意足的情况才会出现。享乐意味着全身心的放松,头脑中什么也不思念,忘记了一切痛苦和忧伤。这种享乐是以无能为力为基础的。实际上,享乐是一种逃避,但是不像人们所主张的逃避恶劣的现实,而是逃避对现实的恶劣思想进行反抗。娱乐消遣作品所许诺的解放,是摆脱思想的解放,而不是摆脱消极东西的解放。"①

可是,《启蒙辩证法》的一系列观点终于引起了异议。人们的疑问是——这些观点是否过于悲观了?作者将大众视为一个整体,大众只会无所作为地待在指定的位置,毫无抵抗地听从种种俗气的文化产品发出指令。这是否低估了大众内部隐藏的能量?消费的意义是否仅仅是一种"社会水泥"?另一方面,作者对于娱乐的谴责是否过于狭隘——娱乐是否完全等同于精神麻痹?总之,这种批判背后是否隐藏了精英主义的立场和家长式作风?对于大众的蔑视和厌恶是否成了维护所谓"高雅文化"的借口?追溯这些观点背后的理论预设时,一些理论家甚至认为,霍克海默与阿多诺恰恰陷入了技术决定论的圈套。他们心目中,技术的能量如此之大,以至大众再也不可能从电子传播媒介那里索回他们的民主权力。②

如果摆脱《启蒙辩证法》的理论预设而考察大众的构成,人们不得不回到特定的历史语境——在特定的历史语境之中考察"大众"成员以及大众与权力集团的相对关系。因此,"大众"的内涵和意义不是本质主义的事先设定。大众并非注定是文化工业的合格消费者;他们或许有出其不意的发现,或许扰乱了文化工业标准化主题的前提。20世纪上半叶,"大众"

---

① 〔德〕霍克海默、阿多诺:《启蒙辩证法》,洪佩郁等译,重庆出版社1990年版,第135—136页。
② 〔美〕马克·波斯特:《第二媒介时代》,范静晔译,南京大学出版社2000年版,第9—12页。

是中国历史语境之中的关键词之一。"劳苦大众"、"工农大众"、"人民大众"——这些概念均是"大众"的派生。五四运动之后,贵族与封建文化共同遭到人们的唾弃,"民众"、"平民"、"大众"成为知识分子启蒙的对象。这个概念"似乎天然具有的道义优越性并和知识分子的社会良知和社会责任感密切相关;同时,无论启蒙、教育还是革命,知识分子一次次接近大众的努力背后都有一个对民族国家的想象。无论在何种意义上,大众都是未来的社会主体。"这里所谓的大众是革命的资源和主力军——即使在数量的意义上。现今人们所定义的"大众文化"更像是被左翼和进步知识分子严厉批判的鸳鸯蝴蝶派,鸳鸯蝴蝶派的享用者更多地被命名为"小市民"。[1] 可以看到,这个历史时期的"大众"并未被想象为商业和娱乐业的盟军。

雷蒙德·威廉斯曾经指出,都市化和工业生产形成的劳动关系均是大众观念形成的重要原因。许多人对于这个群体没有好感:"群众成为乌合之众的新名字,并且在词义中保留了乌合之众的传统特征:容易受骗,反复无常,群体偏见,兴趣和习性低级。根据这个证据,群众形成了对文化的永久威胁。"雷蒙德·威廉斯认为,这是贵族的精英主义对于大众的蔑视,尤其是文化的蔑视。大众不是无知的群氓,人们没有理由阻止大众对于种种传播媒介的兴趣,正当的做法是让大众在广泛的接触之中进行自己的选择。[2] 如同雷蒙德·威廉斯一样,另一批理论家对于大众保持了乐观的估计。约翰·费斯克强调,大众并非一个"稳定的概念","仅就'人民'是个合理的概念这一点而言,应该将其视做不断变化的、相对短暂的诸多构形的联合。"他们可能发展出多种多样的反抗形式。斯图亚特·霍尔在一篇访谈录之中表示,沉默的大众真正在思考,只不过我们剥夺了他们发表的工具。事实上,他们作为一种"被动的"历史、文化动力而持续存在。[3] 这个意义上,大众是活跃的政治主体;他们的能量并没有被文化工业的生产与消费模式封锁。

---

[1]　吴晓黎:《作为关键词的"大众":对二三十年代中国相关讨论的梳理》,《思想文综》四,暨南大学出版社1999年版。

[2]　[英]雷蒙德·威廉斯:《文化与社会》,北京大学出版社1991年版,第377、397页。

[3]　[美]约翰·费斯克:《大众经济》,见罗钢、刘象愚主编《文化研究读本》,中国社会科学出版社2000年版,第228页;[英]斯图亚特·霍尔:《后现代主义与接合理论》,《思想文综》四,暨南大学出版社1999年版。

　　大众所热衷的娱乐也不是一无可取。诚如一些理论家所看到的那样,娱乐不仅是一种现实的逃避;娱乐所包含的乌托邦主义同时是对于现实的质疑和代替。尽管娱乐没有明确地对阶级、种族以及性等级制度予以批判,但娱乐是一种渴望冲出现存结构的冲动。① 例如,武侠影片之中的"江湖"是一个虚幻的空间,但是,这个虚幻空间的快意恩仇又反衬了现实的乏味。如果大众的能动性并未泯灭,那么,大众文化的流通过程可能产生种种不可预知的意义。分析了一批经验性的研究材料之后,汤林森对于大众给予积极的评价:"观众比我们想象的还要来得主动、复杂而有反省批判的能力,此外,他们的文化价值对于外来文化的操纵与'入侵'之抗拒能力,也比许多媒介批判家的想象高了许多。"②

　　费斯克在更为广泛的领域论证了相似的观点。费斯克表示,他不赞同一个普遍的看法:"资本主义文化工业仅只生产各种不同的产品,其多样性最终是一种幻觉,因为它们都在促进同一种资本主义意识形态。"在他看来,统治阶层与大众的多元利益和矛盾价值可能在同一种文化商品之中相遇。相对于财经经济,费斯克提出了"文化经济"的概念。文化经济"交换和流通的不是财富而是意义、快感和社会身份"。后者在很大程度上发生于大众的消费之中,因而是资本的运作无法事先控制的。大众可能利用文化工业的商品生产"抵抗性意义和快感",用霍尔的话说,大众可以采用自己的解码方式。电视即是这种双向权力的典型。大众建构了文化作品的多种不可指定的意义,制造了符号的多声部性质。这即是成功的抵抗形式。的确,许多文化工业的作品提供的是一种逃避。但是,逃避或者幻想包含了反抗的意味。许多通俗文化乃是幻想的"激发器"。如果某种作品是一种开放性的生产性文本,它就会破坏所谓的"同质性":"因为要达到大量多样的观众,那就必须在读物中允许大量的文化多样性,从而提供充溢的符号以供接受这些符号的亚文化商榷,以便产生它们的意义,而不是播送者选择的意义。"所以,不像

---

　　① [美]理查·戴尔:《娱乐和乌托邦》,《思想文综》四,暨南大学出版社 1999 年版;[美]弗·詹姆逊:《大众文化的具体化和乌托邦》,《快感:文化与政治》,王逢振等译,中国社会科学出版社 1998 年版。
　　② [英]约翰·汤林森:《文化帝国主义》,冯建三译,上海人民出版社 1999 年版,第 97—98 页。

阿多诺那样,费斯克认为市场意义的成功不一定是文化意义的失败:"文化商品的经济根源不能说明它在被接受的时间和地点的文化使用价值,也不能控制或预测它所能激发的意义和快感的多样性。"① 这个意义上,费斯克具体地阐述了电视"文本"的三个层面以及观众介入的主动程度:

> ……首先电视屏幕上有一个基本文本,它被文化工业所生产,且务必看成是工业总体生产的一部分。第二,有一个潜层次的文本,也是被文化工业所生产,尽管有时为文化工业的另一部分所生产。这些包括观众演播室,电视批评和评论、有关演出和影星的特写、闲谈专栏、发烧友杂志等等。它们可以表明,原初文本的潜在意义是怎样被不同观众或亚文化所激活的、是怎样转换为它们自己的文化的。在文本性的第三个层次上是观众自己生产的文本:他们对电视的谈论,他们写给报纸或杂志的信,他们在生活中对电视所引导的服饰、言谈、举止及至思考的采纳。②

这个意义上,电子传播媒介与大众的遇合可能演绎出种种意想不到的故事。这些故事突破了主导意识形态和标准化文化工业产品的指定区域而产生奇异的后果。台湾的陈进兴案件报道是一个有趣的例证。陈进兴系台湾白晓燕撕票案主犯。在逃期间,他潜入南非武官官邸,绑架了武官全家为人质。这时,台北的所有电视传播媒介均到达现场,主持人在直播间与陈进兴通了电话,进行了长达数小时的现场采访。陈进兴用枪威胁着人质,一边看电视实况转播,一边在电话里言辞恳切地为自己辩护。这个直播间成了陈进兴的个人讲坛。事后的观众调查表明,一些观众认为陈进兴不够英雄,没有实践自杀的诺言;一些观众因为没有看到理想的高潮而感到失望;另一些观众觉得陈进兴颇有人情味,因为他爱自己的太太和孩子。③ 事实上,这种报道的影响和波及面是不可预测的。这可能制造前所未有的收视率还是引起失控的

---

① [美]约翰·费斯克:《大众经济》,见罗钢、刘象愚主编《文化研究读本》,中国社会科学出版社 2000 年版,第 227、230、233、239、240、242 页。

② [美]约翰·费斯克:《英国文化研究和电视》,《重组话语频道》,麦永雄、柏敬泽等译,中国社会科学出版社 2000 年版,第 286 页。

③ 这个事件的介绍可见吕新雨:《媒体的狂欢》,《读书》2000 年第 2 期。

狂欢？对于控制的主题而言,电子传播媒介与大众能动性之间产生的变数始终是一柄难以掌握的双刃之剑。

六

电子传播媒介,文化的生产与消费,主导意识形态,欲望和利润,这些因素之间的关系业已交织成一个复杂的网络。多重的权力关系正在这个网络之中不懈地角逐。在我看来,启蒙与专制、主导意识形态与市场自由主义之间相互关系的考察乃是认识电子传播媒介的症结所在。这些关系具有决定性的意义。

迄今为止,这已成为许多人共同认可的结论:大众传播媒介的发达与文化民主是一枚硬币的两面;或者可以说,前者时常是后者的必要条件。知识与信息垄断的破除即是启蒙的发轫。这个意义上,电子传播媒介对于民主的历史功不可没。对于不发达的第三世界国家说来,开启民智的意义远远超过了文化工业导致的副作用。所以,徐贲甚至认为,法兰克福学派对于文化工业的批判游离于中国的历史语境:

> 在欧洲,民族国家和以启蒙思想为基础的经典文化远在文化工业出现之前就已经奠定。欧洲的现代化进程也在文化工业兴起之前业已完成。在这种情况下,文化工业的兴起成为资产阶级上流文化,也就是现代经典文化的威胁力量。在许多第三世界国家里,其中包括中国,情况就完全不同。现代化是随着电视而不是启蒙运动走向民众的。以媒介文化为代表的现代大众文化和社会启蒙、工业化和现代化是同步发展的。中国传统的士大夫文化在新文化运动的冲击下,早已失去了经典传统文化的权威。新文化正是打着民众文化的旗帜崛起的。在中国,新文化的成就和权威都无法与启蒙传统的经典现代文化在欧洲的地位相比。群众媒介文化与中国新文化的关系也就远没有它与欧洲经典文化那么紧张和对立。在中国,启蒙运动从来没有能像媒介文化那么深入广泛地把与传统生活不同的生活要求和可能开启给民众。群众媒介文化正在

广大的庶民中进行着"五·四"运动以后仅在少数知识分子中完成的现代思想冲击。在这个意义上可以说,群众媒介文化在千千万万与高级文化无缘的人群中,起着启蒙作用。当然,这种启蒙作用和由精英监护的启蒙是不完全相同的。①

　　然而,即使赞同这种历史描述,人们仍然可以提出一个后续的问题:制造了新启蒙的电子传播媒介会不会在某些时刻走向自己的反面,成为一种新的专制权力? 人们甚至可以进一步论证,这种危险一开始就潜伏在那里,几乎与启蒙联袂而行。人们对于电子传播媒介的公正性几近苛求,恰恰是因为电子传播媒介的威力无可比拟。人们已经有过不计其数的教训:没有限制的威力时常是独裁的温床。今天,电子传播媒介在许多场合取代了传统的领袖。电子传播媒介发出号召,颁布权威消息,预测明天的历史,并且不失时机地与民同乐。对于电子传播媒介说来,传统领袖从事演说的广场已经扩大到全世界。某种程度上,人们信赖电子传播媒介并不亚于信赖领袖。他们的仰视目光转向了电视屏幕和收音机。全球化的现实时常将人们抛入某种陌生之境;此刻,电子传播媒介主宰了人们的信息来源,成为导演大众的实际领袖。尽管观众或者听众之间互不谋面缓和了集体性的狂热,但是,电子传播媒介的召集和动员仍然极为有效。勒庞的大众心理研究发现:形成群体的大众易于接受暗示,他们的理性急剧衰退而更多地坠入形象思维;大众无暇分析矛盾,辩明疑虑,他们更乐于注目夸张的、极端的感情,关心种种神奇的事件;严谨的论证对于大众无济于事,重复某些简单的词句和意象是说服大众的卓有成效的方式。② 这时人们可以看出,电子传播媒介恰如其分地充当了大众心理的引导者。种种混乱或者无序之中,收音机或者电视机里的意见无疑会得到最大程度的重视。弗洛伊德按照他的逻辑推断说,集体心理的凝聚力源于"父亲—领袖"的恐惧和膜拜③;现在,"父亲—领袖"化身为种种电子产品而无远弗届了。从主持人、导演、演员到制片人、剪辑、摄像、美工,所有与电

---

　　① 　徐贲:《走向后现代与后殖民》,中国社会科学出版社 1996 年版,第 249—250 页。
　　② 　[法] 古斯塔夫·勒庞:《乌合之众:大众心理研究》,冯克利译,中央编译出版社 2000 年版。
　　③ 　[奥] 西格蒙德·弗洛伊德:《集体心理学和自我的分析》,《弗洛伊德后期著作选》,林尘等译,上海译文出版社 1986 年版。

子传播媒介有关的人员都拥有一份超额的权力。只有他们是说明世界真相的使者。如果这些人与他们手里的机器均从属于某一个庞大的权力体系,电子传播媒介制造的启蒙会不会进入另一个陷阱?

考察电子传播媒介的运行模式,人们会迅速地察觉权力体系的存在及其强大的支配。电子传播媒介的运行包括两种常见模式。第一,电子传播媒介被视为国家机器的一个组成部分。国家负责电子传播媒介的投资和管理,电子传播媒介自觉地充任政府的舆论工具。尽管电子传播媒介可能某种程度地容纳娱乐节目,可是,维持现有体制的经济、社会、政治、宗教、文化始终是第一要义。这时,电子传播媒介从不回避它们对于国家权力的遵从。它们的存在是为了更加有效地宣传国家的声音。相对而言,第二种运行模式是将电子传播媒介视为某种必须赢得利润的产业。电子传播媒介所传送的符号即是一种商品。无论是造价昂贵的电影"巨片"、没完没了的电视肥皂剧还是独家采访的秘闻、故作噱头的"欢乐总动员"或者电子游戏机之中历尽险阻的过关斩将,票房价值与收视率乃是电子传播媒介终极目标。文化工业是这种运行模式的必然产物。市场经济体系的确立终将为这种模式提供远大的前景。然而,如果以 20 世纪末期中国社会文化的演变作为观察的例子,人们没有必要泾渭分明地分离两种模式——人们更多地看到了两种模式的交错、衔接和过渡。

许多人的心目中,上述两种运行模式可能产生激烈的观念冲突。权力是对于个体的控制;市场的自由主义是对于权力意志的解构。这个意义上,市场时常被赋予解放的涵义。强制性的配送无法换取消费者的货币,市场即是允许消费者根据自己的意愿自由购买特定的符号制品。虽然人们的"需求"体系逃脱不了各种意识形态的隐蔽操纵——虽然掌握市场的时尚以及形形色色的文化资本构成了另一批无形的栅栏,但是,市场至少保证了消费者的自由选择。换言之,第二种运行模式的权力只能潜在地寓于商品形式之中。在我看来,现今必须意识到另一种情境:某些时刻,上述两种运行模式可能汇为一炉——权力可能在某些时刻谋求与市场利益共享;市场可能在某些时刻仰仗权力的庇护拓展规模。经过巧妙的包装和运作,某些主导意识形态的观念可能与市场机制融洽无间。我的记忆之中, 1997 年 6 月 1 日香港艺人柯受良飞越黄河壶口的电视现场直播即是一个典型的个案。

柯受良对于驾车飞越种种障碍物的爱好可以形容为冒险精神的体现。这象征了人类向大自然重力的勇敢挑战。然而,电视为首的一系列传播媒介加盟之后,这已经成为一个文化工业创造的神话。265 米的跑道,性能卓越的白色三菱越野跑车,这个世纪科技制造出来并且经过精心测算的速度,卫视中文台 1500 万的赞助费,反复试飞制造的悬念,卫视中文台、中央电视台、陕西电视台、中国黄河电视台的联袂现场直播,现场竖立的一块大屏幕电视墙与造价 200 万元的巨型演出台,千余人表演的宜川胸鼓、安塞腰鼓和太原锣鼓,大批歌星同台献艺,以柯受良小名命名的"小黑子"纯净水作为相关产品隆重推出,计划出售定价 50 元的门票 5 万张,最后——也是压轴的关键一笔——据说这一切是为了迎接香港回归大陆。① 或许,人们无法从任何一个传统的神话之中分析出更多的代码:冒险,英雄,美女,荣誉,科技,商业,民族情绪,爱国主义,如此等等。精心策划之下,电子传播媒介终于将一项无足轻重的个人冒险纳入主导意识形态,并且制作为影像符号的商品供给不计其数的观众消费。无论怎么说,这一个案显示了电子传播媒介两种运行模式亲密合作的可观前景。或许人们可以将这种个案视为一个重要的迹象:如果电子传播媒介变成了现代科技撮合之下权力和资本融为一体的产物,那么,任何个人都无法撼动它的坚固结构。

毫无疑义,电子传播媒介渴望大众的拥戴,这是电子传播媒介存在的理由和条件;但是,这并不能证明,电子传播媒介给出的必定是大众所需要的。大众对于电子传播媒介忠心耿耿,大众已经无法想象取缔电子传播媒介的日子;但是,这同样不能证明,大众必定被训练为某种没有任何个性的零件。这两个推论之间隐藏了许多分歧、转折的可能。所有与电子传播媒介有关的人无不按照自己的目的竭力实现其中的某种可能。可以肯定的仅仅是,电子传播媒介与大众之间的辩证关系已经成为现今文化地图的重要坐标点。

----

① 　对于柯受良飞越黄河壶口瀑布的深度报道可参见孙健敏:《是"英雄壮举"还"商业刺激"》,《文汇报》1997 年 5 月 31 日。我想说明的是,这里的英雄壮举与商业刺激恰恰是二位一体的。作为这个事件的余波,诸如摩托车、自行车飞越黄河之类因为缺乏政治性主题而没有得到传媒的同等待遇。

文化先锋、文学性与日常生活

一

　　文学仿佛已经从文化先锋的位置撤离，20 世纪 80 年代的种种文学革命谢幕多时。通俗音乐、小品表演、无厘头喜剧、动漫产业、数码技术制作的电影大片、世界杯足球战况……巨大而嘈杂的声浪背后，惶惑与焦虑再度泛起。大众文化正在占据前沿，鄙俗、粗糙同时又生机勃勃。文学逐渐退出了跑道，甚至销声匿迹。这是现代性的必然结局吗？收到的答复似乎愈来愈不乐观。当"现代性"开始命名某一个历史阶段的特殊性质时，文学很快接收到这种性质制造的巨大震荡，并且为之深刻地调整。每隔一段时间，历史就会不失时机地抛出悬念：是否存在文学踞守的某种独一无二的文化空间？现在似乎又到了重新论证的时候。

　　这肯定是由来已久的理论冲动：描述某种普遍的、不可替代的文学特征；提交一个恒定的结论，彻底摆脱反复无常的历史纠缠。漫长的权衡之后，"文学性"终于成为众望所归的概念。"文学性"意味的是文学之为文学的品质，不可复制。相当长的时间里，置身于经史子集构成的传统文化内部，文学始终处于后排。激进的革命时代开启之后，文学时常以革命的工具自居。许多事实证明，这些观念限制甚至冻结了文学的潜能。20 世纪 80 年代，这些观念陆续遭到了清算，文学力图卸下种种额外的社会学枷锁，返璞归真。

文学即是文学,而不是另一些观念——无论是古人所说的"道"还是现今津津乐道的某种"主义"——的替身。这就是"文学性"力图承担的内容。

当初恐怕没有多少人料想到,何谓"文学性"居然是一个久攻不下的难题。无论是"诗言志"、"文以气为主"的古典命题还是形式主义、结构主义的大型理论战役,诸多著名的论断总是由于文学的变幻莫测而相继落空。迄今人们还无法写出文学的终极公式。一个精确的、无懈可击的文学定义几乎无望问世。文学的"本质"是什么? 这种本质主义的提问陷于僵局。相形之下,另一个奇怪的事实反而愈来愈显眼:文学定义的再三涂改乃至撤消并未扰乱通常的文学鉴别。如今,一部诗集或者一册小说不会轻易地和哲学著作、经济学著作或者物理、化学著作混淆起来。"我们正在上自习,忽然校长进来了,后面跟着一个没有穿学生装的新学生,还有一个小校工,却端着一张大书桌。正在打瞌睡的学生也醒过来了,个个站了起来,仿佛功课受到打扰似的。"这是《包法利夫人》的开始。人们几乎可以即刻做出判断:没错,这就是文学。个人视角,表象,细节,日常生活的气息,这一切无疑是文学家族的基本肖像。

"日常生活"——是不是到了聚焦这个概念的时候了? 尽管"日常生活"的涵义空泛而模糊,缺乏醒目的狂飙突进风格,但是,这个概念隐含的潜力可能突然开启一个近在咫尺的理论空间。许多人看来,现在是一个令人茫然的时刻。激进文化正在陷入低潮,众多歧途隐约莫辨。炽烈的革命历史余热未尽,商品与市场意识形态方兴未艾;现代主义意外地成为经典进入博物馆,貌似兴高采烈的后现代主义似乎方向不明。众多声名显赫的概念不再充当文化批判的理论后盾,哪一个领域还贮藏了撼动历史的能量? 日常生活即是在这个节点缓缓浮现,文学与日常生活的关系突然显示出非凡的分量。当"日常生活"被视为"文学性"的特殊注释时,这个事实的意义可能超出了文学。①

显然,日常生活的内容、边界、性质均无法精确地界定。分散的意向,纷杂而且数量众多的例行事务,琐碎的欲望和物质生活景象,种种家长里短,接

---

① 前一个时期,日常生活的审美化曾经得到广泛的讨论。必须指出的是,我并非在这个理论脉络之中考察日常生活问题。

二连三的偶然事件,总之,日常生活泥沙俱下。在阿格妮丝·赫勒看来,日常生活的意义在于保证"个体再生产"——"个体再生产"显然是"社会再生产"的前提。"这种'每一天都发生'的无条件的持续性,是一组日常活动的特征。这是我们的生活方式的生存基础。"① 因此,日常生活之中充满了重复性的思维与实践,实用主义成为普遍遵循的原则。潜入日常生活的洪流,无数细节放大之后的表象、声响、气味、纹理扑面而来,直击个体的感官。通常,巨大的历史景观来自集体行为,日常生活的细节由个人独自承担。这些细节是个人掌控的一个个生活单位,烙上了独特的个人印记。因此,"个人"与"细节"时常成为日常生活的基本词汇。个别杰出人物曾经在历史上建功立业,但是,他们仍然拥有历史之外的日常生活。"日常生活总是在个人的直接环境中发生并与之相关。国王的日常生活范围不是他的国家而是他的宫廷。所有与个人及其直接环境不相关联的对象化,都超出了日常的阈限。"② 相对于历史上种种崇高的精神企图,一望无际的日常生活显得细碎、单调、风尘仆仆;日复一日,本能的餍足驱逐了远大的理想,纷扰的世俗泥淖如何诞生出深刻的主题?

　　按照特里·伊格尔顿的观点,西方的宗教曾经成功地将事实与价值、平凡无奇的日常生活与具有终极精神意义的事件联系在一起,然而,宗教衰退之后的"文化"无力衔接二者。③ 这时,种种形而上学观点与日常经验之间出现了脱节。终极、神圣与起居饮食不再交汇。相对而言,儒家学说并未将遥远的创世说或者天堂、地狱作为思想的始发站。儒家学说保持了入世的传统,日常生活始终没有滑出视野之外。"未知生,焉知死?"孔子及其弟子们的兴趣主要指向了社会,指向了日常的人伦关系。"内圣外王"是哲学修养与社会活动之间的联结。这甚至是中国哲学的普遍特征:"在中国哲学里,无论哪派哲学,其哲学思想必然也就是它的政治思想。这不是说,中国各派哲学里没有形而上学、伦理学或逻辑,而是说,它们都以不同形式与政治思想联系在一起。"④

---

① 　[匈]阿格妮丝·赫勒:《日常生活》,衣俊卿译,重庆出版社1990年版,第3、6页。
② 　同上书,第7页。
③ 　[英]特里·伊格尔顿:《理论之后》,商正译,商务印书馆2009年版,第95—96页。
④ 　冯友兰:《中国哲学简史》,新世界出版社2004年版,第8页。

"道在屎溺",微末的日常生活仍然由某种高尚的价值予以控制。

儒家学说什么时候开始式微? 日常生活什么时候遭到了理论的放逐? 这如同一场文化地震的后果。历史在剧烈的震动、摇晃之后开始重新稳定,社会逐步交给另一些知识管理。现今,这些知识通常称之为社会科学。华勒斯坦认为,社会科学大约从 16 世纪开始逐渐成熟。[①] 这显然是现代性制造的一个附带事件。政治学、经济学、社会学、法学以及历史学、宗教学等诸多学科分疆而治,秩序井然。从学院的建制、知识分子的类别到图书馆目录系统,"学科"提供了现代知识的基本分类,继而为世界的切割、分层提供了依据。尽管如此,这一幅文化图景辖区有限——没有一个学科容纳得下日常生活的混沌洪流。等待出租车的焦灼归入社会学还是法学? 餐桌上的夫妻拌嘴属于经济学还是政治学? 睡觉时的鼾声,地铁站的道听途说,厨房窗框上的油污,某幢高楼的暗影里传来一声呻吟——这些日常生活的碎屑适合贴上哪一个学科的标签? 通常,这是各种理论术语搁浅的时刻。由于清晰、单纯、确定,这些术语无法处理许多支离破碎的日常经验,各个学科的框架相继失效。当然,这并未带来多少焦虑。许多人武断地认为,理论术语无法处理的经验多半是没有价值的经验。日常生活仅仅是低贱和无聊的;各种肤浅的细节掠过感官,旋生旋灭。每一个学科均负有庄严的使命,理论没有必要将精力浪费在如此低级的领域。

众多学科扬长而去的时候,文学应声而出,欣然认领了日常生活。文学从未像今天这样接近日常生活。从一个人物的抽烟姿态到屋檐上的滴水,从街头小贩的吆喝口气到草原上一只牧羊犬的奔蹿,奇特的肖像,有趣的对白,血腥的格斗,微妙的眼神——总之,文学慷慨地接纳了众多学科不屑地遗弃的各种景象。这时的日常生活不再是普通语言之中的一个概述性语汇;按照柄谷行人的观点,这是作家改变了"认识装置"之后赤裸地撞入眼帘的生活现状。[②] 日常生活始终存在,但是,文学对于日常生活持久的正面注视是一个意味深长的转向。

---

① ［美］华勒斯坦等:《开放社会科学》,刘锋译,生活·读书·新知三联书店 1997 年版,第 3 页。

② ［日］柄谷行人:《日本现代文学的起源》,赵京华译,生活·读书·新知三联书店 2003 年版,第 9、22 页。

二

列菲伏尔认为，没有理由轻蔑地将日常生活拒之门外。昔日的革命仅仅重视政治和经济，重视社会的解放；微观世界的革命、日常生活的批判以及个人解放遭到了普遍的忽视。然而，异化已经全面地笼罩了生活。日常生活的异化之网严重地窒息了人们的本能、创造性和革命性。资本主义社会，与阶级统治并存的是一个心理和精神的压抑体系，这种压抑表现在家庭、婚姻、民族和日常生活的各个领域。资本主义的社会关系不仅是市场的产物，而且源源地在市民家庭的日常生活之中生产出来。因此，日常生活必须是革命实践的中心。关注日常生活并不是认同平庸，而是"用一种非平庸的看法来看平庸"。列菲伏尔的心目中，日常生活的批判有望突围——有望"从不可能中找出可能来"，继而"让生活变成一件艺术品"。① 从日常生活的批判到日常生活的能量解放，文学深刻地包含了上述双重性。

通常认为，日常生活缺乏历史的重大主题。两个阶级阵营的殊死搏斗，一场战役惊心动魄的全景，数千个亿资金的流向，国家政治体制的设计，某一个族群的政治文化待遇，一项法律条款的激烈辩论——如此重大的历史事件似乎不可能完整地塞入日常生活。文学仅仅收容了一些鸡零狗碎的故事：个人的特殊遭遇、恋情、怨恨、感叹、勾心斗角，如此等等。这显然是一种草率的想象。撼动历史的重大事件并非少数人起草的一纸空文，亦非账本上的数目或者法律著作之中的条款规定。所谓的重大事件必将融入日常生活，分解至众多个体，甚至交付每一个人承担，继而派生出无数的恩怨情仇。这即是文学分享历史主题的方式。某些时候，文学显示的是日常生活如何承接历史主题的重量；另一些时候，文学显示的是日常生活如何成为历史主题的策源地。文学的确热衷于杯水微澜，庸常人生，仿佛固执地回避各种显赫的观念，例如民族，国家，社会，或者压迫与解放，善与恶，崇高、壮烈与恶毒、奸诈。然

---

① 陈学明等编：《让日常生活成为艺术品——列菲伏尔、赫勒论日常生活》，云南人民出版社1998年版，第35—36、60、73页。

而，人们没有理由低估文学的意义。相对地说，文学关注的焦点是，这些观念的哪一部分内容正在遭受日常生活的侵蚀、截留、消耗、瓦解、改造，甚至滞留在遥远的理论之域；哪一部分内容无声地抵达日常生活的幽微末梢，融会贯通，演变为无数社会成员的贴身习惯。因此，文学叙述的压迫与解放或者善与恶，通常拥有微型同时又变化多端的具体形式——这一切无不潜入日常世界的每一个角落。这时，日常生活不再是填充故事骨架的附加材料；日常生活内在地植根于故事，执拗地干预、矫正或者扭转故事的方向，注释故事的必然性，甚至强硬地坚持自己的故事逻辑。某些惊险的武侠小说或者浪漫的爱情故事慷慨地甩下了繁杂的庸常琐事，各种人物如同投身一个没有重力的世界。然而，只要返回坚硬的地面和人声鼎沸的街头，这些轻佻的幻想通常弱不禁风，一触即溃。

　　植根于日常生活，文学从未自惭形秽——文学意识到日常生活积聚的分量。为什么文学远比社会学或者经济学具有撼人心魄的能量？为什么文学的社会动员之效远远超过了哲学或者政治学，以至于成为许多革命家钟爱的传播工具？日常生活显然是一个谜底。文学记录的日常生活并非各种观点的支持例证。"得鱼忘筌"或者"见月忽指"这些成语表示，各种观念的论证完成之际，亦即日常生活黯然退场之时。然而，文学毋宁说恰恰相反：日常生活细节才是动人心弦——包括激动众多理论家——的真正源头。日常生活并非一个透明的、无足轻重因而可以忽略不计的区域；按照吉登斯的说法，这里上演的各种剧目可以称之为"生活政治"。理想的蓝图，政治纲领，某种社会制度的构思，历史形势的评判——总之，观念占有的生活份额相当有限。人们无法援引各种观念轻易地驯服、收编日常生活。日常生活的无数细节潜藏了巨大的内在惯性，足以与各种显赫的"主义"形成或强烈或微妙的紧张。如果一个时髦的历史主题迫使作家仓促上马，迎合某种宏大叙事，日常生活提供的众多细节将产生种种反向的惰性，阻止叙事轻松地抵达预设的终点。多数时候，人们的生活感觉来自一丈之内发生的事情。压抑还是自由，快乐还是沮丧，满足感还是挫败感，身边的日常经验显然是首要的证据。完善的政治体制不能弥合妯娌之间的嫌弃，相同的阶级关系未必保证邻里和睦。即使一辈子投身于理论著述，重重叠叠的观念仍然无法替代琐碎的日常生活。纯粹的"理念人"并不存在,每一个人的生活无不携带一圈厚厚的日常经验。哲学教授纵论"本体"或者"形而上学",可是,情人的微笑仍然是魂牵梦萦的意象;经济学家擅长各种分析金融形势的数学模型,然而,他还是可能在菜市场讨价还价的时候失态地大动肝火。换言之,日常生活远比观念易于涉及继而触动雷蒙·威廉斯所形容的"感觉结构"(structure of feeling)。在雷蒙·威廉斯看来,"感觉结构"埋藏在生活内部,无法依靠几个简单的理论术语提炼或者概括,只能在活跃的、枝蔓丛生同时又浑然一体的日常经验之中显现。① 当然,相对于观念阐述的普遍性理论命题,日常生活仅仅是一个可视的局部。但是,由于文学形式的有效组织,日常生活提供了一种感官可以洞悉的微型政治学或者社会学——能量巨大的情感经验始终与感官的认可息息相关。纯粹的思辨仅仅是书斋里的智力训练,只有身心合一的激情才可能带来真正的革命行动。情感经验从来不会因为感官的有限性而收敛自己的影响范围。相反,由于同情、自居、换位、移情、推己及人等一系列心理装置交错地秘密策动,个体的情感经验可以转瞬之间形成燎原之势。

很大程度上,文学的"真实"必须纳入日常生活范畴。左拉曾经相信,没有人会听错真实的声音。然而,这毋宁说是日常生活之中的真实感。对于哲学说来,"真"是一个令人困惑的难题,许多人迷失于思辨的歧途;科学认定的"真"时常抛开了感官的鉴定,地球是圆的或者弯曲的时间——诸如此类的命题犹如对于感官的挑衅。相形之下,文学收缩到一个小小的局部命题。文学企图保证的仅仅是,感官在日常生活之中体验的"真实感"。所谓的"真实感",即日常生活的稳定性。各种细节、气氛、物质形象是可信的,常识并没有崩塌;一切按部就班,人们可以心安理得地信赖种种现存的秩序。虚构是文学的一个特权。然而,文学的虚构承诺,无中生有的想象不能冒犯"真实感"。即使夸饰如李白的"白发三千丈"、"燕山雪花大如席",神奇如《西游记》的百变孙悟空,怪异如《神曲》之中的层层地狱,魔幻如《百年孤独》之中的一座村庄乘风而去,这些景象仍然处于感官可解的区域。某些时候,

---

① [英]雷蒙德·威廉斯:《马克思主义与文学》,王尔勃等译,河南大学出版社 2008 年版,第 136—144 页;刘进:《文学与"文化革命":雷蒙·威廉斯的文学批评研究》,巴蜀书社 2007 年版,第 385—401 页。

哲学或者科学可能借助"真"的名义肢解"真实感":思辨或者实验室可能导出某种不近情理的命题,各种危言耸听的结论刊登在专业性的学术刊物上。然而,只要没有侵扰日常生活,人们通常漠然地听之任之。文学亦是如此。只有当某些文学的想象和虚构硌痛了人们的感官,扰乱了日常生活,这才导致"真实感"的毁弃。如果卡夫卡骇人听闻地通知:一个人可能在某一天早晨突如其来地变成了甲虫;如果《黑客帝国》揭发一个可怕的事实:一个社会的所有见闻无非计算机虚拟的幻象,那么,人们将急剧地坠入巨大的不安。日常生活隐藏了如此可怖的怪异,人们只能做出贫乏的反应:"不真实"。"不真实"之感如同一种特殊的精神症候——丧失日常生活护佑所引起的慌乱。

三

宗教与日常生活的衔接,各种仪式产生了举足轻重的作用。仪式是一种凝聚——从情感、精神到天南海北的信众;另一些时候,仪式还负责召唤鬼神,提供奇迹诞生的环境。进入某种仪式,日常生活与奥妙的神谕彼此呼应,心领神会。仪式肯定令人联想到文学形式。由于文学形式的提炼、聚合,日常生活突然显出了意味深长的一面,种种哲理、洞见电光石火般地闪现在世俗的细节之间。

尽管二者的类比理由充分,但是,二者之间的微妙差异不可忽视。宗教仪式的意图是引渡信众尽快地超脱日常生活,甩下世俗的辎重,轻盈地上升至教义描述的澄明之境。换言之,杂乱的日常生活是宗教力图褪下的多余外套。宗教的经典之作很少纠缠繁琐的细节。埃里希·奥尔巴赫的《摹仿论》曾经细致地比较荷马史诗和《圣经》的叙事风格:"对于荷马诗篇来说,感官生活的愉悦就是一切,其最高追求就是让我们体验这种愉悦。"相反,"感官性的魅力不是圣经的意图所在",后者"只突出对于行为目的有用的现象,其余的一切都模糊不清"。换一句话说,《圣经》要求人们"将自己的现实忘掉几个钟头",恭敬地服从宗教的主题。① 神话是宗教与文学的过渡,神

---

① ［德］埃里希·奥尔巴赫:《摹仿论》,吴麟绶等译,百花文艺出版社 2002 年版,第 13、14—15、12、17 页。

话已经比宗教经典接近日常生活。尽管如此，大量神话的叙述风格十分简约，许多人物突如其来地出现，突如其来地消失，故事内部的因果关系并不严谨。神话强调的仍然是凌驾于日常生活之上的一种神秘力量，这种力量是日常生活逻辑无法解释的。相对地说，成熟的文学形式主动地守护日常生活的完整。文学从未因为追逐天际的高妙之见而舍弃四周的人间烟火。俄国形式主义提出了著名的"陌生化"之说，这是一个富有潜力的命题。"陌生化"包含了对于日常生活的多重辩证：退出日常生活，目的是重启洞察日常生活的兴趣；洞察日常生活，目的是剥下日常生活的庸俗躯壳，解放内在的活力。这时，自由、超越和反抗不再是空洞的观念，而是活跃在感官洞悉的范围之内，继而成为行动。所以，文学形式意义在于，截取某些日常生活的细节，形成一个有机整体。有机整体意味了凝聚起日常生活内部隐藏的各种能量，显示出自足意义。这时可以说，文学的日常生活有权利抵制各种观念随心所欲的编辑和粗暴的割裂。

这决定了文学形式的双重功效：一是提供一个闭合的结构；二是维持闭合结构的基本材料是日常生活细节。亚里士多德的《诗学》规定："悲剧是对于一个严肃、完整、有一定长度的行动的摹仿。"所谓"完整"，即始于不必上承他事的发端，终于无须他事后继的结局，这个过程的各个部分紧密联系以至于不可删削挪移。① 这显然可以视为叙事话语闭合结构的雏形。到了罗兰·巴特的《叙事作品结构分析导论》，叙事话语的闭合结构已经相当繁杂。从功能层、行为层到叙述层，每一个层次的单位归并到高一级的层次之中产生意义。② 如果说，始于亚里士多德的考察可以宽泛地称之为——借用 A.J.格雷马斯的术语——"叙述语法"，那么，叙述的语义单位通常是日常生活细节。亚里士多德认为，悲剧的情节由人物的行动表达③；罗兰·巴特的《叙事作品结构分析导论》将情节视为众多最小叙述单位的多层次组合，这些叙述单位均为人物行动的短暂段落，例如詹姆斯接听电话，詹姆斯燃起

---

① ［古希腊］亚里士多德：《诗学》，罗念生译，人民文学出版社 1962 年版，第 25 页。

② ［法］罗兰·巴特：《叙事作品结构分析导论》，《叙述学研究》，张寅德译，中国社会科学出版社 1989 年版，第 9—10 页。

③ 同①，第 21 页。

一支香烟,如此等等。文学形式的意义之一是,最小叙述单位始终小心翼翼地保护日常生活的表象统一——哲学或者历史常常止步于此。世界是运动的,这是诉诸概念的哲学命题;元兵某年某月占领扬州,这是历史的陈述;然而,文学表述一个主题或者再现一个历史事件,概念和陈述远远不够——一切必须还原为日常生活之中人物行动的细节。蔑视细节的故事单薄虚假,错误的细节必将严重损害情节逻辑。如果还原无法完成——如果哲学的逻辑无法穿透日常生活帷幕,历史陈述遭到各种人物和细节的坚决抵抗,那么,文学往往顽强地守护日常生活而拒绝屈从。由于日常生活不可化约,成功的哲学逻辑或者历史陈述无法如数地兑换为文学的成功。

相对于小说或者戏剧,抒情诗必须在远为狭小的文字空间平衡日常生活与高远的志向。"诗言志"是沿袭已久的古训。但是,诗人之"志"隐藏于"比"、"兴"以及寄托、讽喻的修辞背后,而不是怂恿观念直接露面。置身于日常生活,目击道存,即景会心,瞬间领悟永恒的真理,这是古典诗学推崇的风格。通常认为,象征巧妙地维持了二者的张力,寓言表明了观念开始超重。当诗人心目中的日常生活意象无法负担巨大的观念之时,他们挑选的捷径是直陈己见。然而,无论奇思妙想还是滔滔宏论,"思"并非"诗"。"以文字为诗,以议论为诗,以才学为诗",这种诗学风尚最终还是作为失败的案例载入文学史。

五四新文学运动前后,消遣性的文学遭到了严厉的谴责。众多思想家共同呼吁,文学必须严肃地介入历史。"采风"也罢,吟咏性情也罢,道听途说、拾遗补阙也罢,文学已经到了摆脱这些文化角色的时候。从白话文的启蒙意义、"人的文学"到改造国民性,现代性赋予文学的重大使命是,积极投身于历史的宏大叙事。窥一斑而知全豹,一己的悲欢必须维系民族、国家的命运,琐碎的日常生活寓含了兴衰存亡的重大主题。如果顺利地将凡夫俗子的悲欢离合纳入宏大叙事的框架,那么,文学即将抛下"雕虫小技"的讥讽而担任激动人心的号角和旗帜,甚至充当"团结人民,教育人民,打击敌人,消灭敌人"的革命先锋。这显然是小叙事融入大叙事的时刻。

文学批评的文本解读负有如此重任:颁布日常生活小叙事隶属历史大叙事的结构关系。中国古代批评家仅仅小规模地将文学阐释成历史的回响,例如"关关雎鸠"乃是"后妃之德",或者,屈原《离骚》之中的"善鸟香草,以配忠贞,恶禽臭物,以比谗妄;灵修美人,以媲于君",如此等等。① 社会历史批评学派兴盛之后,一套衔接两种叙事的代码逐渐完善,日常生活愈来愈严密地嵌入历史的象征。由于文学与批评的互动,这一套代码时常溯源而上,主宰了文学的想象:故事的展开和结局呼应的是历史大趋势,人物的设置必须吻合阶级关系的理论图谱;英雄必定是古铜色的皮肤、浓眉大眼和爽朗大度,反面角色只配领取到可笑的尖嘴猴腮和阴暗猥琐的性格,如此等等。现代主义文学提供了许多孤独的人物和无序的故事,日常生活与宏大历史之间的分崩离析意味的是世界的荒诞。尽管两种叙事的生硬对称有时沦落为幼稚的理论游戏,但是,搜索日常生活的微言大义迄今仍然是文学批评乐此不疲的活动。

然而,正如人们已经察觉到的那样,这一段时间的文学批评正在产生某种微妙的倾斜。如果说,社会历史批评学派通常将某种历史大叙事视为不言自明的前提,那么,现在许多批评家心目中,文学的各种日常生活细节增添了分量。例如,巴金、茅盾、鲁迅的某些小说再解读表明,许多细节从历史大叙事的"整体"之中脱落,甚至颠覆了普遍认可的主题。"细节被界定成感官的、琐细的与浮面的文本呈现,与一些改革、革命等等较为宏大的'眼界'(vision)存在着矛盾关系,这些宏大的眼界企图将这些细节纳入其臣属,但却出其不意地为这些细节的反馈所取代。"这意外地暴露了历史存在的另一些维面。张爱玲小说堆积了丰富的细节,具有"感官上细腻的描绘"。这些细节无法被新兴的历史主题吸收,成为不可化约的多余物。② 然而,何谓历史的"多余"? 历史大叙事删除种种细节是不是特殊的意识形态伎俩? 这常常是文学对于历史著作的犀利追问。显然,这种追问赢得了文学批评的支持。允许日常生活各种细节出逃,重申小叙事的权利,这种文学批评的动向显然可以追溯到后现代主义气氛。后现代主义倾向于抛弃大叙事和历史总体,回归各种碎片式的段落;大叙事和"总体论"的失控致使日常生活更多地赢得了回到前台的机会。当然,这意味了另一个文学轮回的开始。

---

① 参见《毛诗序》、王逸《离骚经序》等。
② [美]周蕾:《妇女与中国现代性》第三章"现代性与叙事——女性的细节之处",蔡青松译,上海三联书店 2008 年版,第 132、182 页。

四

　　"文学性"的考察存在两种形式。多数人习惯从历时性的整理开始："文"字的初始语义及其转义,"文学"一词的问世,各个文类的特征总结,文学学科的诞生及其边界——"文学性"由于这些历时事件的叠加而逐渐明朗。相对地说,共时性的文化结构分析还未得到充分的实践。文学如何介入众多话语系统织成的文化网络,文学如何与历史学、哲学、经济学、社会学、政治学相互衡量,相互确定对方的特征,这些均是共时性结构分析的重要内容。《文学的维度》之中,我曾经描述一个共时性的社会话语光谱——"光谱"一词可以形象地形容多种话语系统的横向展开。① 这是一个开阔的话语平台,每一个独立的话语系统彼此抗衡,互施压力,最终表现出相对稳定的特征。换一句话说,相对于历史学、哲学、经济学、社会学、政治学——相对于诸多学科,文学之所以成为文学。话语系统之间的差异关系既提供了认识"自我"的"他者",又表明了话语权力的再分配。社会话语光谱并未显现均等的波长。至少在今天,文学的效用和威信远远无法企及经济学或者政治学。尽管如此,每一种话语系统均会接收来自另一些话语系统的压力。由于文学的存在,某种特殊的能量将轻重不均地波及历史学、哲学、经济学、社会学、政治学,制造强烈的影响、有力的冲击或者潜在的掣肘。描述社会话语光谱内部隐藏的种种联系、呼应、纷争、反抗、平衡,描述文学如何在这种结构内部赢得一席之地——总之,描述共时的关系和结构,这是"文学性"考察的另一种形式。

　　当然,将迷恋日常生活表述为文学的特征,这仅仅说出了一个常识。在我看来,这个结论的意义毋宁在于,显示文化结构内部的横向比较和衡量:没有任何一个学科如同文学那么重视日常生活。相对于文学的卿卿我我,风花雪月,"社会科学"名义之下的诸多学科共同追求的是公理和普遍原则。所以,吉尔德·德兰逊指出:"社会科学按照自然科学,尤其是数学的模

---

① 　南帆:《文学的维度》,上海三联书店1998年版,第25、42页。

式,完成了其制度化过程。"① 同时,社会科学的分析单位通常是现代意义的国家或者社会,而不是纷杂的个体。华勒斯坦的《开放社会科学》曾经简要地叙述了社会科学兴起的原因:"近代国家亟需更加精确的知识来作为制定决策的基础,这种需要早在十八世纪就已经导致了一些新的知识门类的出现,只是它们的性质和范围还不十分明确。社会哲学家开始谈论'社会物理学'(social physics),欧洲的思想家们也开始认识到,世界上存在多种多样的社会体制('怎样才能成为一个波斯人?'),对其形态各异的特色应当加以解释。"如果说,现代国家与社会积累的复杂问题成了催生这种知识的助产婆,那么,自然科学扮演了楷模的角色。"起初,当人们试图确立对于自然法则的科学探索的合法性和优先性时,他们并未将科学和哲学加以区分,即使是在对这两个领域进行区分时,他们也把两者看成是共同探寻世俗真理的同盟。然而,随着实验性、经验性研究对于科学视界的重要性日益加强,哲学在自然科学家的眼里也日益成为神学的替代物,同样因其先验的真理断言不可验证而备受责难。"② 相当长的时间内,文学显然从属于哲学为代表的"人文科学"。这是一种更为古老的、以"人"为焦点的知识,即人的成长、教育、修养以及人格的完善。很大程度上,儒家学说对于"圣人"、"君子"、"修身"的阐述即是人文科学内容的典范。儒家的思想观念之中,"修身"可以从"齐家"继而扩展为"治国平天下"。然而,民族国家的崛起、社会架构的繁复和利益多元化的局面无不表明,道德感召的社会治理方式已经远远不够。社会科学修正了焦点之后,"国家"与"社会"进入视野的中心。这时,"人文科学"的声望开始贬值,科学、真理、国家、社会这些概念共同携手,构建一个崭新的理论层面:

> 科学(science),亦即自然科学的性质得到了清晰的界定,相形之下,与之对应的那种知识形式就不那么明确了,人们甚至在给它取一个什么名字上都从来没有达成一致的意见。它有时被称为文科(arts),有

---

① [英]吉尔德·德兰逊:《社会科学——超越建构论和实在论》,张茂元译,吉林人民出版社2005年版,第16页。

② [美]华勒斯坦等:《开放社会科学》,刘锋译,生活·读书·新知三联书店1997年版,第8、6页。

时被称为人文科学（humanities），有时被称为文学或者美文学（belles-lettres），有时被称为哲学（philosophy），有时甚至被简单地称为"文化"，而在德文中则被称为 Geisteswisesenschaften（精神科学）。这种知识形式的面目和重心可谓变化多端，缺乏内在的凝聚性，致使该领域的从业者无法就其学科的重要性向官方提出辩解，更无法结成统一的联盟，因为他们似乎根本没有能力创造出任何"实际的"成果。围绕着何谓有效知识这一问题而展开的认识论较量，其焦点不再是谁有权来操纵有关自然界的知识（迄至十八世纪，自然科学家显然已经赢得了对这个领域的独占权），而是谁有权来操纵有关人类世界的知识。①

迄今为止，自然科学、社会科学、人文科学似乎循序形成了等级关系。文学只能在人文科学之中叨陪末座。然而，有趣的是，人文科学始终未曾被覆盖，自然科学和社会科学始终徘徊在某些领域的外围，无法进入纵深。例如，社会科学的诸多学科提出的种种精彩结论时常在日常生活的洪流之中急速衰减，甚至失效。当"国家"和"社会"无可置疑地充当各种论述的主语时，个体遭到了理论的屏蔽——某种政治体制仿佛均匀地惠及所有的社会成员，利益共享；诸多经济指标不再详尽地分解到每一个体，暴露出贫富的悬殊。相对地说，日常生活具体而又错综，每一个体均可能进入核心，种种细节纤毫毕现。一个又一个的性格从普遍的结论背后挣脱出来，恣意表演。这显示了日常生活的独立意义。尽管各种普遍的结论约束了多数人物的活动范围，但是，某些人物仍然掀起了不同凡响的波澜。他们的故事或者证实这些结论，或者补充这些结论背后的另一些维面，某些时候甚至强烈地质疑这些结论。这些故事虽然仅仅是个案：一时一地，一颦一笑，旷男怨女，生离死别，然而，它们传播的速度和范围远远超过了深刻的理论命题。的确，如果没有文学的慧眼，日常生活的偌大领域只能无声地消逝在众多交叉的理论体系背后。

"共时性的社会话语光谱"企图指出多种话语体系的扇形展开。这些话语体系彼此分工，各司其职，制造有序的"众声喧哗"从而避免一种声音

---

① ［美］华勒斯坦等：《开放社会科学》，刘锋译，生活·读书·新知三联书店1997年版，第7—8页。

的独断。无论经济学或者政治学何等荣耀,文学仍然根深蒂固地存在。文学必须谦逊地聆听来自四面八方的观点,接纳吸收,但是,文学的意义绝不是充任这些观点的传声筒。一个学科存在的首要依据是,拥有并且可以发出与众不同的声音。"众声喧哗"意味了多种观点的并存、冲撞、交锋、协商,总体的形成来自无数差异的平衡。换言之,历史的图景是由多种话语共同编织起来的,文学始终没有丧失自己的投票权。倾心于人物的性格和命运,展示内心的激情、欲望以及各种微妙的经验,尽量保持感性的活跃,文学的一切明显地带有日常生活的馈赠。现代社会的复杂性以几何级数的方式增长,以至于处理各种社会问题的专业知识声誉日隆。这时,相对于炙手可热的社会科学,《冲突的文学》力图指出文学的特殊频率:

> ……当经济学在强调市场与利润的时候,文学依然在谈论人格与道德的完善;当管理学在强调规则与制度的时候,文学依然迷恋于自由与人情;当法律学在强调法治与秩序的时候,文学依然偏爱叛逆与温情;当科学在强调实证与精确的时候,文学依然醉心于想象与超验。这并不是说作家无法了解其他文化门类的意义,而是说作家更多地将眼光转向其他文化门类所无心关注的方面。这恰恰是文学为自己选择的关注对象。①

《冲突的文学》将文学的固执表述为"审美"。这种审美已经"从一种消遣、一种娱乐或者一种技术效果引入生存原则,视为生存的范畴之一"②。现在,我想补充的是,博大的日常生活领域是文学坚持己见的后援——文学总是在日常生活之中找得到自己心仪的人物和具体经验。如果说,一段乐曲、一尊雕塑或者一幅绘画的"审美"强调的是超凡入圣的单纯形式,那么,表述为"生存的范畴"企图表明的是,文学慷慨地保存了日常经验的纷杂状态。

那么,文学是在什么时候察觉并且接收这个如此富有的矿藏呢?

---

① 南帆:《冲突的文学》,上海社会科学院出版社 1992 年版,第 14 页。
② 同上书,第 12 页。

五

现今，"现代性"正在成为许多人解释历史的特殊视域。现代性为文学带来了什么？现代性、启蒙、公共空间、印刷文化与文学之间的联系业已众所周知。相对地说，另一些话题尚未完全浮出水面：文学转向日常生活是否现代性的产物？文学与社会科学的历史分工来自现代性深思熟虑的设计，还是某种偶然的巧合？

通常认为，现代性挣脱了古典框架的束缚，某种前所未有的文化汇聚在地平线上。显然，现代性的崛起对于"古典"观念的形成产生了决定性作用。相对于现代性的异质特征，古典社会的传统结构同时开始明朗。二者之间众多深刻的分野逐渐划出了两个相异的历史段落，例如全球化网络与封闭的地域观念，现代民族国家与封建王朝，大工业生产与小农生产，世界范围的资本流动与自给自足的经济体系，民主、开放与集权、等级制度或者权贵主义，平民、大众、语言文化的通俗风格与精英主义、典雅、深奥，如此等等。大众进入现代性的核心领域表明，每一个社会成员的价值逐渐获得了正视。这时，每一个社会成员拥有的日常生活正式进入了文化视域。

唐诗宋词，古文运动，咏怀言志，神韵意境——由于抒情话语的正统地位，中国古代文学批评家并未单独地提到"日常生活"。"感时花溅泪，恨别鸟惊心"也罢，"开轩面场圃，把酒话桑麻"也罢，这些景象的组织还没有自觉地形成一个"日常生活"的范畴。尽管每一个人无不栖身于日常的各种琐碎事务，但是，"日常生活"并没有赢得多少意义。儒家文化的日常生活并非赋闲休养；相反，从"吾日三省吾身"、"天将降大任于斯人，必先苦其心志，劳其筋骨，饿其体肤"到"黎明即起，洒扫庭除"，圣人心目中的日常生活毋宁是修身养性的时刻；诸葛亮高吟"草堂春睡足，窗外日迟迟"，日常生活的闲逸和散淡背后隐藏的是紧张的韬光养晦；"狗吠深巷中，鸡鸣桑树颠"，"采菊东篱下，悠然见南山"——陶渊明的诗句辑录了各种恬静淡泊的日常细节，但是，这里的日常生活仍然顽强地表白了拒绝功名利禄的精神姿态。至于辛弃疾的"却将万字平戎策，换得邻家种树书"，日常生活已经成了失意和不甘的隐喻。成熟的世俗气氛,体积硕大的日常生活流体,文学形式正式回应这一切的时候,已经到了叙事话语的成熟季节——尤其是小说。然而,只有少数文学史著作意识到这个转向,例如鲁迅的《中国小说史略》。

阐述"小说"一词的时候,鲁迅引述班固所说的"街谈巷语,道听途说者之所造也"已经包含了"日常生活"的意味。尽管《中国小说史略》没有正式启用这个概念,但是,"日常生活"时常潜在地充当了文学史叙述的衡量准绳。鲁迅追溯了小说的神话与传说渊源,继而描述了志怪、志人、传奇、话本、讲史以及神魔小说诸阶段,然后介绍了明清的《金瓶梅》、《红楼梦》等"人情小说":"当神魔小说盛行时,记人事者亦突起……大率为离合悲欢及发迹变态之事,间杂因果报应,而不甚言灵怪,又缘描摹世态,见其炎凉,故或亦谓之'世情书'也。"①从神话、传奇、历史英雄降落到世俗的离合悲欢或者世态炎凉,日常生活的分量骤然增加。尽管所谓的"人情小说"仅仅是小说史的一个段落,然而,鲁迅的叙述之中,细微曲折、摹绘如生的日常生活无形地成为小说的标高。《西游记》的主人公虽然仍为神魔鬼怪,但作者令"神魔皆有人情,精魅亦通世故";至于《金瓶梅》,"作者之于世情,盖诚极洞达,凡所形容,或条畅,或曲折,或刻露而尽相,或幽伏而含机,或一时并写两面,使之相形,变幻之情,随在显现";《儒林外史》"既多据自所闻见,而笔又足以达之,故能烛幽索隐,物无遁形,凡官师,儒者,名士,山人,间亦有市井细民,皆现身纸上,声态并作,使彼世相,如在目前";《红楼梦》"叙述皆存本真,闻见悉所亲历,正因写实,转成新鲜","其要点在敢于如实描写,并无讳饰,和从前的小说叙好人完全是好,坏人完全是坏的,大不相同,所以其中所叙的人物,都是真的人物,总之自有《红楼梦》出来以后,传统的思想和写法都打破了";相反,六朝志怪的"粗陈梗概",《三国演义》"显刘备之长厚而似伪,状诸葛之多智而近妖";某些明人小说"诰诫连篇,喧而夺主",总之,鲁迅心目中,日常经验的贫乏或者失真无疑是小说的刺眼缺陷。②

神话和传说如何转向了"人情小说",这无疑是文学史上一个头绪多端的问题。城市的形成,话本传统,摆脱史传文学之后的想象,口语风格与描写

---

①　鲁迅:《中国小说史略》,人民文学出版社 1973 年版,第 151 页。
②　同上书,第 139、152、190、205、306、54、107、174 页。

技术,印刷术的进步,这些线索无不提供了某种参考。然而,这个文学转向如何追溯到背后的文化观念与意识形态氛围?

由于史诗和悲剧是欧洲文学的源头,日常生活对于文学的意义获得了远为充分的重视。正如埃里希·奥尔巴赫在《摹仿论》之中指出的那样,荷马史诗津津乐道地陈述日常生活,"从容而悠闲"。这是对于日常生活的尊重,一切都在这里:"荷马诗篇什么都不隐瞒,在这些诗篇中没有什么大道理,没有隐藏第二种含义。"① 乔治·卢卡奇意识到了相同的问题,但是,他给出的解释远为曲折。根据弗雷德里克·詹姆逊对于卢卡奇思想的分析,意义与日常生活的分裂、对立是卢卡奇围绕的中心。詹姆逊认为,前工业化社会的日常生活具有"一种直接的意义":"故事无需时间上的背景,因为那种文化不熟悉任何历史:每一世代都重复同样的经验,重新创造同样的基本人类境况,仿佛那是第一次似的。社会体制不被视为是外在的传统,不被视为是严峻的、不可理解的大厦;国王或牧师被赋予权威,为他们所固有。"然而,现代性导致"直接可理解性的丧失"。因此,现代文学不得不煞费苦心地发展某种"象征主义"技巧和形式,从而将"意义"再度赋予日常生活的各种事物。这即是卢卡奇解释古希腊文学的前提。在他的怀旧幻想之中,史诗是黄金时代的产物。这个历史阶段的意义和本质内在于日常生活,种种细节均可直接显现;悲剧取代了史诗之后,意义与日常生活已经分道扬镳,它们仅仅在悲剧的"危机的时刻"才重合起来,主人公在毁灭的痛苦中"将它们瞬间聚合在一起";二者的分裂到了无可挽回的阶段之后,意义只能是一种纯粹的观念,寄居于柏拉图式的神话和寓言之中。如果说史诗的主人公代表一种集体性,那么,后继而来的小说主人公具有一种孤独的主体性。主人公试图重返终极意义,然而,这是徒劳的——小说的努力仅仅是德国浪漫主义所形容的"反讽"。②

显然,这种解释的远见卓识与自以为是交相辉映。由于黑格尔式居高临下的思辨,文学史内部的复杂脉络往往遭到了漠视。相对地说,埃里希·奥

---

① ［德］埃里希·奥尔巴赫:《摹仿论》,吴麟绶等译,百花文艺出版社2002年版,第12、14页。

② ［美］弗雷德里克·詹姆逊:《马克思主义与形式》,李自修译,百花洲文艺出版社1995年版,第140、142、144、147页。

尔巴赫宁可在文学文本之中搜集各种丰富的证据。当然,现实主义对于日常生活的巨大兴趣已经众所周知:巴尔扎克号称要写出法国风俗史,他的笔下日常生活几乎具有一种蓬勃旺盛的活力;福楼拜专心致志地对待外省小市民真实的日常事件,从而在乏味的细节之中察觉各种内心涡流的回旋。然而,埃里希·奥尔巴赫甚至远溯至中世纪末。那个时候,文学对于日常生活的热衷已经显出端倪:当时,一部爱情教育小说的华丽文体之中意外地出现了一个市民气息十足的情景:一对夫妻夜里躺在床上,忧心忡忡地商谈一件即将发生的事情。家庭的亲昵气氛和家事、室内情景的描写以及家庭的经济状况,这些内容的频繁露面代表了日常生活的到场。所以,埃里希·奥尔巴赫提出了具体的解释。在他看来,大市民阶层文化的兴旺和宗教思想的式微是这个文学转向的共同原因:"……对尘世生活的关注大大增强,而尘世生活与尘世衰亡及尘世间死亡的对比远比与永恒幸福的对比更加引人注目,更具有效力。"①

当伊恩·P.瓦特根据 18 世纪笛福、理查逊和菲尔丁的小说谈论现实主义的时候,他首先指出的是,个人的日常生活代替了神话、历史和传说。瓦特的分析表明,具体的个别人物来到小说之中,不仅拥有独特的性格,而且如同生活之中一样有名有姓;另一方面,特定的时间和地点清晰起来,"它打破了运用无时间的故事反映不变的道德真理的较早的文学传统"②。这些前所未有的特征意味的是,日常生活大幅度地抵近,以至于各种细节栩栩如生。这是真实感的来源。瓦特更为明确地将这个文学转向归结到个人主义:

> 小说对普通人日常生活的深切关注,似乎依赖于两个重要的基本条件——社会必须高度重视每一个人的价值,由此将其视为严肃文学的合适的主体;普通人的信念和行为必须有足够充分的多样性,对其所作的详细解释应能引起另一些普通人——小说的读者——的兴趣。也许直至最近才广泛获得了小说赖以存在的这样两个基本条件,因为,它们都

---

① 〔德〕埃里希·奥尔巴赫:《摹仿论》,吴麟绶等译,百花文艺出版社 2002 年版,第 272—276、284 页。

② 〔美〕伊恩·P.瓦特:《小说的兴起——笛福、理查逊、菲尔丁研究》,高原等译,生活·读书·新知三联书店 1992 年版,第 7、16 页。

赖于一个各种因素相互依存的巨大复合体——个人主义——为其特征的社会的建立。①

从浪漫主义到现实主义、现代主义、后现代主义,日常生活占有的份额始终是一个重要参数。宗教、神话、历史、传说的后退,市民阶层以及个人主义的勃兴,叙事文类的成熟,文体、叙述语言从典雅过渡到通俗,美学风格从崇高滑落到喜剧乃至反讽,这一切均与日常生活大规模进驻文学互为因果。晚清以来的中国文化版图之中,这种大型理论故事的简写版似乎再度上演了一遍。这个时期的大规模历史动荡波及日常生活的每一个角落。从民族、国家、革命、政治到天翻地覆的改朝换代,众多举足轻重的概念、范畴和历史事件全面地重塑日常生活,细致入微地改造人们的言辞、礼仪、服饰、消费方式和邻里关系。20世纪50年代至60年代,无论是梁斌的《红旗谱》、吴强的《红日》、曲波的《林海雪原》还是刘知侠的《铁道游击队》、冯志的《敌后武工队》、刘流的《烈火金刚》,这一批小说内部的日常生活再度被隐没。革命与战争成为文学主题的时候,刀光剑影英雄辈出——平庸的日常生活被激烈的对抗震得粉碎。如果说80年代前期的文学仍然充满了各种此起彼伏的呼吁,那么,到了80年代中后期,日常生活的文学再现开始表露出某种社会性的精神疲惫。迷人的大口号丧失了煽动力之后,日常生活的烦恼、拖沓、杂碎不动声色地显出了重量。池莉的《烦恼人生》、方方的《风景》、刘震云的《一地鸡毛》告别了英雄而回到了庸人之中。此后,无论是市场、物质欲望、商品经济还是城市里的小资产阶级或者市井底层,日常生活始终如影随形地跟在文学背后。后现代主义降临之后,日常生活不再是英雄登台之前的化妆室,不再是两出历史剧目之间的过渡阶段。革命风暴已是久远的陈迹,世界大战的危险渐渐隐没在美仑美奂的商品广告背后——如果历史还能有什么故事的话,这些故事就在日常生活之中。所以,约翰·费斯克认为:"大众的日常生活,是资本主义社会相互矛盾的利益不断得以协商和竞争的空间之所在。"费斯克不太赞同列菲伏尔"全面异化"的评价,他更多地认可德塞都的观

---

① ［美］伊恩·P. 瓦特:《小说的兴起——笛福、理查逊、菲尔丁研究》,高原等译,生活·读书·新知三联书店1992年版,第62页。

点——他愿意将日常生活想象为弱势者采用游击战术对抗强势者的领域。强势者掌控了各种物质的场所和商品,弱势者穿梭于这些场所内部,开创自己的空间。换言之,大众在日常生活之中开辟了抗拒资本主义的新战场。①不论费斯克的观点是否过分乐观,但是,正视日常生活显然是对于历史情景的呼应。现代性不仅导致宗教、神话和历史传统抽身远遁,同时,现代社会的文化真空很快由社会科学填补。然而,由于社会科学的清晰、理性以及强烈的普遍主义倾向,这种知识再也无法如同宗教、神话那样深入地分布于日常生活内部。当社会科学不得不出让这个庞杂而巨大的领域时,文学敞开了大门。文学放弃了宗教、神话的古老素材和教义而转向了熙熙攘攘的俗世,但是,宗教、神话的情感技术被综合地发展为一套远为成熟的形式体系。

六

从豪门望族的悲欢离合到庸常人家的妇姑勃谿,从异国的王子哈姆雷特到未庄那个瘦骨伶仃的阿Q,他们的故事发生在遥远的地方。无数日常的个人体验冷暖自知,他人又有什么理由置喙——"干卿何事"? 一本小说或者一部电影仅仅是窥视他人世界的钥匙孔吗? 如果无非是睁眼伊始的无穷无尽的日常细节,文学又有什么必要重复一遍? 如果琐碎的日常生活和文学长廊上的各色人等不存在某种普遍意义,文学的声望怎么可能维持到今天? 这时,一个潜在的认识模式逐渐成形:文学之所以赢得肯定,即是赢得某种普遍意义的认可。

这种认识模式的背后存在一个隐蔽的否定:如果普遍意义匮乏,日常生活可能成为文学的累赘。沉溺于凡俗的日子,抒发一些小小的感伤和哀怜,目光如豆,心智平庸,种种令人仰望的事物已经远遁,黄钟大吕一般的宏论高见成为绝响。这种文学是不是出了什么问题? 至少在卢卡奇眼里,这即是自然主义将文学拖入的泥潭。卢卡奇无法体会日常生活的杂乱表象带给左

---

① [美]约翰·费斯克:《理解大众文化》,王晓珏等译,中央编译出版社2001年版,第39—41页。

拉的无穷乐趣——为了精确无误的描写,左拉愿意蹲在现场核实每一个螺丝钉。《叙述与描写》这篇著名论文之中,卢卡奇认为自然主义的重大危险在于,放纵各种生活细节无节制地"疯长"——他引用了左拉对于自己的一个生动形容:"真实细节的肥大症"。分析了左拉小说《娜娜》的一个赛马段落之后,卢卡奇发现,一套场景和细节由于作家的精雕细琢而就地膨胀起来。这些超重的细节很可能压垮情节,甚至抛下情节而形成独立王国:"这种精妙的描写在小说本身中只是一种'穿插'。赛马这件事同整个情节只有很松懈的联系,而且很容易从中抽出来";"细节不再是具体情节的体现者。它们得到了一种离开情节、离开行动着的人物的命运而独立的意义。"① 当然,对于卢卡奇说来,维持一个没有破绽的、匀称完整的故事情节仅仅是初步意图。卢卡奇真正期待的是,这种故事情节可以承担历史大叙事的象征或者缩影。这即是叙述的意义。描写是静态的细节堆积,叙述表现了动态的历史运动。诚如詹姆逊所言:"叙事本身的可能性,只在那样一些历史时刻存在;在这些历史时刻,人类生活可能根据具体的、个人的遭遇和戏剧性事件来领悟,其中某种基本的一般真理,可以通过个别故事或者个别情节来讲述。"② 换言之,叙事的目的即是,击穿日常生活的混沌表象。文学召集的种种细节必须编织在情节乃至历史——前者显然是后者的缩微——的轨迹之中,显示出运行的方向和机制。征用日常生活绝不是喋喋不休地复述一种拖拉、繁杂的平庸状态。如果无法在历史的高度注册,那么,一切个人的偶然事件毫无价值,甚至是令人厌倦和可耻的。文学形式负责删除日常生活的多余内容,弹压各种不驯的声音,进而将大量多余的细节当作历史排泄出来的垃圾抛弃。

可以从卢卡奇的观点背后察觉一个重要的预设:历史总体论。在他看来,必须在历史总体的意义上认识和解释各种孤立的事实。没有历史总体的凝聚力,生活犹如不可理喻的一盘散沙。③ 所以,从全球气候变暖到某一个

① 〔匈〕卢卡契:《叙述与描写》,《卢卡契文学论文集》,刘半九译,中国社会科学出版社1980年版,第39、61页。

② 〔美〕弗雷德里克·詹姆逊:《马克思主义与形式》,李自修译,百花洲文艺出版社1995年版,第169页。

③ 〔匈〕卢卡奇:《什么是正统的马克思主义》,《历史与阶级意识》,杜智章等译,商务印书馆1992年版。

王子的晚宴，从田野上一只惊慌的老鼠到大学实验室里的新型仪器，所有的故事无不彼此联系，并且共同从属于历史总体。所谓的历史大叙事即是阐述历史总体的各种命题，例如神圣的民族国家，科学和工业带来了巨大的进步，自由和平等是天赋人权，如此等等。历史总体是一个有机的组织，这有效地保证了历史大叙事可能抵达日常生活的每一个细节。天真未凿的远古时期，历史的本质与历史总体的轮廓一度重叠在一起，这即是卢卡奇想象的史诗时代。然而，现代社会陷入了无数光怪陆离的表象。资本主义社会物质财富的急剧增长，极大地遮蔽了所谓的本质和意义。由于大量物质的无机堆积，日常生活的密度持续加大，以至于如同黏稠的液体。这时，越来越少的人还能够挣脱琳琅满目的商品、楼房和车水马龙的街道，以高瞻远瞩的姿态描绘历史总体的蓝图。卢卡奇心目中，伟大的作家——尤其是现实主义作家——常常天才地察觉到历史总体的存在，文学是见微知著的产物。所以，文学之中的各种细节无不闪烁着历史总体的光辉。詹姆逊从另一个意义上呼应了卢卡奇的观点。詹姆逊承认，现代生活充满了各种偶然，"事物的直接意义业已消失"。但是——

> 所有这些表面上非人的体制和事物，在起源上都是极端富于人性的。世界从没有像在工业时代那样得到如此全面的人化；从没有这样多的个人环境成为人类历史自身而不是盲目自然力量的结果。因此，倘若现代艺术作品真的能够充分地扩展视角，倘若它能够将这些全然不相干的现象和事实充分联系起来，那么非人的幻觉就会消失：作品内容就会再一次从人的角度完全可以理解，甚至在比以前更广泛的尺度上也是如此。然而，恰恰是这一扩展，才与文学的形式和结构不相协调。①

按照卢卡奇的观点，文学的"叙述"即是解决"不协调"的基本形式。叙述组织种种个别、偶然、细节，从而在文学之中暗示、映射或者隐喻历史总体，这种状况被命名为"典型"。文学的"典型"指向了个别背后的一般。

---

① ［美］弗雷德里克·詹姆逊：《马克思主义与形式》，李自修译，百花洲文艺出版社 1995 年版，第 143 页。

显然,所谓的"一般"并不是谈论茶杯形状的共性或者断言绝大部分人的手掌都长有五个指头。文学的雄心是喻示历史总体。庞大的历史总体远远超出通常的视野,文学的"典型"被视为认知的捷径。卢卡奇认为,个别、偶然、细节将在特殊的"叙述"之中最大限度地暴露潜在的可能;另一方面,历史总体将在最高的发展水平上检阅这一切。换言之,二者的结合饱含张力。几个人物的曲折悲欢,一个短篇小说甚至一首诗,一切如同历史的袖珍版模型。所以,按照詹姆逊的简明表述,现实主义文学之中的典型性格即是这么一些人物:他们代表着"比他们自己单独的个人命运更大、更富有意义的某种原因"①。认识历史总体亦即认识自己——自己置身于历史的何处,承担哪些改造社会的重任。只有组织到如此庄严的使命之中,繁琐零碎的日常生活才心安理得地找到了归宿。

　　然而,这种预设会不会过分屈从于黑格尔式的形而上学? 至高无上的历史总体立即令人联想到著名的绝对精神。即使相信历史是一个庞大的有机整体组织,人们又依据什么论证,历史总体的结构和意义业已得到了充分的认识,以至于可以轻易地从文学提供的人物和细节之中辨认出来——作家什么时候开始有资格占据上帝的位置盘点历史? 文学显现的历史总体是一个巨大的固定本体,还是来自某种持续的建构? 如果文学即是参与建构的一个因素,历史总体又有什么理由被想象为一个先于文学的存在? 无论哪一个阶级被视为历史的主人,这都是一个绕不开的问题:历史是在他们手里诞生的吗? 或者,他们仅仅是某种"规律"的仆从,他们的所作所为无非是执行一个冥冥之中的使命?

　　所以,文学的"典型"是一个必须质询的问题。在我看来,"典型"对于文学的意义多少有些夸大其词。文学之中的人物仿佛只能是某一个社会集团的代表,个别的价值仿佛就是为普遍代言。本质卸下了感性和具体,必然卸下了偶然和经验,文学的"典型"只能在各种历史大叙事提供的命题之中浮出水面;某种"主义"或者某种现代性方案定于一尊的时候,文学毫不犹豫地将一大批不合时宜的人物逐出历史之外。这种垄断历史的观念是不

---

　　① ［美］弗雷德里克·詹姆逊:《马克思主义与形式》,李自修译,百花洲文艺出版社 1995 年版,第 162 页。

是过于自信了？即使"典型"被表述为个性与共性、偶然与必然的统一，二者并未平分秋色。何者充当了偏正结构之中的主项？这必将涉及如何想象日常生活与历史总体的关系。当共性成为主宰的时候，历史总体如同君王临幸，任意地调配、驱遣或者修剪日常生活；相反，如果个性并非卑微的例证而是不可代替的起点和终点，那么，历史总体只能内在地源于日常生活。不存在一个悬浮的历史总体——不存在一个甩下了日常生活的空中楼阁。只要历史祈求文学的再现，日常生活的完整性——日常生活的经验、氛围、细节——就是文学不可脱离的表演舞台。

七

卢卡奇的《叙述与描写》不仅区分了二者，而且大力贬抑描写。描写犹如散兵游勇，不堪重任。叙述造就一定长度的情节，各种人物的命运有助于透视历史的运动；这时的文学担任了呼应历史大叙事的意识形态工具。相对地说，描写造就一个个孤立的场景或细节。情节尚未赋予秩序之前，诸多细节如同意义不明的预制零件。没有在历史总体图景之中找到合适的位置，历史大叙事对于描写兴趣索然。卢卡奇恐怕未曾料到，描写和细节有时会出其不意地一跃，以至于撞翻了历史大叙事提供的现成结论。王安忆的《长恨歌》是一个有趣的例子。这一部小说的时间横跨半个世纪——从20世纪40年代至80年代。如果以1949、1957、1966和1976这几个年份为中心，每一幕历史剧的主题众所周知。然而，从弄堂、闺阁、公寓到枝形吊灯、滚边窗帘、花样百出的旗袍，从糟鸭掌、扬州干丝、到滚烫的咖啡和柚木家具，从"上海的弄堂是性感的，有一股肌肤之亲似的"到流言"是那黄梅天里的雨，虽然不暴烈，却是连空气都湿透的"，《长恨歌》之中丰盛的细节泡沫般地涌出来，各种小感觉、小事件迎头淹没了故事。世俗细节的密集堆积不仅撑裂了情节框架，甚至迫使人们重审习惯的历史大叙事。无论是烽火连天的岁月还是剑拔弩张的年代，上海某些弄堂的洋楼内部仍然隐藏了若干温馨的小角落，一些脸色苍白的男女避开了外部世界的惊涛骇浪，蜷缩在这里享乐炉火、小点心、咖啡和絮絮的闲话。这些日常生活的景象如此翔实，以至于历史大叙事不得不被迫作出裁决：

这是一些遭受忽视的历史内容,还是文学的"典型"不屑一顾的历史沉渣?

多少人期待文学充当历史的寓言,这是另一个问题。然而,即使承认这个前提,文学的"典型"迟早仍然会卷入一个重要的争辩:如何理解历史。如果历史来自某一个遥远而神秘的绝对精神,或者根据某种固定的、威严的"规律"自行其是地运行,那么,蝼蚁般的芸芸众生各安天命,扮演历史躯体上尽职尽责的细胞。历史大叙事提出种种命题表述历史总体,这些命题即是文学"典型"与否的权威评判。"一部历史即是阶级斗争史"——这个命题设定为铁的规律广泛流行的时候,只有阶级搏斗的情节设置才能赢得"典型"的荣誉。然而,如果这种理解被颠倒回来——如果遥远的历史回到了身边,并且解释为无数人具体劳动的成果,那么,所谓的历史总体将是一个未定之数。历史大叙事仅仅是一些未竟的描述,无数人的持续加入预示了另一些历史内容源源而至。没有理由将历史大叙事无法吞并的日常生活排除于历史之外。相反,人们毋宁认为,历史总体包含了二者的深刻互动。某些时候,文学皈依的历史大叙事是一些虚假的命题,但是,"叙述"的失败并未完全摧毁"描写"的价值。从丁玲的《太阳照在桑干河上》、周立波的《暴风骤雨》、李准的《李双双小传》到柳青的《创业史》、赵树理的《山乡巨变》、浩然的《艳阳天》,不论如何评价当年的历史大叙事,这些小说之中的"描写"——诸如各种片断、细节、肖像、对白——迄今魅力犹存。对于卢卡奇的论断,这是一批耐人寻味的反面例证。

或许可以作出一个简略的总结:历史总体始终存在,但是,历史总体从未获得完整的表述——这是一个不可能的工程。卡尔·波普以他惯有的清晰分辨了"整体"的两种不同涵义,继而严厉地批驳了"整体主义":"在近代的整体主义著作中,'整体'这个词的用法极其含混。它通常指(a)一个事物的全部性质或方面的总和,特别是各个组成部分之间的全部联系的总和。(b)该事物的某些特殊性质或方面使该事物表现为一个有机的结构而不是一个'纯粹的堆积'。"在他看来,"(b)意义的整体是可以科学地加以研究的,但这个事实不能用来证明(a)意义的整体也可以科学地加以研究这个完全不同的主张。对后一个主张必须加以否定。如果我们要研究一个事物。我们就不得不选择它的某些方面。我们不可能观察或描述整个世界或整个自然界;事实上,甚至最小的整体都不能这样来描述,因为一切描述必定都是有选择的。"波普否认存有"整体主义意义上的历史,即表示'整个社会有机体'或'一个时代的全部社会历史事件'的'社会形态'的历史"。相对于广阔的历史,所有的历史著作仅仅是九牛一毛:"每一部写成文字的历史都是这个'全部'发展的某些狭小的方面的历史,总是很不完全的历史,甚至是被选择出来的那个特殊的、不完全的方面的历史。"①

波普的论证仅仅启动了常识性推理。普遍的后现代主义气氛之中,否定整体主义不再令人惊讶。然而,这个结论带来了一个意味深长的后续命题——历史总体的开放性。历史总体不再是某种绝对精神的代理,不再被某种至高无上的规律事先决定。历史是敞开的,无终结的,允许所有的人参与,允许他们在各种对话、挑战、协商、冲突之中充分地表现出主体的能动性。少数人的壮举源于一个崇高的理想,多数人的冲动来自利益的驱使,无论如何,历史是自己的——人们可以自由地将各种意志和能量投射到历史之中,守护什么,倡导什么,或者改造什么,打击什么。历史总体论并未销声匿迹,种种历史大叙事仍然源源不断地生产出来,但是,这一切无非是一套描述,一种可以与之对话的主张,而不是某种权威的真理,或者一个不可动摇的实在。历史总体的开放性带来了如此开阔的场域,每一个社会成员都可以找到合适的空间。厂房里的工人正在生产,田野里的农夫正在耕种,战场上的军人奋勇搏杀,学院里的知识分子不遗余力地抛售各种观点,这一切无不包含了各自的历史贡献。许多时候,历史内部的各种对话来自分工的差异。政治学教授竭力褒扬或者抨击某种社会制度,经济学教授精确地计算财富积累的比例,历史学教授兴致勃勃地解释什么叫做传统,法学教授捍卫法律的权威如同捍卫自己的生命。这时,作家悄悄地从各种高谈阔论之中撤退出来。他们常常叙述一些有趣的小故事。这些故事告诉人们的是,周围的日常生活正在有滋有味地发生什么。当然,许多伟人可以由于惊动了民族国家的丰功伟绩而入选文学,然而,另一些庸常之辈也可以由于凡俗琐事而赢得作家的垂青。福楼拜《一颗纯朴的心》仅仅是一个女仆的平庸生平,鲁迅的《孔乙己》仅仅

---

① 〔英〕卡尔·波普:《历史决定论的贫困》,杜汝楫等译,华夏出版社1987年版,第60、61、64页。

是一个潦倒的迂夫子,朱自清的《背影》甚至仅仅是一个慈爱而笨拙的父亲背影。然而,无论如何,所有的社会成员都在历史内部。

那么,如何形容社会成员之间的关系——或者说,如何形容历史总体的建构机制? 这时,一个有趣的词汇可供选择:博弈。恩格斯曾经表述过一个著名的观点:历史的最终结果是从许多单个意志的相互冲突之中产生出来的。不计其数的愿望彼此交错,它们的复杂合力催生了一个谁都没有希望过的事物。①没有人可以按照预定的路线驾驭历史,层出不穷的预想、猜测、断言纷纷成为无法兑现的理论遗物。对于自命不凡的社会科学说来,这是一种令人不快的状况;与此同时,另一些人曾经对于“合力”的想象提出种种异议——例如,古斯塔夫·勒庞否认群体是单个意志的总和或者平均值。②尽管如此,这是一个不争的事实:每一个社会成员都有权利介入历史。他们以各种形式表白自己的意愿。形形色色的意愿进入社会关系网络,相互碰撞、冲突、妥协、联合,最终凝固为特定的社会现状。除了强大的经济冲动,上述意愿同时包含了多种错综交织的内容。一个宽泛的意义上,博弈几乎无所不在:计算机和甲骨文之间,考古学与通俗歌曲之间,企业总经理与志愿者之间,坦克车与鲜花之间,股票市场与劳动守则之间,竞选纲领与黑幕交易之间……某些社会成员组成的群落势力庞大,他们的观点赢得了更多的共识,撼动历史的幅度相对明显;另一些社会成员单枪匹马,他们的要求应者寥寥,然而,历史仍然记录了哪怕极其微弱的烙印。这仿佛是一个悖论:历史回到了手边,所有的人都置身其中,但是历史更加捉摸不定了。诸多因素的博弈眼花缭乱,所谓的历史总体从未停泊在预定的码头。历史大叙事提供的命题通常是一些清晰、明朗同时不无单薄的理论词句,相形之下,文学显示的是日常生活的混杂、不确定和头绪多端。文学并非简单地为某种虚拟的历史总体提供插图,热衷于标榜领袖或者英雄的业绩;文学力图展示的是社会成员博弈的各种繁杂形式及其后果。这是活的、片断式的历史,也是更多地接受了个体能动性

---

① ［德］恩格斯:《恩格斯致约·布洛赫(1890年9月21—22日)》,《马克思恩格斯选集》第四卷,人民出版社1972年版。
② ［法］古斯塔夫·勒庞:《乌合之众——大众心理研究》,冯克利译,中央编译出版社2000年版,第18页。

的历史——日常生活之中的哪一个人都可能被任命为主人公。

<h1 style="text-align:center">八</h1>

　　歌德不止一次地说过:"诗人应该抓住特殊,如果其中有些健康的因素,他就会从这特殊中表现出一般";"艺术的真正生命正在于对个别特殊事物的掌握和描述"。[①] 从特殊开始,始终关注特殊,不要因为一般、普遍或者某种虚拟的"历史总体"而任意曲解特殊,这是一个伟大作家的睿智。

　　然而,卢卡奇似乎略有异议。按照卢卡奇的观点,个别、特殊的描写纳入叙述秩序,日常生活交由情节组织支配。由于各种代码的转换,情节叙述完成了与历史大叙事的交接——这时的日常生活终于荣幸地充实为历史的局部。然而,这种想象是否忽视了问题的另一面:日常生活的各种潜在意义是否遭到了历史和情节的封闭?

　　日常生活犹如丰富的矿藏,贮存的各种潜在意义可以承受多向的解读。批评家挥动锋利的理论之铲,一次又一次地掘出深藏的真谛。没有文学批评的聚焦分析,许多人无法意识到各种表象、场景、细节意味了什么。列夫·托尔斯泰的《复活》之中,审判玛丝洛娃的场面不仅决定了故事的发展,而且表明了官僚司法体系的昏庸腐朽;鲁迅的《狂人日记》之中,狂人的谵妄不仅是精神错乱的症状,同时象征了传统文化对于年轻一代的绞杀。如果说,这些解读获知的意义与作家的意图以及情节叙述彼此呼应,那么,另一些解读不再考虑作家,不再考虑文本的有机整体观念。歌德和巴尔扎克显然无法预料,《少年维特之烦恼》和《萨拉辛》竟然遭到了罗兰·巴特的放肆肢解。罗兰·巴特的《恋人絮语》和《S/Z》之中,两部小说的各种片断均被单独拆卸出来,置于另一些话语场域,引申出各种奇异的、出人意表的意义。显而易见,如果无法从强大的叙述秩序之中突围,这些意义只能自动熄灭。摆脱叙述秩序的控制,摆脱情节组织的约束,这意味了摆脱某种单向的衔接,承认日常生活隐藏了多维的主题。一阵地毯式的轰炸之后,敌军藏身的村

---

① ［德］歌德:《歌德谈话录》,朱光潜译,人民文学出版社 1982 年版,第 90、10 页。

庄成了一片废墟;许多尸体横陈在滚滚硝烟之下——如果这个片断组织在情节之中,简明的意义似乎一览无余。人们理所当然地接受了叙述秩序的向导,删除了另一些读取意义的视角,例如家园被毁的村民,死者的父母兄弟,耗费的弹药折合多少粮食,多年之后飞行员回忆这个战例时的心情,如此等等。名噪一时的"文化研究"包含了一个重要的内容:解除各种遮蔽,释放众多潜在的意义——卢卡奇意义上的"叙述"也可能构成有待于解除的一种遮蔽形式。许多时候,表象、场景、细节可能在文学批评的阐释之中显示了反抗情节、颠覆情节的意义,例如著名的"阁楼上的疯女人"。夏洛蒂·勃朗特的《简·爱》是一个曲折的爱情故事。简·爱是一个孤女,从小历经坎坷。她在 18 岁的时候来到桑菲尔德庄园担任家庭教师,并且逐渐爱上了男主人公。简·爱后来偶然发现,阁楼上关着男主人公的妻子——一个疯女人。她因此离开了庄园,但久久无法忘怀男主人公。这个故事的结局是,疯女人在一个夜晚纵火烧毁了庄园并且坠楼而死,男主人公拯救妻子的时候被烈焰灼伤双眼以至失明。这时,简·爱毅然地回到了一无所有的男主人公身边。显而易见,这个故事将囚禁在阁楼上的疯女人设置成一个可憎的障碍。疯女人的消失令人长舒一口气,简·爱的曲折爱情终于步入了康庄大道。然而,多年之后疯女人的形象居然得到了批评家的另类诠释。她被解读为女性蓬勃创造力的象征——这种创造力遭到了男性中心主义的长期囚禁。这个意义上,疯女人烧毁庄园犹如凤凰涅槃。不言而喻,疯女人形象的女权主义阐释解构了《简·爱》的情节叙述,披露了动人的爱情故事内部隐藏的男性中心主义信息。从后殖民主义理论到意识形态话语,从精神分析学派到阶级和性别的考察,这些理论工具常常协助"文化研究"敲开冻结的叙述秩序,解读出各种深藏不露的内容。"文化研究"的得意之笔常常是,打断故事逻辑的巨大惯性,恢复甚至赋予个别、特殊的多种意义。撬开某一个细节的缺口,搜索某种异常意味和隐蔽的关联,最终导致情节整体的瓦解——亦即瓦解情节赖以构造的意识形态机制,这是"文化研究"常见的批判形式。"文化研究"时常遭受的异议是,文学再度被押解到意识形态领域,"审美"再度被无情地抛弃。在我看来,这更像是情节的瓦解带来的不适。个别、特殊有效地支持情节的运转和完成,这时,人们放心地沉浸在故事制造的"审美"气氛之中,悲喜交加;一旦情节的幻象撤消，一旦个别、特殊返回日常生活，各种意义因为桎梏的解除而大幅度膨胀，"审美"突然暴露出各种可疑的前提。"文化研究"的一个重要特征即是打破"新批评"式的文本封闭阅读，力图超出文本的有机整体观念解读文学。换言之，"文化研究"的覆盖范围与其说是文学，不如说是日常生活。

社会科学的分析单位聚焦于国家或者社会的时候，个体通常被处理为面目模糊的平均值。这的确有利于各种大型的结论从杂碎的现象堆积背后缓缓地浮现。考察国家海洋战略的发展或者分析国民如何享有均等的教育权利，构筑合理的医疗体系分布或者调整某一个地区的军事部署，这些问题通常避开了个人感受的种种干扰而利用诸多抽象数据制造某种理论合围。即使论述生产力、生产关系、经济基础或者上层建筑之间复杂互动的模型，个体仍然缺席——这种论述不是谈论张三或者李四的具体生活，而是谈论各种巨大的社会群落或者某种普遍的冲动。然而，尽管民族、国家、社会的规模要求相对宏观的处理形式；压缩在平均值之中的个体并没有真正成为同质化的标准零件。日常生活经验表明，无数个体千差万别，每一个人都拥有独特的生活目标以及追求方式。视而不见地掠过具体的日常生活以及忙忙碌碌的个体，某些重要的图像可能消失。首先，面目模糊的平均值遮蔽了内部各种复杂的等级关系，遮蔽了小型的、曲折的压迫与反抗。描述某一个国家经济发展速度的时候，一个企业董事长与门卫之间的不同贡献率以及收益差异被忽略了。然而，这些差异可能派生各种后续故事，例如家庭的稳固性、子女的性格、人生轨迹以及对于财富的态度，如此等等。对于历史总体说来，各种后续故事无不投入巨大的博弈方阵，哪怕极其微弱地修改了历史的方向与速度。其次，个体被划定为平均值的时候，历史的动力丧失了最初的源头。没有脱颖而出的骄傲，没有落伍的惶恐、失败的耻辱和危机以及竞争带来的激动和亢奋，均衡同质的社会通常处于停滞乃至凝固的状态。当然，人们没有理由错误地认为，现今的社会科学仅仅是匆匆地绘制几张抽象的图表，草率地辩论几个概念。事实上，社会科学业已深入各个阶层、各种利益共同体或者不同的文化群落，甚至锁定某些个体。然而，这是"国家"或者"社会"结构之中的阶层、共同体或者个体，社会科学陈述的结论由"国家"或者"社会"——而不是个体——承担。一个新兴阶层的崛起、一个共同体的衰败或者某种新型性格的诞生，这些现象通常被解读为"国家"或者"社会"的变动征兆。

　　相对地说,文学的主角是个人——尤其是日常生活之中的个人。文学人物的杰出表演源于独特的个性:这种性格冲垮了中庸的平均值,因而在巨大的博弈方阵之中成为令人瞩目的主角。如果说,个人不可避免地是历史的一分子,那么,个人不是作为"国家"或者"社会"的某种化身而载入历史,而是由于他们在博弈之中举足轻重的地位。这时的"国家"不再是一部高高在上的政治机器,社会不再是一个单纯的名词,"国家"和"社会"无不分解到个人日常生活的每一个细节,成为手中的文件报表、街头的交通工具或者餐桌上的菜肴。回到日常生活,个人通常先于"国家"或者"社会"而存在。个人不仅可能恭顺地充任"国家"框架内部的一砖一瓦,服从各种社会规则;某些异常的气候之中,个人也可能评价、贬损、挑战"国家"和"社会",甚至充当一个叛逆者。无论是欧洲的文艺复兴还是五四新文化运动,一批特立独行的风云人物联袂而至,他们均对传统的"国家"和"社会"提出了强烈的质疑。所以,如果把铭刻在文学史长廊上的典型性格注释为某种共同体或者某一个阶级的属性,注释为"国家"或者"社会"的某一类型代表人物,那么,文学仅仅被视为社会科学的廉价附庸。然而,置身于日常生活,文学提交的故事时常超出了社会科学的坐标体系。一个品行高尚的人可能制订出拙劣的经济规划,一个和蔼而富有亲和力的人也许是政治保守分子,相同的理由,一个无知的小人物意外地撬动了重大社会事件的杠杆,一个令人憎恶的丑角可能无意地完成了某一个历史目标——文学时常从日常生活之中提炼出如此复杂的历史图像。

　　至少可以意识到,历史素材的处理存有两种视角。一种视角倾向于从无数纷繁的因素之中察觉某种普遍的冲动,证明某种共同体的存在,提炼各种"规律"。理论模式,数据的收集,概括和总结,这是社会科学擅长的形式。栖身于一个以理性和"科学"著称的时代,这种视角时常负责提供意识形态合法性的证据。另一种视角保存于文学之中。许多时候,文学决定站在日常生活这一边。因此,文学显现的历史通常是零散的,个别的,甚至是意外和不规范的。文学之中,不驯的人物个性表明了个体的能动性隐含的挑战。某些时候,这是洞穿意识形态幻觉的犀利一击。两种视角形成的张力有效地平衡了历史的解读：社会科学有助于超越无数琐碎的个案，避免目迷五色；文学游荡于日常生活，提炼各种人情世事——这些悲欢离合或者恩怨情仇有助于从各种陈陈相因的观念遮蔽之中突围。

文学终于将日常生活带入历史。尤为重要的是，文学解放了这个领域的巨大能量。所谓的"解放"意味了这种时刻：个别、琐细、日常经验、个人的感受与气息——这一切在文学之中汇聚起来，瓦解种种成规，甚至冲出一个历史缺口。这种状况表明，一批宏大的、庄严的传统观念陆续瓦解，居于尾部的日常生活突然开始发烫，继而成为一个充满活力的段落。这种日常生活带动了什么？意识到这种问题的时候，文学业已当之无愧地承担了文化先锋的历史使命。

下　辑

语言的魔力：塑造和囚禁

一

每一个体成为社会成员的必要条件之一是，纳入这一社会的语言体系。语言体系是凝聚一个社会的基本网络。对于个体而言，语言是一个神秘的符号之网。语言可以潜入最为隐秘的社会角落，辗转于人们的口吻之间；同时，语言又可能不尽地延伸，无限扩展，成为个体所不可摇撼的巨大结构。语言并非类似于山川河流的自然物；语言是一种人工制品。但是，人们不可能像对待另一些人工制品——诸如斧头、汽车乃至航天飞机——一样对待语言。语言的神秘性质时常迷惑了人们。即使在当今的理性社会，种种分解语言的手段远未取得预期的效果。因此，不仅仅是语言学家在考虑这样的问题：语言是什么？

这个问题的历史已经十分悠久。语言起源的真相埋藏在众说纷纭之后，难以核实。也许，神秘之物总是和不可思议的魔力联系在一起的。对于原始的初民说来，语言如同一个魔具。它更像是一个法力无边的天授之物。那些古老的传说之中，语言的出现时常被当作一个异乎寻常的事件。《淮南子·本经训》记载："昔者仓颉作书，而天雨粟，鬼夜哭。"当时的人们已经意识到，语言和文字包含了惊天动地的不凡威力。许多宗教教义都曾经将语言看作创世的工具。《旧约·创世纪》告诉人们，上帝所使用的语词具有奇妙的神力。上帝说,要有光,于是光就出现了;上帝说,水里要有生物,空中要有飞鸟,地上要生出活物来,于是,这个世界随即万物纷呈,生机勃勃。在这里,语词显出了至高的权力——它是实在世界之母。另一些时候,语言甚至出现了僭越上帝的威胁——这就是《圣经》里巴比伦塔的故事。这个故事的情节意味深长:挪亚的子孙企图建起一座通天塔,他们操持同一种语言,齐心协力,彼此呼应;他们所体现出的力量让上帝感到了不安,于是,耶和华变乱了他们的口音,使之无法互相配合。巴比伦塔的故事毋宁说是一个象征:这个故事从反面暗示了语言对于人类的左右。

"语言的魔力"不是一个夸张的形容,这毋宁说证明了语言以何种独异的形式参与人类现实。所谓"参与",也就是显明语言怎样介入现实的各个层面,制定社会成员的精神空间,延续特定的意识形态,维护或者破坏既有的价值体系,调节主体与客体之间的相互位置,给出人类感觉和经验的模式,提供认识实在的中介,如此等等。例如,语言对于实在的命名亦即是人类记忆实在的提示;语法规则规范了人类意识的基本框架,"神"、"天堂"、"负数"、"形而上学"这些概念致使种种超验的内容获得了栖身的躯壳。"语言的魔力"意味着语言对于人类居高临下的统治,这种统治往往达到这样的程度:人类不再将语言视为意识与实在之间的中介——人类将语言当作实在本身。

卡西尔在《语词的魔力》一文之中曾经发现:诸多神话之中,语词无不处于至高的位置——"太初有词"。在原始人那里,语词和指称物之间通常具有同一性。由于语词的崇拜,"凡被名称所固定的东西,不但是实在的,而且就是实在"[①]。列维-布留尔的《原始思维》列举了众多例子证实,原始人通常将语言与实在视为一体。对于原始人说来,"没有哪种知觉不包含在神秘的复合中,没有哪个现象只是现象,没有哪个符号只是符号;那么,词又怎么能够简单的是词呢?"符号体现出种种神秘的力量,"神秘力量不仅为专有名词所固有,而且也为其他一切名词所固有"。在原始人的心目中,"言语

---

① [德]恩斯特·卡西尔:《语词的魔力》,《语言与神话》,于晓等译,生活·读书·新知三联书店 1988 年版,第 80 页。

中有魔力的影响,因此,对待言语必须小心谨慎"①。事实上,敬畏语言已经在许多社会成为一个秘密传统。人们可以从"敬惜字纸"的风俗之中发现这个传统,字纸上的文字曾经被看作孔子的眼睛;人们还可以从某些作家的想象资源之中发现这个传统——譬如,博尔赫斯在《皇宫的寓言》这篇小说里讲述了一个奇妙的故事:黄帝带领一个诗人游览了梦幻一般的皇宫,诗人对于诸多金碧辉煌的景象无动于衷。他在游览结束的时候吟诵了一篇短短的诗作,皇宫即刻消失了,一切如同被诗的最后一个音节抹掉了一样。当然,诗人终于被黄帝杀害了,可是,诗人说出的那个"包含着整个宇宙的字"却是人类的一个永恒的诱惑。人们的想象深处隐藏着一个秘密的期望:说不定什么时候,语词的魔力可能再造一个栩栩如生的宇宙。

也许,理性社会已经很难察觉语言的魔力。这种魔力正在和神话一道成为遗迹。如今,人们对于自身的智力有了足够的自信,人们自认为可以任意地操纵、驱遣语词了。经历了无数的聚谈、吹嘘、威胁、恐吓、欺骗,经历了种种撕毁盟约、违背合同、出尔反尔,人们已经难以继续慎重地对待语言。语言不再意味着兑现,人们不再顾虑它即刻会转化为实在。语言似乎变得轻贱了。只有那些特殊的话语类型——例如誓言、咒语、祈祷、谶言——还提示着语言曾经有过的赫然威仪。誓言意味着一种语言的承诺,宣誓者违背这种承诺将遭受可怕的报应;谶言提前预告了将要来临的事件,所谓"立言于前,有征于后";祈祷和咒语均表述了言说者的强烈意愿,这种意愿可能通过反复的言说而成为事实。不难看出,这些话语类型仍旧建立在一个古老的基础上:语言可以转化为实在,或者语言就是实在。或许人们还能看到某些人对于姓名的刻意推敲,看到某些字眼谐音所引致的迷信,看到某些数字的禁忌——除此之外,语言的魔力正在全面衰退。

然而,不论是社会管理、文化承传还是社会成员之间的相互交往,语言的轻贱都将是一个令人不安的事实。为了驱散这样的不安,一种维持语言魔力的努力出现了。在我看来,这种努力很可能是造就语言伦理学的重要源头之一。不难发现,语言伦理学很大程度地围绕着语言与实践的关系——亦

---

① ［法］列维－布留尔:《原始思维》,丁由译,商务印书馆 1985 年版,第 170—171 页。

即"言"与"行"——展开。人们可以从古代思想家的言辞之中查到大量
"言"、"行"关系的论述：

> 子夏曰："……与朋友交,言而有信。虽曰未学,吾必谓之学矣。"
>
> ——《论语·学而》
>
> 子曰："古者言之不出,耻躬之不逮也。"
>
> ——《论语·里仁》
>
> ……子贡曰："惜乎,夫子之说君子也! 驷不及舌。"
>
> ——《论语·颜渊》
>
> ……曰："言必信,行必果,……"
>
> ——《论语·子路》
>
> 子曰："君子不失足于人,不失色于人,不失口于人,是故君子貌足畏
> 也,色足惮也,言足信也。……"
>
> ——《礼记·表记》
>
> "儒有居处其难,其坐起恭敬,言必先信,行必中正……"
>
> ——《礼记·儒行》
>
> 人之所以为人者,言也。人而不能言,何以为人? 言之所以为言者,
> 信也。言而无信,何以为言? 信之所以为信者,道也。信而无道,何以为
> 信? 道之贵者时,其行势也。
>
> ——《春秋谷梁传·闵公二十二年》

显而易见,在古人那里,一言九鼎成为语言伦理学所推重的楷模,而轻诺寡信
则是难以容忍的恶劣品质。这是担忧语言魔力的衰退而采用的道德弥补措
施。尽管语言学的常识已经显明,语言与实在、词与物之间的分裂不可避免,
但是,人们还是企图从另一个方面信赖语言——人们不想让话语主体从夸夸
其谈背后隐身而去,留下一堆语词组成的空头支票;换言之,人们仍然想让话
语主体在他所描述的实在之中充任预定的角色。至少在语言与话语主体的
关系上面,语言必须保持着折算为实在的可靠信誉。在"言"与"行"的关
系上面体现出何种道德水平,这是一个社会成员品行鉴定的重要尺度。在这
个意义上,人格的完善包含了对于语言魔力的某种认可。这时,语言伦理学

甚至介入了一个社会最为显赫的区域：政治。对于参加选举的公众说来，言而无信的人显然不是一个合格的政治家。

确实，语言的魔力早已在政治领域产生了种种不可低估的作用。这是语言参与现实的又一个具体例证。许多时候，语言的魔力体现为政治机构对于社会成员的凝聚、号召、激励、规约，仅仅语言就能够使万众一心，情绪昂扬。卡西尔发现，政治理论之中的神话思维从未彻底消失；某些关键的时刻，神话思维可能轻而易举地淹没理性和逻辑思维。这样的时候，语言的魔力将在神话的气氛之中得到了放大。通常，人们的语言包含了描述功能和情感功能；"可是，在政治神话所提出的语言中，这种平衡完全被打破了。整个强调的重点倒向情感方面，描述性和逻辑性的语词被转化为魔语。新的名词被杜撰出来，旧的名词的意义也大为改观。"① 人们可以察觉，政治家通常善于使用大字眼。这些大字眼不是一个简单的命名，一个涵义明晰的概念；相反，许多大字眼可能难于定义，内涵与外延含混模糊。但是，当语言的魔力产生作用的时候，含混与模糊恰恰幻化成为一种诱惑人们的神话图景。人们可以在口号和标语之中看到语言魔力的极致。口号和标语常常以"国家"、"阶级"、"战争"、"和平"、以及种种"主义"作为主题词。语言的魔力消弭了概念抽象所产生的隔阂；人们毋宁说是用肌肉、神经、骨骼、血液和巨大的激情承受这些大字眼。呼喊口号的时候，理性思辨已被抛弃；种种斤斤计较的分析徒然令人耻笑。语言魔力的蛊惑将抑制乃至取消种种个性。口号能够迅速地制造同仇敌忾的氛围，或者将所有人的兴奋调整到相同的节奏之上。不论每一个人的来历多么不同，一个响亮的口号立即为他们提供了共同站立的语言横切面。作为一种话语轴心，一种召唤，一种振奋人心的社会主题概括，一种集合人心的标志，口号典型地展现了语言的魔力在政治领域可能产生多大的奇迹。

这个意义上，语言的魔力必将成为众多方面共同觊觎的对象。角逐展开之后，政治机构通常将控制话语生产权作为一个重要策略。这是语言魔力的因势利导所依据的制高点。至少在某种程度上，话语的生产也就是实在的生

① ［德］恩斯特·卡西尔：《我们的现代政治神话技巧》，《符号·神话·文化》，李小兵译，生活·读书·新知三联书店1988年版，第202页。

产。因此,无论是巫师嘴里说出的神谕、皇帝的金口玉言还是现代社会权威机构的标准言论和规范口径,权力严密地监督着话语生产。显而易见,这是政治机构对于语言魔力的掌握,也是政治机构对于语言魔力的防范。

二

现在,我必须将视域转移到同一个问题的背面——我有理由指出,汉语文化同时还存在着否弃语言崇拜的强烈倾向。人们意识到语言在主体和客体之间所处的位置;语言的过度膨胀势必阻断主体与和客体的依存关系,语言将从中介物上升为主角。对于一些思想家说来,这显然是一种难以接受的本末倒置。也许,不同学派的思想家持有不同的动机和立场,但是,他们都不约地主张破除语言的魔力,削弱语言在人们心目中的地位,遏制语言崇拜所产生的副作用。

孔子曾经说过:"辞达而已矣。"这句话时常被当作否定语言推敲的一个重要论据。也许,这句话的语气的确表明,孔子对于偏执的语言狂热没有兴趣。虽然孔子也表述过"不学诗,无以言"这样的论点,但是,作为"迩之事父,远之事君"的倡导,孔子决不愿意语言问题喧宾夺主,从而干扰了教化的基本目标。所以,尽管苏东坡擅自将"辞达"诠释为"求物之妙,如系风捕景,能使是物了然于心",而且"辞达"是"千万人而不一遇"的境界 [①],我仍然愿意认为,这更像是一个作家的借题发挥。事实上,在文学的范围之外,墨子式的"非乐"和韩非子"以文害用"的恐惧得到了更多的呼应。

不难发现,上述观点共同将语言定位为一种工具。这种工具负责主体与主体、主体与客体之间的交流或者沟通。但是,如果这种工具过分精致以至于夺人耳目,那么,工具就会从交流的手段变为交流的目的。在这里,如何保持主人与工具的主从关系引致一些思想家的高度警觉。老子和庄子的诸多言论均在于提示人们,不该让工具——哪怕是在美学的意义上——僭越和篡

[①] 苏轼:《答谢民师书》,见郭绍虞主编《中国历代文论选》第二册,上海古籍出版社 2001 年版,第 307 页。

权,从而无形地成为交流过程的一个障碍性遮蔽。交流的主体必须尽快穿过语言,毫无阻拦地抵达交流对象。老子的《道德经》谆谆教诲人们:"大音希声,大象无形";"大巧若拙,大辩若讷";"信言不美,美言不信";庄子对于语言工具有着更为细腻也更为辩证的考虑,人们对于这些名言几乎耳熟能详:

> 荃者所以在鱼,得鱼而忘荃;蹄者所以在兔,得兔而忘蹄;言者所以在意,得意而忘言。
>
> ——《外物》

> 世之所贵道者书也,书不过语,语有贵也。语之所贵者意也,意有所随。意之所随者,不可以言传也,而世因贵言传书。世虽贵之,我犹不足贵也,为其贵非其贵也。故视而可见者,形与色也;听而可闻者,名与声也。悲夫,世人以形色名声为足以得彼之情!夫形色名声果不足以得彼之情,则知者不言,言者不知,而世岂识之哉!
>
> ——《天道》

> 轮扁……问桓公曰:"敢问,公之所读者何言邪?"公曰:"圣人之言也。"曰:"圣人在乎?"公曰:"已死矣。"曰:"然则君之所读者,古人之糟魄已夫!"……轮扁曰:"臣也以臣之事观之。……
>
> 古之人与其不可传也死矣,然则君之所读者,古人之糟魄已夫!"
>
> ——《天道》

汉语文化之中,老子与庄子的言论始终是一种不可抑制的思想势力。众多后继的思想家接过这些言论,使之在不同的层面上绽出了种种智慧之花。老子和庄子对于语言的机智观点曾经启迪了佛家和道家。他们洞察到"言语道断"的危险,竭力破除语言对于"道"的干扰乃至干预。为了避免拘执于语言工具而迷失本源,佛家甚至出现了拈花微笑或者当头棒喝这样奇特的布"道"方式。如果说,佛家和道家企图废弃语言而悟道,那么,作家至少知道,语言是他们无法挣脱的镣铐。没有语言符号的文学是不存在的。但是,这并没有使语言崇拜成为汉语文学的首要特征。相反,文学批评史上逐渐形成了"言不尽意"的共识。"此中有真意,欲辩已忘言",这表明了作家面对语言的特殊姿态。作家坚持将主体视为语言之上的一个精神实体;语言只能尾随而不可能穷尽这个精神实体。庄子的"忘荃"、"忘蹄"之说无疑为这样的幻觉提供了有力的思想依据。

　　不难猜想，"言不尽意"的命题首先来自作家写作所遭遇的普遍阻碍——诸多作家均体会到"意翻空而易奇，言征实而难巧"的痛苦。在他们那里，语言仍旧不是一个得心应手的工具。通常，"言"几乎不可能尽善尽美地显现"意"的丰富、独特和微妙。"常恨言语浅，不如人意深"，这是作家搁笔之后留下的共同浩叹。可以看到，文学批评史上记载了许多类似的表述：

　　　恒患意不称物，言不逮意，盖非知之难，能之难也。

——陆机《文赋》

　　　……是以意授于思，言授于意，密则无际，疏则千里，或理在方寸而求之域表，或义在咫尺而思隔山河。

——刘勰《文心雕龙》

　　　口舌代心者也，文章又代口舌者也。展转隔碍，虽写得畅显，巳恐不如口舌矣，况能如心之所存乎？

——袁宗道《论文》

　　　意中之言，而口不能言；口能言之，而意又不可解。

——叶燮《原诗》

可以看到，这些表述早已在语言之外为主体预订了一个席位。人们没有意识到，主体来自语言的建构，主体即是语言的构造物；撤消了语言，主体将成为一个毫无内容的空洞。人们通常形象地构思，"意"业已事先寄存于灵魂之中，"言"只能是"意"的仆从——"言"的功能就在于追摹、复述或者再现"意"。上述构思将主体视为意义之源，这体现了一种朴素而又古老的人本主义。这样的人本主义从未产生怀疑："意"并不可能由某种先于语言的元素组成，并且在语言符号的辖制之外自由地飞翔。在这个意义上，"言不尽意"无形地产生了抵制语言崇拜的效能。

　　有趣的是，即使在某些语言崇拜的现象后面，人们仍然能同时发现遏制语言崇拜的努力——我指的是古典诗学之中的"炼字炼句"。古典诗学留下了大量"炼字炼句"的记载。杜甫的"为人性僻耽佳句，语不惊人死不休"或者卢延让的"吟安一个字，捻断数茎须"都成为自述诗人甘苦的名言。不少诗话词话津津乐道于"诗眼"的琢磨和收集"一字师"的佳话。殚精竭虑地推敲字句已经成了古典诗学的一个强大传统。然而，熟知古典诗学的人同时还了解，不少诗人对于"炼字炼句"颇有微词。他们认为，词句的寻寻觅觅仅仅是一种局部的雕琢，这一类型的诗作尖巧玲珑而缺乏宽敞浑厚的风格。诗人的宏大怀抱和出众才智必定不屑于为语言所统治。如果语言崇拜导致痴迷的字斟句酌，那么，人们只能看到一种拘于细部的局促。所以，这样的观点得到了诸多批评家的共同认可："诗语大忌用工太过。盖炼句胜则意必不足。语工而意不足，则格力必弱，此自然之理也。"① 为了协调"炼字炼句"与刻意求工之间的矛盾，这终于导致了古典诗学的一个特殊策略："极炼如不炼"② 换一句话说，"炼字炼句"的一个后果就在于，诗人必须将诗句涂抹得让人看不出锤炼的痕迹为止。这就是苏东坡所谓的"渐老渐熟，乃造平淡"③。这种特殊的策略将使诗作在精心制作之后仍然保持一种自然天真的风格。在诸多诗人的心目中，自然天真的美学风格远比"错采镂金"更为可贵。显然，从"炼字炼句"的推崇到"复归于朴"、"法天贵真"④，这包含了文学观念的一个迂回认识；在这样的观念转换之中，人们再度发现了老子和庄子所提供的思想资源。

　　谈论汉语文化之中的语言崇拜与破除语言魔力，人们不可能不联想到魏晋时期的"言"、"意"之辩。这是一场意义深远的辩论。尽管欧阳建曾经写下《言尽意论》宣谕自己的主张，尽管欧阳建通过"名逐物迁，言因理而变；此犹声发响应，形存影附，不得相与为二矣"来反驳"言不尽意"之

---

① 　见《蔡宽夫诗话》。我在《诗的技巧与自然天成的审美观念》之中曾经详细辨析过这一问题，此文收入我的论文集《理解与感悟》，浙江文艺出版社 1986 年版。

② 　刘熙载：《艺概·词曲概》，见郭绍虞主编《中国历代文论选》第四册，上海古籍出版社 2001 年版，第 64 页。

③ 　苏轼：《竹坡诗话》，见郭绍虞主编《中国历代文论选》第二册，上海古籍出版社 2001 年版，第 343 页。

④ 　《老子·二十八章》，《庄子·渔父》。

说,但是,人们毋宁说更多地接受了王弼的观点。王弼借助《周易》的阐释设定"言"、"象"、"意"的依次顺序和相互关系。《周易略例·明象》指出:

> 夫象者,出意者也,言者,明象者也。尽意莫若象,尽象莫若言。言生于象,故可寻言以观象;象生于意,故可寻象以观意。意以象尽,象以言著。故言者所以明象,得象而忘言;象者所以存意,得意而忘象。犹蹄者所以在兔,得兔而忘蹄;筌者所以在鱼,得鱼而忘筌也。然则,言者象之蹄也,象者意之筌也。是故,存言者非得象者也;存象者非得意也。象生于意而存象焉,则所存者乃非其象也;言生于象而存言焉,则所存者乃非其言也。然则忘象者乃得意者也,忘言者乃得象者也。得意在忘象,得象在忘言。

在王弼设定的"言"、"象"、"意"关系图之中,"言"仅仅是阐释"象"的初级工具,"意"是"象"所隐喻的最终目标。虽然这仅仅是王弼对于《周易》的解说,可是,这三者的关系不但指定了语言的位置,而且还规约了语言参与现实的范围。这个关系图之中,语言崇拜已经解除——王弼不过为语言安排了一个叨陪末座的席位。

三

五四时期的白话文运动已经得到了语言史、文学史以及哲学史和社会运动史的共同描述。的确,这是一个意义非凡的转折。白话文运动撼动了社会文化的诸多层面,波及四面八方。如果考虑到语言对于现实的参与和介入,那么,白话文运动包含着一种强大的吁求——强势语言的重新认定表明了社会结构的重大改变;那些行使白话的语言主体已经无法满足于旧有的社会位置,他们正式不可遏地浮出地表。封建社会的终结必将中止陈旧的社会关系结构,既有的文化结构不得不为之改观。这样,白话与文言之争成了一个导火索,这是语言与现实之间深刻的互动关系带来的必然后果。这个意义上,白话文运动远非一个语言学事件。这场运动是一个社会阶层企图走到文化前台的具体象征。当然，这种社会关系的内部振荡不可能赤裸裸地呈现出来；它将经由种种复杂的中介曲折地展示在文化运动之中，并且为这些中介的固有特征所改写。人们可以看到一个复杂的局面：那些行使白话的语言主体——那些社会底层人士——并未在白话文运动之中充当显眼的主角，他们仅仅作为一个巨大的背景而存在。事实上，一些知识分子在这场运动中领衔主演。他们以代言人的身份出面发言，激烈辩论；于是，种种社会力量的对比和角逐被很大程度地压缩在文言与白话相互比较的学术衡量之中，诸种社会阶层的相对关系在启蒙主义的形式之下分配就绪，刊物、论文、笔战、演讲、文学作品——这一切无不带有文化运动的烙印。然而，追溯到这一场文化运动的基本社会动力，人们不能不意识到潜伏在社会底层的革命愿望——只不过这种愿望是由一批远见卓识的知识分子最早察觉，并且在他们所兴趣的范围给予大张旗鼓的阐释而已。其实，即使在当时，这批知识分子已经意识到社会底层的革命愿望所起的作用。陈独秀解释过这样的背景对于知识分子的保护和拥戴："适之等若在三十年前提倡白话文，只需章行严一篇文章便驳得烟消灰灭。此时章行严的崇论宏议有谁肯听？"[1]

文言与白话的争议环绕着文学风起云涌。借用胡适的词汇说，白话是"活的文学"向"死的文学"发出的猛烈攻击。人们可以从《中国新文学大系》的《文学论争集》和《建设理论集》之中看到，文学是诸多言论指向的核心。尽管如此，几乎所有的人都明白，这场争议的意义将远远超出文学的范畴。一些人认为白话文"意俗"，"言情涉于淫"，"泄愤而出于毒骂"[2]，而且，"且用白话以叙说高深之理想，最难恺切简明"[3]。这不仅是对于一种文学风格乃至一种语言体系的贬抑，这同时也是对行使白话的语言主体作出了基本评价。反之，另一些抨击文言、力倡白话的观点同样显出了深谋远虑的一面。周作人深入地剖析过文言的弊害："我们反对古文，……实又因为

---

① 胡适：《中国新文学大系·建设理论集》导言，《中国新文学大系·建设理论集》（影印本），上海文艺出版社 1987 年版，第 15 页。

② 汪懋祖：《读新青年》，《中国新文学大系·文学论争集》（影印本），上海文艺出版社 1985 年版，第 46 页。

③ 胡先骕：《中国文学改良论》（上），《中国新文学大系·文学论争集》（影印本），上海文艺出版社 1985 年版，第 104 页。

他内中的思想荒谬,于人有害的缘故。这宗儒道合成的不自然的思想,寄寓在古文中间,几千年来,根深蒂固,没有经过廓清,所以这荒谬的思想与晦涩的古文,几乎已融合为一,不能分离。"① 而陈独秀发现:"中国近来产业发达,人口集中,白话文完全是应这个需要而发生而存在的。"② 显而易见,对于文言或者白话两大阵营的主将说来,选择某一种话语体系从来不仅仅是文学问题。

另一方面,即使在文学范畴之内,文学的意义也不是白话倡导者的全部目标。从胡适当时的一批言论之中可以看出,他的兴趣与其说是文学,不如说是文学对于汉语所具有的意义。胡适曾经提出一个颇为乐观的设计:将白话文学作为汉语的真正楷模。换一句话说,这意味着让文学掌握话语的生产权。在胡适看来,这样的设计并非悬空拟想,而是当时文化环境里面的可行措施。有人曾经向胡适建议,推行白话文应当先从高等学府做起,胡适并不赞同。他深知教育机构的传统势力盘根错节,一时难以动摇——他宁可选择文学作为突破口:"改革大学这件事不是立刻就可做到的,也决不是几个人用强硬手段所能规定的。我的意思,以为进行的次序,在于极力提倡白话文学。要先造成一些有价值的国语文学,养成一种信仰新文学的国民心理,然后可望改革的普及。"③ 在《建设的文学革命论》一文之中,胡适用"国语的文学,文学的国语"表述这一主题:

> 我们所提倡的文学革命,只是要替中国创造一种国语的文学。有了国语的文学,方才可有文学的国语。有了文学的国语,我们的国语才可算得真正国语。国语没有文学,便没有生命,便没有价值,便不能成立,便不能发达。④

---

① 周作人:《思想革命》,《中国新文学大系·建设理论集》(影印本),上海文艺出版社 1985 年版,第 200 页。

② 胡适:《中国新文学大系·建设理论集》导言,《中国新文学大系·建设理论集》(影印本),上海文艺出版社 1987 年版,第 15 页。

③ 盛兆雄:《论文学改革的进行程序》,《中国新文学大系·文学论争集》(影印本),上海文艺出版社 1985 年版,第 43 页。

④ 胡适:《建设的文学革命论》,《中国新文学大系·建设理论集》(影印本),上海文艺出版社 1987 年版,第 128 页。

　　大半个世纪之后，一些人对于五四时期知识分子的决绝态度表示出相当的怀疑：如此轻率地抛弃文言，这是不是造成了难以弥补的文化损失？白话文运动之中，汉语的语义含混和句式多变曾经屡遭贬斥——这甚至导致一批人建议用拼音文字取代汉语。显而易见，这种贬斥的依据尺度是西方语法。时至如今，语言学家对于这样的贬斥提出了强烈的异议。一个语言学家认为，这种含混和多变恰恰是汉语人文特征的显现；这种人文特征集中了异于西方语言的东方智慧。① 作为语言的爱好者，诗人也曾经为文言的狼狈境况深感不平。在他们眼里，文言保持着不尽的韵味；拒绝古典文学的白话文学毋宁说是自我饥饿和自我贫乏。② 不难想到，这些来自语言学或者诗学的反诘均持之有据。但是，人们没有理由因之遗忘了五四时期的历史语境：至少在当时，语言学和诗学的尺度远远不能遏制隐藏在白话文运动背后的社会动力。成仿吾曾经说过，当时社会所引起的激愤很大程度地导致了白话文学的迅速传播；相对这样的激烈情绪，来自语言学和来自诗学的声音不可能引起足够的重视。换言之，所有的偏激、失衡和遗憾无一不是当时的历史形势指定的必然。

　　白话文的历史地位已经由历史事实予以说明。无论如何，人们都无法否认，白话文运动形成了一场声势浩大的社会运动。这场运动是语言参与社会历史改造的一个典型例证。当然，人们已经不再将语言视为神授魔具。不计其数的语法著作拆解了语言的内部结构，种种辞典标出了每一个字与词的涵义。人们可以进入语言内部四处察看，自由地比较和考证，隐含于语言内部的神秘气氛已经打破。人们的心目中，语言不过是一种特别的工具。然而，尽管如此，这丝毫没有表明，人们放松了对于语言的利用和控制。人们不相信语言是神赐之物，语言与实在不可等同；可是，人们依然自觉地运用语言魔力所产生的效果，自觉地以语言控制实在，制造实在。这个时候，少数语言学家可能继续关心语言的起源问题，而多数社会机构却注视着话语生产权问题——后者意味着对于语言魔力的具体掌握。无论是 30 年代引人注目的"大众文艺"问题、40 年代领袖人物在延安向文学家提出的号召，还是

---

　　① 　申小龙：《中国句型文化》第九章、第十章，东北师范大学出版社 1988 年版。
　　② 　郑敏：《世纪末的回顾：汉语语言变革与中国新诗创作》，《文学评论》1993 年第 3 期。

六七十年代"什么阶级说什么话"的论断、八九十年代学术领域大量涌现的新名词、新概念、新术语,汉语之中种种重要的动向均涉及话语生产权。话语生产权的决定范围是,哪一种话语系统将作为话语生产的依据和基础——这实际上也就是决定哪一个社会阶层是话语主体;他们将根据这种话语系统享有何种程度的威望;这种话语系统确认什么样的价值体系;这种话语系统与另一些话语系统的关系如何折射为不同社会阶层之间的关系;如此等等。如果说,"通俗"是30年代"大众文艺"的重要主题,那么,新名词、新概念、新术语无疑强调了相反的一面。从投合大众的喜闻乐见到树立学术话语的特殊权威,这样的转变显然意味着话语生产权力的转移。

话语生产可能隐含了深刻的意义,那么,谁人手执权柄?如前所述,政治权力理所当然地控制了话语生产权——两种权力之间存在着可靠的换算关系。但是,某些时候,话语生产权还可能为另一些权力机构所分割,譬如体现出知识权力的文化机构。在商业社会,经济权力也将染指话语生产权力;这个方面,广告的生产是一个最为合适的例证。目前为止,广告正肆无忌惮地蚕食报刊、杂志、电视屏幕以及种种人们可能接触到的传播媒介。在话语形式的意义上,广告无力与哲学、宗教、史学、文学这些威仪堂堂的传统学科相互抗衡。广告的短小片断更像是可怜地利用人们意识过程所存有的间隙。通常,广告是作为人们阅读或者观看的"边角料"出现的。广告如同一圈花边,一些点缀,它用一些无关紧要的商业消息在电视的节目与节目中间插科打诨,或者在杂志的封三和封底补白。广告无法在大众传播媒介上面充当主角,它只能依赖其他文化品种的夹带与提携。然而,一旦巨额广告费用开始成为广告生产的强大后盾,广告就将与那些传统学科展开一场话语生产权力的争霸战。虽然广告费不能使广告的形象更为深刻,可是,话语权力的掌握导致了广告座次的改变。这时,广告将强制地要求种种传统学科在大众传播媒介上面让位。对于广告说来,再也没有什么精神圣殿不能踏入。电视上的广告可以每隔15分钟就蛮横地将节目切断一次;刊物上的广告可以把一篇神学论文任意腰斩,而且将剩下的部分随便转到哪一页上去;一份四版的报纸可以拨出一整版归广告独享,这是通常的新闻、特写或者文学作品所无法赢得的待遇。在这里,广告的功能已经不限于购物指南；它还将炫示经济的效力，肯定消费欲望，为商业争取一份美妙的声誉。在广告那里，话语生产权力与货币之间的关系将以数学式的精确显现出来。

现代社会的特征之一是，人们置身于种种复杂的话语系统之中。政治话语、商业话语乃至学术话语正在从各个方面描述人们的精神蓝图。的确，不少人已经意识到，语言参与现实的一种主要形式是——语言塑造了人们，同时也囚禁了人们。这难道还不算另一种意义上的语言魔力吗？

四

诸多思想家不约地将目光集中到了语言问题上，这是 20 世纪的一个大规模的学术行动。从"新批评"、形式主义到分析哲学、结构主义，语言问题横跨不同的人文学科，成为众望所归的对象。语言与实在、意义的性质、真理概念、言语行为、语词的美学风格、象征与隐喻、语言系统的结构、语言与神话——诸如此类的问题正在各种专业团体之中争论得兴味盎然。然而，尽管具有如此的背景，这样的结论仍然会让许多人大吃一惊：不是我在说话，而是"话在说我。"

"话在说我"的论点无疑包含了结构主义的思想痕迹。人们终于意识到，个人操纵语言仅仅是一种表象；事实上，语言系统的规则章程限定了主体的所有可能。显而易见，这样的发现源于结构主义的深刻启迪。无论肯定还是否定，人们都必须承认，结构主义语言学产生了巨大的震动。一系列来自索绪尔的基本设想广泛地进入了人文科学的诸多领域，挥斥传统，风靡一时。索绪尔的《普通语言学教程》揭示了隐藏于语言符号后面的巨大结构。按照结构主义的观点，一个语词的概念涵义将在这个巨大的结构之中得到确认，横组合、纵组合、差异以及二项对立均在确认的过程中参与了种种精密的界定。换一句话说，语言系统的结构已经为所有的语词设定了涵义，这些涵义与语言周围的实在世界无关。"猫"这一字眼的所有意义并不是来自实在世界之中某种四只脚、长尾巴的动物；整个语言系统的复杂结构将为这个字眼指定一个独一无二的位置——这个位置早已配备了应有的确定涵义。这种观点产生了一系列重要的后果。不少人在索绪尔的激励之下展开了精致的思辨。他们小心翼翼地将语言剥离实在的基座,使之成为独立自足的封闭系统;他们专注地描述了语言系统内部的惯例、运动、交织、紊乱——语言背后庞大的现实和行使语言的主体被毫不犹豫地撇下了。人们很难判断:这是在一种新的语言崇拜之中用语言代替现实,还是巧妙地剥夺了语言参与现实的权利?

如同许多富有启示的学说一样,结构主义同样招致了来自各个方向的诘难。这些诘难之中,巴赫金竭力恢复语言所含有的社会能力。巴赫金首先承认了语言的至关重要;在人文学科之中,人们所能认识的只有由语言组成的文本。但是,巴赫金不愿意像索绪尔那样,仅仅强调语言系统结构的专横统治;巴赫金更乐于发现言语的现实展开所带动的活跃。巴赫金同样考察了语言系统的结构,但是,他更多地从这些结构之中看到了社会因素的干预——例如巴赫金对于话语类型的分析。巴赫金将所有文本和言说单位之间的关系视为对话关系,这无异于在言语的展开之中看到了社会图景的全部复杂性。在巴赫金心目中,语言是通过具体的言语进入现实,现实也是通过具体的言语进入语言,这不啻于是他对语言与社会相互关系的基本构思。①

恢复语言所含有的社会能力,这也就是从一个重要方面暗示了种种语言事件可能隐含的分量。在一个最为深刻的意义上,一种新的语言潮汐将是人文环境隐蔽地转换的根本标志。人们同样可以在汉语之中看到,某些意味深长的语言迹象正在出现。

相当长一段时期内,大量的政治术语布满了当代汉语的每一个角落。这些政治术语如同一套严密的路标规范了所有的判断尺度。无论人们谈论何种问题,最终的裁决都将引向严峻的政治准绳。政治术语的强大势力吞没了一切,一个由语言铸成的坚硬槽模顽强地规定了现实的导向。密集的政治术语无疑为人们制造出一个相应的人文环境。有关人的所有解释都将是政治定位。人的精神单一地镶在了政治的维面之上。无论是涉及道德还是涉及生理,无论是学术研究还是法律制定,一切都将趋归于政治鉴定。当妻子用"官僚主义"形容丈夫粗心的时候,或者,当父母用"修正主义"指责子女享

---

① ［苏］巴赫金:《言语体裁问题》、《文本问题》,《巴赫金全集》第四卷,白春仁等译,河北教育出版社 1998 年版。

乐倾向的时候,人们不得不怀疑:除了政治表述,所有的词汇都已经消失了吗? 这一个时期的汉语表明,政治术语的强大攻势成功地从日常话语之中清洗掉种种商业用语、感情用语、性学用语,它们甚至强行打入门户森严的科学用语——人们可以从物理课本或者医学教科书之中读到大段大段支离破碎的政治话语片断。在这里,种种政治术语的使用显然包含着强烈的褒贬。这些政治术语既是命名,又是判断;既包含了赞颂,又包含了指令乃至处罚。总而言之,密集的政治术语同时又在人文环境之中制造出某种紧张气氛。这使日常用语缺少幽默,缺少委婉,咄咄逼人的论战语调代替了温情与智慧。一系列不可冒犯的教条词句在汉语中间形成了一个封闭性的连续体。

不难察觉,这一封闭性的连续体目前正在逐渐瓦解。当代汉语的许多方面似乎进入了更新换代的时期。某些众所周知的语言格式悄悄地过时了,某些口号成为历史风雨之中的遗迹。一些概念、词汇已经不合时宜,甚至带上了某种矫揉造作的气味,另一些陈述方式与特殊语气突然具有了令人反感的风格。作为一种替代,一批陌生的话语涌入汉语。新型的语言氛围开始在诸方面酝酿。从人文学科的标准表述到日常用语之中的寒暄、称谓、恭维、玩笑之辞、公共关系用语或者礼仪客套,人们都能察觉到汉语的某种微妙演变。这种演变显然导源于新的人文环境。的确,如果从权威传播媒介上看到"老板牌抽油烟机"的广告词,人们不可能不意识到价值体系的转移。赢得公认的价值体系不仅是一种纯粹的理论论证,它还将疏散到日常用语的遣词造句之上,活跃于每一个人的口吻之间。这时常体现为,人们日常使用的词汇表不知不觉地更换了。海明威的《战地春梦》曾经用词汇感觉的变异体现旧有价值体系的彻底崩溃。由于憎恨战争,小说的主人公愤然宣称:同村名、道路编号、河流名称、部队番号、日期等具体字眼相互比较,诸如"光荣"、"勇敢"、"荣誉"或者"神圣"这些字眼显得秽亵和下流。在这里,几个概念的沉浮象征了一代人的反抗情绪。对于汉语说来,那张代表了又一个时代的词汇表出现了没有?

日常话语之中,新的语言潮汐通常是以潜滋暗长的形式来临。表面上,陈旧的话语系统一本正经地流通于文牍、社论、报告、官方发言、会议用语、交际辞令以及新闻文体之中。但是,就在种种权威的语言表述背后,一些语言的局部开始变形、锈蚀、剥落、死去;另一些局部产生了有趣的语言萌芽:某一方面前所未有的词汇零星地缀入了人们的会话,某一类型的用语逐渐增添了使用的频率,某种特定的风格或者语气在越来越大的范围内得到了仿效,如此等等。考察语言内部正统与变异的冲突,人们不能不想到弗洛姆提出的一个概念:"社会无意识"。无论是弗洛姆的师承关系还是这一概念的构词方式,"社会无意识"都明显地带有弗洛伊德"无意识"的胎记。弗洛姆使用"社会无意识"指谓多数社会成员普遍遭受压抑的精神区域。弗洛姆认为,一个社会同样将根据自己的利益压抑某些思想和情绪,使之陷入意识阈限之下的黑暗,成为无名的存在。按照他的分析,语言将和逻辑学以及社会禁忌系统共同组成严密的网络,从而阻止这些思想和情绪浮现到符号层面上来。[1] 在这个意义上,正统的话语系统同时也就是鉴定某种社会意识可否放行的闸门。然而,弗洛姆同样察觉到了"社会无意识"对于压抑的不屈反抗。这种反抗包括了对于语言闸门的冲击。不难推断,人们所遇到的语言变异即是这种冲击的后果之一——某些"社会无意识"终于通过反抗打入社会意识,并且创造了自己的语言形式。

弗洛姆与弗洛伊德的差异在于,"社会无意识"比"无意识"带有更多的社会涵义,同时也呈现出更为宏大的考察视野。弗洛伊德将弑父娶母的欲望作为压抑的主要对象,而"社会无意识"却包含了远为丰富的内容:它可能是主导意识形态所否决的思想学说,也可能是被压迫阶级或阶层的叛逆之声;它可能是某些处于边缘的弱小民族所留下的文化艺术,也可能是超级大国垄断之下第三世界国家的本土风格;总之,围绕"社会无意识"的压抑、反抗远远不限于弗洛伊德所关注的文明与个人的关系,这个概念更为适宜于成为各种范围社会革命的描述。在同样的意义上,"社会无意识"的表现愿望也更为强大——它们急迫地渴求进入社会的语言代理。

这就是文学应声而出的时刻了。

相对于诸多话语系统,文学话语的词汇、修辞、叙事、母题、类型结构无不更为主动地向"社会无意识"敞开。文学对于感性的爱好,文学对于个性的

---

① [美]弗洛姆:《在幻想锁链的彼岸》,张燕译,湖南人民出版社 1986 年版,第 126 页。

尊重,文学对于民间和被压迫者的亲近与同情,文学对于自由、反叛、激情的肯定和文学对于超验的浪漫想象——这一切都造成了文学对于"社会无意识"的亲和倾向。这个意义上,人们确立了文学话语的维度。

　　社会话语的光谱系列之中,文学话语仅仅占据了一个狭小的位置。然而,文学存在于这个系列的首要理由无疑是:坚持文学话语的维度,并且尽可能将这样的维度展示在现实的人文环境之中。

文学形式的构成与多边关系

一

对于文学说来,形式始终是一个谜一般的概念。M. H. 艾布拉姆斯为《文学术语词典》撰写"形式与结构"词条时如此陈述:"它常被用来仅指文学类型或体裁(如'抒情诗体'、'短篇小说体'),或指诗歌格律、诗行及韵律的类型(如'诗体','诗节形式')";另一些时刻,"所谓一部作品的形式指的是决定一部作品组织和构成的原则"①。当然,这些简单的定义没有机会复述这个概念在文学批评史上屡次遭受的重创。

艾布拉姆斯的《文学术语词典》的另一个词条提到了俄国形式主义学派的理论主张:"形式主义把文学首先视为一种语言的特殊模式,并指出文学语言(或诗歌语言)和日常'实际'使用的语言之间是根本对立的。"艾布拉姆斯顺便告知,"形式主义"的诨名是这个学派的对手赠送的,贬损之义昭然若揭。② 这个说法可以在托多罗夫——这个学派论文的编选者之一——那里得到佐证。③

---

① [美]M. H. 艾布拉姆斯:《文学术语词典》,吴松江等译,北京大学出版社2009年版,第203页。
② 同上书,第205页。
③ [法]茨维坦·托多罗夫:《俄苏形式主义文论选·编选说明》,见[法]茨维坦·托多罗夫编选《俄苏形式主义文论选》,蔡鸿滨译,中国社会科学出版社1989年版,第5页。

　　按照雷蒙·威廉斯的考证,"形式主义者"一词出现于 17 世纪的英文之中。"形式"一词通常意指"形塑原则":"能将飘忽不定的事物化为明确、特定的事物";然而,"形式主义"可悲地转向了反面——这个概念迄今通用的负面涵义是徒有其表、华而不实、言不由衷,如此等等。[①] 这些负面涵义延伸至文学范畴,"形式主义"形容的是某种本末倒置的倾向:沉溺于无聊的语词游戏乃至叙事杂耍,逃避历史与意识形态,逃避波澜壮阔的社会生活。这显然是文学的歧途。

　　然而,人们没有理由因为这种耳熟能详的判决而无视俄国形式主义学派的理论版图开拓。由于这个学派诸多批评家卓有成效的研究,愈来愈多的人意识到文学形式的特殊存在。首先,文学形式决定了一部作品的组织和肌理,进而决定了一部作品的主题显现。分析表明,叙述、修辞抑或诗歌韵律哪怕出现了微小的调整与差异,一部作品的主题亦随之有所改变。其次,文学形式划出了文学与非文学的标志,未曾接受文学形式铸造、锤炼的语言仅仅承担日常的信息交流。第三,文学形式内部隐藏了文学之为文学的秘密——亦即罗曼·雅各布森所说的"文学性"。按照雅各布森的著名论断,"文学性"是文学研究的核心。这时,一个刺眼的结论正在跃跃欲试地闯到前台:文学即形式。

　　相当程度上,俄国形式主义学派的许多观念与日后活跃于英美的"新批评"学派不谋而合。"新批评"主张关注作品的独立实体,众多文学的外围因素更像种种干扰。"意图谬误"和"情感谬误"排除干扰的两张理论盾牌。批评家认为,作家的意图并不重要,热衷于阐述作家的自我表白显然过多地依赖以作家为中心的传记式研究;读者的反应也不重要,依据各种莫衷一是的阅读心理往往滑向相对主义的陷阱。R. 韦勒克和沃伦的《文学理论》郑重其事地将"文学和传记"、"文学和心理学"、"文学和社会"、"文学和思想"以及"文学和其他艺术"称之为"外部研究"。"新批评"的倡导显然是文学的"内部研究",即研究作品的实体本身,"细读"是批评家的不二法门。所谓的作品实体指的是文学形式的诸多成分,按照 R. 韦勒克和

―――――――――

　　① ［英］雷蒙·威廉斯:《关键词》,刘建基译,生活·读书·新知三联书店 2005 年版,第 188—189 页。

沃伦的概括,这些成分包括谐音、节奏、格律、文体、意象、隐喻、象征、神话、叙述模式、文学类型,等等。显然,这时的"新批评"与俄国形式主义之间具有某种理论的呼应。

事实上,俄国形式主义的影响更多地注入了结构主义学派。据说雅各布森与列维－斯特劳斯的相遇产生了决定性的作用,他甚至是"结构主义"这个术语的首倡者。[①] 追溯历史可以清楚地看到,结构主义发源于语言学的革命性转型。人们公认索绪尔是这个转型的关键人物,他的《普通语言学教程》充当了结构主义者的圣典。索绪尔将语言描述为一个完整的、闭合的系统,"结构"是后人对于这个系统的命名。索绪尔的语言学图景之中,这个系统是一个共时的结构,语言的历史演变——传统语言学家深感兴趣的主题——遭到了放逐。喧闹的历史被锁在了门外,这肯定有助于清晰地再现共时系统内部的组织规则。与此同时,索绪尔抛弃了话语的主体。谁在说什么并不重要,重要的是揭示这些话语依据何种规律运行。这是对于主体哲学——结构主义之前,存在主义曾经如日中天——的反动。话语主体的个人风格、内心状态以及历史氛围无不作为多余的赘物切除。结构主义对于语言模式的描述很快移植到文学研究领域。不出所料,拒绝考虑历史和拒绝主体的观念遭到了多方面的抵制。尽管如此,结构主义批评家充满了自信:这是建立"文学科学"必须偿付的代价。从俄国形式主义、英美的"新批评"到结构主义,众多相近的理念汇聚起来了。当文学形式作为研究聚焦之后,借助科学的精确和严密揭开文学的秘密仿佛指日可待。这可以视为围绕文学形式盛极一时的理论高峰。

俄国形式主义、"新批评"或者结构主义的式微存在多方面的原因。至少,一个独立自律的文学形式王国并未建立。这些批评家的共同设想是,文学形式犹如某种专业屏障阻挡政治意识形态的粗暴侵扰。然而,俄国形式主义的遭遇已经证明,这只能是一个幼稚的幻想。俄国形式主义的文学主张引起了当权者的不满,许多批评家遭到严厉的抨击,并且充分领教了学术之外的处罚。文学漠视政治意识形态不等于政治意识形态漠视文学。当然,

---

① ［法］弗朗索瓦·多斯:《结构主义史》,季广茂译,金城出版社 2012 年版,第 27、57、70 页。

真正的打击来自理论内部的裂变。雅克·德里达为首的解构主义奇妙地发现了结构主义的"阿喀琉斯之踵",宏伟壮观的理论大厦一朝崩塌。必须承认,始于俄国形式主义的大型理论战役并未完成预定的目标——无论称之为"作品的实体"还是"结构",一个高高在上、拒绝历史过问的文学形式体系并未如期出现。现在可以说,文学即形式仅仅是一个跛脚的命题。

如果以德里达的挑战为标志,结构主义的受挫已经是半个世纪之前的故事。文学形式涉及的众多关系远比预想的复杂,结构主义设计的理论模型存在诸多缺失。尽管如此,始于俄国形式主义的各种理论跋涉并非多余。这些思想不断地沉淀下来,并且与另一些观念——包括理论对手的观念——展开持续的对话和博弈,仿佛在等待另一个突破的时刻。

相当多的批评家置身于这个等待的队列。他们对于文学形式的兴趣持久不衰。这些批评家的理论构思之中,文学形式始终是一个无法绕开的理论要津。研究的受阻不等于问题的解决或者消失。的确,文学形式无法承担文学的全部解释,然而,又有哪一种文学的解释可以完全摆脱文学形式? 也许,从新历史主义、精神分析学、意识形态话语到文化研究,半个世纪的知识积累正在酝酿又一个思想收获的季节,文学形式的诸多维面开始在另一些理论视域逐一显露。再度聚焦文学形式的机会来临了。当然,没有多少人力图简单地重启"文学即形式"的论证,激进地证明文学形式是文学性的唯一标志。文学形式将被置于历史、主体、意识形态、语言、文学等多边关系之间给予考察——考察文学形式如何成为多边关系的汇聚;继而考察文学形式如何介入多边关系,影响和调整历史、主体、意识形态和文学。这意味了另一个诱人的研究规划。

当然,这种考察必须远溯文学批评史遗留的一个奇怪的问题:相当长一个时期,为什么文学形式始终是一个遭受压抑的对象?

二

汉语之中,现代意义上的"文学"——作为与哲学、历史学、经济学或者政治学相提并论的独立文化门类——很迟才出现。中国古代思想家所谈论的"文学"异于现今的语义。因此,文学形式这个概念从未出现在中国古代文献之中。尽管如此,文辞表述是中国古代思想家十分关注的主题。孔子的《论语》曾经指出:"修辞立其诚",文辞的修饰即属现今的文学形式问题。另一些时候,古代思想家使用的概念是"文",例如,"言而无文,行而不远";或者,"质胜文则野,文胜质则史,文质彬彬,然后君子"。古代思想家反复阐述的一个强大主题即是,避免过于炫目的文采扰乱人们的心智。先秦的墨子甚至提出了"非乐"的思想,华丽的艺术享受犹如文化腐蚀剂,祸国殃民;如此不道德的行径理当尽早废止。很大程度上,这个主题表明了古代思想家所赞许的文化性格:"讷于言而敏于行","见素抱朴","信言不美,美言不信",如此等等。他们心目中,性格张扬、言辞浮华有违君子圣人的追求。所以,柳宗元的这几句自述具有相当大的普遍意义:"始吾幼且少,为文章以辞为工。及长,乃知文章以明道,是固不苟为炳炳烺烺,务采色,夸声音,而以为能也。"① 对于中国文学批评史说来,这种观念始终是否弃文学形式的思想资源。

　　不言而喻,这种观念与诗人热衷的语言推敲存在矛盾。诗来自语言的千锤百炼,诗人以雕琢语言为生。然而,相当多的时候,诗人不得不为自己的语言才能披上一副伪装。"极炼如不炼"是中国诗学的一个特殊观点。批评家不反对诗人沉湎于语言炼丹术;他们强调的是"羚羊挂角,无迹可求",成熟的语言修饰必须抹消一切斧凿痕迹。诗人可以殚精竭虑,寻寻觅觅,"两句三年得,一吟双泪流",然而,字斟句酌造就的佳句必须流畅光滑如同一挥而就。如果诗人专注于遣词造句而费尽心机,这种诗作多半气象塞涩,格局狭小,有尖巧之意而无开阔之思。批评史上"郊寒岛瘦"的著名评语即是对这种风格的讥讽。对于多数批评家说来,"清水出芙蓉,天然去雕饰"倡导的自然天成无疑更多地赢得了推崇。

　　当然,诗人不可能彻底放弃文采。文采遭遇的理论对手时常是"道"。文章诗赋曾经被古人喻为"雕虫小技",所谓"壮夫不为也"。一个胸襟远大的君子必须关注天地大道,文章诗赋只能闲暇之际偶一为之。如果沉溺于

---

① 柳宗元:《答韦中立论师道书》,《柳河东集》卷三十四。

文辞的雕琢之功,"玩物丧志"是一个可耻的堕落。许多古代思想家意识到文采的强大诱惑,"作文害道"是道学家发出的严厉警告。他们看来,优美的文辞不仅会导致心性轻浮,而且干扰了人们对于"道"的持续注视。参悟大道,修身养性,这是至高至大的学问,那些花言巧语又有什么意义?

另一种观点似乎缓和一些。一些批评家觉得,没有必要孜孜不倦地琢磨文采。一个强大的主体可以轻而易举地完成自己的话语体系。韩愈的"气盛言宜"包含了不容置疑的主体自信:"气,水也;言,浮物也;水大而物之浮者大小毕浮。气之与言犹是也,气盛则言之短长与声之高下者皆宜。"① "气盛言宜"的命题表明,一个充沛的内心不仅思如泉涌,而且雄辩滔滔——语言无疑是主体驱使的工具。

中国古代思想史之中,"道"或者"气"均为举足轻重的范畴,并且歧义丛生。所谓的"道"时常指称宇宙的初始、本源或者规律;所谓的"气"不仅充盈于天地之间,同时集聚于主体,这即是孟子所说的"我善养吾浩然之气"。然而,不论真理之源是"道"或者"气",文辞仅仅是无足轻重的附属品;犹如一副等待内容的躯壳,自身无法产生意义。现今看来,"表现论"的语言观念犹如"气盛言宜"命题的现代翻版,浪漫主义文学主张最为适合充当这种语言观念的表演舞台。

通常认为,浪漫主义文学主张如同呼啸的旋风掀翻了古典主义的桎梏。然而,浪漫主义来源不一,观念分歧,不同作家的文学实践错落不齐。欧洲是否存在一个统一的浪漫主义文学运动? 许多人对于这种结论深表怀疑。尽管 R. 韦勒克的两篇论文《文学史上浪漫主义的概念》和《再论浪漫主义》长达 90 页,但是,他仍然没有信心叙述一个同质的浪漫主义文学实体,而是提出了适于衡量浪漫主义文学的三种尺度:想象,大自然,象征和神话——"从诗的观点来看的想象,作为世界观沉思对象的大自然,以及构成诗的风格的象征和神话"。韦勒克没有专门阐述浪漫主义文学的语言观念,他仅仅捎带地提到雪莱的观点:"词汇不过是'微妙的影子'。"② 浪漫主义诗人往往拥

①　韩愈:《昌黎先生集》卷十六。
②　[美]R. 韦勒克:《文学史上浪漫主义的概念》,《批评的诸种概念》,四川文艺出版社 1988 年版,第 154、174 页。

有一个强大的心灵。他们沉浸于自己的想象经天纬地，统驭万物，"登山则情满于山，观海则意溢于海"；他们的内心温度几近沸腾，各种奇思妙想如同炽热的岩浆喷涌而出。这些诗人眼里，语言始终如影随形地待命；强大的心灵必定拥有同等强大的语言。的确，雪莱就是这么认为。他在《〈伊斯兰的起义〉序言》之中自负地说："一个熟悉自然、熟悉人类最杰出的著作的人，在语言的取舍方面，根据直觉办事总是不会错的，其实，直觉本身就是熟悉了这种情况而产生的。"著名的《诗辩》之中，雪莱又说："较为狭义的诗则表现为语言、特别是具有韵律的语言的种种安排，这些安排是那无上庄严的力量所创造，但这力量的宝座却藏在不可见的人类天性之中。并且这力量导源于语言的本性，后者较为直接地再现我们内在的行为和激情，比色彩、形状或运动，容许较为多样的、细致的组合，较多塑造性，也较为服从创造力量的支配。因为想象任凭自己的意思产生语言，语言只和思想发生关系；而艺术中所有其他的素材、工具和条件，则彼此之间都发生关系，只不过这些关系限制并干预意念与表现。"① 总之，当一个活跃的心灵开始启动的时候，诗人没有理由再为文学形式而苦恼。

意大利哲学家克罗齐肯定不算浪漫主义合唱队中的一员。但是，他的表现主义远比浪漫主义走得更远。作为哲学思想体系的组成部分，克罗齐的美学观念清晰简洁。他提出的命题具有惊世骇俗的风格："艺术即直觉"。各种物质材料杂乱无章，甚至隐匿于认识的范畴之外；直觉是心灵赋予物质材料的形式。形式并非直觉结束之后的物质追加，直觉与形式二位一体。这个意义上，"审美的事实就是形式，而且只是形式"。克罗齐承认直觉形式必须诉诸固定的符号，他形象地将这个过程命名为"投射"。尽管如此，克罗齐对于各种固定符号不屑一顾——他不无轻蔑地将各种固定符号称之"备忘工具的制造"："那些叫做诗、散文、诗篇、小说、传奇、悲剧或者喜剧的文字组合，叫做歌剧、交响乐、奏鸣曲的声音组合，叫做图画、雕像、建筑的线条组合，不过是再造或回想所用的物理的刺激物（e 阶段）。记忆的心灵的力量，加上上述那些物理的事实的助力，使人所创造的直觉品可以留存，可以再造成回

---

① ［英］雪莱：《〈伊斯兰的起义〉序言》、《诗辩》，见伍蠡甫主编《西方文论选》（下卷），上海文艺出版社 1979 年版，第 48、52 页。

想。"在他看来,对于这些固定符号进一步的归纳或者分类徒劳无益——诸如此类的研究无妨付之一炬。① 不管浪漫主义与克罗齐存在多少差异,对于二者共享的主体信念和"表现论"的语言观念说来,文学形式不存在独立的意义。

许多时候,"表现论"的语言观念是一个不言而喻的前提——语言的意义不就是表现主体的工具吗? 也许,苏珊·朗格这样的理论家不愿意接受如此粗糙的论点,她在"情感与形式"的论题之下力图用艺术的名义聚焦主体与语言之间对接的领域。苏珊·朗格的结论是,艺术是人类情感符号形式的创造。换言之,艺术标志了"情感与形式"之间理想的平衡和互证。不存在没有形式的情感,恰如不存在没有情感的形式,这似乎理所当然。然而,从俄国形式主义到法国结构主义的理论路线图恰恰是绕开了不言而喻的前提:为什么不是颠倒过来——为什么不是主体成为语言的表现呢?

三

"叙述"这个术语是人们给另一种语言模式的命名,叙述学力图从事这种语言模式的理论描述。这种语言不再抒写主体的内部情志,而是惟妙惟肖地显现坚硬的外部世界。"真实"即是在此刻欣然登场,充当文学批评的一个衡量范畴。当然,外部世界可能包含了某种运动,包含了一个前因到后果的转换,或者一个从平衡的打破到平衡的重建。这时,叙述意味了一个过程前后相随的完整再现。按照亚里士多德《诗学》的要求,叙述的完整表现为不必上承他事的发端,终于无须他事后继的结局,这个过程的各个部分紧密联系,以至于不可任意删削挪移。② 这时,语言学家在叙述话语之中发现了主导叙述延续的横轴。

莫泊桑曾经回忆福楼拜教诲他如何精确地叙述一个对象:"不论一个作家所要描写的东西是什么,只有一个词可供他使用,只有那一个动词能使动

---

① ［意］克罗齐:《美学原理 美学纲要》,朱光潜、韩邦凯等译,外国文学出版社 1983 年版,第23、121、107、125 页。

② ［古希腊］亚里士多德:《诗学》,罗念生译,人民文学出版社 1962 年版,第 25 页。

作生动,只有那一个形容词能使性质鲜明。"① 这是对叙述话语显现能力的绝对信任。事实上,人们可以在中国古典诗词之中找到更多的例证。

> 陈公时偶得杜集旧本,文多脱误,至《送蔡都尉》诗云:"身轻一鸟",其下脱一字。陈公因与数客各用一字补之。或云"疾",或云"落",或云"起",或云"下",莫能定。其后得一善本,乃是"身轻一鸟过"。陈公叹服,以为虽一字,诸君亦不能到也。
>
> ——欧阳修《六一诗话》

> 王荆公绝句云:"京口瓜州一水间,钟山只隔数重山。春风又绿江南岸,明月何时照我还?"吴中士人家藏其草,初云"又到江南岸",圈去"到"字,注日"不好",改为"过";复圈去而改为"入",旋改为"满";凡如是十许字,始定为"绿"。
>
> ——洪迈《容斋续笔》卷八

当然,诗人心目中的"真实"并非仅仅表象的通俗复制;许多时候,诗人的工作即是挑选称心如意的奇妙字眼叙述他们意识到的"真实"。例如:

> "红杏枝头春意闹",着一"闹"字而境界全出。"云破月来花弄影",着一"弄"字而境界全出矣。
>
> ——王国维《人间词话》

按照亚里士多德的《诗学》,叙述可以视为一种"摹仿",例如史诗和悲剧。在他看来,"摹仿"来自"人的天性"。摹仿可能诉诸各种媒介,例如颜色、姿态、声音、众多乐器和文字,如此等等。② 摹仿成功与否的评价时常是"真实"的程度,譬如线条和颜色是否再现了一片风景,乐器的弹奏是否再现了清脆的鸟鸣或者鼓点一般的马蹄声。当然,亚里士多德的《诗学》已经考虑到文学叙述异于历史叙述——二者的"真实"观念并非一致。亚里士多德的结论是:"一桩不可能发生而可能成为可信的事,比一桩可能发生而不可

---

① ［法］莫泊桑:《小说》,田保荣译,《小说评论》1997 年第 5 期。
② ［古希腊］亚里士多德:《诗学》第一章、第三章,罗念生译,人民文学出版社 1962 年版。

能成为可信的事更为可取"。文学占有的是"可能"的真实,历史只能据实记载。《诗学》阐释了文学形式如何形成特殊的叙述路线图:

> 史诗的情节也应该像悲剧的情节那样,按照戏剧的原则安排,环绕着一个整一的行动,有头,有身,有尾,这样它才能像一个完整的活东西,给我们一种它特别能给的快感;显然,史诗不应像历史那样结构,历史不能只记载一个行动,而必须记载一个时期,即这个时期内所发生的涉及一个人或一些人的一切事件,它们之间只有偶然的联系……①

可以发现,19世纪之后的现实主义文学延续并且完善了这种观念。现实主义文学不仅逼真地重现一条街道,一副肖像,或者一个家族的兴衰沉浮;现实主义文学隐含的雄心是,显现日常表象背后历史潮流的巨大冲动。谈论斐迪南·拉萨尔的剧本《济金根》时,恩格斯认为现实主义文学呈送的"主要的出场人物是一定的阶级和倾向的代表,因而也是他们时代的一定思想的代表,他们的动机不是来自琐碎的个人欲望,而正是来自他们所处的历史潮流"。恩格斯在另一封信中又说:"据我看来,现实主义的意思是,除细节的真实外,还要真实地再现典型环境中的典型人物。"② 现实主义文学对于历史的青睐赢得了马克思主义学派批评家的反复阐述。所以,现实主义文学并非有闻必录,罗列碎屑,而是借助某种叙述模式,聚焦、提炼某些方面,同时遮蔽、排斥乃至删除另一些内容——这即是现实主义文学形式的基本使命。正如R.韦勒克所言,"尽管它主张直接的深入洞察生活和真实,在艺术实践中,现实主义也有它自己的一套惯例、技巧和排它性"③;"即使看起来是最现实主义的一部小说,甚至就是自然主义人生的片段,都不过是根据某些艺术成规而虚构成的"④。

尽管如此,从亚里士多德的"摹仿"到现实主义,"真实"范畴的强大

---

① [古希腊]亚里士多德:《诗学》,罗念生译,人民文学出版社1962年版,第89、82页。

② [德]恩格斯:《致斐迪南·拉萨尔》、《致玛哈克奈斯》,《马克思、恩格斯、列宁、斯大林论文艺》,作家出版社2010年版,第112、139页。

③ [美]R.韦勒克:《文学研究中现实主义的概念》,《批评的诸种概念》,四川文艺出版社1988年版,第242页。

④ [美]韦勒克、沃伦:《文学理论》,刘象愚等译,生活·读书·新知三联书店1984年版,第14页。

威望带来了一种普遍的错觉:对于文学说来,现实按照自己的逻辑自动浮现,客观,中性,拒绝人为的干预。这时,文学形式如同一件多余的披风。当然,所谓"自动浮现"不可能祛除充当媒介的语言符号,但是,完整的现实赫然再现之际,即是语言符号遭受遗忘之时。女主人公的美貌令人惊叹不已的时候,可悲的结局令人唏嘘再三的时候,谁还会划出一部分精力条分缕析地考察作家的文采? 文学形式不合时宜地夺走读者的视线,这毋宁说是一种缺陷。换言之,"真实"范畴包含了一种重要的辩证转换:文学形式的最佳成效即是文学形式的消失。借用中国式的玄妙表述,这即是"到岸舍筏","见月忽指"。

弗·詹姆逊显然相当谙熟这种辩证转换。倡导"辩证批评"的时候,他对于文体形式的独立存在表示异议。文体形式必须是个人的,具体的,紧密地同个人所处的那个历史时期联系在一起。詹姆逊认为:"对于真正的辩证批评来说,不可能有任何事先确定的分析范畴:就每一部作品都是它自身的内容的一种内在逻辑或发展的最终结果而言,作品演化出它自己的范畴,并规定对它自身释义的特殊用语。"[1] 总之,文学形式即是一个作家与某些历史内容独一无二的互动。离开这些历史内容以及这一部作品,所谓的文学形式同时消失了。

现在必须短暂地驻足,关键的分歧终于开始尖锐地显露:具体的历史内容之外,一个独立的、自足自律的文学形式体系是否存在——如何存在?

四

首先,可以对这个分歧做出一个初步总结:"道"、主体或者历史的再现分别是压抑文学形式的三个谱系。文以明道、言为心声或者文学被隐喻为历史的一面镜子——诸如此类的命题无不潜藏了一个论断:文学形式始终是依附性的仆人,文学形式的意义毫无保留地反射在"道"、主体或者历史的再现之中。

---

① ［美］弗·詹姆逊:《马克思主义与形式》,李自修译,百花洲文艺出版社 1995 年版,第 282 页。

　　然而，20世纪的理论环境出现了重大的改变。首先,现代主义的各种实验性写作方兴未艾,文学形式的探索引擎突然加速;其次,文学作为一个正式学科赢得了学院的认可,不少教授倾向于认为文学形式充当了这个学科不可重复的标志;当然,更为重要的是邻近学科带来的重大启示——语言学。无论是俄国形式主义还是结构主义,两个学派的批评家无不受惠于语言学的研究方法以及各种命题。这种理论环境显然不允许无视文学形式的奇特功效——包括马克思主义阵营的批评家,譬如阿多诺,或者马尔库塞。文学形式曾经被马尔库塞视为改变庸常世界的伟大酵母:艺术的意义"取决于它业已成为形式的内容",这种形式将洞穿"虚假的直接性",粉碎"未经反思的神秘现实","通过重建经验的对象,即通过重构语词、音调、意象而改变经验";这即是马尔库塞形容的"形式的专制"——文学形式承担了意识形态批判的利器。① 尽管如此,这种结论远未满足形式主义学派的胃口。重建经验的语词、音调、意象来自"神秘现实"即兴的自我孵化,还是来自另一套文学形式体系的约定范式? 形式主义学派显然认为,一套完整的文学形式体系始终矗立在地平线上。

　　亚里士多德的《形而上学》曾经阐述了"质料"与"形式"两种范畴。形式是否先于质料存在? 这个问题隐含了复杂的理论纠缠。对于"桌子"说来,质料与形式不可分离——任何一方缺席,"桌子"都不存在;然而,对于某一张桌子说来,质料与形式可以分离。摧毁这一张桌子的质料,桌子的形式并未消失。② 亚里士多德的《诗学》显然是在第二种意义上阐述悲剧与史诗形式。《诗学》精细地考察了某些技术性细部,例如悲剧的简单音,音缀,连接词,名词,动词,词形变化,语句;例如英雄格、短长格和史诗叙述者的设置,等等。显而易见,这些技术细部的选择几乎与具体的历史内容无关,它们的优劣评价仅仅局限于文学形式体系内部。一个词形变化恰当与否的衡量是另一些与之配合的词语,而不是这个词描述了什么。如果以中国古典诗

---

　　① ［德］马尔库塞:《审美之维》,李小兵译,生活·读书·新知三联书店1989年版,第212、236、121、235页。

　　② 这个问题的讨论亦可参阅赵宪章主编:《西方形式美学》,南京大学出版社2008年版,第71—73页。

词格律为例,结论可能更为清晰。对于七言律诗说来,"平平仄仄平平仄"
的规定不是相对于诗词的意象,而是回应对称的另一句音调"仄仄平平仄仄
平"。尽管"平声平道莫低昂,上声高呼猛烈强,去声分明哀远道,入声短促
急收藏"产生的抑扬顿挫与诗人的情志起伏存在一定的联系,但是,二者的
对应远不如形式内部的规范固定。事实上,从中国古典诗词的繁杂格律、日
本的俳句到西方的十四行诗,脱离历史内容的文学形式体系赫然存在。

　　相对于严密的诗词格律,另一些文类规范的特征模糊、松弛,人们甚至
无法判断它们能否构成一个稳定的体系,例如小说或者戏剧。对于叙事话语
说来,打开僵局的是弗·雅·普罗普的开创性著作《故事形态学》。许多批
评家致力于阐释人物性格的时候,这部著作独辟蹊径地转向了角色功能的研
究。"沙皇赠给好汉一只鹰。鹰将好汉送到了另一个王国";"老人赠给苏钦
科一匹马。马将苏钦科驮到了另一个王国";"巫师赠给伊万一艘小船。小
船将伊万载到了另一个王国";"公主赠给伊万一个指环。从指环中出来的
好汉们将伊万送到了另一个王国"——普罗普收集的这些例子存在不变因
素和可变因素。"变换的是角色的名称(以及他们的物品),不变的是他们
的行动或功能。"① 总结了一大批神奇故事之后,普罗普找到了 31 种角色功
能,例如最初的灾难,主人公遭受追捕,主人公获得宝物,主人公改头换面,敌
人受到惩罚,主人公成婚并加冕为王,如此等等。按照他的研究,无穷的神奇
故事即是由这些功能的种种组合配制而成。按照"情节是人物性格的发展
史"的命题,性格的形成以及彼此之间的戏剧性冲突与具体的历史背景密不
可分,然而,普罗普的意图恰恰背道而驰。如同有限的象棋规则主宰无数的
棋局,普罗普试图剥离各种外在表象,概括出主宰无数神奇故事的固定支架。
历史内容可能提供不同的角色,但是,他力图抵达的最终结论是,角色承担的
叙事功能避开了历史的干扰而始终如一。

　　这个意义上,罗兰·巴特的《叙事作品结构分析导论》的理论指向无疑
是叙事话语体系的内在构成。叙事作品内部诸种话语成分的切割与组织图
景的描述显然是巴特的擅长。巴特将叙事话语分解为三个层次,即功能层,

---

① 〔俄〕弗拉基米尔·雅可夫列维奇·普罗普:《故事形态学》,贾放译,中华书局 2006 年版,
第 17 页。

行为层,叙述层;每一个层次内部还可以继续拆卸,例如功能层内部隐含了横轴的分布类和纵轴的归并类,前者有助于再现行为的延续,后者有助于再现状态的弥漫,这即是所谓的"核心"与"催化";若干意义单位的组织完成了一个新的序列,诸多序列的交汇形成了叙事作品结构的整体系统。作为一个局部的组成,许多序列的轮廓必须在更高一个层次的框架之中才能显现。巴特的理论构思之中,大大小小的意义单位和序列如同各种型号的零件精密地装配起来,带动一部庞大的叙事机器有效运转,源源地生产出种种意义。巴特竭力断绝叙事话语与历史内容的衔接,封锁二者互通款曲的踪迹,例如主体。无论是作品之中的人物性格还是生产叙事话语的叙事人,巴特仅仅称之为"纸上的生命"。故事之中人物性格的使命无非是完成情节,犹如一个名词作为动词的主语。阐释某个人物性格的普遍意义代表了哪一种历史潮流不啻于无稽之谈;叙事人无非是某一部文本的讲述者;相对于各种严密的叙事话语法则,意识形态对于作家——作为通常的社会成员——的影响无关紧要。总之,历史内容不可能投射于主体从而干扰文学形式。相近的原因,人们没有理由从故事时间联想到特定的历史环境,文本之中的时间序号更像是驾驭情节有序铺展的叙事逻辑。按照巴特的天才式分析,叙事话语的众多话语成分各司其职,相互配合,这个系统的强大结构遵循某种自洽的内在逻辑从而轻松地甩下了风云变幻的历史。

一套语言延伸到另一套语言,一种形式构型呼应另一种形式构型,各个部分相互配合,相互见证,总之,文学形式体系是一个完善的闭合系统,借用什克洛夫斯基的话说,这个体系内部构造不受城堡上旗帜颜色的影响。这显然代表了结构主义的理想。不过,来自朱丽娅·克里斯蒂娃——罗兰·巴特的得意门生——的"互文"理论已经带有明显的后结构主义意味。"互文"理论表明,一个文本镶嵌了形形色色的其他文本,众多文本的交织形成了一个无限开放的语言网络。这种观点很快得到了巴特的激赏。在为《世界大百科全书》撰写关于文本理论的条目时,巴特清晰地形容说:"任何文本都是一种互文。在一个文本之中,不同程度地、以各种多少能够辨认的形式存在着其他文本;譬如,先时文化的文本和周围文化的文本。任何文本都是过去的引文的重新组织。"① 一些文本如同种子撒入另一些文本，它们彼此攀援，互相派生，这可以视为文学形式茂盛的自我繁殖；然而，这种文本观念悄悄地背离了结构主义旧辙。首先，"结构"这个概念遭到了破坏。当一个文本如同百衲衣的时候，它的源头并非来自一个神秘的结构核心，多元的文本碎片业已解构了中心的存在。中心的阙如带来的后继问题是，为什么是这些文本碎片而不是那些文本碎片重新汇聚为另一个文本？ 一个文本碎片穿梭至另一个文本碎片，背后隐藏了何种动力？ 这时，后结构主义的理论描述终于再度将文本生产引向了文本栖居的社会文化。事实证明，文学形式并未彻底摆脱历史的幽灵。

五

朱丽娅·克里斯蒂娃说过，她的"互文"理论来自米哈伊·巴赫金对话理论的启示。事实上，当俄国形式主义以及结构主义声势浩大的时候，马克思主义阵营的批评家并未缄口不语。例如，巴赫金曾经对俄国形式主义进行尖锐的批判，《文艺学中的形式主义方法》即是这一场论辩的思想记录。"形式主义企图在纯粹的和封闭的文学系列内部揭示出形式发展的内在规律性"②，巴赫金对于这种企图持有强烈的异议。

巴赫金指出，所有的言谈无不发生于一定的社会现场——一定的社会时间和社会空间，并且嵌入宏大的社会结构。社会结构形成的压力投射于言谈活动，甚至左右人们的遣词造句。如果说，语法仅仅抽象地规定了哪些词汇可以相互搭配，彼此衔接，那么，哪些词汇真正地汇聚为句子，这通常取决于社会现场诸种形势的支配。巴赫金将这种支配称之为"社会评价"。两个敌对的社会集团可能拥有完全相同的语法体系，但是，"社会评价"可以使他们制造截然相反的话语。③ 这即是历史对于语言的有力干预。在巴赫金心目中，"社会评价"显然比抽象的语法重要，前者负载了社会结构的压力。

---

① ［法］罗兰·巴特：《文本理论》，张寅德译，《上海文论》1987 年第 5 期。
② ［苏］巴赫金：《文艺学中的形式主义方法》，李辉凡等译，漓江出版社 1989 年版，第 213 页。
③ 同上书，第 59—60、165—167 页。

与弗·詹姆逊的"辩证批评"有所不同,巴赫金认可文学形式体系的独立存在。如同历史之中的语法仅仅发生极为缓慢的变异,某些文学类型的规范仿佛摆脱了时间的侵蚀而恒定长存,甚至"总在记着自己的过去,自己的开端"。巴赫金曾经将这种状况命名为文学类型规范的"创造性记忆"。[①] 尽管如此,巴赫金仍然雄辩地表明,"诗人在选择词、词的具体组合、词在结构上的配置方式时,他所选择、对比、组合的,正是词中包含的评价。我们在每一部诗歌作品中所感觉到的违拗,正是其中所包含的和为诗人事先找到的社会评价的违拗";叙事作品亦然:"所叙述的生活事件和叙述本身这件实际发生的事,结合而成为艺术作品中统一的事件。社会评价既把对叙述的事的看法和理解组织起来(因为我们看到和理解的只是在不同程度上触及我们和我们感兴趣的东西),也把叙述这件事的形式组织好;材料的安排、插叙、回溯、重复等等——所有这一切都贯穿着社会评价的统一逻辑。"[②]

在巴赫金看来,历史决定了文学形式的发生、形态及其漫长的演变。少数时候,历史内容直接催生了某种文学形式,例如革命动员与街头剧的关系;多数时候,二者之间存在许多传递和转换各种信息的中介环节——某种新型的生产方式或者生产关系可能穿过众多中介环节的过滤,曲折地抵达诗学修辞的末梢。这时,历史并非重铸崭新的文学形式体系,而是重启或者修改积累至今的文学形式体系。显然,这种观点不仅有助于解释文学话语如何描述世界,而且有助于解释文学话语的历史意义。这个话语部落的初始成因仍然有待考证;然而,至少在目前,一个愈来愈强烈的疑问迫在眉睫:现代社会拥有如此繁茂的科学话语、政治话语或者经济话语、法律话语,文学话语不可替代的空间又在哪里? 这将涉及社会话语光谱内部的各种角逐与竞争。

谈论社会话语光谱的此起彼伏,人们可以有限地接触理查德·罗蒂的哲学理念。罗蒂认为,世界始终存在,并且长期充当人类心灵的认识对象,但是,现在到了"语言学的转向"的时候了——真理的描述来自人类的语言:

---

① 〔苏〕巴赫金:《陀思妥耶夫斯基诗学问题》,白春仁等译,生活·读书·新知三联书店1988年版,第156页。

② 〔苏〕巴赫金:《文艺学中的形式主义方法》,李辉凡等译,漓江出版社1989年版,第166、172页。

"世界不说话,只有我们说话。惟有当我们用一个程式语言设计自己之后,世界才能引发或促使(cause)我们持有信念。"因此,世界如何并不重要,重要的是人们预订了哪一套语言游戏描述世界。科学话语更为权威,还是经济话语更为有效? 当各种政治术语、商业名词或者道德法律命题全面覆盖各个社会领域之后,文学话语还想表述什么? 罗蒂察觉到一套又一套的语言游戏彼此替代,但是,他似乎没有兴趣确认一个必然的原因。罗蒂的态度多少有些犹豫:"世界无法为我们应该说什么语言提出建议,只有其他人类才能作此建议。不过,虽然世界并没有告诉我们应该玩哪一种语言游戏,可是这并不表示决定玩哪一种语言游戏乃是随意的(arbitrary),也不表示语言游戏的选择乃是我们内在深处某个东西的表现。"他倾向于赞同,一套语言游戏的选择带有"偶然性",不同的语言游戏之间存在"或隐或显的竞赛",胜出者大约"看起来更具吸引力"。[①] 这种犹豫是否恰好表明,任何游离于历史脉络的选择都无足轻重,以至于无法确认一个必然的答案?

当然,更为尖锐的追问是,语言游戏之前的历史脉络又在哪里? 如果存在所谓的历史,那么,众多语言游戏或者说文本即是历史的组成。文本之外空无所有,这种命题的极端性隐含了尖锐的理论挑战;然而,雅克·德里达对于"替补"结构的论述至少可以证明,文本始终作为历史环绕在人们周围。西方哲学传统之中,口头言说是对于思想的替补,文字写作是对于口头言说的替补;中国古代思想家曾经在《周易》的解读之中断言:"夫象者,出意者也,言者,明象者也,尽意莫若象,尽象莫若言",言、象、意三者构成了递进的替补关系。这种替补关系甚至扩展至某些文类的排列,例如认为"小说者,正史之余也"——小说是历史的替补;或者将词称之为"诗余"——词是诗的替补。德里达试图论证的是,在场的原物业已成为永恒的空缺,人们与之相遇的只能是替补物。换言之,传统的观念必须颠倒过来:替补物的主题仿佛总是指向在场的原物,但是,真正的现场由替补物构成。[②] 替补物即是历

---

① [美]理查德·罗蒂:《偶然、反讽与团结》,徐文瑞译,商务印书馆2003年版,第15、18、19页。

② [法]雅克·德里达:《论文字学》,汪堂家译,上海译文出版社1999年版,第204—237页;[美]乔纳森·卡勒:《文学理论》,李平译,辽宁教育出版社1998年版,第10—13页。

史的实体。

历史是否慷慨地为文学话语划拨一个不可替代的空间？这是一种误入歧途的提问方式。历史没有边界。德里达之后的观念应当是,由于文学话语的再造,历史多出了一个空间。这时,文学形式将会充当历史形式的一个部分。当然,这种表述并未完成文学形式与历史之间的全部故事。还有一个隐蔽的主题呼之欲出:这是一种什么性质的空间？

六

瑞恰慈曾经将诗称为"伪陈述"。相对于科学话语所追求的"真",诗是一个"虚拟的世界"。诗的主题拒绝理论插手:"除非是偶尔或碰巧的情形,逻辑简直毫没有关系。这些结论,是由我们的情结的组合而产生的。'伪陈述'之被接受,完全看它在我们的情感与态度上所发生的效应如何。假若逻辑真有作用,它也祇处在附属地位,祇是我们的情绪反应底奴仆。"[①] 希利斯·米勒表示了相近的观点。他借用言语行为理论的术语将文学称之为"施行"(performative)。施行"是用词语来做事。它不指出事物的状态,而是让它指出的事情发生"。"文学中的每句话,都是一个施行语言链条上的一部分,逐步打开在第一句话后开始的想象域。词语让读者能到达那个想象域。这些词语以不断重复、不断延伸的话语姿势,瞬间发明了同时也发现了(即'揭示了')那个世界。""作者巧妙地、有意地操纵词语,使它们成为具有施行效果的魔法。"这种文学阅读是一个狂热的体验:"阅读就应是毫无保留地交出自己的全部身心、情感、想象,在词语基础上,在自己内心再次创造那个世界。这将是一种狂热、狂喜甚至狂欢,康德称之为'癫狂'。作品像一个内心的剧场一样活跃起来,奇怪的是,它似乎独立于书上的文字。"[②] 显而易见,文学史上大同小异的表述比比皆是。

这些没有真实对象的陈述——所谓"虚拟的世界"——又有什么作用？

---

① ［英］瑞恰慈:《科学与诗》,曹葆华译,台湾商务印书馆1969年版,第54页。

② ［美］希利斯·米勒:《文学死了吗？》,秦立彦译,广西师范大学出版社2007年版,第57—58、159、173页。

相当长的时间里，"无用"成为许多批评家的答复，只不过一些批评家自豪不已，另一些批评家黯然神伤罢了。必须承认，"无用"之说与康德的思想具有特殊的联系。康德"审美无功利"的观念曾经得到了广泛的传播。如果从一段交响乐之中听出了鸡鸣犬吠，或者被一幅裸体油画唤起了色情的感觉，这个人无疑是毫无修养的粗鄙村夫。当文学遭到了政治的粗野绑架，或者被意识形态诱奸，人们首先觉得亵渎了康德哲学。那些精雕细琢的美妙词句怎么能与血腥、阴谋与权力之争一唱一和？作为一种洁身自好的姿态，一种异于流俗的精神贵族趣味，"无用之用"是审美的最大褒奖。怀疑的出现是不久之前的事情。审美愉悦仅仅是一种百毒不侵的天然乐趣吗？分析显示，意识形态曾经公开或秘密地介入审美标准的制定，人们的快感或者厌恶之中隐含了种种特殊的文化密码。不同文化圈的审美好恶可能大相径庭。"文化研究"的一个重大企图即是，解读各种貌似自然的社会现象内部压缩了哪些人为的设计。当审美重返文化范畴的时候，审美对于文化政治的意义再度浮现。一句令人心旌摇荡的诗，一个令人梦牵魂绕的文学人物，一座震撼人心的雕塑，审美愉悦时常隐含了激进的解放意义。这种解放可能针对专制体系，针对不公的社会结构，也可能针对理性与科学技术的异化。即使是"明月松间照，清泉石上流"或者"月出惊山鸟，时鸣春涧中"这种滤尽人间烟火的诗句，或者遇到博尔赫斯那些充满玄思妙想的小说，人们仍然可以明察暗访来自文本之外影响的踪迹。而且，了解王维对于佛学的热衷或者博尔赫斯庞杂的阅读趣味如何开拓了想象，丝毫不意味了削弱审美质量。相反，文本、审美与历史之间的复杂互动证明了文学之"有用"。对于一个功利主义的社会——无论是资本寻求回报的功利还是革命宣传渴求的功利，"无用"往往是一个耻辱。这时，康德象征了超然的孤芳自赏或者软弱的避世、厌世。然而，现在毋宁是争辩何谓"有用"的时候。钢铁、面包或者坦克的生产的确是一种"有用"，悲情唏嘘、笑逐颜开乃至一阵莫名的意识波动也是一种"有用"；文学助阵"群治"或者"兼善天下"是一种"有用"，品味"神韵"或者"独善其身"也是一种"有用"。总之，一个文本并非符号的无序堆积，如同一堆废弃的沙砾。如果说，知识分子的对于"经世致用"的追求曾经仅仅聚焦于治国方略或者匡正时弊，那么，各种现代知识正在为文学的衡量提供一个开阔的人文范式。无论如何评价,一首诗或者一部电影可能产生比粮食或者机关枪还要惊人的效力,这已经是一个得到各种事实反复证明的结论了。

作为一种悠久的表意方式,文学形式始终力图表述什么。文学形式体系的持续积累与演变,表述的企求充当了首要的内在动力。这种表述之所以长盛不衰,独一无二的表述领域以及巨大的审美愉悦无疑是不可代替的理由。从人物性格、美、历史本质、无意识到一个社会的"他者",人们曾经依据不同的理论体系分别命名这个表述领域。或许,这个表述领域漂移不定,时常逃离聚光灯的光圈,犹如历史大厦内部一个临时指定的秘密房间;审美愉悦——当然包括了震惊或者痛苦——不仅意味了文学形式的充分表述,同时还意味了文学形式恰如其分地锁定了这个表述领域。某些"文化研究"时常将审美愉悦作为多余的心理累赘抛弃,各种文学情节或者人物关系直接化约为意识形态结论,这常常遭到非议。对于文学说来,审美愉悦隐含了政治意味。一个令人惊奇的人物性格或者一个乏味的故事结局,审美愉悦的指数不仅表明了文学形式的功绩,而且表明了文学形式对于这个表述领域的符号实现——文学形式的独到发现、捕捉、理解以及想象。人物关系,意象结构,叙述的分解与穿插,视角,文字修辞,文学形式的诸多技术全面扑向这个领域,肢解、分析、塑造、再度定型,历史的隐蔽维面获得了文学的现形。这时的文学形式不是一种激动人心的解放又是什么?审美愉悦并非某种调剂情感口味的佐料,而是文学形式隐藏的文化政治赢得的情感呼应。

文学通常从熟悉的景象开始:一条街道的商业气息,一个似曾相识的性格和面容,一段充满机锋的对白正在展开,故事徐徐地滑行在正常的轨道上……一切仿佛都是日常生活的延续。令人惊奇的是,这些熟悉的景象逐渐堕入一个特殊的空间,直至心潮澎湃、夜不能寐或者潸然泪下。这时人们会惊讶地发现,一个又一个语词编织的文本内部居然隐藏了如此神奇的世界。尽管这个世界不存在真实的物质构成以及时间、空间坐标,但是,人们的内心遭受如此强烈的震撼——它们为什么不是历史的组成部分呢?

然而,对于政治话语或者科学话语,这些内容仿佛不存在——或者说,政治话语或者科学话语的固定表述如同一道陌生的栏杆阻止了这些内容的进入。如果一种话语体系——包括稳定的考察范围、独特的术语、沿袭多时的命题、范畴与措辞，如此等等——预订了某种表述的视角和视野，那么，无妨转借齐泽克使用的一个概念：视差。视差的一个基本涵义是，相异的视角和视野可能显示不同的世界景象。当文学形式拥有的各种技术聚合为某种特殊的目光之后，一个后续问题显出了非凡的意义：文学陈述了哪些另一种话语体系无法正视的领域？许多时候，这意味了压抑的解除。由于各种文化帷幕重重叠叠的遮蔽，历史的某些部分深埋于各个角落，或者成为习焉不察的意识形态。如同某种特殊的器具，文学形式协助探测、发现、聚拢、扩大历史的这些部分。这显然令人惊喜。解除压抑产生的欣快即是审美愉悦的重要因素。审美愉悦的袭击可能短暂地掀开文化帷幕的一角，穿透意识形态幻觉，甚至大幅度地改变公众的情感结构。也许，人们没有理由如同罗蒂那么乐观——这一套语言游戏的描述并不能如同科学话语那般改变"真"的认识，也不能如同政治话语那般带来社会制度的革故鼎新，但是，修正或者重塑公众的情感结构仍然是一场小型的内心革命。那些热衷于政治经济学分析的社会学家对于"新感性"之类命题不屑一顾，尽管如此，如果没有主体结构的承接，社会结构的变革肯定会大打折扣。运用一套另类的语言叙述，解放进而构造新型的主体，这种命题终将向人们预示，文学形式可以走得多远。

七

古往今来的文献对比可以证明，历史上的话语体系始终在持续地增加。某种话语体系描述、呈现了世界的某些方面，同时也遮蔽了另一些方面。人们始终无法摆脱的一个焦虑是，这个世界更为重要的故事缺席。这个世界从未静止、凝固、彻底地敞开，人们时刻意识到某些秘密正在脱身而去。符号再现与世界秘密之间存在的永恒缝隙促成了一套又一套语言游戏的竞相登场。当然，多数话语体系无法相互覆盖。新兴话语体系的诞生之日，并非传统话语体系的消亡之时。科学话语空前强盛，宗教话语并未销声匿迹；经济话语正在占据所有的重要场合，道德话语依然历久弥新。与其证明话语体系的相互代替，不如考察话语体系的相互角逐。某种意义上，这种角逐象征了各种历史空间的争夺。

文学形式及时地加入这种角逐。文、史、哲浑然一体的文化破裂之后,文学形式开始另辟蹊径。迄今为止,文学形式的持续演变毫无衰竭的迹象。由于持久的积累,现今的文学形式业已汇成一个巨型方阵。文学形式拥有的种类如此之多,以至于这成为一个诱人的课题:破译支配这个庞大体系的基本规则,犹如概括无数言辞背后的语法。根据结构主义者的想象,这些基本规则来自某种称之为"结构"轴心。闭合的结构隐含了强大的控制,各种文学形式无不作为结构的零件维持自律、互证,并且自我完成。总之,所有的文学形式游离于历史之外,文本甩下了熙熙攘攘的外部干扰,独立自足地按照自己的规则运转。

现今看来,这种设想显然一厢情愿。文学形式不得不接受历史的调遣,双方的关系取决于后者而不是前者。在我看来,与其信任结构主义者的"结构",不如退回什克洛夫斯基的"奇异化"。作为形式主义的领袖人物,什克洛夫斯基的著名命题是"作为手法的艺术"。他不再将文学形式视为一个透明的工具,可以在内容显现之际谦逊地隐身而去;相反,他宁可注视文学形式本身,这才是文学前台的真正主角。"词终究不是影子","词——是物。词按照受言语生理学等制约的词语规则变化"。词语的规则显然异于历史规则,而且,"词的寿命当然可以比当初产生它的现象更久长"。什克洛夫斯基形象地解释说:"在文学理论中我从事的是其内部规律的研究。如以工厂生产来类比的话,则我关心的不是世界棉布市场的形势,不是各托拉斯的政策,而是棉纱的标号及其编织方法。"① 历史可以证明,什克洛夫斯基打开了文学研究的一个特殊方向,特里·伊格尔顿甚至将别开生面地将《作为手法的艺术》发表的那一年——1917 年——视为 20 世纪文学理论变化的开端。②

尽管如此,什克洛夫斯基的"奇异化"并未像自律的"结构"那么激进。如果说,"结构"隐藏于文学形式庞大体系内部,那么,"奇异化"栖身于文学形式、心理意识与社会历史三者的交汇之处。换言之,三者共同借助

---

① ［俄］什克洛夫斯基:《散文理论》(上),刘宗次译,百花文艺出版社 2010 年版,第 3 页。

② ［英］特里·伊格尔顿:《二十世纪西方文学理论》,伍晓明译,陕西师范大学出版社 1987 年版,第 1 页。

这个概念交换信息。什克洛夫斯基如此论述"奇异化":"正是为了恢复对生活的体验,感觉到事物的存在,为了使石头成其为石头,才存在所谓的艺术。艺术的目的是为了把事物提供为一种可观可见之物,而不是可认可知之物。艺术的手法是将事物'奇异化'的手法,是把形式艰深化,从而增加感受的难度和时间的手法,因为在艺术中感受过程本身就是目的,应该使之延长。艺术是对事物的制作进行体验的一种方式,而已制成之物在艺术之中并不重要。"① 必须指出,什克洛夫斯基的论述并未完全释放这个概念的理论潜力。

如果试图引申"奇异化"隐含的潜在内涵,人们至少可以意识到如下几个有待于持续阐释的节点:首先,所谓的"奇异"并没有一个固定的参数;相对于熟悉、庸常,奇异与否的判断不得不诉诸具体的历史语境——这是文学形式对于历史的依赖,隔绝历史甚至无法断定某种文学形式是否成功;其次,文学形式可能从各个方向突围,《红楼梦》的痴情伤悲是一种"奇异",武侠小说的英雄传奇也是一种"奇异"。之所以选择这个方向而不是那个方向,文学形式接收的指令来自文本之外的历史;第三,作为不在场的相对物,熟悉与奇异之间从未中断潜在的对话。文学不是追求纯粹的陌生,譬如火星上的生活或者一只蚯蚓在泥土底下的奇特遭遇;文学追求的是挣脱熟悉羁绊的奇异。什克洛夫斯基强调奇异刷新自动化意识,这仅仅是一个初步效果,文学形式制造的奇异时常作为另一个世界表示疏离与拒绝,这时的奇异充当的是现实的"他者"——这是阿多诺或者马尔库塞深感兴趣的主题;最后,很大程度上,奇异毋宁是另一种熟悉——遭受压抑的熟悉。那些熟悉的欲望被强大的现实原则打入无意识,沉入内心之渊。文学形式开启了想象的解放,欲望借助某种陌生的故事化装出行,这多少解释了为什么文学形式制造的奇异可以带动如此巨大的秘密快感——其他任何话语体系均无法企及这一点。

现在,文学形式与历史内容之间的理论大坝终于到了合拢的时刻。

---

① [俄]什克洛夫斯基:《散文理论》(上),刘宗次译,百花文艺出版社 2010 年版,第 11 页。

八

内容与形式——当漫长的理论游历重返这一对古老范畴的时候,二者之间旷日持久的主从之争似乎丧失了意义。可以从一个质疑开始:对于文学说来,内容与形式是一对稳定的范畴吗?

显然,内容与形式的主从之争事先确认了二者的区分前提。尽管俄国形式主义曾经以"材料"与"手法"代替内容与形式,但是,术语的改变并未瓦解这种前提。对于李白的《静夜思》说来,月色如霜与思乡之情是内容,五言绝句的平仄与韵脚属于形式;对于鲁迅的《狂人日记》说来,"狂人"的所思所见是内容,日记体的第一人称叙述是形式。通常,这种区分可以在任何一个文本获得证实。文学批评史的追溯可以显示,内容与形式的区分曾经再三地引起隐蔽的意识形态分歧或者激烈的文艺论争,从而超出通常的相对意义而带上了明显的价值评判。马克思主义学派聚焦于"内容","内容"作为一面镜子直接映照出重大的历史潮流,文学形式无非是这些内容的展示和修饰,过多地推敲文学形式无异于本末倒置;俄国形式主义或者结构主义聚焦"形式","形式"不仅被视为文学的标识,而且,文学甩开意识形态纠缠的断后之役即是发生在这个空间。韦勒克和沃伦的"内部研究"与"外部研究"逻辑地延续了"内容"与"形式"的不同谱系,而且,他们的抑扬褒贬清晰可见。由于各种额外意义的持续增加,"内容"与"形式"之间的对立持续地巩固与加剧。

然而,历史、主体、意识形态、语言与文学的多边关系显明,历史不仅是文学关注的对象,安详地等待文学的描述;与此同时,文学也是历史的关注对象,历史一刻也没有停止改造和重塑文学。我企图指出的是,这种改造和重塑的幅度如此之大,甚至动摇了传统的"内容"、"形式"之间的分界与认知。换言之,何谓"内容"或者何谓"形式"不存在本质的规定。《红楼梦》之中贾宝玉衔在嘴里出生的宝玉算什么? 这是主人公佩挂的一件饰物,是大观园内部的一个秘密话题;同时,这也是一种象征,一个诱导故事的悬念。前者通常纳入'内容'或者'材料',后者显然必须称之为'形式'或者'组织'。"① 如果说,不同视角形成的视差可能导致结论的重写,那么,历史制造的各种视角带来常见的转换即是,"内容"逐渐固结,继而演变为"形式"。完整地说,外部的历史不仅可能进驻文学形成"内容",而且还可能进一步酿成未来的"文学形式"。正如人们可以看到的那样,某些现代主义小说支离破碎的结构曾经赢得了形式之外的解释——这种结构象征了支离破碎的历史。巴赫金曾经如此批评形式主义:"形式主义不能承认对文学起作用的外在的社会因素可以成为文学本身的内在因素,成为其内在发展的因素。"② 显然,"文学本身的内在因素"多半是指文学形式。

当然,从支离破碎的历史到支离破碎的文学形式,二者之间的转移通道寄生于社会心理、个人意识、语言表述等众多中介环节,时而清晰可见,里面隐秘难觅,甚至半途而废。相当多的时候,历史发生的剧烈震动仅仅投射于文学的"内容"而无法及时地向文学形式转移。尽管如此,作为一种阐释的代码,文学形式内部沉淀的历史信息业已构成了强大的吸引。

历史对于文学形式的改造和重塑具有多种类型。最为简单的类型通常是,工艺技术的突破促成了新型传播媒介的诞生,随即而来的是一批与之适应的新型文学形式。从纸张、印刷术到长篇小说的兴旺,从摄像器材、电影放映技术到电影或者电视肥皂剧,历史的印记直接铭刻于文学形式。中国古代近体诗格律的形成略为复杂一些。魏晋时期汉语四声的发现、诗人对于声律的钻研和"四声八病"的提出以及佛经翻译带来的语言学启示无一不对近体诗的格律完善做出了不同的贡献。历史文化提供了各种形式因素的交汇、化合契机。这种改造和重塑包括了删除。某些古老的文学形式已经僵死多时,历史无情地剥夺了它们的生命。

当然,人们没有理由想象,历史随时可以长驱直入,任意地构建或者颠覆种种文学形式。文学形式的持续积累不仅带来了数量的剧加,而且结构坚固,体系严密。这意味着形式的尊严。弗·詹姆逊的"辩证批评"仅仅承认每一部作品的特殊形式——一种特殊形式只对一部作品的独特内容

---

① 南帆:《无名的能量》,人民文学出版社 2012 年版,第 158 页。

② 〔苏〕巴赫金:《文艺学中的形式主义方法》,李辉凡等译,漓江出版社 1989 年版,第 91 页。

负责,这多少忽视了文学形式体系隐含的巨大惯性。事实上,历史对于文学形式的改造和重塑必须与这种惯性搏斗,竭力瓦解与征服这种惯性,使之接受某些新型的历史内容。通常,这种搏斗不可能大获全胜,铲除一切传统痕迹。换言之,改造和重塑的结局往往是历史与文学形式之间各种比例的妥协。

如果企图还原历史抵达文学形式的线路,"内容"常常是一个中转的驿站。西方文化之中,个人主义的兴起、日常世俗生活的肯定与现实主义小说的成熟存在密切的因果联系。细节的描写、人物的具体形象以及性格的自觉刻画、个人化的叙述角度——诸如此类的文学形式显然呼应了某种历史潮流诉诸文学表述的渴求。20 世纪之初的五四时期,汹涌的个性解放声浪不仅敲开了文学的大门,并且势不可挡地冲决了业已延续两千年左右的古典诗词格律。古典诗词格律凝结的节制、含蓄被《女神》式的炽烈呼号涤荡殆尽,这种炽烈呼号的形式很快被命名为"浪漫主义"。男欢女爱的主题与词之婉约,"正史之余"的观念与"讲史"的文本结构,"子不语怪力乱神"的训诫与中国古代庞杂的笔记,"史诗和悲剧叙述的是国王和贵族们的事情,喜剧描写中产阶级(市民、资产阶级)的事情,讽刺文学和闹剧则写的是老百姓"①——诸多现象表明,历史、"内容"与文学形式三者之间常常此起彼伏,互惠互利。当然,历史如何在充当文学的"内容"之后持续地发酵,最终炼制为某种文学形式——这个过程通常十分迟缓,并且歧途丛生。尽管无法完整地再现这个过程,但是,事后的考证和回溯可以清晰地发现历史的遗留痕迹。大量的考古式研究可以证明,许多文学形式来自"内容"的脱胎换骨。

文学形式仍旧是一个谜一般的概念吗? 迄今为止,围绕这个概念的若干结论逐渐明朗:首先,文学史积存了一个庞大的文学形式体系,大至诗歌、小说、戏剧等文学类型,小至抒情或者叙事的各种修辞方式。文学形式体系相对稳定,各种法则不会因为具体作品的变换而失效。如同语法对于具体言语的管辖,文学形式体系充当了文学话语的运行范式。其次,尽管如此,人们没

---

① [美]韦勒克、沃伦:《文学理论》,刘象愚等译,生活·读书·新知三联书店 1984 年版,第267 页。

有理由将各种法则想象为某种本质的规定,不可改变。事实上,历史转折形成的巨大冲动时常迫使文学形式给予回应。历史转折不仅向文学提供一批新型的人物性格、故事情节、或者自然意象以及情感结构;而且为之造就新型文学形式。新型文学形式的胚胎必须寄生于传统文学的母体,但是,历史的授精是胚胎形成和发育的决定因素。第三,根据上述的图景,文学形式无法充当文学"本体",文学"本体"的存在与否本身即是一个疑问。第四,如果内容与形式不断地由于视差而转换,那么,二者的主从之争更像是一种理论的虚构。"文学"的内容已经内在地隐含了文学形式,犹如文学形式之中内在地隐含了历史的信息。当这些结论可以预设为前提的时候,文学形式的考察已经跨入另一个阶段了。

意义生产、符号秩序与文学的突围

一

　　形形色色的表意符号系统陆续进驻这个世界。一个句子，一段乐曲，一幅绘画，一幢建筑物，一副惊愕的表情或者一声不屑的冷笑，这些符号无不表述了某种意义。意义全面分布在世界的每一个局部组织和每一个关节，控制各种复杂的社会运作。世界的完整表象来自意义的组织。如果所有的意义共同消失，一切均丧失了存在的理由，那么，万物解体，世界急速地后退为史前的荒漠，人们只能感到"荒谬"和"恶心"——如同存在主义者曾经形容的那样。很大程度上可以说，意义提供了广大社会成员汇聚、交往的文化空间。斯图尔特·霍尔即是从这个意义上考虑何谓"文化"。在他看来，"文化涉及的是'共享的意义'"；"文化首先涉及一个社会或集团的成员间的意义生产和交换，即'意义的给予和获得'"。意义的表述——霍尔使用的词汇是"表征"（representation）——和彼此交换意味了以相近的方式解释庞大的世界和表达自己。概念，形象，观念，文化代码，这一切形成的表意符号系统并非某种坚固的物质安装在社会生活之中，但是，它们的作用远远超过了后者——"它们组织和规范社会实践，影响我们的行为，从而产生真实的、实际的后果"[①]。

[①]　［英］斯图尔特·霍尔编：《表征——文化表象与意指实践》，徐亮、陆兴华译，商务印书馆2003年版，第1—3页。

现在,这种观点逐渐遭到了抛弃:意义是一种固定的超验存在,意义只能在某一个神圣的时刻降临世间,赐予人们各种深刻的思想观念。许多人的观点恰恰相反——意义是人为地生产出来的。"事物'自身'几乎从不会有一个单一的、固定的、不可改变的意义",正如霍尔指出的那样,"我们凭我们带给它们的解释框架给各种人、物及事以意义"。如何表征各种事物——使用何种语词,根据何种叙述秩序,讲述何种故事,制造何种形象,如何为之分类并且依附于特殊的概念,这一切均是意义生产的方式。[1] 例如,种种相异的表述可以使"水"显示出不同的意义:一个水分子由两个氢原子和一个氧原子组成;人类的生存离不开水;水可以载舟,也可以覆舟;问君能有几多愁,恰似一江春水向东流;如此等等。从清晰的科学陈述转入文学性修辞,相同物质的意义变幻不定。科学陈述尽量摒除叙述主体的痕迹:石头即是石头,树木即是树木,风吹雨打或者水流花谢无非是物质和能量的转换。换言之,客观以及中性约束了科学陈述的意义扩展。然而,纷杂多变的文学叙述打开了单向的意义限制,意义生产进入了一个极其活跃的区域。

相对于人们熟悉的物质生产,意义生产是一个陌生的命题。添砖加瓦,车水马龙,"稻花香里说丰年",物质生产维持了这个世界的延续;然而,意义生产多半是无形的。道德信念,法律制度,各种传统和风俗,宗教,美学,时尚,种种规训无时不刻地制造出种种意义。意义空间是这个世界的组成部分。人们既生活在物质空间,也生活在意义空间,尽管多数人对于后者常常熟视无睹。增添一幢房子或者一辆汽车多少改变了这个世界,增添一种意义又何尝不是? 日常生活范围内,各种意义决定了社会成员的辨识、理解、好恶、价值评估、关注区域以及喜怒哀乐。霍尔解释说:"社会生活的不同领域似乎被划分为各个话语领地,等级分明地组合进主导的或选中的意义。"如果种种前所未有的事件破坏了既定的视野和知识框架,那么,"这些事件必须首先安排进各自话语的领地才可以说'具有意义'。'绘制'这张事件的图表的最普通的方式就是把新事件安排进现存的'问题重重的社会现实图

---

[1] ［英］斯图尔特·霍尔编:《表征——文化表象与意指实践》,徐亮、陆兴华译,商务印书馆2003年版,第3页。

表'的某个领地"①。如果没有种种意义的编辑,一个刻板干枯的世界乏善可陈。现代社会,意义生产的速度绝不亚于物质生产。物质生产完成之后,丰富的意义接踵而来。许多时候可以说,意义生产是物质生产的后续。众多物体不仅填充了人们周围的物理空间,充当各种生产和生活资料,而且造就了一套又一套派生的观念:土地意味了依靠和归宿,黑暗意味了危险和恐怖,房屋意味了温暖、团聚和母亲的牵挂,旗帜意味了召唤、集合和激动人心的指引……即使某些陌生之物还未敲上各种意义的烙印,人们仍然可以察觉冷漠、拒绝、不知所云,如此等等。所以,罗兰·巴特曾经津津有味地设想所谓的"物体语义学"。在他看来,一个物体常常是多义的,"没有什么东西能够逃脱意义"。除了各种具体的使用价值,始终存有某种"超出物体用途的意义"。例如,没有什么物体比电话更有用,可是,一部电话的外表往往具有另外的意义:"一部白色电话永远传递着有关某种奢华性或女性的概念。"物体的"语义"必须纳入象征的坐标体系。一个物体如何从使用价值转换为一个符号,这是"一种重要的意识形态现象"。巴特指出了意识形态如何不动声色地将各种意义植入"自然":

> 意义永远是一种文化现象,一种文化产物。但是,在我们社会中,这种文化现象不断地被自然化,被言语恢复为自然,言语使我们相信物体的一种纯及物的情境。我们以为自己处于一种由物体、功能、物体的完全控制等等现象所共同组成的实用世界中,但在现实里我们也通过物体处于一种由意义、理由、借口所组成的世界中:功能产生了记号,但是这个记号又恢复为一种功能的戏剧化表现。我相信,正是文化向伪自然的这种转换,定义了我们社会的意识形态。②

现代社会不仅来自物质的堆积,而且,激增的物质时常摆脱了使用范畴而造成了符号的激增。符号的日渐繁复、精密,各种表意符号系统层出不

---

① ［英］斯图亚特·霍尔:《编码,解码》,王广州译,见罗钢、刘象愚主编《文化研究读本》,中国社会科学出版社 2000 年版,第 353 页。

② ［法］巴尔特:《物体语义学》,见巴尔特《符号学历险》,李幼蒸译,中国人民大学出版社 2008 年版,第 190—191、198 页。

穷,这带来了意义的惊人繁殖。由于符号的大面积覆盖,纯粹的自然逐渐退缩,远离人们的视域甚至销声匿迹。愈来愈多的时候,人们被安置于人造的物质环境,安置于居伊·德波所命名的"景观社会"。视觉消费是"景观社会"的重要活动,意义的占有是消费的主要内容。那些顽强地驻留于"景观社会"的自然景象——例如,众多的名山大川——毋宁是接受了各种"叙述"的自然,亦即巴特所说的"伪自然"。物质生产从来不会停留于物质。从春花秋月、小桥流水到狼烟烽火、金戈铁马,从游轮、飞机、名牌真皮挎包到电视机、牛仔裤、移动电话,许多物体始于使用价值,继而在象征领域功成名就——这意味了意义表述的逐渐明朗、定型。例如,眼镜不仅矫正视力,同时还暗示了渊博的学识;雕花门楼不仅表明了一个出入通道,而且还表明了家族的世袭荣耀;夏奈尔香水不仅提供某种愉悦的嗅觉,更重要的是隐喻了品味和优雅的气质。许多时候,意义迫使物体脱离初始性质,卷入另一个符号体系,服从另一种编码秩序。日常生活之中,各种物体的双重性内涵并不均衡。通常,一尊雕塑的使用价值远逊于一桌菜肴;一本书派生出的意义极大地超过了一辆自行车。对于一个物体说来,使用价值与意义的分歧时常隐藏了某种张力,二者甚至大相径庭。谈论货币哲学的时候,西美尔提到了物体背后的双重秩序。冷漠的自然秩序之外,物体还要接受文化的定位——二者的交汇点多半是一种偶然。① 的确,再也没有什么比货币更奇怪的了。作为一种物体,现今的货币无非是一些纸片,可是,货币的巨大意义甚至可以拥有整个世界。当初肯定没有人料想得到,轻飘飘的纸片居然承担了如此奇特的使命。正如人们常见的那样,物体的使用价值和意义共同编织在社会内部,形成了复杂的层次。意义不仅带来了各种隐蔽的场域,而且,这些场域正在愈来愈有力地控制了生活。

现今,人们对于马克思这一句名言耳熟能详:"批判的武器当然不能代替武器的批判,物质力量只能用物质力量来摧毁。"② 许多场合,物质与意义无法互换。饥肠辘辘或者口干舌燥的时候,画饼充饥和望梅止渴仅仅是短暂的

---

① 〔德〕西美尔:《货币哲学》,陈戎女等译,华夏出版社 2002 年版,第 4—5 页。

② 〔德〕马克思:《〈黑格尔法哲学批判〉导言》,《马克思恩格斯选集》第一卷,人民出版社 1995 年第 2 版,第 9 页。

精神慰藉。如果认为意义生产的革命可以一举扭转世界，只能是阿 Q 式的自欺。鲁迅曾经极为清醒地告诫人们，革命时代的文学效力有限："一首诗吓不走孙传芳，一炮就把孙传芳轰走了。"① 尽管如此，诗以及各种著作——例如，马克思的《资本论》或者《鲁迅全集》——仍然具有大炮不可企及的价值。由于大众传媒的交叉覆盖，意义生产愈来愈明显地组织了人们的生活。现今，一个意味深长的现象是，许多人耗费大量的时间游荡在互联网的虚拟空间，乐而忘返。从聊天室里的辩论交锋到以一个虚拟的身份社交，从共同参与的网络游戏到未曾谋面的恋爱或者纪念祭奠活动，互联网上的一切故事犹如抛弃物质的意义生活。尽管这种状况可能被视为技术带来的新幻象主义 ②，然而，奇特的是，物质的幻象形式意外地成为更为纯粹的意义符号。

　　这种气氛之中，让·鲍德里亚的观点必然成为一种时髦。至少可以认为，鲍德里亚对于物体意义以及符号秩序的兴趣远远超过了物体的使用价值。他在《符号政治经济学批判》之中指出："物远不仅是一种实用的东西，它具有一种符号的社会价值，正是这种符号的交换价值才是更为根本的——使用价值常常只不过是一种对物的操持的保证（或者甚至是纯粹的和简单的合理化）。"交换的意义上，鲍德里亚甚至觉得，商品即是符号，犹如符号即是商品。物体不再充当一种生活工具，物体的形式、质料、色彩、耐用性、空间位置无不纳入编码系统，表述某种意义。通常，物体表意的句法、修辞必须在一定的阶级语境之中解读，每一个人或者群体可以借助这些物体自我定位。龙袍象征帝王，劳力士手表显示尊贵，奢华的宴席标明了宾客的身份。总之，这时的御寒、计时或者口腹之乐不再重要，重要的是解读出物体在另一个编码体系之中的寓意。许多领域，符号和意义的秩序、结构已经征服了物体的使用价值而成为主宰，甚至成为社会生活的组织轴心。所以，鲍德里亚对于物体与符号之间的神奇转换发出了如此的感叹："消费物的定义完全不依赖于物自身，而是一种意指逻辑的功能"；"作为一种消费物，它最

---

① 鲁迅：《而已集·革命时代的文学》，《鲁迅全集》第三卷，人民文学出版社 2005 年版，第422 页。

② ［荷］约斯·德·穆尔：《赛伯空间的奥德赛》第八章、第九章，麦永雄译，广西师范大学出版社 2007 年版。

终被解放为一种符号,从而落入到时尚模式的逻辑,亦即差异性逻辑的掌控之中"。①

现在,人们可以将目光集聚到某种特殊的表意符号系统——文学话语。

二

不论文学话语在何种意义上引起巨大的好奇,人们的考察通常绕不开两个如此醒目的特征:第一,栩栩如生的形象;第二,虚构——而且,文学的虚构由于栩栩如生的形象而更加意味深长。对于文学话语的意义生产,上述两个特征意味了什么?

几乎所有的人都曾经惊叹文学对于各种形象的逼真再现。一个人物肖像,一阵微妙的内心悸动,一条繁闹的街道,一场奇特的聚会,如此等等。这时常被视为一个作家不可思议的魔力:他怎么能如此精确而生动地复制世间万象,以至于文学常常被誉为现实的一面"镜子"?许多时候,作家的出众天才无比耀眼,以至于放逐了一个初始的问题:人们已经如此熟悉社会生活,文学的再现是不是多余的蛇足?

"模仿"是亚里士多德对于文学再现的命名。在他的解释之中,模仿"是人的天性",人们从模仿之中获得快感。当然,这不是一个完整的解释,即使亚里士多德也曾经作出间接的补充。他在《诗学》之中同时指出,诗比历史更具普遍意义,因为前者描述可能发生的事而后者描述已经发生的事;"诗所描述的事带有普遍性,历史则叙述个别的事"②。这多少表明,所谓的"模仿"并非亦步亦趋地爬行于现实之后,被动地临摹各种景象。模仿包含了对于现实的分析和精心重组。事实上,更多的思想家和作家力图在"模仿"背后追加一些什么。柏拉图对于模仿没有好感。在他看来,一个画家只能模仿木匠制造的床,而木匠的根据是床的理式。从画布到床的理式,艺术的模仿

---

① [法]让·鲍德里亚:《符号政治经济学批判》,夏莹译,南京大学出版社 2009 年版,第 2、143、12、13、49 页。

② [古希腊]亚里士多德:《诗学》第九章,罗念生译,人民文学出版社 1962 年版。

与真理隔了两层。① 柯勒律治坦率地说,单纯地模仿自然十分乏味。他主张"艺术家必须模仿事物内在的东西,即通过形式、形象以及象征向我们言说的东西,那就是自然精神"。② 卢卡奇的心目中,模仿提供的现实图画必须解决"表象与现实、特殊与一般、直观与概念之间的矛盾","使得矛盾双方在作品所产生的直接印象中达到趋同,从而给人一种不可分割的整体感"③。总之,文学的模仿不仅意味了原型的模拟,同时还意味了原型的突破——后者似乎愈来愈多地占据了文学话语开拓的空间。

如此熟悉的社会生活,文学为什么竟然再现了如此奇异的内容? 许多时候,"模仿"可能成为一个过于狭窄的术语。相形之下,"想象"一词出现的频率愈来愈高。"精骛八极,心游万仞"也罢,"寂然凝虑,思接千载;悄焉动容,视通万里"也罢,想象开始跨越现实原型的边界而进入虚构的空间。一条街道,一片山川田野,一批人物的音容笑貌,与其询问这一切是否曾经存在,不如询问这一切具有什么意义。虚构首先意味的是,文学的叙述无非镜花水月。降落到实在世界,文学舞台上的幻象纯属子虚乌有。考证李白吟咏的太姥山坐落于何处,比附苏东坡诗文与《三国演义》之中的赤壁,猜测《金瓶梅》影射哪些权贵,查访鲁迅讥讽的阿 Q 是不是确有其人——这些检索多少有刻舟求剑之嫌。《红楼梦》已经成为文学史上的一部奇书。形形色色的文本解读之外,人物原型、历史渊源的查证盛行一时。某些地方甚至根据《红楼梦》的描述修建大观园,力图物质地再现文学景观。显然,这不是构造一个通常的建筑物。"大观园"是一个稳定的文学意象,《红楼梦》赋予的意义改变了建筑物的功能。这一片"花柳繁华地"与其说提供一个居住的家园,毋宁说造就一个寄寓情怀的所在。通常,没有理由期待文本的印刷符号变出实物。文学虚构不是以语言再造一个长安或者巴黎;诸葛亮、关云长、堂·吉诃德或者玛丝洛娃这些文学人物从未在哪一个国家拥有证明身份的护照。他们既不能为这个世界生产面包,也不消耗水分或者氧气——

---

① 〔古希腊〕柏拉图:《理想国》卷十,朱光潜译,人民文学出版社 1963 年版,第 66—75 页。

② 〔英〕塞缪尔·泰勒·柯勒律治:《论韵文或艺术》,见〔英〕拉曼·塞尔登编《文学批评理论——从柏拉图到现在》,刘象愚等译,北京大学出版社 2003 年版,第 22 页。

③ 〔匈〕卢卡奇:《艺术与客观真理》,见〔英〕拉曼·塞尔登编《文学批评理论——从柏拉图到现在》,刘象愚等译,北京大学出版社 2003 年版,第 57 页。

文学人物神圣使命仅仅是增添这个世界的意义。文学积极加入各种意义生产的时候，没有必要刻意地谋求衔接实在世界：文学不是过往历史事件的周详记述，亦非当下情况的如实报道。虚构带来的各种故事、描述无法介入实在世界的空间，哪怕移动一张纸片。所以，王国维的《人间词话》宁可借助"境界"谈论古典诗词。从"疏影横斜水清浅，暗香浮动月黄昏"到"野凫眠岸有闲意，老树着花无丑枝"，从"细数落花因坐久，缓寻芳草归得迟"到"落木千山天远大，澄江一道月分明"，无论是将这些诗句认定为王国维所说的"写境"、"造境"还是"有我之境"、"无我之境"，"境界"的精髓不是惟妙惟肖的再现，不是无微不至的精雕细刻；神似、韵味和含不尽之意于言外是"境界"的特殊意味。对于古代诗人说来，明月清风、山川草木并非原始的自然风景，潮湿、污浊、腐臭或者寒冷仿佛消失了。这些意象奇妙地汇聚在一起，组成了内心栖居的处所。朝廷昏聩，怀才不遇，不愿意为五斗米折腰，看破滚滚红尘之中的功名利禄，宁可充当散淡的村夫野老——这时，巍峨的宫廷大殿之外，一派悠然的山光水色愿意收容另一种不同的人生。许多时候，古代知识分子的目的不是模山范水；"拔地青苍五千仞，劳渠蟠屈小诗中"——诗的意义在于解除这些山水的自然地理位置，使之构筑为自己的意义空间。因此，模仿意义上的真实与否远非那么重要；对于文学说来，"真实"的效果并不是显示临摹的完美，而是制造完整的意义象征。

　　抛开拘谨的模仿与现实原型的约束，虚构为什么仍然可以完成一段曲折的故事情节，或者一段完整的内心波澜？作家的强大想象仿佛表明，他们的天才冥冥地洞悉了再造世界的基本逻辑。然而，至少在 20 世纪之后，表意符号系统的格式塔整合与调控作用赢得了愈来愈多的注视。对于文学话语说来，文学形式成为头号主角。许多人倾向于认为，文学形式的内在结构主宰了作家的想象。悲欢离合，如痴如醉；抒情言志，扼腕击节；作家的天才更像文学形式一手导演出来的。文学形式不是一个干枯、抽象的框架，文学形式内部各种因素的特殊配置无不涉及意义的改变。由于长短句式的灵活组合，兴盛于宋代的词比格律整齐的诗擅长宛转婉约的心曲；由于叙述模式保存的连续性情节，严谨的因果之链隐蔽地决定了一个作家如何构思历史的联结方式。是不是可以说，城堡、鼹鼠、甲虫这些意象包含的象征意义造就了卡夫卡? 否则,卡夫卡莫名的惊惧只能无助地封存于孤寂的内心。当玩世不恭的口吻成为一种文学修辞的时候,许多现代主义作家如获至宝——这种口吻隐含的不信任与敌意教会了他们如何面对那个荒漠一般的外部世界。总之,文学形式隐蔽地控制和协助意义的最终完成。即使在俄国形式主义者那里,文学形式也没有和意义中断联系。他们放弃的仅仅是内容决定形式的传统观点,继而把形式视为表述各种意义的真正秘诀。

表意符号系统如何管辖意义的生产? 这个问题的提出涉及一个巨大的背景——"语言转向"。古往今来,语言从来没有让人如此操心过。"情动于衷而形于言",语言不就是描述和表情达意的驯服工具吗? 什么时候开始出现了颠倒——语言结构控制了叙述主体? "不是人说话,而是话说人",这种古怪的命题成为这个颠倒的通俗诠释。作家被视为文学形式的仆从,叙述主体的位置来自话语的构造,这种观点显然是对于"语言转向"的及时响应。相当长的时间内,经验主义的语言观念统治了人们的想象。一个词拥有相对确定的意义,因而代表了若干对象;一个完整的句子组织反映了事物的基本秩序。某些前所未有的事物诞生之后,人们必须铸造新的词汇给予命名。这一切可以由儿童的语言习得证明。"桌子","杯子","狗","汽车"……儿童的语言习得通常是从一个个名词开始,最终扩展到了整个世界。因此,多数人对于经验主义的语言观念深信不疑:世界业已独立存在,不以人们的意志为转移;语言是后续的符号追踪和描摹,所有的符号体系无不以再现世界为己任。当然,这个"世界"包含了内在的宇宙。表白内心的思想观念乃至转述隐于深渊的无意识无不纳入语言的辖区。这时,意义决定表述形式。经验到什么,察觉到什么,想象到什么,这一切决定作家如何挑选词汇、修辞、文类给予恰如其分的表述。这难道不是众所周知的事实吗?

许多人意想不到的是,这个事实竟然被形容为"幼稚的现实主义"①。如果说,老子的"无名,天地之始,有名,万物之母"、"信言不美,美言不信"或者佛家"言语道断"的观念业已意识到语言的坚固框架以及不可避免的

---

① ［德］恩斯特·卡西尔:《语言与神话》,于晓等译,生活·读书·新知三联书店1988年版,第34页。原文中译为"幼稚的实在论",此处参考拉曼·塞尔登编《文学批评理论——从柏拉图到现在》一书的译文。

遮蔽,那么,"语言转向"明确地对经验主义的语言观念提出了异议。语言并非现实的简单映像,语言符号是一个自成一体的系统;语言是否精确地复制外部世界并不重要,重要的是,语言造就了一个精神家园,语言提供的各种表意形式对于人们的经验进行了有效的定型和组织。从维特根斯坦、恩斯特－卡西尔到索绪尔、罗兰·巴特、雅克·德里达,这些著名的思想家均可列入异议者的名单。按照他们的观点,符号秩序并不是自然秩序的翻版;相反,只有符号秩序编辑之后的自然秩序才可能得到解读。儿童的语言习得同时包含符号秩序的习得,只不过人们很少意识到这一点。例如,"桌子"一词不仅指谓某一个单独的实物,它同时还镶嵌在"椅子"、"床铺"、"柜子"、"书架"……这一套"家具"符号秩序之中,接受一个指定的位置。符号秩序意味了众多的系统及其根系,意味了系统内部包含的结构性限定。所以,卡西尔在《语言与神话》之中阐述,知识的内容、意义和真理不必视为外在事物的复制,鉴定真理和内在意义的度量和标准存在于知识形式之中:

> 我们不应该把心智诸形式看作是其它某种东西的单纯摹本;相反,我们必须在每一种心智形式的自身内部发现一种自发的生成规律,找到一种原初的表达方式和趋向;而这种方式和趋向绝非只是单纯地记录那从一开始便以实存的固定范畴所给定的某种事物。从这样一种观点来看,神话、艺术、语言和科学都是作为符号(symbols)而存在的,这并不是说,它们都只是一些凭借暗示或寓意手法来指称某种给定实在的修辞格,而是说,它们每一个都是能创造并设定一个它自己的世界之力量。在这些它自己创造并设定的世界中,精神按照内在规定的辩证法则展现自身;并且,唯有通过这种内在规定的辩证法则,才能有任何实在,才能有任何确定的、组织起来的"存在"。因此,这些特定的符号形式并不是些模仿之物,而是实在的器官;因为,唯有通过它们的媒介作用,实在的事物才得以转变为心灵知性的对象,其本身才能变得可以为我们所见。①

---

① ［德］恩斯特·卡西尔:《语言与神话》,于晓等译,生活·读书·新知三联书店1988年版,第35—36页。

按照这种观点,人们已经不可能遭遇原生的、赤裸的、未经任何人工修饰的外部世界;从感知、命名到按部就班地深入世界的每一个局部,人们经验到的一切均是各种表意符号系统业已整理和组织的一切。接触人们的视觉或者听觉之际,自然和社会必须得到各种语言的编码和叙述,显现于众多传播媒介提供的平面之上。这时的世界不再如同婴儿一般纯洁,强大的符号秩序锁定了世界的每一个模块。众多表意符号系统的交叉网络之中,万事万物包含了种种或显或隐的意义。文学到语言为止,这种激进的奇谈怪论显然是上述观念的分支。许多人习惯地认为,作家无情地甩下了那个红尘滚滚的外部世界,悠然地在字斟句酌之间自得其乐——这种形式主义者时常被赋予一副愚蠢的肖像。无论是洪水滔天的苦难还是不屈的呐喊和反抗,偌大世界的重量怎么可能吊在了几个单薄的文学修辞之上? 诸如此类的误解为时已久,以至于人们遗忘了一个事实:文学从未退出这个世界的意义生产。文学话语并未剥离出这个世界;文学话语的价值在于,阻断常识对于世界的例行解释,赋予众多事物别一种意义。从押韵、格律、到隐喻、象征以及各种叙述模式,文学将世界从庸常的意义之中拯救出来了。许多时候,这种观点更适合解释俄国形式主义的"陌生化"。

　　然而,任意地启用各种意义肢解或者重组这个世界,会不会构成一种不敬、一种冒渎或者自以为是? 的确,某种文学曾经梦想退出表意符号系统形成的机制,拒绝人为意义的骚扰——例如罗伯·葛利叶的"纯物主义"。在他看来,未来小说"必须制造出一个更实体、更直观的世界,以代替现有的这种充满心理的、社会的、功能的意义的世界。让物件和姿态首先以它们的存在去发生作用,让它们的存在继续为人们感觉到,而不顾任何企图把它们归入什么体系的说明性理论,不管是心理学、社会学、弗洛伊德主义,还是形而上学体系"[①]。可以发现,"纯物主义"力图抛弃的是古老的"深度"神话。如果说,诸多强加于世界的意义垄断了所有的解释,那么,驱除这些意义的重重叠叠的烙印,还原一个本真的澄明之境,这如同一种文化突围。罗伯·葛利叶的企图显然隐藏了对于现代文化的强烈反感。他仿佛期待某种坚硬、冷漠的物质碾碎种种意义设置的方阵。然而,至少在今天,本真的澄明之境并

---

① ［法］罗伯·葛利叶:《未来小说的道路》,朱虹译,见伍蠡甫主编《现代西方文论选》,上海译文出版社 1983 年版,第 314 页。

非一个单纯的存在——返璞归真至少表露了不屑于当前的意愿。对话语境一旦开启，沉默仍然包含了意味深长的表述；许多时候，注销各种意义不如说表示了另一种意义。一种意义问世之后不可能重新归零，必要时只能启动另一种意义给予覆盖。这带来了意义的繁衍和增殖，也带来了意义的矛盾、转换和搏斗。无论如何，这一切均构成了意义的再生产。

三

文学话语的意义再生产拥有一个特殊的形式——文学批评。

迄今为止，没有多少人将文学批评视为文学话语的接续。高鹗对于曹雪芹《红楼梦》的续写众所周知，可是，谁愿意承认罗兰·巴特的《恋人絮语》是歌德《少年维特之烦恼》的续篇？续篇通常被界定为人物及其故事的延长，意义的延长似乎算不上文学家族内部的血脉嫡传。相当多的人未曾意识到，文学著作的续写寥寥无几，大多数作品的寿命显现为不竭的意义重播与反复接受。这时，文学批评提供了意义再生产的重要形式。围绕文学批评的种种阅读、谈论、阐释、争议维持了作品的持久影响，作品的意义在诸多理论空间一轮又一轮地滚动、传颂和分化重组。意义再生产效果之一是，文学话语在意义层面上不断地传递。许多杰作的标志即是，隐藏了无尽的意义。"说不尽的莎士比亚"表明，文学经典的意义形成了独特的场域，一个具有强大吸附力的漩涡，某种内在的动力持续地制造意义的裂变。无论如何，人物以及故事终将结束，然而，意义的延长并未预设终点线。曹操、贾宝玉或者堂·吉诃德、哈姆雷特仅仅活在一本书里，他们的意义可能赢得了文学批评的千百次阐述。所以，罗兰·巴特喜欢将批评家与作家相提并论。[①] 在他心目中，批评的阐释显然与文学写作等量齐观。

文学批评史表明，意义再生产更多的是理论时代的产物。文学批评曾经产生多种功能：鉴别、判断、分析、阐释，如此等等。如果说，印象、感想、激情一度是批评家鉴别和判断的主要依据，那么，这种"印象主义"的文学批

---

① ［法］巴特：《批评与真理》，温晋仪译，上海人民出版社 1999 年版，第 45 页。

评业已没落。尽管文学批评始终与公式、图表、定量的科学分析保持距离，但是，严谨、精确、强大的理论模式和技术主义风格还是形成了普遍遵从的风气。文学批评不再是一个强大心灵的自由联想，浪漫主义崇尚的天才人物丧失了昔日的威望，批评家的工作毋宁说根据种种理论模式条分缕析地解读。由于解读的分量不断增加，种种独特的、甚至奇特的阐释纷至沓来，至于鉴别或者判断不过是一个附带的节目。批评家不再利用鉴定作品的等级表示权威，而是以丰富的思想阐释影响作家：

> 对于 20 世纪的批评话语说来，鉴别和判断的主题得到了形形色色的理论声援。许多时候，人们仅仅看到理论语言对于作品的严密阐释。不少批评家的心目中，阐释的份量已经远远超过了鉴别的结论。阐释意味着从话语生产进入意义生产——意味着文学话语之中的故事和形象锁入一定的代码，获得注解，成为社会所能接受的文化片断。这个过程，价值鉴别的权威削弱了；或许人们可以发现，这种鉴别更多地汇入了阐释所从事的意义生产。这样，批评话语的督察功能更多地托付给一种隐蔽循环：意义生产无形地诱导文学话语的再生产；这就是说，成功的意义生产无形地为文学话语的再生产立法。①

显然，所谓"理论的时代"拥有一批风格独具的批评家。"新批评"、俄国形式主义、精神分析学、结构主义和解构主义、女权主义和后殖民理论——这些批评学派纵横驰骋，各擅胜场。他们分别拥有自己繁杂的概念系统和分析技术，深奥的语言学、心理学和历史学充当了强大的理论后援。这些文学批评具有很强的"专业"意味，通常依托学院开展规范的训练。"学院派"批评应声而起，领衔演出。各种闻所未闻的理论故事流传于学院内部，成为各个批评学派奉行的经典。许多人觉得，这些批评学派的多种阐释远远超出了日常经验的范畴。尽管那些理论故事貌似天方夜谭，事实上，这些学派提供了支配了意义再生产的阐释代码。由于精神分析学派的训练，人们从曲折的故事背后读出了恋母情结的症候、遭受压抑的欲望以及作家从未觉察的无

---

① 　南帆：《隐蔽的成规》，福建教育出版社 1999 年版，第 167—168 页。

意识；女权主义批评或者后殖民理论赋予的锐利眼光启动之后，各种熟悉的情节突然暴露出性别压迫的诡计或者隐蔽的种族歧视。这些意义再生产不啻于敞开世界的另一些维度和场域。总之，人们居住的物理空间没有多少变动，但是，意义生产的持续积累不断地扩展或者重新配置各种文化空间。文学话语惊扰了陈陈相因的日常经验之后意犹未尽，文学批评的积极阐释接力式地传递这些意义，使之如同波纹似地四面扩大。从文学的等级评判到意义的阐释，文学批评的转折终于汇入了这个时代极其旺盛的意义生产。这显然可以视为后现代主义的文化表征之一。

　　大部分作家对于文学批评的空前活跃表情暧昧，态度矛盾。毫无疑问，文学批评的反复阐释可以有效地提高作品的声誉，文学史所铭记的作品通常是赢得了批评家关注的作品。尽管如此，许多作家对于批评家的阐释深感不适。如果说，批评家的自以为是令人失笑，那么，恋母、厌女以及同性恋这些论断包含的耻辱意味则是令人愤慨。少数作家不惮于出面否认批评家的阐释，他们讥笑批评家没有猜中谜底；多数作家宁可迂回地表述某种不满：徜徉于醉人的文学作品，还有什么必要转身领教批评家的乏味说教？所以，苏珊·桑塔格的名篇即是题为《反对阐释》。在她看来，阐释即是对于公开之物的不信任和敌意。文学作品的表面内容被推到了一边，批评家力图挖掘表象之下的潜在意义。"阐释行为大体上是反动的和僵化的。像汽车和重工业的废气污染城市空气一样，艺术阐释的散发物也在毒害我们的感受力。"阐释堆砌的大量概念严重地破坏了精微的感觉，这是智力对于艺术和世界的报复。阐释"就是去使世界贫瘠，使世界枯竭——为的是另建一个'意义'的影子世界"。这意味了一种转换——"文学批评家们一直在把诗歌、戏剧、小说或故事成分转换成别的什么东西，视之为己任"①。尽管诸如此类的尖刻言辞比比皆是，然而，批评对于阐释的热衷并没有得到有效遏制。相反，这种观念正在遭受愈来愈多的质疑：为什么阐释导致了世界的贫瘠和枯竭——为什么意义无法构成世界本身，而是被轻蔑地贬斥为不真实的影子？

　　正如苏珊·桑塔格意识到的那样，"对那些将被阐释的作品而言，艺术

---

① ［美］苏珊·桑塔格：《反对阐释》，程巍译，上海译文出版社2003年版，第9—10页。

家本人的意图无关紧要"①。文学批评对于作家的不敬引起了很大的反感。作家与批评家分裂为两大文化集团之后,作家时常趾高气扬地出现在公众面前。他们心目中,批评家多半是一些依赖他们的残羹剩饭为生的庸才。如今,借助几个陌生的概念术语掩护,这些批评家开始大言不惭地指点江山,他们对于作家的景仰和虔诚迅速地消失殆尽。遭受抛弃引起了作家的长吁短叹;更为严重的是,这些批评家竟然放肆地剥夺了作家的作品之父身份。即使是解释自己的作品,作家已然大权旁落。他们无法垄断作品的主题,发表各种指点迷津的见解,审核以及批准批评家提出的各种结论。许多时候,作家的意图仅仅被视为一个不太重要的参考,某些批评家甚至乐于从作家的意图开刀:解构主义批评的拿手好戏即是分析作品与意图之间的紧张、脱节乃至矛盾。显然,不能简单地将批评家的自我解放视为意气用事或者象征资本的争夺。作家的权威被形容为一个意识形态幻觉,这种观念源自浪漫主义之后一次又一次的理论转折。"新批评"论证了"意图谬误"——诗被视为一个自足的文本,作家的意图毋宁说是一个有待于解除的枷锁;罗兰·巴特宣称"作者已死",在他看来,一个文本来自多种写作,错杂的互文性决定了文本组织的众多源头,文本的命运取决于读者如何解读——占据了轴心位置的作者仅仅是一个假象。事实上,"作者"的概念来自中世纪之后"个人"的浮现,知识产权从属于"个人"的权利。福柯具有相近的认识。在《什么是作者》一文之中,福柯认为,日常生活之中那个写作者具有什么事迹并不重要,重要的是"作者"所承担的文化功能。这种文化功能是在"人类思想、知识、文学哲学和科学史上个人化的特殊阶段"出现的。不同的历史时期或者不同的文明类型之中,作者对于话语的影响迥不相同;作者的位置是一系列法律和机构制度运作的结果,这种位置并非简单地指代一个真正的个人。福柯犀利地指出,"作者"的文化功能之一即是防止意义的危险膨胀。如果文本被视为作者的私有财产,那么,作者有权力否决任何不合心意的结论。②

① 　[美]苏珊·桑塔格:《反对阐释》,程巍译,上海译文出版社2003年版,第11页。
② 　威廉·K.维姆萨特、蒙罗·C.比尔兹利:《意图谬见》,《"新批评"文集》,中国社会科学出版社1988年版;[法]罗兰·巴特:《作者的死亡》,《罗兰·巴特随笔选》,百花文艺出版社1995年版;[法]福柯:《什么是作者?》,《后现代主义文化与美学》,北京大学出版社1992年版。

总之,否弃作者犹如打开了一副沉重的枷锁,批评家的解放意味的是,意义再生产终于获得了恣意驰骋的巨大空间。

所以,这是一个迟早暴露的事实:作家的威信陨落之日,即是读者的权力急剧扩张之时。尽管作家是文本的生产者,但是,读者最终实现了文本的意义。读者并不是循规蹈矩地再现作家的初始意图;如何获取文本的意义,读者的解码拥有了更大的自主权。现代阐释学曾经为读者的自主权进行了有力的辩护。海德格尔以来的阐释学认为,解读并非发生于文化真空的一个孤立事件。读者的历史存在决定了阐释的历史坐标。具体地说,读者的文化传统、生活观念、知识的水平无不作为先在的"前结构"顽强地嵌入文本的理解。"前结构"不仅提出了种种理解的预设和问题域,同时还解释了读者对于某些意义的特殊嗅觉。阐释学重心转移的标志是,允许读者破门而出,相当程度地摆脱作家设定的紧箍咒,自由地进入多元的意义空间。接受美学无疑是文学批评倾心于读者之后的产物。

尽管意义再生产的全面开放带来了阐释的无政府主义——尽管"过度阐释"的非议无法遏制众声喧哗的狂欢,然而,这个命题从来没有得到承认:一个文本的意义可以任意增添,而且多多益善。意义的数量竞赛毫无意义。各种文本意义的诞生以及彼此之间的矛盾、分歧、竞争,占据了主流或者放逐到边缘,一切无不涉及历史的选择。一个文本的问世亦即投身于历史的洪流,文本赢得了哪一种阐释必定包含了意味深长的历史信息。历代批评家对于一部经典的再三阐释,毋宁说是各个历史段落之间复杂的接洽、对话、谈判以及相互理解。换言之,这些阐释犹如批评家栖身的那个时代企图衔接并且延续文化传统设置的种种意义。所以,阐释即存在这种观念表明,各种意义均是历史的产儿,同时又是历史的持续——人们不再设想,意义之外另有某种悬空的历史运行在遥远的天际。无论是哪一个历史段落,历史的多元以及不可逾越的历史边界既提供了意义再生产的内在动力,也形成了强大的制约。时至如今,批评家可以从文学之中收集阶级压迫的证据或者神话原型的母题,也可以搜索恋母情结的异常征兆或者文化殖民的隐蔽叵测居心。然而,尽管历史已经为意义再生产敞开了众多的方向,某些阐释仍然得不到足够的支持——例如,将一部戏剧的生动情节形容为感冒病毒的效应,或者断定没有登过泰山的人绝对写不出精彩的诗。当然,现今的历史边界重新勘定之后,某些传统的阐释代码可能遭受废弃或者限制。至少在今天,"思无邪"或者"发乎情,止乎礼义"的适用范围已经相当有限;同时,用阶级的天平度量文学人物的一切言行,带来的问题可能比解决的问题还要多。这时似乎可以说,意义再生产毋宁是历史借助各种阐释顽强地表述自己。

批评的职能时常被想象为,增添文本的文化附加值。然而,当"历史"这个大词的重量分摊到各种阐释的时候,各种文本意义的竞争意味了各个集团对于历史的争夺。调集以及配置哪些符号秩序给历史带上合适的笼头,批评的阐释时常肩负的重大使命。所以,在霍尔看来,解读不是一门普通的功课,"解读内镌刻着制度/政治/意识形态的秩序,并使解读自身制度化"。换言之,解读实践始终隐含了精心的文化规训,解读的交锋可能成为意识形态的交锋。批评对于同一部作品的再三阐释表明,意义的解读从未关闭。如果说,表意符号系统制定的编码方式时常成为意识形态维护机制的组成部分,那么,开放的解码往往隐含了瓦解的效能。尽管编码者通常占据了主动控制的有利位置,并且根据自己的预期、盘算试图将受众塞入某种现成的阐释框架,但是,这是一个无法否认的传播学事实:一种编码方式可以承受多种解码方式的破译。话语的意义来自编码与解码之间的复杂博弈。根据霍尔的考察,某些对抗性的解码甚至提出截然相反的阐释。例如,一个工人收看电视之中限制工资的辩论,他会理所当然地将所谓的"国家利益"解读为资产阶级的"阶级利益"。卷入话语领域的斗争,"意义的政治策略"决定了解码的策略。① 当然,一种解码可能遭受另一种解码的强烈抵抗,争夺的内容包括了阐释代码的设置、解释权的认可以及葛兰西所关注的文化领导权。这时,成功的解码将突破一个历史段落的意识形态封锁,意义再生产可能带动众多观念的重组和建构。

---

① [英]斯图亚特·霍尔:《编码,解码》,王广州译,见罗钢、刘象愚主编《文化研究读本》,中国社会科学出版社 2000 年版,第 353、358 页。

四

从文学话语到文学批评的阐释，这是一个意义生产的微型循环。当然，文学从来不是一个孤独的话语类型默默地生长、发育和衰败；文学的意义展示形式通常由某一个时期的历史文化整体给予核准。文学始终跻身于宗教、历史、艺术、哲学，跻身于政治、经济、法律、科学——众多话语类型分别为文学意义的生产、消费以及接受带来举足轻重的影响。换一句话说，文学的活动区域即是来自符号秩序的总体规定。无论是"诗言志"、诗可以"兴"、"观"、"群"、"怨"，还是"残丛小语"、"街谈巷议"；无论是"经国之大业，不朽之盛事"还是"雕虫篆刻"，"壮夫不为"，"作文害道"、玩物丧志；古代思想家的种种文学描述无不隐蔽地从属于巨大的文化观念体系运作。柏拉图将诗人逐出理想国，亚里士多德宣称诗比历史更富于哲学意味，浪漫主义把文学视为内心火山的喷发，现实主义把文学形容为生活的镜子，总之，人们只能栖身于某一个历史空间解读和评判文学的意义。返回这个如此躁动的时代，文学表述了什么？

多少有些意外的是，许多作家对于这个问题感到了普遍的焦虑。他们清晰地意识到，文学正在边缘化。现今几乎是各种争论最为激烈的时期，观念的冲突与利益角逐此起彼伏。历史的争夺正在以前所未有的形式出现，可是，文学逐渐瘖哑无声，甚至退出了公共领域：

> 抚今追昔，20世纪80年代的文学曾经如火如荼。文学是种种启蒙观念的策源地，是我们描述和阐释历史的重要依据；至于20世纪之初的五四新文化运动，文学甚至开创了历史本身。然而，如今的文学仿佛已经退休。文学没有资格继续充当社会文化的主角，活跃在大众视野的中心。无论是报纸、电视节目还是互联网上，文学的份额越来越小，甚至消失——许多文学杂志已经到了举步维艰的地步。我们的印象中，公共空间的主角是另一些学科，例如经济学、政治学、社会学、法学，如此等等。这个年度的国民生产总值以及目前股票市场的趋势如何，明天的民主政治将以何种形式出现，数以亿计的农民涌入城市带来哪些问题，哪些企业

职工的合法权益遭到了侵犯——这些问题哪一个不比平平仄仄的文字游戏或者虚构的悬念更重要？某些作家或者诗人还在那里孤芳自赏，强作欢颜，自诩文学乃是皇冠上的明珠；然而，这些观点无助于改变一个事实：老态龙钟的文学退出了公共空间，呆在路边的椅子上打瞌睡去了。①

　　尤尔根·哈贝马斯曾经追溯过商业经济如何催生了资产阶级公共领域，如何形成了公共舆论并且执行批判功能："资产阶级公共领域连同与国家相分离的社会都是历史的产物。生命的再生产一方面具有个人形式，另一方面作为整个私人领域，又具有公共意义；从这个意义上讲，'社会'可以作为一个独立的领域建构起来。"②然而，这种公共领域并未如期抵达20世纪中国的文化版图。尤其是20世纪50年代之后，民族国家的主题如此重大，以至于众多阿尔都塞形容的"意识形态国家机器"协同运转，同声相应。这时，商业经济销声匿迹，种种琐碎或者另类的个人经验贴上了"小资产阶级"的标签一律封存。表面上，文学仍然保存了众多个体的独特命运，但是，绝大多数故事领取到的意义大同小异。"典型"这个概念之所以能够顺利地推广为文学批评的阐释代码，个别之所以顺利地代表了一般，同质化的意义是一个重要原因。

　　20世纪80年代之后，这种同质化的意义开始破裂。这是一个命名为"新启蒙"的时期，个人、个性、主体、人道主义络绎登场。神圣的民族国家叙事逐渐松弛，个人的面容、表情、思想观念浮上水面。某些时候，二者之间无法通约——个人的意义无法完整地融入民族国家叙事，甚至南辕北辙。文学显然充当了"新启蒙"的拥戴者，人的解放是文学从古老的启蒙运动之中继承的重大主题。历史证明，文学时常对这个主题表现出非凡的兴趣。如果说，性格、形象是文学集聚目光的焦点，那么，文学仍然怀有远大的梦想：理想的社会来自理想的个体组成。从梁启超的《少年中国说》、鲁迅的"改造国民性"到马尔库塞的"新感性"，诸多思想家不谋而合。没有理由援引政治经济学完全否定"新感性"。如果政治、经济以及社会结构始终与"新感性"

---

① 南帆：《文学与公共空间》，《关系与结构》，吉林出版集团2009年版，第24—25页。

② ［德］尤尔根·哈贝马斯：《资产阶级公共领域：观念与意识形态》，《哈贝马斯精粹》，曹卫东译，南京大学出版社2009年版，第93页。

格格不入,很难说归咎于哪一方。神圣的民族国家叙事久久无法着陆,无法赢得感性或者日常经验的认可,堂皇的口号和概念肯定走不远。因为世俗的欲求而修正口号、概念和宏大叙事,这种事情在历史上屡屡发生。

所谓的"新启蒙"逐渐收缩到市场经济,这似乎是一个必然。80年代的激烈争辩终于水落石出——经济终于荣幸地充当了带动历史的强劲马达,市场竞争将每一个体的能量充分地调动起来了。这时,围绕个人、主体或者人道主义的一套又一套文化观念犹如繁琐哲学,利益与个人的关系成为简化种种思辨的"奥姆卡剃刀"。尽管哈贝马斯对于公共领域的描述仍然是一个遥远的影像,但是,公共舆论终于转向了经济主题。这时,经济学理所当然地成为显学。国民生产总值、财政、金融、利润以及股票、房地产这些概念开始全面进驻人们的视野,利益的攫取和角逐带来了各种新型的矛盾。作为后续的协调机制,法学和社会学及时跟进,中国文化版图的公共领域初具雏形。有趣的是,国家权力时常扮演这个公共领域的主角,而不是遭受质询和监督的对象。这显然是一个传统的延续:国家仍然有力地控制着意识形态领导权;另一方面,20世纪下半叶的市场经济即是来自国家权力的倡导。至少在观念上,市场并没有因为维护个人利益而成为国家权力的某种抗衡。换一句话说,经济意义上"个人"的诞生并没有经历多少分娩的阵痛。从人的权利、自由、平等到私有财产的保护——各种激烈的、涉及众多思想脉络的意识形态搏斗尚未发生,市场经济已经到位。这时,启蒙观念积蓄的种种思想冲击仿佛扑了个空,市场经济的不期而至意外地将许多周边的理论问题抛出了考虑的范围。当然,这种公共领域很容易演变为经济问题的独角戏。拥有了经济学、法学和社会学话语,描述人们栖身的这一段历史似乎已经足够。从贫穷、致富到相对稳定的财富分配机制——如果历史能够完成三次阶梯式的递进,多数人理应额手称庆。然而,无论是经济的跨越式发展还是种种制度设计,这种知识框架之中的文学话语乏善可陈。这时,作家似乎成了公共领域之中多余的人。文学正在接受市场的格式化,印数、版税、稿费,哪一个作家荣登富豪排行榜,如此等等。美学风格、个性、某种主题的探索或者形式实验,这些命题再度遭受压抑。"革命大众"的喜闻乐见一度是否决这些命题的主要理由,现在的主语是"消费者"。"顾客即上帝"这个口号完成了

"革命大众"与"消费者"之间无声的置换,尽管前者曾经以摧毁资本主义市场体系和商品关系为己任。不论文学话语表述了何种意义,一切终将交付经济意义予以表决。经济话语做出了总结陈词之后,文学的启蒙故事可以落幕了。始于文化,终于经济,观念归结为实惠和收益,这是许多人习惯的历史想象公式。

然而,许许多多的历史想象公式总是很快地演变为一厢情愿的幻觉——某些剩余的意义总是及时而且不知趣地浮现,破坏了刚刚完成的意识形态缝合。斯拉沃热·齐泽克指出:"命名的强烈偶然性,暗示出实在界与实在界的符号化模式之间存在着不可化约的缺口;某一历史构象(constellation)可以以完全不同的方式予以符号化;实在界没有包含任何必然的对自身进行符号化的模式。"① 齐泽克引用了拉康的观点解释说,现实永远不是"自身","它只能通过其不完全失败的象征展示自己"。人们无法体验所谓的"事物本身","它永远已经被象征机制象征化、构成和结构——而问题就在于这么一个事实,象征最终永远失败,它永远也不能成功地完全'覆盖'真实,永远包括一部分未处理的、尚未实现的象征债务"。简言之,历史始终存在现成的符号秩序无法表述的未知数,这表明了历史的持续生长,也表明了历史的活力所在。齐泽克十分赞赏德里达用"幽灵"形容历史的这一部分。"幽灵"始终遭受符号秩序的压抑,同时又因为摆脱了符号秩序的控制而捉摸不定。"现实的圆周只有通过不可思议的幽灵的补充才能够形成整体。"② 齐泽克借助"幽灵"指出,历史不是一个业已完成的封闭整体,相反,历史始终存在某种符号秩序以及意识形态无法修补的空隙。无论在哪一种意义上,"历史的终结"都是一个错觉。从卢卡奇的"总体论"到苏联的"社会主义现实主义",许多人坚信无产阶级胜券在握——文学所要做的仅仅是形象地填充革命导师绘就的蓝图。事实证明,这种乐观严重地低估了历史的复杂性,文学话语憏然地沦落为廉价的颂歌。然而,即使革命导师绘就的蓝

---

① [斯]斯拉沃热·齐泽克:《意识形态的崇高客体》,季广茂译,中央编译出版社2002年版,第135页。

② [斯]斯拉沃热·齐泽克:《意识形态的幽灵》,见斯拉沃热·齐泽克等《图绘意识形态》,方杰译,南京大学出版社2002年版,第27页。德里达的"幽灵"主要来自他的《马克思的幽灵》一书。

图部分地失效，福山及其理论同僚也没有充足的理由宣布历史已经由另一种意识形态盖棺论定。我宁愿相信，历史进入了一个奇特的场域，多种可能正在相互交织，某些新型的经验正在逐步地清晰、明朗。许多传统的观念曾经因为相异的意识形态脉络而产生激烈的交锋；如今，这些观念似乎已经对不准焦点。这或许可以解释为一种耐人寻味的征兆：现成的符号秩序发生了某种断裂，齐泽克所形容的"空隙"出现了。"幽灵"恰恰表示了人们的模糊期待：某种新的、不可名状的内容有望给历史制造另一些机遇，打开另一些拓展的空间。

　　这无疑是一个意义深远的重大命题。许多思想家严肃地注视着这个"空隙"，期待"幽灵"的现身。某种程度上，这意味了历史命运的再想象。作家没有理由神情迟钝地游离于历史之外，杜撰几出轻浮的节目搪塞苦恼的读者，例如帝王与佳人的风流韵事，豪门之中珠光宝气的恩怨，或者某些"无厘头"的闹剧。重要的历史时期来临之后，总有一批不甘平庸的作家目光炯炯踞守在思想的制高点，紧张地分析未来的各种可能。我曾经将一部分文学称之为"完成式"的——这一部分文学的主题通常已经由意识形态完成，或者说，文学即是意识形态的有机组成和协助、配合。相对地说，另一部分文学可以称之为"挑战式"的文学："另一部分的文学游移于意识形态圈子的边缘，散漫、纷乱，甚至古怪而激进，但是不可化约。意识形态无法轻松地解决或者消化它们提出的那些倔强的主题。""如果时机成熟，如果这一部分文学集聚到相当的程度，强烈的挑战可能导致意识形态的销蚀、失灵、瓦解乃至崩溃。于是，大变革的时刻就会来临。历史的另一回合开始了。的确，这也是一种使命：'挑战式'的文学时常在意识形态转换之际充当骁勇的先锋——那个刚刚完成的时代交接即是如此。"① 所以，即使出示一个似曾相识的故事，"挑战式"文学的企图仍然不是兢兢业业地模仿或者再现，而是主动的历史建构——借助虚构的形式演示各种意识形态突围的路线图。

　　如何想象"幽灵"的谱系？如何赋予"幽灵"一个现身的形式？许多思想家无不援引自己熟悉的理论资源预订"幽灵"的形象。从神话、各种宗

---

①　南帆：《后革命的转移》，北京大学出版社 2005 年版，第 250 页。

教的教义、道、气、绝对精神到马克思主义、精神分析学、自由市场、后现代主义的嬉戏甚至天外来物,这一切均可能撕开历史的"空隙",带来各种倍受压抑的或者前所未有的意义。处理历史的时候,文学的资源是什么? 文学通常不屑于扮演某种形而上学的拥趸,不屑于把历史归纳为形而上学观念的感性显现。文学宁可盯住众多忙忙碌碌的个体,考察他们的激情、欲望或者伤心无奈,考察他们惊天动地的伟业或者卑微的命运——世事洞明,人情练达,文学似乎更多地徜徉在日常生活之中,放低姿态推敲一个又一个具体的人生。宏大历史的每一个部分仿佛各司其职,意识形态提供的种种解释已经部署就绪,这时,哪些个体还可能制造出不驯的意义? 日常生活隐藏了哪些撼动历史的能量? 文学话语负责这些问题——不仅负责种种富于冲击力的形象,而且负责形象组织的表意符号系统。

符号的角逐

一

新批评、俄国形式主义以及结构主义之后，文本分析成为一个众所周知的批评策略。大批理论家共同将语言形容为文学的主角，心理、哲学思想或者主题类型的意义退居次要。文本是语言编织物，因而文本隐藏了文学的首要秘密。肌理，张力，象征，叙事模式，还有无所不在的结构——一系列新型的理论概念进驻文本，条分缕析，剔精抉微。这些概念对于文本外部的历史语境置若罔闻；或者说，这些概念隐含的前提即是，文本的结构与外部的历史语境无关。对于文学说来，语言的秘密与社会历史的秘密不可通约。

然而，20世纪的后半个世纪，这种狂热一时的理论倾向逐渐遭到遏制。文本与社会历史的关系再度浮出水面。不考虑书面文字与口头传播的差异，单纯的文本分析怎么能说明古典诗词的精粹和话本的缓慢松弛？解释电视肥皂剧拖沓的修辞风格，人们必须回到早期的历史——那时的观众定位为午后忙碌在厨房与客厅的家庭主妇，她们无法在操劳的间隙跟上一个紧张的故事；然而，赞助电视制作的广告商不得不竭力讨好她们，因为家庭主妇掌握了大部分的采购权。总之，文本生产不仅局限于语言作坊内部，社会历史可能对文本的每一个细部产生压力。这个意义上，意识形态对于文本成规以及叙事、修辞的隐蔽控制引起了理论的持续关注。如何叙事成为一个意味深长的问题。人们逐渐意识到，愈来愈多的文本占据了生活，并且主宰或者规约、支持种种生活的想象。很大一部分生活即是"叙事"的产物。换一句话说，文本既是社会历史的符号凝结；同时，文本又织入社会历史的一个个角落，形成种种压力，这些压力循着不同的方向扩散至现行的社会历史结构。这个意义上，文本生产不可避免地与各种权力体系产生互动。文本以及符号被动员起来，有效地维持或者破坏某种等级制度，并且由于特定集团、阶层、群体的要求和使用形成独特的风格。新批评、俄国形式主义以及结构主义曾经把文本供奉为一个孤立封闭的神秘王国，孤立、封闭、不可再分解即是文本拜物教的依据。这仿佛证明，是独一无二的文学性而不是别的什么决定了文本的结构。然而，现今的理论发现，文本并没有甩下社会历史；文本的结构隐藏了强大的历史根源，而且，文本可能产生的社会功效远远超出通常的想象。

　　晚近兴盛的"文化研究"有力地支持了这种观念。文化研究的分析范围早已突破了文本的藩篱，建筑、舞蹈、海报、经济学著作的修辞特征、博物馆陈设、电视肥皂剧、侦探小说、电子游戏以及体育赛事无一不能装入文化研究的百宝箱。有趣的是，文化研究时常对上述领域作出符号学的解读。许多时候，文化研究毋宁说将世界当成了一个大型的文本——人们时常遭遇"社会文本"这个象征性的概念。世界的大型文本内部包含了无数次级文本。电视、报纸、广告、杂志、广播、互联网等大众传播媒介密集地包围了人们，后现代社会的特征即是将主体抛入形形色色的文本之间。置身于这个世界，人们的身份、社会地位通常是被"叙事"出来的。种族、性别、阶层、尊严、荣誉、何谓成功、何谓时尚、何谓可耻、何谓无能——诸如此类的知识精密地构成了一个主体的定位。反之，如果一个主体拒绝认同社会定位，那么，他首先可能拒绝既定的叙事。这时，一种复杂的争夺、冲突、压迫、反抗、解放将在符号领域展开。显然，这里所谈论的符号不仅是能指与所指的单纯合作，不仅显示出单纯的指示功能。符号愈来愈明显地成为一种可观的生活资源。符号可能是某种昂贵的商品，形成庞大的产业，也可能是极富杀伤力的政治工具。因此，如何制作符号、收集符号、占有符号，如何使用符号巧妙地叙事，这是事关重大的社会活动。许多时候，掌握符号也就是掌握权柄；深刻地解读符号可能揭破某种秘密的圈套,也可能掘出某种革命的资源。

沃卓斯基兄弟导演的《黑客帝国》肯定可以成为文化研究所钟爱的话题。这部科幻影片虚构了一个古怪的情节:未来的人们困在一个符号的世界而无法自知。这些人的日常见闻无非是一台巨大的计算机虚拟出来的世间万象。一切幻象都是程序的产物。影片之中,英雄主角的动机就是冲出符号的炫惑,逃离数字化的统治。这显然是一个不无哲学意味的时髦主题。沃卓斯基兄弟是鲍德里亚的忠实信徒。有消息说,他们甚至邀请鲍德里亚出任影片之中的一个角色。不难发现,《黑客帝国》是鲍德里亚某一方面思想的通俗版本。鲍德里亚激进地声称,后现代社会业已被技术和传媒严密控制,符号、影像和代码充斥整个社会,真实与非真实之间的明确界限消失了。人们习惯于透过种种特殊的传媒观察世界,熟悉世界,掌握世界,传媒所演示的符号结构理所当然地成了现实本身——甚至比真实还要真实。人们无限地依赖电视,依赖互联网或者报纸,挣脱或者抨击一种传媒之后无非是投入另一种传媒。只有借助传媒的拐杖,人们才可能想象社会,进而想象自己的位置,决定怎么说和怎么做。这些符号体系是否某种真实的指代已经不太重要——它们有时甚至与真实失去了任何联系;重要的是,这些符号自身成了主体,互相勾结,并且作为一种商品拥有了经济交换价值。这是能指的自主化,能指成为自己的指涉物,同时倾入经济流通领域。很大程度上,符号形式开始覆盖了商品形式。商品的物质属性愈来愈少,符号形式已经足以挑起人们的购买欲望。扛一袋米或者提一条猪腿的景象正在减少,许多时候,人们消费的是符号形式。"虚拟经济"一跃成为现今风头正健的概念。期货,股票,广告,转账,信用卡,诸多交易在符号领域出没——货币本身即是最为权威的符号作品。后现代社会的标志之一即是——无远弗届的符号覆盖。后现代转向可以视为符号运作的一个历史性后果。电子传媒正在制造"无地方特性"的图像地理和虚拟地理。传统的自然地理形成的种种坐标体系陆续失效,远和近、深和浅、旧和新等一系列空间感和时间感开始动摇——这种迷惘和恐慌即是后现代的典型经验。人们的周围莫非符号形式,真实与幻象、文化与自然的二元论终于瓦解。这个意义上,人们只能栖身于一个没有起源、没有指涉点的多维空间。① 符号之外一无所有,这就是鲍德里亚提供的一个不无诡异的理论图像。

许多人觉得,鲍德里亚的理论图像多少有些危言耸听。相对地说,斯图尔特·霍尔对于构成主义的阐述似乎更为中肯。霍尔不再纠缠于真实与幻象的二元论,他的理论焦点转向了"意义"。意义使现实成为可解的形态。无论真实与否,形形色色的"意义"是支配生活的核心:"它们组织和规范社会实践,影响我们的行为,从而产生真实的、实际的后果。"② 索绪尔以来的一系列理论遗产证明,语言、符号的运作——霍尔的术语称之为"表征"(represent)——决定了意义的生产。这再度证明了符号在社会生活中心的决定性作用。霍尔总结了人们解释"表征"(represent)的不同理论:"反映论的或模仿论的途径提出词(符号)和事物之间的一种直接和透明的模仿或反映关系。意向性的理论把表征限制在其作者或主体的各种意向中。"③ 霍尔主张的构成主义源于社会知识的一个最为重要的转向——话语转向。构成主义看来,意义不是先验地存在于某种事物之中,等待一个外部的"发现"或者垂顾,意义是在人们认识某种事物的同时被生产、被建构出来的。语言符号支持了这种生产或者建构的实践。语言符号的成规惯例设定了事物如何呈现,同时设定了意义解读的基本框架。这时的符号与事物之间远远超出了单纯的指代关系,符号自身所构成的表征系统内在地控制了人们的认识程序,组织人们的认识视野——包括认识一些抽象的甚至纯粹虚构的概念,例如幸福、友谊或者天使、恶魔、地狱,如此等等。霍尔解释说,所谓的"表征系统""并不是由单独的各个概念所组成,而是由对各个概念的组织、集束、安排和分级,以及在它们之间建立复杂联系的各种方法所组成"④。换言之,事物的意义就是在这种"复杂联系"之中逐渐敞亮,并且成为一个严密的、相互呼应的系统。霍尔即是在这个意义上为福柯辩护。福柯并未

① [美]斯蒂芬·贝斯特、道格拉斯·科尔纳:《后现代主义转向》第三章"从景观社会到类象王国:德博尔、鲍德里亚与后现代性",陈刚等译,南京大学出版社 2002 年版。

② [英]斯图尔特·霍尔编:《表征——文化表象与意指实践》,徐亮、陆兴华译,商务印书馆 2003 年版,第 3 页。

③ 同上书,第 35 页。

④ 同上书,第 17 页。

否认,事物存在于话语之外,但福柯论证了"在话语以外,事物没有任何意义"①。

"意义有助于建立起使社会生活秩序化和得以控制的各种规则、标准和惯例"——所以,霍尔同时意识到:"意义也是那些想要控制和规范他人行为和观念的人试图建立和形成的东西。"② 这也是人们将语言符号的运作纳入权力运作的理由。从历史的叙事到民族的想象共同体,从简赅的标语口号到繁琐的仪式,对于权力运作说来,语言符号的能量始终不亚于暴力武器。当然,并不是所有擅长使用符号的人都能意识到这一点。作家号称语言大师,但是,许多作家对于语言符号的历史使命并没有清晰的认识——他们似乎更乐于接受这种浪漫主义式的形容:一个人的语言才赋是一种天生的感觉,这种天生的感觉驱动作家援笔疾书。语言无非是一种称手的工具,负责滔滔不绝地演示作家的奇妙灵感。如同穿上了红舞鞋的舞蹈家,作家不会也不可能停止写作。目前,只有韩少功的《暗示》对于自己手里的语言——更大范围内,包括各种符号体系——产生了深刻的怀疑。韩少功的《暗示》流露了一种恐惧:他担心陷入语言以及种种符号体系如同陷入某种迷魂阵,人们徘徊在一系列语词和虚拟的影像之间,再也回不到土地、阳光、潺潺流水和风花雪月的真实世界。令人忧虑的是,符号的世界时常被有意设计为一个不平等的世界。再现什么,遮蔽什么,夸张什么,涂抹什么,《暗示》犀利地察觉到一系列符号运作隐藏的政治企图。我曾经借助《暗示》的陈述这种观点:

> 现今,情况也许更为复杂:语言符号的占有可能形成特定的文化资本,这将生产出另一种话语权力。无论是支配、榨取、统治、弹压,文化资本的运作正在制造各种崭新的形式。大众传播媒介如此发达、语言符号如此丰富的时代,一批人运用语言符号压迫另一批人的条件已经完全成熟。种种语言符号体系之中,某一个阶层或者某一个族群的形象可能大幅度扩张,他们的声音回响于整个社会;相形之下,另一些阶层或者族群

---

① [英]斯图尔特·霍尔编:《表征——文化表象与意指实践》,徐亮、陆兴华译,商务印书馆2003年版,第45页。

② 同上书,第4页。

可能销声匿迹,既定的语言符号配置之中根本没有他们的位置。尽管他们人数众多,然而,语言符号的空间察觉不到他们踪迹。可以说,这是继经济压迫、政治压迫之后的语言符号压迫。在我看来,这是《暗示》之中另一个更为重要的主题。

路易·阿尔都塞对于意识形态国家机器的论述已经广为人知。这是与强制性国家机器相对的另一个领域。强制性国家机器呈现为暴力压制形式,军队、警察、法庭、监狱、政府和行政部门均是暴力的执行机构。意识形态国家机器是一种软性的规约或者训诫,例如宗教的,教育的,家庭的,法律的,政治的,工会的,它们的指令往往呈现于报纸、电视、广播、文学和艺术、体育运动,如此等等。阿尔都塞看来,意识形态负责质询、规训主体,告知个体如何扮演一个合格的主体。尽管阿尔都塞未曾进一步论述,意识形态国家机器的有效操作即是依赖各种符号体系,但是,人们完全可以想象符号的威力——这时,符号的功能可以与机枪、大炮、高压水龙头与铁丝网相提并论,甚至产生后者所无法企及的效用。

统治阶级的思想是占统治地位的思想,统治地位的思想有力地规训主体,维持既定的社会关系,这一切均要由庞大的符号体系运作给予保证。从宗教、哲学、法律到文学,这包含了一系列观念的确认,也包含了种种感觉的训练。我在《文学的维度》之中指出了符号、社会与主体的互相缠绕:"马克思曾经提出了著名的结论:人是一切社会关系的总和;在话语分析的意义上,人们有理由继续这样的结论:主体同时还是诸多话语关系的总和。"[1] 这即是符号生产所隐藏的政治意义。相对于符号的生产,符号的消费通常集中于大众传媒,出版物、电视以及互联网均是出售文本的大型超级市场。所以,大众传媒可能大面积地参与了社会关系的组织、平衡、修复或者破坏。大众传媒一般掌握在拥有各种特权的人物手里。与权力共谋,维护稳定的现状,训练合格的主体,大众传媒通常担当了一个得力的帮手。

当然,这并不能证明,大众传媒是一个波澜不惊的海域。力比多涌动不歇,主体规范不时遭遇挑战。压抑与反压抑的激烈角逐形成了符号与文本的

---

① 南帆:《文学的维度》,上海三联书店 1998 年版,第 25 页。

激烈角逐,这一切都将在大众传媒刀光剑影地持续上演。种族,性别,阶级,阶层,各种族群或者文化共同体纷纷涌入大众传媒,征用、调动各种类型的符号,竭力发出自己的声音。悬殊的经济地位无疑是意识形态分歧的重要基础,但是,符号与文本的激烈角逐同时包括了大量文化因素——这甚至很大程度地削弱了经济决定论。符号与文本的角逐扩散到日常生活的诸多角落,一点一滴地改变人们的感觉。这种状况令人想到了福柯所说的微型政治。一个风格独异的先锋小说文本,一个实验性剧本,一个别出心裁的网站或者一段古怪的街舞,这些特殊的符号都可能象征某种叛逆,或者解构某种传统的意识形态观念——尽管它们对于现存经济基础的瓦解可能微不足道。对于许多知识分子说来,参与革命的激情与其说源于赤贫的经济状况,不如说源于某种符号体系的号召。这证明了符号体系的独立意义。另一个证明可以追溯至葛兰西的文化霸权理论。葛兰西察觉到一种可能性:现存经济基础未曾发生根本改变的情况之下,统治阶级可能在文化领域作出某种妥协,出让一定的符号空间,允许被统治阶级抛头露面。这或许是一种文化意义上的退让,或许是维护现存经济基础而设置的缓冲。无论如何,符号领域的压迫和反抗显示出比经济领域更为纷杂的局面。

二

《黑客帝国》之中的英雄主角为什么急于从虚拟的图像之中突围?这里肯定隐含了一个对比:符号领域远比自然王国凶险。相对于自然万象,符号王国隐藏了种种狡诈、陷阱、劝诱和胁迫。自然不依人的意志为转移;无论是日月星辰还是河流山川,自然的形成不存在取悦某一些族群同时非难、压迫另一些族群的意图。走出神话时代之后,也就是人类分裂出自然王国之后,自然已经不可质疑。没有人因为天上只有一个太阳或者太平洋如此浩瀚而愤慨,也没有人猜测西伯利亚的寒流或者毁灭性的地震源于某种不可知的阴谋。然而,符号领域是一个人为的世界——来自某些人的设计、制作和生产,实现了某些人的意图,并且对于某些人产生了或者明显或者隐蔽的效果。符号擅长变魔术。符号可能夸大某些形象的比例,遮蔽或者盗走另一批人的生活——符号的修饰和删改可能形成一种虚假的意义。那么,谁在操纵这个领域?谁有权力、有资格操纵这个领域?这个领域的设计以及产生的效果对哪些人有利,同时损害了哪些人?栖身于符号的世界,这成了一些不可避免的基本追问。

农业文明时代,自然在人类的生存之中占据了很大的比重。土地无疑是自然的代表。自然不仅是人类的生存环境,也是美学的对象。古典诗词之中,飞花、落木、青峰、皓月无一不是自然意象。现代社会来临的标志之一是,大规模剧增的符号淹没了自然。科学技术、经济、财富所制造的历史革命最终由一系列符号表述出来。符号成为生存必须进入的一张巨大网络,现代生活愈来愈多地演变为符号生活。文本、影像、斑斓的色彩和悦耳的音响,这些以表意为主的符号体系形成了一个庞大的文化空间,历史、艺术、形形色色的哲学观念、数学和物理学理论均是这个文化空间的美妙图像;另一方面,构成日常现实的物质世界——尤其是都市社会——通常展示为另一套符号。物质世界不仅拥有具体的用途,例如果腹、御寒或者遮风避雨,同时,它们还表示种种复杂的象征涵义。无论是服装、首饰、家居设计还是街道装潢、旅馆的异域风情、汽车的奇特造型,物质世界的确是另一种"社会文本"。卫慧的《上海宝贝》之中,物质的符号炫耀是一个巨大的乐趣。叙述人喋喋地卖弄种种商品的品牌知识,从汽车、化妆品、饮料到外套与内衣。显而易见,这些品牌形成的符号体系无言地展示了某种卫慧们所认可的生活品质。更大范围内,种种符号体系可能共同叙述特定阶段的历史文化特征。考察西方的现代性话语如何登陆上海的时候,李欧梵的《上海摩登》涉及多种符号体系。除了刊物、教科书、画报、广告、月份牌——除了对于现代性建构产生了莫大作用的印刷文化,《上海摩登》还谈到了外滩众多带有各种殖民印记的建筑物,谈到了百货大楼、咖啡馆、舞厅、公园和跑马场以及石库门的"亭子间"。这些物质世界镌刻了种种特殊的生活观念,"现代性"浮动在这些观念的深处,相互呼应。解读这些交错的符号,也就是解读历史是由哪些人制造出来的。

运用符号制造历史,这是一个巨大的、意义深远的工程。人们必须从这个意义上解释文化领导权的重要性。这个不可让渡的权力是统治权力的组成部分,统治阶级掌控符号生产是持续统治的前提。这个问题上,强制性国家机器必然与意识形态国家机器缔结成坚固的联盟。当然,摧毁现存的统治也是如此——异国军队的入侵从来没有忘记占领广播电台和电视台。许多时候,统治阶级对于符号的掌控深入到修辞、叙事以及文本结构,但是,这种掌控大部分是隐蔽的,并且尽量考虑到文类的既定特征。这是意识形态形成的基本条件——非强制性的、甚至是富有魅力的解说和训诫。例如,对于现代社会,新闻和历史是至关重要的两个叙事文类——两个维度的叙事交汇恰如其分地划出了人们想象社会的逻辑。通常,统治阶级不会对新闻和历史的"真实"原则表示异议——"真实"即是新闻和历史的文类声誉。权力的影响毋宁说发生在另一个幽暗的层面:什么叫作"真实"?纷纭的表象歧义百出,误读和骗局层出不穷。这时,只有特定的目光和理念才可能识别显现了"本质"的"真实"。权力负责指定"真实"的涵义,并且运用一系列有效的修辞和叙事再现这种"真实",这是权力与符号之间常见的合作方式。

当然,"文类的既定特征"并不是来自教科书的几条刻板的规定。这意味了各种符号的基本性质及其潜藏的丰富表现力。诗、音乐、绘画、电影——作家和艺术家对于各种符号体系的运用曾经产生震撼人心的强大效果。这个意义上,现今的一大批知识分子均是擅长符号操作的专业人员。无论维护还是破坏现存的意识形态,符号操作是他们常规的效力方式。电子传播媒介——例如,电影、电视、互联网——诞生之后,符号的制作、生产、传播带有更大的技术含量;从导演、摄像、演员、主持人、播音员到影像剪辑人员、软件编写人员、机械维修人员,符号生产者的队伍持续扩大。符号的完美生产是种种意识形态意图充分实现的最终环节。艺术自律、纯诗或者文学到语言为止,这些响亮的口号、命题企图将政治或者别的什么观念远远地抛出作家或者艺术家的视域之外。浪漫的文人试图把历史性的分工陈述为某种天命——只有异秉或者天才方能承担如此玄奥的使命。然而,如同伊格尔顿在《美学意识形态》之中所分析的那样,美学业已成为规训身体和感觉的意识形态之一。一些"纯粹"的艺术符号熠熠发光地存在于超历史的文化真空,这本身就是一种意识形态的幻觉。如果人们意识到,知识分子是意识形态生产的技术骨干,那么,不可替代的专业技术将为他们在文化领导权的构成之中占据一席之地。这可能预示了知识分子与权力的新型关系。

　　资本成为介入文化领导权的一个重要因素,这是现代社会愈来愈普遍的情况。对于古人说来,吟诗弄赋、说书唱戏的成本十分低廉,刊刻文集的费用略高一些。相对地说,现代出版行业的资金或者维持电视台正常运转的开支几乎是天文数字。更为重要的是,现今的文学和艺术已经自觉地纳入经济领域,甚至形成报酬可观的文化产业。无论是作家、导演、演员还是投资商,各方无不期待从经济活动之中分一杯羹。如果说,真正的作家或者艺术家还有可能因为某种激情而义无反顾地焚烧自己,那么,赢利是投资商的唯一动机。精明的商人不会将资金注入一个注定没有市场的作品。资本的天命就是利润。对于电影或者电视剧这些成本高昂的作品说来,投资商手里的资金主宰着它们的命运。资金拥有的发言权越来越大,甚至君临一切。许多导演遇到类似的尴尬:由于投资商的威胁,他们不得不因为投合市场而放弃个人的独特风格。某些时候,资本直接现身符号领域——商业广告。再也没有哪一种符号形式比广告更为典型地体现资本的权力。

　　强制性国家机器、知识分子的专业技术、资本——这些因素不是孤立地对符号生产发生影响,它们之间形成了复杂的历史性互动。借用皮埃尔·布迪厄的术语表述,“场”可以成为人们考虑问题的基本概念。“场”是一个富有空间意味的概念,布迪厄运用这个概念描述多重力量的等级、位置以及形成的空间结构。在他看来,这个概念的覆盖有助于解除“内部研究”与“外部研究”的传统疆界。“场”所描述的空间之中,这些因素既相互合作又相互抗衡,最终的合力传送到符号生产领域,巩固或者改造了诗的结构、电视肥皂剧的情节设置或者酒吧的内部装修风格。布迪厄充分意识到符号生产者、统治者、物质利益、象征利益或者文化资本、经济资本之间的纷杂头绪,并且揭示了文学场的独立性吁求背后所包含的秘密回报。某种意义上,那些拒绝外在指令的作家与投资商殊途同归:

　　　　在一个极点上,纯艺术的反“经济”的经济建立在必然承认不计利害的价值、否定“经济”(“商业”)和(短期的)“经济”利益的基础上,赋予源于一种自主历史的生产和特定的需要以特权;这种生产从长远来看,除了自己产生的要求之外不承认别的要求,它朝积累象征资本的方向发展。象征资本开始不被承认,继而得到承认、并且合法化,最后变成了真正的"经济"资本,从长远来看,它能够在某些条件下提供"经济"利益。①

这一切无不显示了符号生产与权力、资本以及种种利益集团的联系,显示了符号生产的意识形态根源。但是,意识形态的一个诡异之处就在于,竭力掩盖这种联系与根源。这种掩盖的策略是,将符号形容为现实世界的一个中性的、客观的再现。符号是透明的,纯洁的,分毫不爽地将世界和盘托出——符号就是世界本身。人们使用符号如同使用水、土地那般自然,符号本身不存在什么人为的秘密。当符号开始享受自然的待遇时,针对符号的戒意、挑剔、分析和批判随之消散。符号生产与意识形态的关系消失在人们的视域之外。罗兰·巴特的《写作的零度》曾经将这种掩盖视为资产阶级的诡计。在他看来,"现实主义"的写作策略"充满了书写制作术中最绚丽多姿的记号"——现实主义仍然是一套高超的修饰、剪辑、删改和涂抹技巧;但是,作家却声称这是一种如实的反映。这是伪装质朴、自然的表象——而非人为的加工——逃避批判的锋刃。现实主义试图形成一个印象:作家无非是记录社会的秘书,勇敢,铁面无私,超然独立于各个利益集团,他们的符号生产不可能受到各种个人意图的干扰。这个时候,符号领域成了一面公正不阿的镜子,文本结构成了世界本身的结构。人们理所当然地觉得,他们看到的是怎么样,而不是"谁"、"如何使之成为这样"。总之,符号的刻意表现被毫无戒心地当成了客观再现时,这种表现所叙述的意义就会得到不知不觉的认可。这是符号领域迄今为止最大的成功。

三

一个略为夸张的观点是,掌握符号就是占领世界,占有符号就是占有生活资源。人们对于经济领域的不平等明察秋毫,然而,很少人意识到符号领

---

① [法]皮埃尔·布迪厄:《艺术的法则——文学场的生成和结构》,刘晖译,中央编译出版社2001年版,第175页。

域的刺眼问题。如同少量的富人占有全世界的绝大部分财富一样,符号领域的贫富悬殊毫不逊色。从符号的占用到符号的传播,只有少数人频频露面,高视阔步;沉默的大多数人仅仅作为一个抽象的背景渺小地存在。许多时候,电视屏幕——符号领域的一个重镇——上的世界仅仅是一些精英人物的世界。这个世界仿佛仅仅由名牌轿车、豪华别墅、酒吧、舞厅组成,种种手握重权的显要分子出入其间,慷慨发言或者举杯调情,轻松地决定多少个亿资金的流向;相对地说,绝大多数庸常之辈一生也不可能拥有半秒在屏幕上露面的机会。尖端技术制造的电子传媒正在急剧地改变传统的认同空间,民族、国界与海关的意义正在削减,但是,电子传媒并未有效地弥合这方面的距离。相反,许多新型的不平等正在被新型的机器源源不断地生产出来。显而易见,经济领域与符号领域的不谋而合并非偶然。

　　无论如何,马克思主义的政治经济学犀利地解剖了经济领域的剥削和压迫。剩余价值学说披露了资本主义机器轴心巧妙地隐藏的秘密。然而,符号政治经济学批判——鲍德里亚的杰出命题——远未得到足够的重视。如同资本的秘密运动产生出惊人的效果一样,符号领域的不平等也在多种表象的掩护之下悄悄地进行,例如堂皇的美学运动、令人钦佩的表演技巧或者普遍实行的明星制。浪漫的诗人和落拓不羁的艺术家往往倾心于某种超凡脱俗的气质,符号经济学时常隐没在他们的迷人风度背后。多数读者仅仅兴趣一部名著的情节概要而对于印数和版税一无所知。符号生产的经济价值无意地成为一个忽略不计的问题。诗人或者艺术家只能偷偷地躲在某一个角落数钱——没有多少人意识到,他们生产的符号也可能是抢手的商品;诗人或者艺术家可以为这些商品讨价还价,他们如同企业家一样生财有道。引进资金,控制大众传媒,动用宣传机器豪华包装,端足了架势待价而沽——符号的生产和出售复制了资本运作、企业、市场之间的众多伎俩。印刷文化之中,报纸发行与广告的联盟造就了一种新的运行模式,广告商成为市场的重要代理。这种模式在电子传播媒介扩张为一个成功的流通网络。众多偶像明星将他们的形象制作为商品,这些商品通过电视发射台或者计算机互联网输送到每一台终端屏幕。与通常的市场销售相异的是,公众对于这些形象的消费将由广告商付账。为了让偶像明星的形象夹带商品广告,广告商支付的数额令人咋舌。广告商下在屏幕背后的赌注是,这些费用将由成功的商品销售回收。这个循环系统如此神秘,以至于没有人说得清一个偶像明星拍摄几秒钟的广告有没有理由收取如此之高的报酬。报道显示,耐克公司某个年度付给迈克·乔丹的广告费比两万两千名亚洲工人的总工资还要多。这时,人们还有勇气认为这是平等的吗?①

　　当然,更为常见的现象是,符号的大规模占用赢得的是布迪厄所说的象征资本。如何把象征资本转变为经济资本,现代社会提供了名与利的兑换率。一举成名天下闻,这始终是一块无比诱人的蛋糕。多数社会通行的法则是,社会名流高踞于默默无闻之辈的头上。如果符号的占用不仅限于数量,而且炼制出一种达官贵人所独享的文本结构,那么,符号本身就可能制造放大、抬高一批人或者压抑、流放另一批人的功能。这种符号可能自动删除那些下贱的身份,封锁异端分子,并且为权贵者预订充裕的空间。如同韦勒克和沃伦所说的那样,古典主义时期,史诗或者悲剧是国王和贵族活动的符号区域,市民或者资产阶级则屈居喜剧之中,至于平民百姓只能逗留在讽刺文学和闹剧的地界。② 现今,各种文本结构与不同身份级别之间仍然存在不成文规定。通常,头条新闻的主人公不会进入相声遭受调侃,历史著作之中的领袖人物也无缘跨入逗乐的小品出丑。韩少功的《暗示》发现,各种地图——一种表示空间结构的符号体系——隐含了迥异的价值观念:农业时代的地图周详地标明了河流和渠堰塘坝;工业时代的地图热衷于火车和汽车的交通线,星罗棋布的矿区和厂区以及沿海的贸易港口;美洲和非洲许多国界是一条生硬的直线,这是西方殖民主义者的杰作,他们根本没有耐心考虑殖民地的农业、矿藏、河流、山区以及族群分布对于划界管理的意义;消费时代的旅游地图充斥高级消费场所,星级宾馆、珠宝店、首饰店、高尔夫球场、别墅、美食是这些地图的要点。高速公路和喷气客机出现之后,一种新型的隐形地图浮现在一批人的心目中。他们那里,地理上的远和近已经没有太大的意义,重要的是现代交通工具能否顺利抵达。这个意义上,从北京到洛杉矶

---

　　① 《全球化与技术联合的背后》,《参考消息》2000 年 9 月 7 日。
　　② [美]韦勒克、沃伦:《文学理论》,陈圣生等译,生活·读书·新知三联书店 1988 年版,第267 页。

可能比从北京到大兴安岭林区的某个乡镇还要快,近在咫尺的渔村或者需要爬进去的小煤矿开采面可能变得遥不可及。当然,这种隐形地图仅仅是为某一个收入阶层而绘制。高速公路或者喷气客机对于一个一文不名的流浪汉没有任何意义。的确,这就是韩少功从符号体系背后发现的生活等级,或者说,这种生活等级是由经济、政治和符号体系联合产生的种种分割、封闭、确认边界而形成的——这是一种社会地位派生的符号学。如果近似的隐形地图进入传媒或者社会决策机构,那么,那些满脸皱纹的农夫或者表情忧虑的失业者就会从记者和官员的视野之中彻底失踪。

符号的生产包含了如此巨大的利益以及深刻的政治意图,那么,符号的控制与垄断就会成为不可遏止的冲动。某一个群体在符号领域耀武扬威,先声夺人;另一些群体仅仅在符号领域占据一个不成比例的区域,甚至销声匿迹——这种局面的维持需要一系列强大的符号技术保证。这个意义上,国家机器对于符号生产的管辖与监控从来没有松懈。古老的封建社会,高下尊卑的首要形式即是严格的符号等级制度。从服饰、住宅格式到坟墓的规模,从婚葬仪式、历史著作的撰写到公文规范,众多符号制造的繁文缛节一丝不苟。这是既定秩序的基本体现,甚至可以说,符号即是秩序本身。现代社会从来没有废除符号的管理,差别仅仅在于重点的转移。例如,现今的权力部门已经将服饰设计或者家具的款式转交给工艺美学,它们更乐于管理的是电视或者广播信号的发射、政治性标语口号的拟定或者社会事业统计数据的颁布。

作为另一种控制与垄断的形式,经济的介入通常是软性的,隐蔽的。经济不是强硬地标榜什么,或者封杀什么,经济更多的是使某种符号体系升值,或者使另一种符号体系丧失市场。由于"文以载道"的不朽事业,诗仅仅是一种雕虫小技;相对于诗的正统,词又贬为"诗余"——总之,每一种符号体系均隐然地拥有既定的座次。然而,资本与市场的联手时常刷新历史的记录,重新定位。迄今为止,利润的大小与符号体系座次成为两条相互映衬的曲线。诗的萧条、电视肥皂剧的兴盛或者随笔的骤然崛起无不可以追溯到经济。当然,经济的控制和垄断时常遭遇的各种抵抗——这种抵抗出自文学场的判断准则。按照布迪厄对西方文学各种文类演变的考察,经济与文学场之间可能形成"双重结构"。19世纪末,各种文类的市场排名一目了然:戏剧利润丰厚,诗穷困潦倒,小说处于中间地带——但条件是将读者扩大到小资产阶级甚至部分有文化的工人。但是,回到文学场内部,这个名次必须加以修改:

> ……可以从大量的迹象看到,在第二帝国统治时期,最高等级被诗歌占据了,诗歌尤其受到浪漫主义传统的尊崇,保持了它的全部威信……戏剧受到资产阶级公众、它自身的价值和陈规的直接认可,提供了除钱以外的学院和官方荣誉的固有尊崇。小说位于文学空间两极中间的中心位置,从象征地位的观点来看,它表现了最大的分散性:它已经得到了贵族的认可,至少在场的内部是这样,甚至超出了这个范围,这得益于斯丹达尔和巴尔扎克、特别是福楼拜的功绩;尽管如此,它仍旧摆脱不掉一种唯利是图的文学形象,这类文学通过连载小说与报纸联系起来……①

相对地说,另一种抵抗控制和垄断的能量未曾得到足够阐述:技术的突破。否认技术决定论并不等于否认一个重要的事实:现代技术不断地制造各种新的、更具活力的符号投入运行。从平装书、报纸、广播、电影、电视机到互联网,每一种新型符号的出现都力图拥有更大的传播范围,构建更为广阔的视听空间。这个意义上,现代技术的逻辑时常与朴素的民主倾向同声相应。这不仅是信息的解禁和知情权的扩大,同时还催生了种种新的符号生产方式和生产人员,例如长篇叙事和长篇小说的作者,报纸专栏和专栏作家,播音和播音员,影像和导演、演员、摄像,多媒体符号和网站主持人,如此等等。传统的符号生产因为持续的禁锢而日益僵化的时候,新型的符号生产对于符号领域的不平等秩序给予猛烈的冲击。

当然,任何一种控制和垄断的冲动都不会对新型的符号袖手旁观。更大的传播范围不仅可以转换成更为理想的统治性能,同时包含了更为丰富的商业可能。因此,愈有活力的符号体系就会愈为迅速地为国家机器和经济大亨接管。这时,符号之中朴素的民主倾向很快枯竭,凝聚、集合、号令、动员、宣

---

① ［法］皮埃尔·布迪厄:《艺术的法则——文学场的生成和结构》,刘晖译,中央编译出版社2001年版,第143—144页。

传等潜力逐渐显现,并且与庞大的行政系统或者巨额资金一拍即合,相得益彰。如果说,许多新型符号曾经给大众提供了短暂的机会,那么,大众往往在继之而来的运作之中不断后撤,直至成为无足轻重的配角。从平装书对于僧侣阶层的挑战到风靡一时的网络文学写作,人们都可能发现相似的演变轨迹。

四

掌握、占有、控制、垄断以及这一切引起的抵制和反抗,符号领域云谲波诡。符号与符号的角逐隐喻了种种现实角逐。我曾经在《文学的维度》之中指出:"人类存活于社会话语之中。现代社会,社会话语的光谱将由众多的话语系统组成。相对于不同场合、主题、事件、社会阶层,人们必须分别使用政治话语、商业话语、公共关系话语、感情话语、学术话语、礼仪话语,如此等等。"① 每一种话语系统的份额以及各种话语系统的关系亦即社会关系的回声。政治话语覆盖一切的时候,也就是经济领域、学术领域或者私人生活领域压缩到极限的时候。一个领域、一些族群、一种生活丧失了特定符号的代理,它们将退出社会的视野而成为无名的幽灵——这犹如一个无名无姓的人不可能拥有任何身份和社会权利。这个意义上,符号领域的关闭也就是社会的关闭,赢得自己的符号意味了赢得文化生存的空间。

大众文化的话题就是在这个时刻再度浮出。谁是大众? 芸芸众生,凡夫俗子,一批面目模糊的背景人物,卑微的群众甲或者群众乙。可以肯定,大众不是位高权重的人,他们居于从属地位,经常称之为劳苦大众或者底层民众。大众如何表述自己的愿望、个性、欢悦和愤怒? 大众文化,一个毁誉参半的形容——这是大众称心如意的符号吗? 如同"大众"一词所表明的那样,大众文化的确吸附了为数众多的接受者,但是,数量能不能证明,这就是大众迫切需要的?

现今,大众文化如此盛大,以至于理论再也不能摆出一副精英的姿态嗤之以鼻。法兰克福学派对于大众文化的严厉鞭笞已经众所周知。肤浅,粗制滥造,批量生产的"文化工业",毫无个性,廉价的甜俗或者血腥的暴力,这

---

① 南帆:《文学的维度》,上海三联书店 1998 年版,第 25 页。

些均是对大众文化符号的基本形容。大众文化的真实目标是投机市场,这里的大众不过充当了市场的傀儡。相对地说,伯明翰学派远为宽容。那些英国的理论家察觉到隐藏在大众文化深部的革命能量——这或许会打开所罗门的瓶子,召唤出大众摧毁资本主义生产关系的力比多。然而,对于我们这个国度的许多大众文化制造者说来,这种理论分歧奇怪地弥合了。首先,他们一如既往地肯定"大众",而且表明了这种肯定的理论谱系——从"革命文学"、《在延安文艺座谈会上的讲话》到"为人民服务"的著名口号;其次,他们踊跃地肯定市场——市场的成功不是雄辩地证明了大众的意愿吗?他们所忽略的是,第一种理论谱系上的"大众"被定位为革命主力军,他们的历史任务是冲垮资本主义制度,包括抛弃自由市场。现今,组成市场的"大众"毋宁说是"消费者"。换一句话说,无法充当"消费者"的"大众"是得不到青睐的。冯小刚刚刚拍摄了一部贺岁片《手机》,据说票房达到一个相当可观的记录。"大众"的信任是他们引以为傲的最大理由。尽管如此,许多穷乡僻壤的观众茫然不解——他们对于手机以及电影圈的生活一无所知。但是,这丝毫不影响冯小刚的兴致。这是一批毫无价值的"大众"——他们根本没有能力为票房的上浮作出贡献。

作为消费者的大众进入了资本的结构,维持甚至扩大了这种结构。这就是大众文化的唯一功能吗?这时,人们不能不提到大众文化的另一个重要涵义:快感。接受的快感——哈哈一笑或者悬念丛生,火爆的煽情或者貌似深刻的哲理,这一切背后的快感无可替代。"快感"是约翰·费斯克持续关注的一个范畴。他将身体快感的反叛传统追溯至罗兰·巴特和巴赫金,而费斯克的焦点是"那些抵抗着霸权式快感的大众式的快感"。在他看来,这种快感进入大众的日常生活,并且成为微观政治——相对于宏大壮观的历史性大搏斗——的组成部分。"大众文化的政治是日常生活的政治。这意味着大众文化在微观政治层面,而非宏观政治的层面,进行运作,而且它是循序渐进式的,而非激进式的。它关注的是发生在家庭、切身的工作环境、教室等结构当中,日复一日与不平等权力关系所进行的协商。"① 然而,费斯克所进驻

---

① [美]约翰·费斯克:《理解大众文化》,王晓珏、宋伟杰译,中央编译出版社 2001 年版,第60、68—69 页。

的日常生活是一个处女地吗？如果说,国家机器不可能搜索日常生活的所有角落——如果说,某些异端人物可能避开警察的监督而在某一个密室策划什么,那么,市场的触角可以伸到任何一个地方。现今,市场已经把资本结构的烙印遍布每一个家庭的客厅、厨房和卫生间——包括那些敌视市场的理论家演说时端在手里的饮料。的确,大众文化包含了杂烩式的节目单:一些不可控制的快感掠过日常生活,并且对于种种体制提出了多方位的挑战;但是,另一些快感已经被资本结构牢牢地攥住,恭顺地成为销售与消费之间的润滑剂。通常的意义上,后者的分量远远超出了前者。《还珠格格》、《戏说乾隆》、《雍正王朝》、《射雕英雄传》、卡拉 OK 里的流行歌曲、春节联欢晚会、《家庭》和《知音》杂志、《第一次亲密接触》、《大话西游》、《泰坦尼克号》、《生死时速》、《侏罗纪公园》——不论这些驳杂的信息制造的是哪一种形式的快感,它们无不统一在资本结构之中,积极地完成资金、生产成本与利润之间的循环。这些信息与其说显示了多元的大众,不如说显示了资本结构丰富的多面性;这些快感与其说表述了大众,不如说这种快感证明了资本结构的坚固。

　　五四新文化运动以来,大众的表述始终是一个引人瞩目的主题。大众符号的匮乏带来了深刻的不安。革命文学、《在延安文艺座谈会上的讲话》、革命现实主义与革命浪漫主义、革命样板戏——这曾经是一条步步递进的理论线索。如今,这个方面的努力已经逐渐式微。20 世纪 90 年代开始,大众文化如日中天,但是,大众仍然缺席。

　　令人惊奇的是,无论是白话文的倡导还是革命文学的主张,大众的表述始终是知识分子的强烈渴望——知识分子竭力制造某种接近大众的符号,甚至不惜以分裂式的自贬抬高和颂扬通俗风格。知识分子与革命、民粹主义、劳苦大众的关系以及知识分子对于资本主义文化的反感是一个令人困惑的话题,经济地位、压迫和剥削、阶级意识这一套概念无法穷尽这个话题内部的某些谜团。某种程度上,衣食无虞的知识分子时常是体制的受惠者——他们有什么理由忧虑地盯住寒风之中打战的乞丐、人力车夫和贫病交加的矿工？许多人只能含混地提到了"良知"或者"同情心"。这就是知识分子跨越阶级边界的动力吗？然而,不管这种解释完整与否,另一种迹象愈来愈明显:知识分子愈来愈倾向于用自己的话语方式抗议资本主义文化。他们不再附和大众的立场,殚精竭虑地设想大众的表述形式;知识分子意识到,自己拥有一个可以与庸俗和市侩之气较量的独立群落。正像马泰·卡林内斯库所言,知识分子以文学的现代性反抗历史的现代性。这个意义上,现代主义文学和艺术犹如知识分子独有的符号。从尼采到萨特,从乔依斯到卡夫卡,现代主义符号的核心是强烈的、不可化约的个人主义,而不是某些群体、阶级或者更为广泛的大众。

抛开革命文学或者大众文化的躯壳,大众找得到自己的符号吗?俚语,俗话,民歌,种种地域性传说,不同的民风、民俗和民间艺术,存活在各种方言之中的地方戏,如此等等。必须承认,这一切不足以表述大众的困境、不幸和渴念。鲁迅曾经深刻地意识到大众陷入的无言境地,他的小说之中出现了一些寓言式的片断:

> 他(闰土)站住了,脸上现出欢喜和凄凉的神情;动着嘴唇,却没有作声。他的态度终于恭敬起来了,分明的叫道:
>
> "老爷!……"
>
> ……
>
> 他只是摇头;脸上虽然刻着许多皱纹,却全然不动,仿佛石像一般。他大约只是觉得苦,又形容不出,沉默了片时,便拿起烟管来默默的吸烟了。
>
> ——《故乡》

如果说,苦难压迫下的闰土张口结舌,以至于放弃了言辞,那么,《祝福》之中的祥林嫂只能机械地重复失败的表达:

> "我真傻,真的",她说。"我单知道雪天是野兽在深山里没有食吃,会到村里来;我不知道春天也会有……"
>
> ……
>
> 后来全镇的人们几乎都能背诵她的话,一听到就厌烦得头痛。
>
> "我真傻,真的",她开首说。
>
> "是的,你是单知道雪天野兽在深山里没有食吃,才会到村里来的。"
>
> 他们立即打断她的话,走开去了。

　　她张着口怔怔的站着,直着眼睛看他们,接着也就走了,自己也觉得没趣。……

——《祝福》

　　大众曾经制造出某些种种极富于表现的符号形式,例如童年鲁迅为之神往的"社戏"。迄今为止,草根一族的粗犷风格和泥土的气息仍然令人耳目一新。鲍尔吉·原野的《在西瓦窑看二人转》生动地描述了一个村庄里上演的二人转。性是二人转的主要题材。机智同时又妙趣横生的表演之中,民间的泼辣、放肆既开朗又粗俗呛人:

　　……发髻梳得宛如嫦娥的"妹妹"翘兰花指有板有眼地唱一段关于小姐在后花园盼望郎君的故事时,男演员在她身后像强盗似的模拟性动作,像偷一件东西,并喃喃自语。观众哄堂大笑,像原谅他的卑俗,同时饶有兴味地倾听那个浑然不觉的女演员用唱词对瑶台花草的文绉绉的描写。置身这样的情境里,你无法中立。假装斯文显得可耻。
　　……
　　这时你一边咳嗽一边睁大被烟熏小的眼睛,发现二人转这么容易征服西瓦窑人,真应该为他们高兴。他们拥有自己喜爱的艺术。性的内容使一些城里的观众感到了不安,也许是西瓦窑人在黄色剧情出现时的欢乐激怒了城里的人,如同一个饕餮者的响亮的咂嘴声惊扰了宴会的气氛,尽管大家都在埋头吃肉,吃被炒过酱过拌过蒸过熘过汆过的另一个物种——譬如牛——的肉。你们在性的话题前太兴奋了。这是城里人对西瓦窑观众的批评。这就叫粗俗。怎样让他们不粗俗呢? 这些强壮的,抱着膀吸烟,动辄开怀大笑的不知羞耻的西瓦窑人,他们把各种税都交齐了,家里的牛马猫狗都安顿好了,把电线火种检查过了,到这里观看男女艺人表演半夜翻墙偷情以及被捉逃逸的故事……

　　然而,如今民间的创造力逐渐枯竭。电子传播媒介正在覆盖每一个区域, CCTV、足球赛事、好莱坞电影挟裹着巨大的声势凌空而降。电视节目正在成为主要的模仿楷模。活跃在大众之中的民间表演团体开始充当电视的

傀儡。林白的《万物花开》之中出现了一段草台班子深入乡村表演脱衣舞的情节,这些演员的想象力显然来自电视的训练:

> 她的上身只剩下了一副奶罩,胸前扑了一些闪光的金粉。灯光暗一阵亮一阵,暗的时候满场嘘声,灯一亮,掌声口哨尖叫声直震耳朵。小梅仰着脸,脸上一片傲岸,跟电视里的时装模特儿一样。她的头发束起来高高地竖在脑后,戴着一只用硬纸糊成的皇冠,上面贴了金纸,闪闪发光。她抬着下巴绕场一周,然后她的手往胸前一按,奶罩落到地上……

这种混杂拼凑的表演风格已经丧失了民间的根源。演出依据的脚本显然是电视之中时装模特表演的粗劣派生物。然而,就是这种符号开始调节乡村观众的文化口味,企图将他们规训成为未来大众文化的合格消费者。所有的迹象无不显示,资本的结构业已进驻广袤的乡村,大量批发文化工业基地生产的符号结构。如果说,国家机器曾经收编了扭秧歌和民歌等,那么,现今资本结构的逻辑绝不逊色。大众从这种符号体系之中分配到一个什么角色? 如同经济或者其他领域的分工一样,大众既不可能出任表演主角,占用大众传媒的黄金时段;也不可能运筹帷幄,收取符号运作产生的利润。他们的职责是符号的忠实消费者,协同制造利润。由于他们黑压压地坐在台下,符号运作所包含的美学系统、传播系统和经济循环系统终于圆满地完成了最后一个环节的理想闭合。现行的历史结构之中,大众没有对自己的角色表示强烈的不满。

作为劳动力或者消费者,"大多数"无非是一个数量的形容——形容充足的劳动力或者庞大的市场;然而,"大众"的内涵不仅表明了数量。传统意义上,大众相对于领袖阶层以及权力体系,相对于商人、董事长和知识分子。这同时显示,无论是贩夫走卒还是引车卖浆之流,"大众"是一个结构性的群体,拥有特殊的历史位置——例如,革命理论一度赋予这个群体的历史任务是革命主力军。现在,大众正在符号领域大步后撤,音容渐远。这迫使人们再度考虑问题的两个方面:首先,"大众"及其相对的既定范畴是否已经分化? 例如,"大众"可能引入了某些人文知识分子或者中下层技术人员,同时,另一些手握专利或者掌控传媒的知识分子可能演变为经济领域或者权力阶层的佼佼者,这意味了不同群体的历史性流动;另一方面,高与低、贫与富、压迫与被压迫所形成的不平等结构并未消失,甚至更为坚固。符号领域肯定会记录到这一切,不论记录的意图是维护、反抗还是隐瞒这种结构,或者制造种种合理的解释。甚至可以说,无论多少人拥有清晰的历史视野,历史都将转入符号领域,潜入摄像机、画笔或者摊在作家面前的稿纸,改动镜头、图像结构、叙事和遣词造句。

现代性、民族与文学理论

一

20世纪90年代后期，"失语症"一词突然频繁出现于文学理论之中。某种潜伏已久的不安终于明朗——人们使用这个神经病理学概念隐喻一个严重的问题：中国的文学理论暗哑无言。相当长的时间里，理论家只能娴熟地操纵一套又一套西方文学理论概念系统，人们听不到他们自己的语言。在他们那里，"传统"是一个贬义词，中国古代文学理论成了一堆无人问津的遗产，一脉相承的民族文化戛然而止。这无疑表明了巨大的文化危机——一个民族正在丧失内涵。这种情况还能延续下去吗？一批理论家忧心忡忡的警告不绝于耳。①

可是，另一些理论家对于上述警告不以为然。他们觉得，这些情绪化的表述没有多少实质性的内容。东西文化之争业已持续了一个多世纪，而且还将没完没了地持续下去。每隔一段时间，一些不甘寂寞的复古主义者就会再度露面，慷慨地陈述一些大同小异的理论。由于过分的文化恐慌，"失语"云云甚至没顾得上详细地论证，为什么必须对西方文学理论如此反感？——为什么化学、医学或者生物学没有发生相似的敌意？文学理论怎么啦？

---

① 较早使用"失语症"一词的是曹顺庆，参见曹顺庆：《文论失语症与文化病态》，《文艺争鸣》1996年第2期。

何谓文学理论？文学理论是一种阐释文学的知识。文学理论利用一系列概念、范畴分析和概括文学，并且从一批具体的文本解读之中提炼出普适性的命题。通常，阐释是文学理论的基本功能，阐释的有效程度决定了某一个学派文学理论的意义及其价值。有趣的是，抱怨文学理论"失语症"的不少理论家奇怪地忽略了这个问题。他们的苦恼是找不到文学理论的民族渊源，而不是因为阐释的困难或者无效而抵制西方文学理论话语。这种疏漏没有发现一个隐蔽的逻辑脱节：人们又有哪些必然的理由断定，一个民族的文学只能与本土的文学理论互为表里？事实上，前者隐含的问题不一定与后者的阐释范围完全重合；某些时候，二者甚至相距甚远。相反，异域的理论跨越海关而在另一块大陆大显身手，这种现象在理论史上屡见不鲜。恐怕无法否认，相对于"现实主义"、"现代主义"或者"意识流"，王蒙、莫言、余华、张贤亮、残雪们与中国古代文学理论——例如"道"、"气"、"风骨"、"神韵"——的隔膜可能更大一些。分析承认，选择或者放弃某一种文学理论，阐释的有效与否远比理论家的族裔重要。然而，更多的时候，人们总是有意无意地把民族渊源视为阐释效力的前提。

另一个同样重要的逻辑脱节是，本土的文学理论往往被含糊其辞地表述为中国古代文学理论。我曾经提到导致这种混淆的复杂纠葛："古老的民族自尊心与崭新的'后殖民'理论共同支持这样的结论：本土的理论更适合于阐释本土的事实；然而，人们没有理由任意将'本土的理论'偷换为'传统理论'——本土与异域、古代与现代两对矛盾互相重叠的时候，这样的偷换尤其容易发生。"[1] 作为这种混淆的后果，传统文化时常被理所当然地视为民族的象征。然而，这并非一个无须论证的问题：诊治"失语症"的秘方肯定是中国古代文学理论吗？

鉴于以上理由，我一直不想轻易地附和"失语症"之说。然而，晚近我开始意识到另一个问题："失语症"之说产生的巨大效果表明，仅仅考察逻辑的脱节无法释除众多响应者的强烈情绪。理论家的民族身份产生的意义可能比预想的要大得多。这是一个不可轻视的症结。事实表明，认可一种知识

---

[1]　南帆：《隐蔽的成规》，福建教育出版社 1999 年版，第 68 页。

不仅意味了肯定一种观点,同时还必须认可一种知识生产机制——理论家的族裔被当成了生产机制的组成部分。人们认为,族裔不可避免地与特定的社会阶层以及他们的利益联结在一起——人们甚至不相信普适的理论存在。显然,这个事实的发现源于一种愈来愈多人承认的观念:知识的生产时常以复杂的方式与意识形态互动,真理的表述时常遭受利益关系的隐蔽干扰。这即是福柯揭示的知识与权力的关系。这个意义上,仅仅证明某一个文学命题的阐释效力是不够的。人们不得不介入文学理论背后的一系列问题:谁是这种理论的生产者?他们拥有哪一种级别的权威?这种理论使用哪一个民族的语言?这种理论以哪一种形态呈现出来——一个思辨的体系还是零散的札记?谁负责认定理论的价值?谁是这些理论的消费者——一个严谨的教授,一个天才的作家,一个任性的解释者,还是一个鹦鹉学舌的异族理论家?至少必须承认,这些问题同样可能决定一种理论的命运。

当然,文学理论背后一系列问题产生的干预并非平均数。"失语症"之说表明,文学理论的民族属性正在成为一个越来越重的筹码。换言之,重要的不仅是理论家说了些什么,而且,还要识别究竟是哪一个民族的理论家说的。某些时候,一种非理性冲动可能在理论领域占据上风:说什么无关紧要,关键是谁说的。无论是学术论文还是课堂教学,不同民族的理论家享有不同的威望。无论人们对于这种状况产生多少感叹或者抱怨,知识形式所掩盖的不平等难以祛除。谈到民族与知识生产的关系时,萨义德犀利地指出:"西方与东方之间存在着一种权力关系,支配关系,霸权关系。"① 这时,知识生产的背后隐含了不同民族之间的抗衡,并且与地缘政治产生复杂联系。有霸权当然就有反抗。于是,人们开始从历史溯源之中找回民族主义主题,并且因此期待传统文化重新介入现今的知识生产。中国古代文学理论试图在这个意义上重新赢得席位。一切似乎都理所当然。然而,这种文化诉求并非天然的冲动;许多人肯定记得,这种文化诉求曾经埋没了很长时间。相当长的历史时期,民族是一个暧昧的问题,传统文化扮演的是另一种相反的角色——文学理论曾经把摆脱传统文化作为成人礼。哪些历史因素的合谋重新抬出了

---

① ［美］爱德华·W．萨义德:《东方学》,王宇根译,生活·读书·新知三联书店1999年版,第8页。

"民族"的主题? 传统文化被赋予哪些前所未有的价值? 这种演变的背后隐藏了哪些特殊的历史脉络? 只有将文学理论置于现代性话语的巨大矩阵中予以考察,种种错综交织的关系才会清晰地浮现。

二

"现代性"是一个庞大的超级问题。一大批重量级的理论家正在围绕这个问题大做文章。历史分期,文化特征,社会制度,美学,思想理念,社会财富总量,报刊杂志,空间的重新分割,新的时间感,知识范式的转移——现代性正在许多领域得到分门别类的考察。不言而喻,"现代性"这个概念表示了某种断裂:仿佛由于一个基本的转型,前现代的传统社会一下子退到了远方。一个崭新的历史阶段驶出了地平线。显然,人们不可能将 16 世纪或者 17 世纪的某一天划定为"现代性"的诞辰,琐碎的日常细节看不出一个巨大的历史跳跃。实际上,人们更多地是从历史叙述之中认识到"现代性"的分界。甚至可以说,理论家的叙述有意将"现代性"隔离出来,有意强调一种全新的感觉,从而与传统社会拉开明显的距离。一套现代观念体系正是在这种叙述之中逐渐清晰,形成了"现代性"的自觉。

这即是现代性话语的深刻意义。可是,考察现代性话语的构成时,有必要事先划分两种不同类别的现代社会发生学——"先发"的现代社会与"后发"的现代社会:"前者以英、美、法等国为典型个案。这些国家现代化早在 16、17 世纪就开始起步;现代化的最初启动因素都源自本社会内部,是其自身历史的绵延。后者包括德国、俄国、日本以及当今世界广大发展中国家。它们的现代化大多迟至 19 世纪才开始起步;最初的诱因和刺激因素主要源自外部世界的生存挑战和现代化的示范效应。"① 中国的现代性显然属于第二个版本。迄今为止,欧洲优越或者欧洲先行之类观点正在遭到愈来愈多的挑战——愈来愈多的人指出了欧洲现代化与殖民主义掠夺的关系。② 这

---

① 许纪霖、陈达凯主编:《中国现代化史》,上海三联书店 1995 年版,第 2 页。
② [美]J. M. 布劳特:《殖民者的世界模式》,谭荣根译,社会科学文献出版社 2002 年版。

是西方现代性扩张的典型方式,中国的巨大版图终于纳入了大炮的射程。凶狠的挑战惊醒了古老的帝国,辫子、裹脚和大刀、符咒无法继续维系人们的信心。几经反复,中国的知识分子意识到了现代性的强大能量。然而,他们的现代性想象、预期和规划不得不以第一类型现代化国家为蓝本。这时,流行的现代性话语多半是借来的理论。如果改变一下萨义德式透视的方向,人们可以看出,这些现代性话语也为发展中国家建构了一个所谓的"西方"。从声光化电、奇技淫巧、船坚炮利到发达的现代化国家,西方的形象逐渐定型。鸵鸟政策走到了尽头之后,"师夷长技以制夷"是一个合理的调节。因此,现代性话语之中大量的西方概念并没有产生严重的危机。正如王国维在《论新学语之输入》一文中所言:"虽在闭关独立之时代犹不得不造新名,况西洋之学术骎骎而入中国,则言语之不足用固自然之势也。"尽管王国维对于严复的翻译不无微辞,他还是在《论近年之学术界》之中描述了《天演论》出现之后的一时盛况:"侯官严氏(复)所译之赫胥黎《天演论》出,一新世人之耳目,比之佛典,其殆摩腾之四十二章经乎。嗣是以后,达尔文、斯宾塞之名,腾于众人之口,物竞天择之语,见于通俗之文。"① 到了五四新文化运动之后,理论家对于西方概念已经司空见惯。这些概念开始从各个方面主宰人们对于中国未来的感觉、形容和表述。②

近现代以来,文学理论开始加盟现代性话语,并且成为其中的一个小小部落。这是中国文学理论史上一个相当彻底的迁徙。这时,文学理论的义务不是一般地阐释文学的内涵,而且还要发现或者论证文学与现代性的关系。这个意义上,个人主义,自我,启蒙,国家与革命,意识形态,现实主义,大众,人民性,阶级,主体,民族文化——诸如此类与现代性话语有关的概念术语涌入文学理论,相继成为论述文学的关键词。为了容纳这些概念术语,有效地与西方对话,文学理论不得不改变了传统的表述形式,加大分析、思辨和抽象推导的分量。理论体系逐渐成为常规形态。某种程度上也可以说,这是文学

① 王国维:《王国维文集》第三卷,中国文史出版社 1997 年版,第 37、41 页。
② 刘禾的《跨语际实践》一书附有 7 篇附录,辑录了大量现代汉语之中的外来词汇,占据了 90 页之多的篇幅。这些外来词汇已经成为现代汉语表达不可分离的部分。参见〔美〕刘禾:《跨语际实践》,宋伟杰等译,生活・读书・新知三联书店 2002 年版。

理论进入现代性话语的标志。也就是在这个时刻,中国古代文学理论迅速地衰竭了。

通常认为,中国古代文学理论拥有两千多年的历史;现今的不少理论家倾向于认为,中国古代文学理论存在一个潜在体系,其中包括了宇宙、自然、社会、历史以及文学的基本解释。尽管用简单的几句话概括这个体系相当危险,但是,人们还是可以将"诗言志"视为一个富有代表性的命题。这个开创性的命题提出之后,"志"逐渐演变成为儒家学说的一个重要范畴。"在心为志,发言为诗"。从献诗陈志,赋诗言志到"思无邪"、"温柔敦厚"、"发乎情,止乎礼义",儒家经典的很大一部分即是对于"志"的规范。《毛诗序》云:"先王以是经夫妇,成孝敬,厚人伦,美教化,移风俗。"这与唐宋古文运动的"文以明道"、"文以载道"遥相呼应。当然,"诗缘情"也在这个体系中占据一个重要位置——《文赋》曰"诗缘情而绮靡"。《沧浪诗话》断言:"诗者,吟咏情性也。"这似乎带有更多浪漫主义式的内心抒发。由于庄禅思想的影响,不少诗人的内心体验玄妙难言,品味精微。意境、滋味、炼字炼句均是这个命题的派生物。然而,许多正统的理论家看来,如果"诗缘情"不是归属于"诗言志",那么,各种佳辞妙句不过是雕虫小技而已。文章不是游荡于青楼的落魄文人搬弄是非的游戏,文章乃"经国之大业,不朽之盛事"。"诗缘情"无法企及这个伟业。因此,"诗言志"或者"文以载道"始终是中国古代文学理论的正宗,并且与宇宙、自然、社会、历史的解释相互阐发。

现代性话语的迅猛冲击导致儒家经典的溃决。现代社会如同一个庞然大物生硬地塞入中国知识分子的视野,"志"或者"道"所依存的理论系统突然丧失了阐释能力。特别是五四新文化运动倡导的"科学"精神崛起之后,新的宇宙观、社会观赫然登场。儒家经典无法继续对现实的重大问题发言,也无法给文学定位。这是中国古代文学理论衰落的主要原因。洋枪洋炮面前,平平仄仄的工稳对仗又有什么用? 蒸汽机、铁道和远洋轮船正在架设一个新的空间,"文以气为主"或者"羚羊挂角,无迹可求"又证明了什么? 大机器生产驱走了诸如枯藤、落叶、斜峰夕阳、孤舟野渡这些农业文明的意象,空灵悠远的小令和一唱三叹的古风嵌不进钢铁世界。文学还能做些什么? 新文学在崛起吗? ——这时,文学理论不能不感到惶惑。中国古代文学理论以诗学、词学、文章学为主体,这些知识处理不了现代性话语之中隐含的一系列复杂内涵。

理论的无能甚至引起了更为严厉的质疑:文学理论是否必要存在? 战乱频仍,危机四伏,国恨家仇,广袤的大地甚至已经搁不下一张平静的书桌;然而,一些人还在那里研究吟风弄月、模山范水的文字,这究竟有什么用?[①]释除这种质疑的唯一办法是,重新证明文学理论具有不可代替的分量。换言之,文学理论的意义是重新发现文学与民族国家的关系;更为具体地说,发现文学对于大众觉悟所具有的意义。梁启超的《论小说与群治之关系》即是在这个时刻应声而出。梁启超指出,"小说有不可思议之力支配人道"。他描述了小说的"熏、浸、刺、提"四种撼动人们意志的力量,得出了"可爱哉小说! 可畏哉小说"的结论。因此,"今日欲改良群治,必自小说界革命始;欲新民,必自新小说始"[②]。这不仅是孔子"兴、观、群、怨"之说的复活,同时,这是文学理论的历史性新生。梁启超证明,文学提供的悲欢不是一己之情,文学产生的美感可以成为强大的社会动员。文学是一柄双刃剑,可能是封闭社会的保守意识形态,也可能是改革社会的利器。因此,文学理论的使命即是,把文学改造成现代社会的呐喊者。梁启超视"小说为文学之最上乘",这同时表明了文学理论向叙事文类的转移。

梁启超推崇小说,无疑是以西方文学的社会声望为蓝本。他在《译印政治小说序》中告诉人们:"在昔欧洲各国变革之始,其魁儒硕学,仁人志士,往往以其身之所经历,及胸中所怀,政治之议论,一寄之于小说。……往往每一书出,而全国之议论为之一变。"[③]当时,这是一种相当普遍的论证方式。毋庸置疑,西方已经成为现代性的成功范例。西方中心主义是地缘政治运作的产物,西方的引路人形象本身就是现代性话语的内在前提。酒井直树清晰地揭示了现代性话语的"主要组织装置":"从历史的角度看,'现代性'基本上是与它的历史先行者对立而言的;从地缘政治的角度看,它与非现代,或者

---

① 钱竞、王飙:《中国20世纪文艺学学术史》第一部,上海文艺出版社2001年版,第356—357页。

② 陈平原、夏晓虹编:《二十世纪中国小说理论资料》,北京大学出版社1997年版,第50、52、54页。

③ 同上书,第37—38页。

更具体地说,与非西方相对照。""它排除了前现代西方与现代的非西方的同时共存之可能性。"① 这种排除的后果是压抑各个民族的独立精神创造,从而将西方价值观念确立为各民族普遍遵从的标准——当然包括文学理论。然而,至少在当时,以维新为使命的理论家并未意识到这是一个问题。可以从《新文学大系·建设理论集》之中看到,五四新文学运动的许多著名论文均毫无芥蒂地追随西方。这些知识分子已经形成共识:追随西方即是民族自强的当务之急。西方的意义甚至无须论证。在胡适、陈独秀、刘半农、周作人、蔡元培、钱玄同等人那里,这已经成为论述之中自然而然的修辞。

当然,并非没有人为本土的民族传统文化而担忧。从"中学为体,西学为用"、"学衡派"到"新儒家"、"寻根文学",顽强地维护本土的民族传统文化始终是一脉不绝的声音。然而,现代性话语的声势如此强大,以至于传统文化的守护者同样惧怕被现代性所抛弃。他们的发言常常流露出矛盾的心情,他们不得不把传统文化的挚爱压缩为一个曲折的主题:这些传统文化是现代性的可贵资源,可以巧妙地"转换"为有用的素材。儒家文化对于亚洲经济的贡献是不少人津津乐道的著名例证。可是,正如马泰·卡林内斯库在《现代性的五副面孔》之中指出的那样:"区分古代和现代似乎总隐含有一种论辩意味,或者是一种冲突原则";现代性话语的"最深层的使命"是"追随其与生俱来的通过断裂与危机来创造的意识"。② 现代性话语强调的是前现代社会与现代性之间的非连续性。因此,更多的时候,现代性话语制造的典型姿态常常占了上风:抛弃传统的辎重而义无反顾地投身于现代生活——这种"现代生活"通常已经暗中得到西方文化的示范。的确,萨义德曾经对这种"高高在上的西方意识"表示了愤怒:"欧洲文化的核心正是那种使这一文化在欧洲内和欧洲外都获得霸权地位的东西——认为欧洲民族和文化优越于所有非欧洲的民族和文化。"③ 然而,必须看到的是,这种"西

---

① ［美］酒井直树:《现代性与其批判:普遍主义和特殊主义的问题》,见张京媛主编《后殖民理论与文化批评》,北京大学出版社 1999 年版,第 384 页。

② ［美］马泰·卡林内斯库:《现代性的五副面孔》,顾爱彬、李瑞华译,商务印书馆 2002 年版,第 20、102 页。

③ ［美］爱德华·W．萨义德:《东方学》,王宇根译,生活·读书·新知三联书店 1999 年版,第 10 页。

方意识"已经不再依赖刺刀的强制推行,甚至不再是一种诱骗的圈套,而是"东方"业已自愿接收和承认的现代性想象。这时,萨义德对于西方的愤怒有些焦点模糊——因为这才是民族的传统文化丧失基础的真正原因。

三

用"断裂"形容中国文学理论的现代转向并非夸大其辞。无论是知识的形态还是概念、范畴、命题,《毛诗序》、《文赋》、《文心雕龙》、《艺概》以及一系列诗话、词话为代表的中国古代文学理论与现今的各种"文学概论"存在很大的距离。至少可以说,中国文学理论的突变程度并不亚于现代诗或者现代小说。中国古代文学理论多半重妙悟而轻思辨。直观体察,印象评点,有感辄录,三言两语,吉光片羽,一得之见,不屑长篇大论,不可与不知者道也;相反,现今的"文学概论"架构复杂,体系俨然,众多命题背后隐藏了严密的逻辑之链。如此巨大的跨度为什么可能在短时期之内迅速完成?

五四新文学运动同时是对于中国古代文学理论的猛烈颠覆。胡适提出"文学改良"的"八事"与陈独秀文学革命的"三大主义"无疑是一个激烈的开端。然而,从揭竿而起的叛逆呼啸到新的理论模式确立,新锐的勇气只能支持一时——强大的知识后援才是稳固的理论基础。这个意义上,现代性话语始终是中国文学理论的突变赖以完成的背景。

如果说,一套专业的概念术语是一个学科的重要标志,那么,文学理论的一大批概念术语迅速转换显示了现代转向的激烈程度。中国古代文学理论的概念系统拥有悠久的历史积累:温柔敦厚,思无邪,意象,兴象,文与质,志,道,气,赋,比,兴,风骨,韵味,滋味,象外之象,境,趣,格调,性灵,天籁,形与神,巧与拙,虚与实,情与景,自然天成,古与今,美刺,兴寄,知人论世,以意逆志……如此等等。这些概念组成了先秦以来中国古代文学理论繁衍的生态。令人惊奇的是,大约二三十年的时间,这一套概念大面积地消失了。另一批文学理论概念全面地取而代之。时代,国民性,道德,意识形态,文学批评,思想,风格,古典主义,现实主义,浪漫主义,个性,内容,形式,题材,主题,游戏说,劳动说,大众,人民性,党性,经济基础,上层建筑,美学,典型,个性与共性,个别与一般,偶然与必然,作品,现实,文本,叙事,抒情,民族性,人道主义,人性,美感,真实性,虚构,想象,结构,无意识……尽管其中的某些概念存在了互译的可能,但是,这并不能改变一个事实:两套概念分别拥有各自的理论根系。自然的磨损或者少数理论家的思想探索无法解释如此大面积的转换——这一切毋宁说暗示了知识范式的转换。按照托马斯·库恩的著名观点,特定的科学共同体通常接受某一个范式的统辖。范式"暗暗规定了一个研究领域的合理问题和方法"①。可以看出,文学理论的范式转换是完成现代性话语结构的一个组成部分。如同杜书瀛《中国20世纪文艺学学术史》的《序论》之中所说的那样:

> 由"诗文评"向现代文艺学的转换是中国近一二百年来整个社会由"传统"的农业经济社会向"现代"的工业经济社会转换过程的一部分,是整个中国政治、经济、文化、思想现代化过程的一个有机组成因素。当古典文论中大力宣扬"文以载道",大谈"义理"、"考据"、"词章"、"经济"的关系等等时,它从哲学基础、价值取向、思维方式、治学方法……到命题、范畴、概念、术语……,以及它所使用的一整套语码,都属于中国"传统"的农业经济社会精神文化范畴,是"古典"思想的一个组成因子。但是,到了梁启超谈"欲新民必先新小说",王国维谈《红楼梦》的悲剧意义时,文论就开始跨进新时代的门槛了,它们逐渐变成了现代精神文化的因子了。到了后来的胡适、陈独秀、鲁迅、周作人,再后来的朱光潜、周扬、蔡仪、胡风等等,虽然理论倾向可能不同,但都是"现代"的了,他们的理论思想和做学问的学术范型,是现代精神文化的因子了。②

第二套概念术语绝大部分源于翻译,这显然源于"西方"在现代性话语之中的优先地位。不仅如此,"西方"甚至提供了知识形态的楷模——例如理论"体系"问题。尽管精通西方文化的钱锺书公然表示不屑所谓的"体

---

① 〔美〕托马斯·库恩:《科学革命的结构》,金吾伦、胡新和译,北京大学出版社2003年版,第9页。

② 杜书瀛:《中国20世纪文艺学学术史·序论》第一部,上海文艺出版社2001年版,第27—28页。

系"①,但是,迄今许多人依然把"体系"的庞大与完备视为西方理论家的特殊能耐。诚如钱锺书所言,过时的"体系"远不如精彩的思想片断;然而,"体系"依然是现今理论的内在诉求。其实,与其追溯西方理论家擅长组织"体系"的传统,不如考察现代性话语如何维护和支持这种传统。现代性话语包含了一套社会、历史的解释;文学理论被纳入现代社会科学知识的整体,并且与各个学科互动。因此,文学的阐释时常与哲学、社会学、心理学、语言学、历史学或者伦理道德联系起来,相互衡量各自的位置。这即是"文学概论"不得不形成体系的重要原因。相当长的时间里,人们并没有将"体系"作为西方文化的产物予以抵制;很大意义上,现代性话语的威信压抑了民族自尊的主题。

文学理论的知识形态很大程度上得到了大学制度的肯定——大学显然是现代性话语的另一个产物。1902 年,《钦定京师大学堂章程》设立"文学科",分为七门:经学,史学,理学,诸子学,掌故学,词章学,外国语言文字学——文学知识仍为传统的"词章之学";1903 年,修正之后的《奏定大学堂章程》重新公布,"文学科"包含了九门。"文学研究法"从属于"中国文学门科目"。根据科目略解,"文学研究法"内容庞杂。尽管其中包括文学与地理、世界考古、外交等关系,但是,音韵、训诂、词章、修辞、文体、文法等课程显示,中国古代文学理论仍然充任主角。② 到了 20 世纪 20 年代初,北京大学正式开设"文学概论"。大约相近的时间,梅光迪也在南京高等师范学校教授相同的课程,并直接采用温采斯特的《文学评论之原理》为教材。③ 20 年代之后,各种版本的"文学概论"——其中大量译作,或者根据译作的改写——纷至沓来,大约有四五十种之多。这些"文学概论"多半充任教科书使用,它们的基本体例至今沿用。这意味着文学理论开始以一个学科的面目出现,并且逐步建立规训(discipline)制度。一套评价、审核、奖惩的体系日益严密。这时,"世尊拈花,迦叶微笑"式的教学已经不合时宜。零散的感悟或者转瞬即逝的妙想与考试、分数、学位论文格格不入。现代大

① 钱锺书:《读拉奥孔》,见舒展选编《钱锺书论学文选》第六卷,花城出版社 1990 年版。
② 舒新城编:《中国近代教育史资料》中册,人民教育出版社 1981 年版,第 546、587—588 页。
③ 旷新年:《中国 20 世纪文艺学学术史》第二部下卷,上海文艺出版社 2001 年版,第 68 页。

学制订了一套程序规范知识的生产、传播、交流。实证、实验、归纳或者演绎乃是一些不可或缺的环节。无法纳入这一套程序的知识将会遭受质疑乃至抵制,并且可能被贬为前科学的种种未经证实的传闻。"科学"是现代性话语的一个核心概念,科学的论证方式以及知识生产机制正在享有愈来愈高的威望,文学研究几乎是最后一个就范的领域。文学研究曾经自诩探索人类的灵魂、欣赏独一无二的杰作和变化的气质,文学研究对于科学真理或者普遍规律不感兴趣。现在,这种知识逐渐成了一种令人生疑的臆断,如同通灵者手中的巫术。如果文学研究企图如同科学一样赢得大众的器重,企图成为一种普遍的知识,那么,它就必须遵从科学的运作规范。① 由于这种规训的压力,中国古代文学理论迅速后撤,西方文学理论顺利地荣任新的范本。50 年代至 80 年代,即使西方文学理论的某些概念命题频频遭到抨击,但是,沿袭了"科学"名义的知识形态并没有经受多少不堪的非难。

四

现今,人们倾向于将 50 年代至 70 年代末的文学理论视为一个独立的段落。这个时期,现代性话语、西方以及民族的涵义都发生了重大或者微妙的转变。显然,这种转变与另一个重大概念的介入有关——阶级。阶级的理论不仅是革命的指南,同时是文学的纲领。以群主编的《文学的基本原理》和蔡仪主编的《文学概论》——两部相对权威的文学理论教科书——之中,文学的阶级性均是一个重点论证的命题。阶级社会之中,文学从属于一定的阶级,为特定的政治服务;无产阶级革命文学是整个革命事业的一部分,必须体现无产阶级阶级性的最高形式:无产阶级党性。这是一个清晰的逻辑过程。尽管如此,阶级并不是唯一的划分体系。事实上,阶级的介入对于"现代"、"西方"、"民族"已经制定的划分体系产生了深刻的冲击,并且形成了种种曲折的关系。

---

① ［美］沙姆韦、梅瑟·达维多:《学科规训制度导论》,黄德兴译,见［美］华勒斯坦等《学科、知识、权力》,刘健芝等编译,生活·读书·新知三联书店 1999 年版,第 12 页。

全世界无产者联合起来——根据马克思的号召,无产阶级是一个跨民族的政治联盟。50 年代的中国,苏联的文学理论曾经赢得举足轻重的地位,这表明不同的民族文化正在形成一个强大的无产阶级阵营。卢那察尔斯基、普列汉诺夫、高尔基的文学理论著作风行一时。1955 年,毕达可夫在北京大学开设文学理论研究生班,训练了一批文学理论教师;来自苏联的"社会主义现实主义"成了中国理论家的口头禅。

民族概念消失了吗? 至少,民族界限的意义削弱了许多。理论家不是在全球化的背景之中考虑民族的意义——理论家仅仅在"文学发展中的继承与革新"之中提到民族文化。革命制造了一个崭新的历史阶段,但是,这并非彻底抛弃文化遗产的理由。这时,"民族"是存放文化遗产的巨大仓库。只有这个概念才有资格拥有千年传统。但是,这并不意味了"民族"可以遮蔽"阶级",相反,"阶级"仍然是一个优先的概念。以群的《文学的基本原理》和蔡仪的《文学概念》均援引了列宁两种"民族文化"的观点①,号召用阶级的眼光划分民主主义、社会主义文化成分和资产阶级文化成分。按照毛泽东的概括,这即是"剔除其封建性的糟粕,吸收其民主性的精华"②。"无产阶级对于过去时代的文学艺术作品,也必须首先检查它们对待人民的态度如何,在历史上有无进步意义,而分别采取不同态度。"③ 这是"阶级"对于"民族"居高临下的再划分。

50 年代之前,阶级和民族的观念共同织就一段复杂的历史。压迫与被压迫阶级关系的理论曾经一定程度地转移到民族关系的考察。④ 然而,更多的时候,"阶级"认同和"民族"认同相互争夺主导权。1930 年,国民党文人发表的《民族主义文艺运动宣言》导致"民族主义文学"的论争;正如茅盾所言,这时的"民族"掩盖了"阶级"冲突——"被压迫民族本身内也一定包含着至少两个在斗争的阶级,——统治阶级与被压迫的工农大众。在

---

① [苏]列宁:《关于民族问题的批评意见》,《列宁全集》第二十卷,人民出版社 1958 年版。
② 毛泽东:《新民主主义论》,《毛泽东选集》第二卷,人民出版社 1991 年版,第 707 页。
③ 毛泽东:《在延安文艺座谈会上的讲话》,《毛泽东选集》第三卷,人民出版社 1991 年版,第 869 页。
④ [美]杜赞奇:《从民族国家拯救历史:民族主义话语与中国现代史研究》,王宪明等译,社会科学文献出版社 2003 年版,第 11 页。

这种状况下,民族主义文学就往往变成了统治阶级欺骗工农的手段,什么革命意义都没有了."① 1936 年,左翼作家内部爆发"国防文学"与"民族革命战争的大众文学"之争,民族与阶级的主次关系无疑是两个口号分歧的要点.1938 年,毛泽东在《中国共产党在民族战争中的地位》之中强调优先考虑民族的意义.毛泽东指出,马克思主义必须与中国的具体特点相结合,并借助一定的民族形式实现.这即是"中国作风和中国气派".抗击日本侵略者的民族战争之中,民族利益压倒了阶级利益.长远地说,"只有民族得到解放,才有使无产阶级和劳动人民得到解放的可能"②.然而,民族的解放实现之后,阶级的冲突再度成为主要矛盾.50 年代之后,尽管"民族"概念仍然不时露面,但是,这时的"民族"可能寓含了"阶级"的涵义——民族文化抵御的"西方文化"时常被等同为资产阶级文化."当毛泽东在新的历史时期强调'民族形式'时,他显然含有针对西方'资产阶级'意识形态的成分.也就是说,在防卫意识形态侵蚀的意义上它是阶级的,而在'习惯、感情以至语言'等形式的意义上,它是民族的.这是他坚持'民族形式'、反对'全盘西化'的真正用意."③

由于阶级斗争理论的畸形扩张,科学技术以及社会生产力遭到了严重的压抑.所以,许多人认为 50 年代至 70 年代末的中国社会与现代性无关.然而,另一些理论家更愿意认为,这种状况必须追溯至一种"反现代性的现代性理论".这是"一种反资本主义现代性的现代性理论"④.毛泽东力图把贫穷落后、半封建半殖民地的农业大国改造成一个独立自主的民族国家,他得到了很大的成功.但是,现代社会的一系列矛盾尾随而来:民主、平等和官僚主义,城市和乡村的差距,文化传统和文化革命,西方和东方,民族的保守性和反抗大国霸权,如此等等.毛泽东试图用无产阶级彻底压倒资产阶级的

① 石萌(茅盾):《"民族主义文艺"的现形》,《中国新文学大系(1927—1937)·第二集·文学理论集二》(影印本),上海文艺出版社 1987 年版,第 474 页.
② 毛泽东:《中国共产党在民族战争中的地位》,《毛泽东选集》第二卷,人民出版社 1991 年版,第 534、525、521 页.
③ 孟繁华:《中国 20 世纪文艺学学术史》第三部,上海文艺出版社 2001 年版,第 74—75 页.
④ 汪晖:《当代中国的思想状况与现代性问题》,《死火重温》,人民文学出版社 2000 年版,第 50 页.

政治运动覆盖一切分歧,甚至不惜发动史无前例的"文化大革命"。这被视为解决现代性、阶级、民族诸种矛盾的一揽子方案。这个前所未有的实验得到了什么? 历史翻出的底牌是一出大规模的悲剧。

即使有些偶尔的脱轨现象,50 年代至 70 年代末的文学理论并未游离上述的基本历史脉络。80 年代打破了历史僵局之后,现代性话语开始进入复苏期。这时,"阶级"的范畴很快丧失了理论效力,"经济"、"生产力"、"市场"、"人性"等概念纷纷取而代之。现代性话语结构之中,文学理论负责恢复"个人主义"的名誉。理论家的分析之中,阶级的立场、文化、意识形态不再是一个坚固的结构,"个性"作为一个有效的单元从中浮现,并且不时跨越阶级之间的界河,形成远为复杂的情节。当时,许多人还来不及考虑"个性"与"理性"——或者用马泰·卡林内斯库的概念区分,即"美学现代性"和"资产阶级文明现代性"——的对立。[①] 现代性、现代化、现代主义文学这些概念之间的"现代"作为公约数提取出来,铸造为一个令人激动的目标。所以,文学理论对于"个性"的褒扬来自各个不同的方面。这种个性有时叫作内心,有时叫作意识流,有时叫作"大我"或者"小我",有时叫作自我,还有许多时候叫作主体。

这个意义上,20 世纪 80 年代中期"寻根文学"的出现的确有些意外。现代主义文学实验方兴未艾之际,韩少功、阿城等一批作家突然纷纷撰文,试图为文学勘察一个新的矿藏。他们不约地指向了神奇的中国传统文化——文化是文学之根。东方悟性,宁静淡泊,天人和谐,易经八卦,仁义道德,自然无为——诸如此类的文化遗产开始作为一种密码编入文学。这种文化认同的背后,"民族"出其不意地出现了。"个性"刚刚代替"阶级"不久,"民族"又加入了角逐。毋庸讳言,拉美文学的巨大成功极大地启发了"寻根文学"——拉美文学对于本土文化的依赖提供了一个令人羡慕的美学范例。当然,这时的"寻根文学"更多地是将民族文化作为摆脱西方文学蓝本的动力。不可否认,这些异于西方的文化景观被当成了占领国际文化市场的地域特产。这种美学趣味甚至迅速扩大到中国的电影——的确,这时还没有多少

---

① [美] 马泰·卡林内斯库:《现代性的五副面孔》,顾爱彬、李瑞华译,商务印书馆 2002 年版,第 11 页。

人深刻地意识到民族文化在全球化语境之中可能产生的尖锐反抗。若干年之后,直至后殖民理论家隆重登场,他们的种种观点名闻遐迩,"民族"才正式在文学理论之中负有更为重大的政治使命。

五

"失语症"的苦恼出现于 20 世纪 90 年代,这并非偶然。这象征了文学理论的又一个意味深长的转向:从个人主义转向民族主义。启蒙主义和现代主义的"个人"暂告一个段落,主体或者"无意识"没有那么时髦了。民族——一个更大的社会单位,一个政治、文化的共同体——愈来愈多地被人们重新提起。许多人都听到了弗·詹姆逊的论断:与第一世界文学相反,第三世界的文学是民族寓言。① 虽然后殖民理论的提示——这个事实本身一直存在某种反讽的意味——是一个不可忽视的因素,然而,更重要的是,一系列历史事件开启了民族主义的主题。

20 世纪 80 年代后期至 90 年代,持续了数十年的冷战宣告结束。令人不安的是,预想的安宁与和睦并未来临。刚刚从美国政府之中抽身而出的亨廷顿教授把硝烟引向了另一个领域,"文明冲突论"不胫而走。如果儒家文明、伊斯兰文明是西方文明的未来敌手,那么,另一场旷日持久的抗衡和最后的对决都是不可避免的。这个意义上,后革命时代的文化角逐早早地拉开了序幕。拥有孔子、屈原、唐诗宋词的古老文明怎么能被麦当劳、好莱坞、NBA 之流美国时尚所吞并? 人们意识到了问题的严峻。相对于国家之间的政治体制分歧,承担文化的主体是民族。民族的轮廓开始从历史的波涛之中现身。

如果说,亨廷顿的文化挑衅是一个短暂的突发事件,那么,"全球化"的概念无疑是一个正式的理论表述。由于互相依存的网络系统覆盖了全球,一个地域性的局部事变可以及时地放射到全球——尽管"全球化"的内涵并不复杂,但是,许多理论家都在深谋远虑地盘算全球化的多重后果。显然,全

---

① [美]弗·詹姆逊:《处于跨国资本主义时代中的第三世界文学》,见张京媛主编《新历史主义与文学批评》,北京大学出版社 1993 年版。

球化概念与现代性话语的遭遇必将形成一个理论漩涡。按照约翰·汤姆林森所赞同的观点，全球化即是现代性的一个后果。现代性话语之中的西方文化霸权会不会因为全球化而得到进一步的放大？汤姆林森不以为然。在他看来，"全球现代性的到位"与西方某些民族国家的文化主导之间不存在必然的联系。他甚至不惮于提倡某种"宽厚的普遍主义"："我这里所说的'宽厚的普遍主义'，是指这样一种意识：……可能还存在着某种同感的（consensual）价值观，它是在这个公共的基础上建构起来的。"①

这并非无稽之谈。这代表了一批西方理论家考察这个历史事变的基调：善意和乐观是他们进入全球化和现代性话语的常见表情。这显然与他们置身的强势文化密切相关。他们体验不到"后发"现代性国家深入骨髓的危机感和莫名焦虑。全球化并不是对所有的民族国家普降甘霖。一些弱小的民族国家必须以后来者的身份竭力开拓出自己的可怜位置。这些民族国家的知识分子对于种种"普遍主义"的名义充满戒意，而且往往首选抵抗的策略。从普遍性之中提取特殊性的独异，或者，在特殊性之中发现普遍性的因素，这永远是同一个问题的两面。至少在目前，弱小的民族国家更为重视问题的第一个面。许多时候，"普遍主义"的口号相当诱人；抽象的意义上，这些口号时常闪烁出理想的光芒。可是，追溯它们的历史形成以及具体内容，这些口号往往以强势文化为主体，并且不知不觉地吞噬种种异质文化，或者贬之为愚昧的低级文明。

文学理论时常复制这个模式。某种意义上，文学理论的阐释最终涉及一个民族想象领导权的控制；因此，西方文学理论的统治令人反感。耐人寻味的是，中国的文学理论并不是一开始就拒绝普遍主义的诱惑。许多人援引钱锺书《谈艺录·序》的一句话拥戴普遍主义的文学研究视野："东海西海，心理攸同，南学北学，道术未裂。"② 不少理论家期待出现一部理想的文学理论读本，这里全面汇聚了各个民族文学理论的精华。中国的古代文学理论将会贡献出一些原创性的范畴和命题，从而在这一幅巨大的理论拼图之中留下不

---

① ［英］约翰·汤姆林森（也译作约翰·汤林森）：《全球化与文化》，郭英剑译，南京大学出版社 2002 年版，第 138、98 页。

② 钱锺书：《谈艺录·序》，中华书局 1984 年版。

可磨灭的痕迹。这是最容易想象的普遍主义图案。然而,这种文化大同迄今没有出现。相反,人们更多地察觉民族差异导致的文化不平等。并不是所有的民族都能发出声音。强大的民族利用文化资本等一系列手段有效地操纵学术资源、出版机构、教学体制、传媒、翻译、引荐、褒扬和扩展自己的理论,并且有意无意地挤垮或者封杀竞争者。更为深刻的是,西方的文学理论甚至设定了不可逾越的思想囚牢,生硬地拘禁了弱小民族的理论活力——刘若愚的《中国的文学理论》可以清楚地看到这种损害。《中国的文学理论》赋予中国古代文学理论一个明晰的结构,众多范畴和命题力图在一个体系之中显示出理论的完整。然而,由于作者过多地模仿艾布拉姆斯的理论模式,以至于许多中国古代文学理论的概念、范畴分崩离析,互相抵牾。①西方文学理论的隐蔽主宰暗示了普遍主义隐藏的危险。

　　反抗西方文学理论的隐蔽主宰意味了反抗西方的文化霸权。这种反抗似曾相识——只不过反抗的主题已经从帝国主义的政治压迫、经济压迫和军事压迫改变为文化符号的压迫。这个意义上,民族文化认同替代了阶级认同。然而,文化认同的内涵是什么?

　　本尼迪克·安德森把民族说成"想象的共同体",这已经是众所周知的论断了。文化是民族成员想象的依据。他们共享某种文化,生活于这种文化形成的疆界之内,并且为之自豪。文化凝聚一个民族,在民族成员之中制造强烈的荣誉感。任何一种文化都有存在的意义和独特价值;全球化时代,这是维持民族文化的基本信条。

　　然而,许多时候,这个"想象的共同体"也是一个松散的利益共同体。厄内斯特·盖尔纳论述了民族主义兴起与工业时代的关系。在他看来,农业社会的组织十分不利于民族主义原则,农民置身于自己的文化犹如呼吸空气一样天经地义——他们没有必要额外地以民族的名义提倡文化认同。农业社会的文化和政治并未结合。工业社会来临之后,知识传授需要的标准语言,大面积人员流动背后隐藏的认同要求和沟通要求,这些文化诉求均是民族主义的催化剂。"等到劳工迁移和雇佣官僚成为他们的社会地平线上的主

---

① 党圣元:《中国古代文论的范畴和体系》,《文学评论》1997年第1期。

要内容时,他们很快懂得了与一个理解和同情他们的文化的同族人打交道,同一个对他们的文化持敌对态度的人打交道之间有什么不同。这种切身体验使他们意识到自己的文化,学会了热爱它。"于是,"文化单位似乎成了政治合法性的自然源泉"[①]。即使在跨国资本频繁流动的全球化时代,民族仍然时常作为衡量或者庇护人们利益的一个有效单位。用安东尼·D. 史密斯的话说:"大量证据表明,各种领域与各种产品中的文化与经济一致性正在增加。"[②] 经济生活之中的民族优越感或者民族歧视并未完全绝迹——尤其是文化资本或者象征资本产生主要作用的时候。

文化认同哪怕是曲折地隐含了利益的衡量,那么,人们就不得不考虑问题的另一面——民族文化的权威至少必须接受两方面的挑战。

第一,某种文化并不是如同某种天然的血统指认一个固定的"想象的共同体";如果某种文化开始损害这个共同体的利益,或者成为一个沉重的枷锁,那么,它就有可能被抛弃。这时,反叛传统文化的运动就会发生,异族文化可能适时登陆。其实,这即是五四新文化运动的历史原因。一批激进的知识分子拍案而起,掀翻鲁迅所形容的"铁屋子",大胆地向异族文化伸出手来——"拿来主义"。这成了中国现代史的第一幕。这的确制造了文化认同的危机,但是,人们没有理由因为"民族"的名义无视民族内部的真实冲动。

第二,安德森发现,尽管民族内部普遍存在不平等与剥削,可是,民族总是被设想为一种深刻的、平等的同志之爱。任何阶级的民族成员都可以为之牺牲。[③]尽管如此,"民族"并不是利益衡量的唯一单位。许多时候,性别或者阶级可能是利益衡量的更为有效的单位。必须常常权衡民族、性别和阶级之间的复杂互动,考察它们的共谋、相斥、互惠或者对抗。因为"民族"的名义而遮蔽性别压迫或者阶级压迫的例子不时可见——即使在著名的理论家那里。这个意义上,艾贾兹·阿赫默德对于弗·詹姆逊的批评是意味深长

---

① [英]厄内斯特·盖尔纳:《民族与民族主义》,韩红译,中央编译出版社 2002 年版,第 81、73 页。

② [英]安东尼·D. 史密斯:《全球化时代的民族与民族主义》,龚维斌、良警宇译,中央编译出版社 2002 年版,第 23 页。

③ [美]本尼迪克特·安德森:《想象的共同体》,吴睿人译,上海人民出版社 2003 年版,第 7、170 页。

的。阿赫默德指出,詹姆逊把第三世界的文本一律视为异于西方文学的"民族寓言"时,他忘了第三世界内部存在的资本主义文化和社会主义文化之间的剧烈冲突,而这种冲突同样与文本生产息息相关。① 对于一个马克思主义理论家说来,这显然是一个刺眼的疏忽。

重新纳入民族国家的表述时,文学理论不得不卷入民族主义和现代性话语派生的多重关系,成为后殖民文化的一个复杂案例。清理这些关系的时候,我想提到如下几个重要的原则——

六

首先必须肯定的是,文学理论企图加入谈论现代性的对话——尽管是中国式的现代性。换言之,种种争辩或者论证必须在现代性话语的平台上展开。如果放弃这个主题,回到"半部论语治天下"的时代,那么,上述的种种复杂关系将荡然无存。现代性是困难所在,也是意义所在。倡导"中国传统的创造性转化"时,林毓生赞同选择性地改造。② 显然,这是以现代性为依据的选择;另一方面,种种源于西方文化的观念也将接受相同的甄别。操持后殖民理论的射手没有理由一律将后者列为打击目标。某种程度上,正如徐贲所言,致力于批判西方现代性的后殖民理论即是这种现代观念的受惠者——公民社会的平等观念已经到了允许讨论少数族裔的文化和权益问题的水平。③

登上现代性话语的平台,打破西方对于现代性话语的垄断权,中国才能避免历史局外人的角色。酒井直树指出:"在西方不断地辩证式地重新肯定和重新中心化的过程中,东方作为失败的自我意识,而西方则作为一种自信的自我意识而存在;东方也是西方在构成有识主体(knowing subject)的过

---

① 艾贾兹·阿赫默德:《詹姆逊的他性修辞和"民族寓言"》,孟迎译,见罗钢、刘象愚主编《后殖民主义文化理论》,中国社会科学出版社 1999 年版。

② 林毓生:《中国传统的创造性转化》,生活·读书·新知三联书店 1988 年版,第 291 页。

③ 徐贲:《后现代、后殖民批判理论和民主政治》,《文化批评往何处去》,天地图书有限公司1998 年版,第 269—270 页。

程中所需要的对象。因此，东方被要求提供无穷无尽的一系列奇怪异常的东西。通过这些东西，我们的东西的熟悉性被含蓄地确认了。关于东方事物的知识，是依照西方与他体——客体（other-object）之间存在的权力关系而形成的。"① 不再扮演"被看"，不再扮演异域风情的提供者，这仅仅退出西方设定的逻辑；积极发展独特的现代性主题，这才是作为对话的主角重新进入的基本条件。

第二，"本土"的确是文学理论的追求之一。文学理论必须恢复民族的自我叙述能力。但是，人们没有理由先验地把中国古代文学理论指定为"本土"的唯一代表。这种指定的背后显然存在——如同福柯所指出的那样——起源神话的蛊惑。起源神话认为，事物的精确本质、不变的形式或者纯粹的同一性存在于它的源头，存在于创业的第一天，存在于刚刚脱离造物主之手的时刻。② 因此，本土或者民族总是指向古代，指向文化传统。只有一个连续的、纯粹的、始终如一的民族主体才可能和西方文化抗衡，文化源流的考证时常被作为最为有效的手段。这种想象有效地甩下了 20 世纪之后遭受西方骚扰的文学理论，然而，哪些古人有资格担当偶像？考虑到佛教的影响，魏晋、唐宋的文学理论业已丧失了"本土"的纯洁③；如果按照起源神话的逻辑，至少必须追溯到甲骨文文献。这当然是历史，可是，这是"本土"文学理论的范本吗？

法侬曾经指出，为了抵抗西方文化的吞噬，本土知识分子迫切地回溯辉煌的民族文化，这是向殖民谎言开战的需要——殖民主义者往往宣称，一旦他们离开，土著人立刻就会跌回野蛮的境地；但是，法侬同时指出："本土知识分子迟早会意识到，民族的存在不是通过民族的文化来证明的，相反，人民反抗侵略者的战斗实实在在地证明了民族的存在。"④ 也许，这涉及人们对于民

---

① ［美］酒井直树：《现代性与其批判：普遍主义和特殊主义的问题》，见张京媛主编《后殖民理论与文化批评》，北京大学出版社 1999 年版，第 406 页。

② ［法］福柯：《尼采·谱系学·历史学》，《学术思想评论》第四辑，辽宁大学出版社 1998 年版。

③ 杜赞奇在《从民族国家拯救历史：民族主义话语与中国现代史研究》第一章之中分析了傅斯年、雷海宗、顾颉刚的历史观，这几个历史学家均认为魏晋之前的汉人保持了种族的纯洁性。

④ 弗朗兹·法侬：《论民族文化》，马海良、吴成译译，见罗钢、刘象愚主编《后殖民主义文化理论》，中国社会科学出版社 1999 年版，第 278、283 页。

族文化的解释。"文化"是一个有名的含混概念。尽管如此,人们仍然可以发现,这个概念保持了两重基本向度:一重指向过去,这种文化的内容由传统的经典构成;一重指向当下或者未来,存在于社会制度与日常行为之中——后者是雷蒙·威廉斯以及其他伯明翰学派理论家的理解,也是他们的研究对象。① 如果后者不仅是一个更有活力的领域,而且是"本土"的真实写照,那么,为什么不能是文学理论代表民族文化发言的基础呢?

第三,现在,可以简单地将这个领域命名为"中国经验"。这是一个真实存在的文化空间和心理空间,并且从晚清以来延续了一个多世纪。这个空间已经内在地包含了传统的维度。传统从许多方面植入中国经验,形成种种文化神经。从汉语、风俗礼仪、伦理道德到建筑风格、饮食习惯,传统从来没有也不可能彻底消失。儒家思想已经无法充当现今的知识范式,这并不意味着一系列有效的传统命题同时枯竭。例如,谈论文学理论的时候,为情造文、传神写意、浑然天成、不平则鸣、文变染乎世情、惟陈言之务去之类命题从来没有过时。有价值的历史记忆始终活在中国经验之中。必须指出的是,所谓的传统无疑包括五四新文学运动之后近一个世纪的文学理论。鲁迅为首的一批理论家迄今还有力地左右人们的文学判断。这同样是一种不灭的烙印。

由于中国经验的坚固存在,西方文学理论仅仅是一种阐释而不能越俎代庖成为叙事的主宰者。"现实主义"或者"浪漫主义"这些强势概念曾经导致理论家削足就履地改写中国文学史。只有中国经验的独特结构才能抗拒西方文学理论的强制性复制,扰乱知识与权力的既定关系,打破普遍主义的幻觉。这常常使中国经验与西方文学理论的遭遇成为一种戏剧性的彼此改造。各种挪用、引申、误读或者曲解之下,西方文学理论出现了变种或者混杂,从而丧失原有的一致性和理论权威,出现所谓的"杂质化"。这时,中国经验可能在多种阐释体系的交织之中显现,并且与众多经典论述相距甚远——然而,这恰恰与本土血肉相连。

中国经验是一个内涵丰富的称谓。这个领域可以承受多维的解释。传统或者西方仅仅是一个维面的剖析,正像文化与自然、无产阶级与资产阶级、

---

① 〔英〕迪克·海伯第支:《从文化到霸权》,何鲤译,《是明灯还是幻象》,云南人民出版社2003年版,第22—23页。

精英与大众、集体主义与个人主义、改革与保守、文化领域与经济领域、前现代与现代、东部与西部也可能构成另一些剖析维面一样。必须看到,这些剖析相互交叉,相互纠缠,一种剖析所得到的结论可能以某种形式进入另一种剖析,并且触动、修改、转移或者影响后者。这个意义上,中国经验无疑是复杂的多面体;它不是某种理论的现成案例,因此,它是自足的。

当然,一切都没有静止。"本土"或者中国经验始终处于建构之中,拒绝某种本质主义的固定解释。诞生于这块土地上的独特内容持续地挑战现成的理论,迫使理论自新。中国经验是文学的不竭内容,也是文学理论阐释文学与现代性关系的依据。这是中国版现代性话语的组成部分。如果说现代性是复数,中国版的现代性必须提交异于西方的方案。如果中国经验存在,人们一定有话可说;而且,借用霍米·巴巴所言,"我们一定不仅仅要改变我们历史的叙事,而且要转换我们生存与我们之所成为我们的意义"①。

---

① ［美］霍米·巴巴:《"种族"、时间与现代性的修订》,杨乃乔译,《后殖民批评》,北京大学出版社 2001 年版。

文学研究：本质主义，抑或关系主义

"文化研究"对于文学研究的震荡持续不已。这一段时间，一个术语频频作祟——"本质主义"。围绕"本质主义"展开的论争方兴未艾。可以从近期的争辩之中察觉，"本质主义"通常是作为贬义词出现。哪一个理论家被指认为"本质主义"，这至少意味了他还未跨入后现代主义的门坎。对于德里达的解构主义一知半解，福柯的谱系学如同天方夜谭，历史主义的分析方法仅仅是一种名不符实的标签；总之，"本质主义"典型症状就是思想僵硬，知识陈旧，形而上学猖獗。形而下者谓之器，形而上者谓之"本质"。初步的理论训练之后，许多人已经理所当然地将"本质"奉为一个至高的范畴。从考察一个人的阶级立场、判断历史运动的大方向、解读儿童的谎言到答复"肥胖是否有利于身体健康"这一类生理医学问题，"透过现象看本质"乃是不二法门。文学当然也不例外。何谓文学，何谓杰出的文学，这一切皆必须追溯到文学的"本质"。某些文本可能被断定为文学，因为这些文本敲上了"本质"的纹章；一些文本的文学价值超过另一些文本，因为前者比后者更为接近"本质"。"本质"隐藏于表象背后，不见天日；但是，"本质"主宰表象，决定表象，规范表象的运行方式。表象无非是"本质"的感性显现。俗话说，擒贼先擒王。一旦文学的"本质"问题得到解决，那些纷繁的、具体的文学问题迟早会迎刃而解。迄今为止，不论"透过现象看本质"的理想得到多大程度的实现，这至少成为许多理论家的信念和分析模式。然而，"本质主义"这个术语的诞生突如其来地制造了一个尴尬的局面。表象背后是否存在某种深不可测的本质？本质是固定不变的吗？或者，一种表象是否仅有一种对称的本质？这些咄咄逼人的疑问逐渐形成了一个包围圈。根据谱系学的眼光，如果将文学牢牢地拴在某种"本质"之上，这肯定遗忘了变动不居的历史。历史不断地修正人们的各种观点，包括什么叫做"文学"。精确地说，现今人们对于"文学"的认识就与古代大异其趣。伊格尔顿甚至认为，说不定哪一天莎士比亚将被逐出文学之列，而一张便条或者街头的涂鸦又可能获得文学的资格。这种理论图景之中，所谓的"本质"又在哪里？

传统的理论家对于这些时髦观念显然不服气。首先，他们不承认"本质"是一个幻象。如果世界就是那些形形色色的表象，我们怎么找得到自己的未来方向？没有"本质"的日子里，我们只能目迷五色，沉溺于无数局部而不能自拔。这时，我们比洞穴里的一只老鼠或者草丛里的一只蚂蚁高明多少？其次，他们恼怒地反问：否认"本质"的最终后果不就是否认文学的存在吗？一切都成了相对主义的"彼亦一是非，此亦一是非"，那么，学科何在？教授与庶民又有什么区别？消灭"本质"也就是打开栅栏，废弃规定，否认所有的专业精神。难道那些反"本质主义"分子真的要把《红楼梦》、《安娜·卡列尼娜》这种经典与流行歌曲或者博客里的口水战混为一谈吗？

即使冒着被奚落为"保守分子"的危险，我仍然必须有限度地承认"本质主义"的合理性。根据我的观察，一百棵松树或者五十辆汽车之间的确存在某些独特的共同之处；更为复杂一些，法兰克福学派的理论著作或者李白、杜甫、王维的七言诗之间也可以找到某些仅有的公约数。如果这些共同之处或者公约数有效地代表了松树、汽车、理论著作或者七言诗的基本品质，理论家倾向于称之为"本质"。古往今来，许多理论家孜孜不倦地搜索各种"本质"，"本质"是打开大千世界的钥匙。谈一谈汽车或者文学的"本质"是雕虫小技，哲学家的雄心壮志是阐明宇宙的"本质"，例如"道"、"气"、"原子"、"理念"、"绝对精神"，如此等等。我常常惊叹古人的聪明，坚信他们热衷于追求"本质"绝不是酒足饭饱之后的无事生非。所谓传统的理论家，"传统"一词决非贬义——我们曾经从传统之中得到了不计其数的思想援助。

尽管如此，我们还是没有理由将表象与本质的区分视为天经地义的绝对法则。我宁可认为，这仅仅是一种理论预设，是一种描述、阐释和分析问题的思想模式。显而易见，这种模式包含了二元对立，并且将这种二元对立设置为主从关系。本质显然是深刻的，是二者之间的主项；表象是仅仅是一些肤浅的经验，只能从属于本质的管辖。前者理所当然地决定后者——尽管后者在某些特殊时刻具有"能动"作用。换一句话说，这种二元对立是决定论的。与此同时，这种二元对立还隐含了对于"深度"的肯定。滑行在表象的平面之上无法认识世界，重要的是刺穿表象，摆脱干扰，只有挖地三尺才能掘出真相。"深刻"、"深入"、"深度"——我们对于思想和智慧进行赞美的时候习惯于用"深"加以比拟，仿佛所有的思想和智慧一律箭头向下。当然，有时"深度"一词被置换为"内在"——自外而内剥洋葱似的一层一层抵近核心秘密。无论怎么说，这种"深度"哲学的首要诀窍是甩开表象。不难发现，上述理论预设想象出来的世界图像通常是静止的。如同一个金字塔式的结构，表象仅仅居于底层或者外围，不同级别的"本质"架构分明——那个终极"本质"也就是哲学家们梦寐以求的宇宙顶端。这种牛顿式的结构稳定、清晰、秩序井然，令人放心。但是，这种静止的图像常常遇到一个难题——无法兼容持续运动的历史。让我们回到文学的例子。哪一天我们有幸找到了文学的"本质"——我们发现了从原始神话至后现代小说之间的公约数，是不是就能解决全部问题？令人遗憾的是，目前没有迹象表明，历史将在后现代的末尾刹车。后现代之后的历史还将源源不断地提供文学。我们所认定的那个"本质"怎么能为无数未知的文学负责呢？如果一个唐朝的理论家阐述过他的文学"本质"，可想而知，这种"本质"肯定无法对付今天的文学现状。一旦把现实主义长篇小说、现代主义荒诞剧、后现代主义拼贴以及拉美文学的魔幻现实主义统统塞进去，这个"本质"的概念肯定会被撑裂。相同的理由，我们今天又有什么资格断言，地球毁灭之前的文学已经悉数尽入彀中？当然，另一些理论家似乎更有信心。一生二，二生三，三生万物,他们时常想象,整个世界是从同一条根上长出来的。五千年以前的文学与五千年以后的文学"本质"上没有什么差异。虽然这种想象始终无法得到严格的证明,但是,另一种争论早已如火如荼。宗教领袖、政治家以及一些高视阔步的哲学家无不企图垄断那一条生长了世界的"根"。无论是上帝、某种社会制度或者"道"、"绝对精神",他们无不高声宣称只有自己才握住了世界的"本质",并且为了剿灭不同的见解而大打出手。

　　静止的图像通常倾向于维护既定的体制,这是"本质主义"遭受激进理论家厌恶的另一个重要原因。金字塔式的结构严格规定了每一个行业、每一个文化门类的位置,不得僭越,不得犯规。"本质"是神圣的,庄严的,稳定的,不可更改的。什么叫做"纯文学"?这种文学盘踞于"本质"指定的位置上,熠熠生辉,毫无杂质。由于"本质"的巨大权威,"纯文学"有权保持自己的独特尊严,拒绝承担各种额外的义务。文化知识领域之内,"本质"已经成为划定许多学科地图的依据。经济学、社会学、法学、历史学或者文学研究,众多教授分疆而治,每个人只负责研究这个学科的内部问题。常识告诉我们,任何一个学科均有自己的发生和成长史,它们之间的界限并非始终如一,而是常常此消彼长。然而,"本质主义"不想进入曲折的历史谱系,而是将学科界限的模糊形容为知识领域的混乱。这些理论家心目中,学科的主权和领土完整决不亚于国家的主权和领土完整。放弃学科主权,开放学科边界,这是对于"本质"的无知。由于"本质"的控制,一些跨学科的问题很难在静止的图像之中显出完整的轮廓,例如教育问题。从社会学、心理学到经济学、文学、历史学,诸多学科都可能与教育密切相关。然而,教授们不得不在特定的学科边缘驻足,唯恐在另一个陌生的领地遭受不测。一张漫画十分有趣:一个中箭的士兵到医院就诊,外科医生用钳子剪断了露在皮肤外面的箭杆,然后挥挥手叫他找内科医生处理剩余问题。这种讽刺对于目前许多学科之间的森严门户同样适合。众多学科各就各位地将知识版图瓜分完毕,一些新的文化空间无法插入种种固定的"本质"结构从而找到自己的存身之处。因此,网络文化传播、性别战争或者生态文学这一类问题无法形成学科——因为它们的"本质"阙如。为什么各种知识的分类是这样而不是那样?为什么某些问题被归纳为一个学科而另一些问题被拆成了零碎的因素？为什么各个学科享有不同的等级——为什么某些学科身居要津，而另一些学科却无关紧要？那些激进的理论家尖锐地指出，金字塔结构内部的位置分配多半来自某种文化体系——例如资本主义文化。从种族学、文化人类学、国家地理到历史学，知识与权力的结合是学科形成的重要因素。许多著名的学科称职地成为某种文化体系内部的一块稳固的基石。二者是共谋的。如果这种分配背后的历史原因被形容为"本质"的要求，那么，"本质主义"将义正辞严地扮演权力的理论掩护。

我们把表象与本质的二元对立视为一种理论预设或者思想模式，显然暗示还可能存在另一些理论预设与思想模式。让我们具体地设想一下：第一，二元的关系之外是否存在多元的关系？换一句话说，考察某个问题的时候，是否可以超越表象与本质的对立，更为广泛地注视多元因素的相互影响？其次，是否可以不再强制性地规定多元因素的空间位置——仿佛某些享有特权的因素占据了特殊的"深度"，而另一些无足轻重的因素只能无根地飘浮在生活的表面，随风而动；第三，解除"深度"隐喻的同时，决定论的意义必然同时削弱。多元因素的互动之中，主项不再那么明显——甚至可能产生主项的转移。这种理论预设显然不再指向那个唯一的焦点——"本质"；相对地说，我们更多地关注多元因素之间形成的关系网络。相对于"本质主义"的命名，我愿意将这种理论预设称为"关系主义"。

马克思曾经有一个著名的论断：人的本质并非某种抽象物，而是现实之中一切社会关系的总和。这个论断包含了极富启示的方法。首先，马克思不再设定性格深部的某一个角落隐藏一个固定不变的"本质"，挖掘这个"本质"是求解性格的必修功课；不同的性格状况取决于一个人置身的社会关系网络——性格如同社会关系网络的一个结点。其次，"社会关系的总和"意味了多重社会关系的复杂配置，而不是由单项社会关系决定。这甚至有助于解释一个性格的丰富、繁杂、变幻多端，甚至有助于解释许多貌似偶然的、琐碎的性格特征。事实上，我们可以从这个论断之中发现"主体间性"的深刻思想。

至少在这里，我并没有期待关系主义全面覆盖本质主义。相当范围内，表象与本质的二元对立对于认识世界的功绩无可否认。我们的意识可能在多大程度上信赖二元对立模式，这种性质的问题可以交付哲学家长时期地争论。等待哲学家出示最后结论的过程中，我十分愿意以谦卑的态度做出一个限定：关系主义只不过力图处理本质主义遗留的难题而已。同时，我想说明的是，关系主义的提出决非仅仅源于个人的灵感。尼采、德里达、福柯、利奥塔、罗蒂、布迪厄等一大批思想家的观点形成了种种深刻的启示，尽管现在还来不及详细地清理上述的思想谱系。当然，现在我只能将关系主义的观点收缩到文学研究的范围之内，在本质主义收割过的田地里再次耕耘。

必须承认，文学研究之中的本质主义始终占据主流。例如，韦勒克就曾经指出，文学从属于一个普遍的艺术王国，文学的本质基本没有变过。这无疑确认了文学研究的目标——搜索文学的本质。这方面的努力已经从事了很长的时间，美、人性、无意识都曾一度充当过文学本质的热门对象。有一段时间，几乎所有的人都听说过雅各布森的名言：文学研究的对象是文学之为文学的"文学性"。事实上，雅各布森与韦勒克不谋而合——他们都倾向于认定文学的本质在于某种特殊的语言。然而，各种迹象表明，新批评、形式主义学派或者结构主义的研究并未达到预期目标。理论家并未从文学之中发现某种独一无二的语言结构，从而有效地将文学从日常语言之中分离出来。换一句话说，将某种语言结构视为文学本质的观点可能会再度落空。

这时，关系主义能够做些什么？首先，关系主义企图提供另一种视域。我曾经在一篇论文之中谈到：

> 一个事物的特征不是取决于自身，而是取决于它与另一个事物的比较，取决于"他者"。人们认为张三性格豪爽，乐观开朗，这个判断不是根据张三性格内部的什么本质，而是将张三与李四、王五、赵六、钱七进行广泛的比较而得出的结论。同样，人们之所以断定这件家具是一把椅子，并不是依据这把椅子的结构或者质料，而是将这件家具与另一些称之为床铺、桌子、橱子的家具进行样式和功能的比较。所以，考察文学特征不是深深地钻入文学内部搜索本质，而是将文学置于同时期的文化网络之中，和其他文化样式进行比较——文学与新闻、哲学、历史学或者自

然科学有什么不同，如何表现为一个独特的话语部落，承担哪些独特的功能，如此等等。①

本质主义常常乐于为文学拟定几条特征，例如形象、人物性格、虚构、生动的情节、特殊的语言，诸如此类。某些时候，我们可能陷入循环论证的圈套：究竟是形象、人物性格、虚构形成了文学的本质，还是文学的本质决定了这些特征？按照关系主义的目光，这些特征与其说来自本质的概括，不如说来自相互的衡量和比较——形象来自文学与哲学的相互衡量和比较，人物性格来自文学与历史学的相互衡量和比较，虚构来自文学与自然科学的相互衡量和比较……生动的情节来自文学与社会学的相互衡量和比较，特殊的语言来自文学与新闻的相互衡量和比较，如此等等。我们论证什么是文学的时候，事实上包含了诸多潜台词的展开：文学不是新闻，不是历史学，不是哲学，不是自然科学……当然，这些相互衡量和比较通常是综合的，交叉的，而且往往是一项与多项的非对称比较。纷杂的相互衡量和比较将会形成一张复杂的关系网络。文学的性质、特征、功能必须在这种关系网络之中逐渐定位，犹如许多条绳子相互纠缠形成的网结。这种定位远比直奔一个单纯"本质"的二元对立复杂，诸多关系的游移、滑动、各方面的平衡以及微妙的分寸均会影响文学的位置。由于这些关系的游动起伏，我们很难想象如何将文学、历史、哲学、经济学分门别类地安顿在一个个固定的格子里面，然后贴上封条。我们必须善于在关系之中解决问题。差异即关系。事物之间的差异不是因为本质，而是显现为彼此的不同关系。罗蒂甚至作出了不留余地的论断："除了一个极其庞大的、永远可以扩张的相对于其他客体的关系网络以外，不存在关于它们的任何东西有待于被我们所认识。能够作为一条关系发生作用的每一个事物都能够被融入于另一组关系之中，以至于永远。所以，可以这样说，存在着各种各样错综复杂的关系，它们或左或右，或上或下，向着所有的方向开放：你永远抵达不了没有处于彼此交叉关系之中的某个事物。"② 相当程度上，这就是关系主义对于世界的描述。

---

① 南帆：《文学性以及文化研究》，《本土的话语》，山东友谊出版社 2006 年版，第 165 页。
② ［美］理查德·罗蒂：《后形而上学希望》，张国清译，上海译文出版社 2003 年版，第 34 页。

　　相对于固定的"本质",文学所置身的关系网络时常伸缩不定,时而汇集到这里,时而转移到那里。这种变化恰恰暗示了历史的维度。历史的大部分内容即是不断变化的关系。"本质"通常被视为超历史的恒定结构,相对地说,关系只能是历史的产物。文学不是新闻,不是历史学,不是哲学,不是自然科学……这些相互衡量和比较具有明显的历史烙印。先秦时期,在文史哲浑然一体的时候,历史学或者哲学不可能成为独立的文化门类从而建立与文学的衡量和比较关系;进入现代社会,新闻和自然科学逐渐形成学科,进而有资格晋升为文学的相对物。总之,每一个历史时期的文化相对物并不相同,文学所进入的关系只能是具体的,变化的;这些关系无不可以追溯至历史的造就。所以,文学所赖以定位的关系网络清晰地保存了历史演变的痕迹。

　　让我们总结一下本质主义与关系主义的不同工作方法。本质主义力图挣脱历史的羁绊,排除种种外围现象形成的干扰,收缩聚集点,最终从理论的熔炉之中提炼出美妙的文学公式。显而易见,这种文学公式具有强大的普遍性,五湖四海的作家可以在不同的历史时期加以享用。尽管不同的理论家远未就文学公式达成共识,但是,他们的工作方法如出一辙。相对地说,关系主义的理论家缺乏遥望星空的勇气,他们认为所谓的文学公式如果不是一个幻觉,也将是某种大而无当的空话。文学之所以美妙动人的原因,必须联系某一个特定的时代才可能得到充分的解释。因此,关系主义强调进入某一个历史时期,而且沉浸在这个时代丰富的文化现象之中。理论家的重要工作就是分析这些现象,从中发现各种关系,进而在这些关系的末端描述诸多文化门类的相对位置。显然,这些关系多半是共时态的。我期待人们至少有可能暂时地放弃一下"深度"的想象方式——我认为:即使在一个平面上,对于关系网络内部种种复杂互动的辨识同样包含了巨大的智慧含量。由于共时态的关系网络,文学的位置确定下来的时候,新闻、历史、哲学或者经济学大致上也都坐在了各自的金交椅上。这是一种相对的平衡,每一个学科的前面都可以加上限制性的短语"相对于……"。与其将这些学科之间的关系想象为普通的分工,不如说这是它们各自承担哪些文化使命的写照。文学为什么能够越过时代的疆界持久地承传？为什么我们至今还在被曹雪芹、李白甚至《诗经》而感动？这是关系主义必须处理的一个问题。但是，关系主义显然更加关心特定时代的文学。我不止一次地表示，那个光芒四射的文学公式无法自动地解决一个严重的问题：这个时代的文学要做些什么？政治领域众目睽睽，经济是最富号召力的关键词，繁盛的商业，不断地产生奇迹的自然科学，房地产和股票市场正在成为全社会的话题，整容广告或者崇拜"超女"的尖叫充斥每一个角落——这时，渺小的文学还有什么理由跻身于这个时代，不屈不挠地呐喊？绕开文学相对其他学科的关系，本质主义无法令人信服地阐述这个问题。

对于关系主义说来，考察文学隐藏的多种关系也就是考察文学周围的种种坐标。一般地说，文学周围发现愈多的关系，设立愈多的坐标，文学的定位也就愈加精确。从社会、政治、地域文化到语言、作家恋爱史、版税制度，文学处于众多脉络的环绕之中。每一重关系都可能或多或少地改变、修正文学的性质。理论描述的关系网络愈密集，文学呈现的分辨率愈高。然而，关系主义时常遇到一个奇怪的情况：一些时候，意识形态可能刻意地隐瞒文学涉及的某些关系。例如，很长一段时间，文学与性别之间没有什么联系。这仿佛是风马牛不相及的两个领域。然而，女权主义兴起之后，文学与性别的密切互动被发现了。从情节的设置、主题的确立、叙述风格的选择到出版制度、作品宣传，性别因素无不交织于其中，产生重大影响。根据女权主义理论家的研究，男性中心主义、压迫、蔑视或者规训女性是许多文学的潜在主题。意识形态遮蔽文学与性别的关系，目的是隐瞒上述事实，从而维护男性根深蒂固的统治。揭示文学与性别的关系，亦即突破意识形态的禁锢。揭示文学与民族的关系是另一个类似的例子。萨义德的《东方学》以及一批后殖民理论著作表明，大量的文学作品隐藏了欧洲中心主义以及民族压迫的信息。这些信息可能是故事之中的人物关系，也可能是一段历史事实的考据，可能是一种叙述视角的设立，也可能是某种经典的解读方式。这些信息原先散落在各处，隐而不彰。由于考虑到文学与民族的关系，后殖民问题终于被集中地提出来了。这几年兴盛的"文化研究"，很大一部分工作即是发现文学卷入的种种关系。从政治制度到民风民俗，从印刷设备到大众传播媒介，或者，从服装款式到广告语言,文化研究的根须四处蔓延,各种题目五花八门。文化研究证明,文学不仅仅是课堂上的审美标本,文学殿堂也不是一个超尘拔俗的圣地。文学的生产与消费广泛地植根于各种社会关系,攀援在不同历史时期的文化体制之上,从而形成现有的面貌。无论是一种文学类型的兴衰,一批文学流派的起伏还是一个作家的风格形成,文化研究对于各种复杂关系的分析提供了远比本质主义丰富的解释。这个意义上,文化研究有理由被视为关系主义的范例。

然而,文化研究正在文学研究领域引起种种反弹。一种主要的反对意见是,文学又到哪里去了?阶级,性别,民族,大众传媒,思想,道德,意识形态,各种关系的全面覆盖之下,唯独审美销声匿迹——或者被淹没在众声喧哗之中。我们以往遇到的恼人局面又回来了:我们读到了一大堆形形色色的社会学文献,思想史材料或者道德宣言,但是,我们没有读到文学。

在我看来,这种抱怨很大程度上仍然基于本质主义的观念。许多理论家往往觉得,谈到了文学与阶级的关系,文学就变成了阶级斗争的标本;谈到了文学与性别的关系,文学就变成了性别之战的标本;谈到文学与民族的关系,文学就变成了民族独立的标本;谈到文学与道德的关系,文学就变成了粗陋的道德标本,如此等等。因此,文化研究如果不是专门地谈论一部作品的美学形式,那就意味着审美将再度遭到抛弃。这种观念的背后显然是一种还原论。文学所包含的丰富关系必须还原到某一种关系之上——这即是独一无二的"本质"。然而,关系主义倾向于认为,围绕文学的诸多共存的关系组成了一个网络,它们既互相作用又各司其职。总之,我们没有理由将这些交织缠绕的关系化约为一种关系,提炼为一种本质。文学的特征取决于多种关系的共同作用,而不是由一种关系决定。具体地说,谈论文学与阶级的关系或者文学与民族、性别的关系,不等于否认文学与审美的关系。更为细致的分析可能显示,阶级、民族、性别或者道德观念可能深刻地影响我们的审美体验;相同的理由,美学观念也可能影响我们的性别观念或者道德观念。一种事物存在于多种关系的交汇之中,并且分别显现出不同的层面,这是正常的状况。一个男性,他可能是一个儿子,一个丈夫,一个弟弟,一个酒友,一个处长，一个古董收藏家，一个喜欢吃辣椒的人……他所扮演的角色取决于他此时此地进入何种关系，相对于谁——父母亲，妻子，兄弟姐妹，酒桌上的伙伴，机关里的同事，古董商，厨师，如此等等。我们没有必要强制性地决定某一个角色才是他的"本质"。有一段时间，我们曾经认为，阶级的归属是一个人身上的决定性质。现在看来，这种观点无法得到充分的证明。我们并非时刻从事阶级搏斗，生活之中的许多内容和细节与阶级无关。例如，一个人是否喜欢吃辣椒或者有几个兄弟，这通常与阶级出身关系不大。所以，我们不会因为找不到一个"本质"而无法理解这个男性。事实上，他的多重角色恰好有助于表现性格的各个方面。

既然如此，我们是不是就没有必要因为某些文学作品所包含的多种关系而苦恼？鲁迅对于《红楼梦》说过一段很有趣的话："单是命意，就因读者的眼光而有种种：经学家看见《易》，道学家看见淫，才子看见缠绵，革命家看见排满，流言家看见宫闱秘事"[1]——在我看来，这恰恰证明了这部巨著的丰富。我们不必忠诚地锁定某一个"命意"，从而抵制另一些主题。一个文本内部隐含了众多的关系，这往往是杰作的标志。这些关系的汇合将会形成一个开放的话语场域，供读者从不同的角度进入。歌德赞叹"说不尽的莎士比亚"，莎士比亚的巨大价值就在于提供了不尽的话题。另外，强调多重关系的互动，还有助于解决某些悬而未决的传统课题——例如"典型"问题。对于诸如阿Q这种复杂的性格，我们以往的观点莫衷一是。一个乡村的游手好闲分子，一个窃贼，一个革命党的外围分子，一个没有任何财产的雇农，一个无师自通的"精神胜利法"大师，一个身材瘦弱的头癣患者……究竟是一个雇农的革命倾向和无畏的造反精神，还是一个二流子浑浑噩噩的自我陶醉，二者的矛盾是许多理论家的苦恼。如果关系主义将一个性格视为各种社会关系的共同塑造，那么，这个典型就不必因为非此即彼的某种"本质"而无所适从。

关系主义强调的是关系网络，而不是那些"内在"的"深刻"——几乎无法避免的空间隐喻——涵义，这时，我们就会对理论史上的一系列著名的

---

① 鲁迅：《集外集拾遗补编〈绛洞花主〉小引》。

大概念保持一种灵活的、富有弹性的理解。文学研究乃至人文学科之中常常看到这种现象:不少著名的大概念仿佛是灵机一动的产物,它们往往并未经过严格的界定和批判就流行开了。各种"主义"粉墨登场,竞相表演。一批严谨的理论家常常尾随而来,努力为这些"主义"推敲一个无懈可击的定义。但是,这些理论家的吃力工作多半达不到预期的效果,他们设计的定义总是挂一漏万,或者胶柱鼓瑟,刻舟求剑。我写过一篇论文反对"大概念迷信"。我认为不要被大概念的神圣外表吓唬住,而是采取一种达观的态度。无论是现实主义、浪漫主义、现代主义还是后现代主义,这些概念往往是针对特定的历史情境而发生、流行,历史主义地解释是一种明智的做法。进入特定的历史情境,分析这个概念周围的各种理论关系,这是比东鳞西爪地拼凑定义远为有效的阐述方式。谈论浪漫主义的时候,如果把创造性想象、情感表现、天才论、对于自然的感受、对于奇异神秘之物的渴望与古典主义的拘谨或者现实主义的冷静结合起来,那么,历史提供的相对关系将使浪漫主义这些特征出现充实可解的内容。所以,《文学理论新读本》之中,我们将"古典主义"、"浪漫主义"、"现实主义"、"现代主义"、"后现代主义"这几个概念理解为相继出现于文学史上的几种美学类型。虽然这些美学类型具有某种普遍性,但是,历史主义是这种普遍性的限制。彻底挣脱历史提供的关系网络而无限扩张这些美学类型的普遍性,这些大概念最后通常变成了没有历史体验的空壳。这个方面,雷蒙·威廉斯的《关键词》显然是一个工作范例。阐述一大批文化与社会的关键词汇时,雷蒙·威廉斯的主要工作即是清理这些词汇的来龙去脉。正如他在阐述"文化"一词时所说的那样,不要企图找到一个"科学的"规定。相反,"就是词义的变化与重叠才显得格外有意义"[①]。这些变化和重叠隐含了多种关系和脉络的汇聚。或者可以说,就是由于这些关系和脉络的汇聚,某个概念才在思想文化史上成为轴心。对于一些重要的概念,我甚至愿意进一步想象——它们在思想文化史上的意义与其说在于"词义",不如说在于汇聚各种关系的功能。我首先考虑到的近期例子即是 20 世纪 90 年代关于"人文精神"的论争。当时

---

① ［英］雷蒙·威廉斯:《关键词》,刘建基译,生活·读书·新知三联书店 2005 年版,第 107 页。

出现的一个有趣情况是，"人文精神"的具体涵义并未得到公认的表述，然而，这个明显的缺陷并没有削弱理论家的发言激情。我对于这种现象的解释是：

> ……两者之间的反差恰好证明，人们迫切需要一个相宜的话题。某些感想、某些冲动、某些体验、某些憧憬正在周围蠢蠢欲动，四处寻找一个重量级的概念亮出旗帜。这种气氛之中，"人文精神"慨然入选。不论这一概念是否拥有足够的学术后援，人们的激情已经不允许更多的斟酌。如果这就是"人文精神"的登场经过，那么，概念使用之前的理论鉴定将不会像通常那样慎重。
>
> 这样，"人文精神"这一概念的周围出现了一个话语场，一批连锁话题逐渐汇拢和聚合，开始了相互策应或者相互冲突。在这个意义上，我宁可首先将"人文精神"视为功能性概念。尽管这一概念的涵义仍然存有某种程度的游移，但是，这并不妨碍它具有组织一系列重要话题的功能。我愿意重复地说，这一概念所能展开的思想和话题甚至比它的确切定义还重要。①

瓦雷里曾经说过，如果我们任意从语句中拦截一个词给予解释，可能遇到意想不到的困难。只有当这个词返回语句的时候，我们才明白它的词义。这就是说，仅仅查阅词典是不够的，重要的是复活这个词在语句之中的各种关系。"人文精神"这个例子进一步证明，一个关键词周围的关系可能存在于整个历史语境之中。这些关系才是更为可靠的注释。

关系主义喜欢说"相对于……"，可是，这个短语常常让人有些不安。"相对主义"历来是一个折磨人的术语。一切都是有条件的，暂时的，这不仅削弱了文学研究之中各种判断的权威性，甚至威胁到这个学科的稳固程度。迹象表明，文化研究的狂欢化作风已经把文学研究学科搅得鸡犬不宁，不少理论家越来越担忧"相对于……"这种表述可能动摇纯正的文学曾经拥有

---

① 　南帆：《人文精神：背景与框架》，《敞开与囚禁》，山东教育出版社1999年版，第224页。

的中心位置。鉴于个人的知识积累和供职的部门,我当然希望这一门学科具有稳定的前景;而且,至少在目前,我对这一点很有信心——通常的情况下,社会总是尽量维护既定的文化机制,这是维护社会结构稳定的基本保障。对于文学研究说来,上一次学科的彻底调整大约发生于一百年以前,大学教育体制的确立和五四新文化运动均是这种调整的重要原因。简而言之,这种调整从属于现代性制造的巨大历史震撼。现今的文学研究似乎还没有遇到如此剧烈的挑战,文学研究的基本格局大致上依然如故。尽管如此,我还是愿意在解释学科现状的时候回到关系主义平台上。在我看来,文学研究的稳定性不是因为某种固定的"本质",而是因为这个学科已有的种种相对关系并未失效。运用一个形象的比拟可以说,一艘小船之所以泊在码头,并非它天生就在这个位置上,而是因为系住它的那些缆绳依然牢固。换言之,如果维系文学研究的诸多关系发生改变,这个学科改头换面的可能始终存在。一些理论家倾向于认为,随着文学研究的延续,这个学科肯定愈来愈靠近自己的本性——譬如从所谓的"外部研究"进入"内部研究",这只能使学科愈来愈成熟,愈来愈巩固,关系主义的"相对于……"愈来愈没有意义。这些理论家通常不愿意列举大学的课程设置这一类外围的情况作为论据,他们的强大后盾是文学经典。经典的日积月累形成了伟大的传统,形成了"文学性"的具体表率,这即是学科的首要支撑。所以,哈罗德·布鲁姆为了反击文化研究——他称之为"憎恨学派"——的捣乱,毅然撰写《西方正典》一书,力图以经典的纯正趣味拯救颓败的文学教学。

　　景仰经典也是我从事文学研究的基本感情。如果没有经典的存在,文学研究还剩下多少? 但是,这并不能证明,经典形成的传统如同一堵厚厚的围墙保护学科不受任何污染。经典不是永恒地屹立在那里,拥有一个不变的高度。经典同样置身于关系网络,每一部经典的价值和意义依然是相对而言。在我看来,T.S.艾略特在《传统与个人才能》之中对于经典的一段论述的确值得再三回味:

　　　　现存的艺术经典本身就构成一个理想的秩序,这个秩序由于新的(真正新的)作品被介绍进来而发生变化。这个已成的秩序在新作品出现以前本是完整的，加入新花样以后要继续保持完整，整个的秩序就必须改变一下，即使改变得很小；因此每件艺术作品对于整体的关系、比例和价值就重新调整了；这就是新与旧的适应。①

经典不是一个固定的刻度，而是不断的相互衡量——我们再度被抛回关系网络。我们的景仰、我们的崇拜、我们最终的栖身之地仍然不是绝对的，"文学性"的答案仍然会因为《离骚》、《阿Q正传》、《巴黎圣母院》、《等待戈多》、《百年孤独》这些经典的持续加入而有所不同。文学研究的学科底线并不存在。这是一种什么感觉呢？如果一种关系的两端有一个支点是固定的，那么，这是一个较为容易掌握的局面。哪怕这个关系网络延伸得再远，这个固定的支点乃是评价、衡量始终必须回顾的标杆。即使遭到相对主义的引诱，我们也不至于身陷八卦阵，迷途不返。然而，如果一种关系的两端都游移不定，那么，这种相对的稳定平衡可能更为短暂，更多的时候体验到的是开放、灵活、纷杂，无始无终。这是一种典型的解构主义感觉。如果运用一个形象加以比拟，我会联想到杂耍演员。杂耍演员头顶一根竹竿站在地面上，动作比较容易完成；如果头顶一根竹竿骑在摇摇摆摆的独轮自行车上，保持平衡将远为困难——因为两端都是活动的。解构主义无限延伸的能指链条上，我们再也找不到最初的起点——这大约是后现代主义文化内部最具破坏能量的一个分支。如果承认这是关系主义可能抵达的前景，我们多少会对捍卫学科稳定的信念进行一些理论的反省。

最后，我想提到一个一开始就回避不了的问题："我"的位置。我想说的是，无论是从事文学研究还是阐述关系主义的主张，"我"——一个言说主体——从来就没有离开过关系网络的限制。这种浪漫的幻想早已打破："我"拥有一个强大的心灵，是一个客观公正的观察员，具有超然而开阔的视野，这个言说主体可以避开各种关系的干扰而获得一个撬动真理的阿基米德支点。相反，言说主体只能存活于某种关系网络之中，正如巴赫金在研究陀思妥耶夫斯基时指出的那样，"思想只有同其他思想发生重要对话关系之后，才能

---

① ［美］T.S.艾略特：《传统与个人才能》，卞之琳译，见赵毅衡编选《"新批评"文集》，中国社会科学出版社1988年版，第26页。

开始自己的生活,亦即才能形成、发展、寻找和更新自己的语言表现形式,衍生新的思想"①。可以肯定,言说主体存活的关系网络是整体社会关系的组成部分,这表明意识形态以及各种权力、利益必将强有力地介入主体的形成,影响"我"的思想倾向、知识兴趣甚至如何理解所谓的"客观性"。对于文学研究——其他研究更是如此——说来,冲出意识形态的包围,尽量培养超出自己利益关系的眼光,这是基本的工作训练。然而,摆脱某些关系往往意味了进入另一些关系,文化真空并不存在。无论把这个观点视为前提还是视为结论,总之,"我",言说主体,观察员——这并非关系主义的盲点,而是始终包含在关系网络之内。

---

① 〔苏〕巴赫金:《陀思妥耶夫斯基诗学问题》,生活·读书·新知三联书店1992年版,第132页。